KB220781

1973년 여름, 베를린의 안개

초판 1쇄 찍은 날 2015년 8월 25일
초판 1쇄 펴낸 날 2015년 9월 1일

지 은 이 | 김범석 외
엮 은 이 | 한국추리작가협회
펴 낸 이 | 서경석

펴 낸 곳 | 도서출판 청어람
등록번호 | 제387-1999-000006호
등록일자 | 1999. 5. 31
어람번호 | 제10-0021호

주소 | 경기도 부천시 원미구 부일로 483번길 40 서경B/D 3F (우) 420-822
전화 | 032-656-4452 팩스 | 032-656-4453
http://www.chungeoram.com
E-mail | chungeorambook@daum.net
NAVER CAFE | http://cafe.naver.com/goldpenclub

ISBN 979-11-04-90382-3 03810

GOLDPEN CLUB NOVEL 016

공민철 · 곽재동 · 김범석 · 김성종 · 반대인 · 양수련 · 이상우
이승영 · 이윤돌 · 장우석 · 조동신 · 최종철 · 황미영

2015
올 해 의
추리소설

1973년 여름, 베를린의 안개

:: 차례 ::

귀로

공민철

2014년 계간 미스터리 가을호 신인상 수상.
「엄마들」,「사월의 자살동맹」등 발표.

1

눈을 뜨자 사무실 안은 붉은 노을로 물들어 있었다. 창문을 열어놓고 잔 탓인지 아직은 쌀쌀한 봄기운에 한기가 돌았다. 나는 주머니를 뒤져 습관적으로 담배를 찾았다. 소파는 허리를 살짝 비틀기만 했는데도 움푹 꺼져들었다. 살짝 공중에 떠 있는 듯한 부유감이 막 잠에서 깬 몽롱한 느낌과 더해지자 문득 혼자 남겨져 있다는 것이 실감났다. 직원 중 한 명인 웅희 씨는 일찍 퇴근했고, 다른 한 명인 승빈 씨는 어제부터 지방에 내려가 있었다. 적적하지는 않았다. 그저 가장 익숙한 시간이 돌아왔을 뿐이었다.

탁자 위의 라이터를 집어 담배에 불을 붙였다. 살며시 입술에 문 필터를 한 모금 빨아들여 향을 음미하자, 조금씩 머릿속이 맑아지는 것이 느껴졌다. 그대로 한숨을, 더 이상 뱉을 수 없을 만큼 깊게 토해냈다. 하얀 연기가 허공에서 몸부림치듯 흩어졌다.

정오가 막 지날 무렵 핸드폰으로 전화 한 통이 걸려왔다. 구은서가 자살했다는 경찰의 연락이었다. 순간 눈앞에서 강렬한 빛이 번뜩인 느낌이 들었다. 뇌리에 새겨질 만큼 또렷이 들었지만 나는 "뭐라고요?" 하고 되물었다. 그렇게 반문한 것은 정말로 말소리가 들리지 않은 탓도 있었다. 아무런 생각도 나지 않았다. 아무런 소리도 들리지 않았다. 웅희 씨가 무슨 일이냐고 물으며 팔뚝을 붙잡고 흔들었다. 그제야 내가 책상 모서리를 위태롭게 짚고 서 있음을 깨달았다.

아무래도 그녀와 마지막으로 연락을 주고받은 사람은 나인 듯했다. 나는 이틀 전 저녁을 떠올렸다. 그녀의 전화를 받은 나는 귤빛 가로등 밑에서 우뚝 멈춰 섰다. 멀미가 일듯 울렁이는 가슴을 부여잡곤 될 수 있는 한 천천히 걸음을 옮겼다. 그렇게 하면 시간을 조금이라도 천천히 이끌고 갈 수 있을 것만 같았다.

"저녁 함께할래?"

그녀의 말에 가슴이 뛰었었다.

경찰은 은서와 나의 관계를 물었지만 나는 선뜻 대답하지 못했다. 잠시 망설이던 나는 동창이라고 대답했다. 10년 전 대학교 재학 시절에 잠시 얼굴을 마주하곤 세월이 흘러 최근 다시 만난 사이라고 말했다. 실제로 딱 그 정도의 사이였다.

그녀는 왜 자살을 한 것일까. 눈을 감고 누워 멍하니 그런 생각을 반복하다 보니 사무실 안은 이미 어둑해져 있었다. 언제 꽁초를 비벼 껐는지조차 생각나지 않았다. 시간이 어떻게 지나갔는지 알 수 없었다. 돌이켜보면 10년 전도 그랬다. 20살 때의 나는 그녀를 두고 늘 시간과 줄다리기를 벌여야 했다. 일정한 리듬을 가지고 째깍째깍 흘러가는 시간은 그녀와 함께 있을 때 뭉텅이 째로 증발했고, 그녀를 기다릴 때 한없이 길게 늘어졌다. 아깝다는 생각은 들지 않았다. 시간이라는 자원은 한없이 무한하고, 망부석처럼 그녀를 기다리기만 하면 언젠가 그녀가 나를 돌아봐 줄 거라 믿었다. 나는 소파에서 몸을 일으켰다. 허기가 졌다. 사무실 불을 밝히곤 급탕실로 들어갔다. 냉장고를 열어보았지만 배를 채울 만한 것은 없었다. 캔 맥주를 하나 꺼내어 사무실 소파로 되돌아왔다. 한 달째 사무실에서 지내는 생활이었다. 아무도 없는 집으로 돌아가고 싶지는 않았다. 나는 숨도 쉬지 않고 벌컥벌컥 맥주를 들이켰다.

"이젠 지쳤어요. 당신도 알죠? 내가 왜 이러는지. 당분간 서로의 시간을 가져요. 당신은 늘 여행 중인 것 같아요. 아직도 여행에서 돌아오지 않았어요."

한 달 전 아내는 그렇게 말하곤 집을 나갔다. 아내의 안부는 늘 궁금했다. 그러나 최근 머릿속에 아른거린 것은 아내가 아닌 다른 여자였다.

구은서. 그녀와 재회한 것은 이 주 전이었다. 가로수 길을 걸어 사무실 근처에 다다랐을 때는 이미 정오에 가까운 시간이었다. 행인들의 옷차림은 전주보다 한층 가벼웠고, 가지마다 싹튼 어린 잎 뒤로 청명한 하늘이 보였다. 온갖 꽃이 만개하며 절정에 다다르기보다 마음에 드는 시기라고 그날의 나는 생각했다. 정작 아무것도 시작하지 못하더라도, 무언가 시작되는 느낌이 나를 어디론가 인도할 것 같다고. 그런 들뜬 감상에 빠지고, 또 고개를 절레절레 흔들며 사무실 문을 열었을 때였다. 웅희 씨와 승빈 씨. 두 사람 외에 한 사람이 더 있었다.

"마침 오셨네요. 대표님, 손님이에요."

소파에 앉은 웅희 씨는 마주 앉은 여성을 나에게 소개해 주었다. 나는 반사적으로 꾸벅 인사를 하곤 그녀의 얼굴을 쳐다보았다. 잠시 아무런 말도 할 수 없었다. 불과 몇 초 사이, 나는 한순간 10년이라는 시간 저편에서 그녀의 얼굴을 끄집어낼 수 있었다.

"대표님이라니, 너, 성공했구나."

은서는 신기하다는 듯 말했다. 손바닥으로 입을 가리고 다소곳이 웃는 모습마저도 그대로였다. 물론 눈앞의 그녀와 기억 속의 그녀를 비교하자 10년이라는 세월이 다소 야속해진 것이 사실이다. 하지만 그런 실망감마저도 반가웠다.

"사무실 크기를 봐봐. 그 정도는 아냐."

나는 의미 없이 웃었다. 우연찮게 찾은 여행사가 이곳이고, 지금 함께 얼굴을 마주 보고 있다는 게 현실처럼 느껴지지 않았다. 어떻게 지냈는지 묻는 그녀를 보며 몇 마디의 말로 압축할 수 없을 정도로 많은 시간이 지났음을 새삼 깨달았다. 그럼에도 그저 잘 지냈어, 라는 말밖에 할 수 없었다. 강의실 책상의 낙서, 바람이 잘 통하는 계단참, 햇빛을 흩뿌리던 교정의 분수대……. 그녀와 시시콜콜한 이야기를 나눌수록 그 시절의 몇몇 광경이 머릿속에 나타났다 사라지기를 반복했다. 썩 유쾌하진 않았다. 화제를 돌릴 무언가가 필요했던 나는 그녀가 여행사를 찾은 이유에 대해 물었다. 그녀는 한 달 반 뒤 떠날 여행을 계획 중이라고 말하며 탁자 위에 늘어선 팸플릿 중 하나를 집어 들었다. 5박 6일간 하와이의 작은 섬들을 순회하는 여행 상품이었다. 이게 괜찮은 것 같아. 그녀는 그렇게 말하며 배시시 웃었다. 스무 살 적 내 마음을 들뜨게 만들던 그 미소였다.

나는 빈 캔을 우그러뜨리며 벌떡 일어나 사무실 안을 서성였다. 지금까지 그녀가 어떤 인생을 살아왔는지 모른다. 그녀가 맺고 있는 인간관계도 전혀 모른다. 하지만 애써 거부해도 어쩌면, 하는 생각이 자꾸만 고개를 든다. 구은서란 사람에 대해 무엇 하나 확신할 수 없다. 그러나 내가 알고 있던 그녀의 어떠한 부분이 10년이 지난 지금도 그대로라면, 그녀가 자살을 한 이유는 한 가지뿐이다. 잘 알고 있잖아. 문득 그녀의 방을 둘러보고 싶어졌다.

2

20대 중반, 내겐 오로지 여행뿐이었다. 수많은 나라에서 수많은 사람을 만났다. 여행이 즐거운 것은 아니었다. 지금도 여행의 매력에 대해 누군가 묻는다면 솔직히 멋들어지는 대답을 할 자신이 없다. 그 무렵, 러시아를 횡단하는 열차 안에서 우연히 만난 유학생 스미스는 발길이 닿는 곳만큼 가치관이 넓어지는 것이야말로 여행의 매력이라고 말했다. 앞으로 자신이 어떤 모습으로 변할지 스스로도 기대된다고, 까맣게 그을린 얼굴의 그는 하얀 이를 드러내며 웃었다. 나는 그것이 얼마나 가슴 떨리는 일인지 공감할 수 없었다. 그저 발길이 닿는 대로 떠돌아다니던 나날이었다. 다만 스미스가 왜 여행을 즐기고 있는지는 이해했다. 그는 여행을 끝마치고 돌아갈 곳이 있었다. 자신을 반겨주고 환영해주는 장소, 사람들이 있었다. 그래서 여행을 즐길 수 있었다. 나는 그가 부러웠다. 하지만 다음 날 아침 나는 내가 느낀 부러운 감정도, 그가 보여준 행복한 모습도 모두 거짓이었다는 것을 깨달았다.

우리는 각자의 침대에 누워 이런저런 얘기를 나누다 잠이 들었다. 아침에 눈을 떠보니 스미스는 이미 사라진 뒤였다. 그는 지난밤 열차가 잠시 정차한 역에서 서둘러 내린 듯 보였다. 나는 잠이 깨지 않은 멍한 머리로 스미스가 남기고 간 흔적을 가만히 바라보았다. 수없이 뒤척인 듯한 이부자리 흔적은 지난밤 지나칠 정도로 삐걱거린 스미스의 침대소리를 떠올렸다. 침대 맡 서랍장 위에 놓인 작은 술병은 텅 비어 있었다. 휴지통에는 손으로 쓴 조악한 영수증이 있었다. 스미스가 잡화점에서 혼자서 다 마실 수 있을까 싶을 정도로 독한 술을 여러 병 구입한 기록이었다. 또한 휴지통에서 엽서를 한 장 발견할 수 있었는데 누군가의 이름과 안부 인사를 꾹꾹 눌러썼다가 급히 지운 흔적이 보였다. 그제야 나는 스미스란 외로운 거짓말쟁이 여행자를 이해할 수 있었다.

사람들은 머문 자리에 흔적을 남긴다. 생활의 모든 흔적은 한 개인의 초상을 어느 정도 그려볼 수 있는 재료가 된다는 것을 나는 여행을 통해서 새삼 깨닫게 되었다. 물론 상대를 정확히 꿰뚫어 볼 수 있는 것은 아니다. 스미스에 대해 이해할 수 있었던 것도 첫째로 대화를 통해 그의 인생을 알아갈 시간이 있었기 때문이고, 둘째로 그가 주변을 정돈할 새도 없이 급하게 자리를 떴기 때문이다. 그 사람을 알기에 공간과 사람을 연관시키는 것이 가능하다. 그래서일까. 지금의 나는 구은서라는 인물을 눈앞에 그려볼 수 있을 것 같았다.

심장이 묵직하게 두근거렸다. 나는 401호 현관문 앞에 서서 잠시 심호흡을 했다. 이 문 너머에서 엊그제 은서가 자살을 기도했다. 마음먹고 찾아왔지만 역시 망설여진다. 하지만 은서가 10년 전과 같은 이유로 자살을 했다면 그 책임은 내게도 존재한다.

빌라의 주인아주머니에게 은서가 죽은 방을 둘러보고 싶다고 말했다. 누구냐고 묻기에 친구라고 대답했다. 그녀에게 고인의 물건에 대한 정리 비용, 원룸의 청소 비용 및 소독 비용까지 여타 불의의 사고가 생겼을 때 지불해야 할 모든 비용을 대신 지불하겠다고 말했다.

"어째야 한담."

고민하듯 고개를 갸우뚱거렸지만 그녀의 입꼬리는 연거푸 씰룩였다.

"경찰이 누구도 들여보내지 말라고 했는데 하도 부탁해서 어쩔 수 없는 거예요."

그녀는 할 수 없다는 듯 어깨를 으쓱했다.

손잡이를 내리자 찰칵, 하는 금속음과 함께 스르르 문이 열렸다. 현관문은 방의 모서리 부분에 위치하고 있었다. 성큼 방 안으로 들어가니 11평 남짓한 원룸은 오른쪽 대각선 방향으로 펼쳐졌다. 현관 맞은편 베란다 창문으로 오후의 부드러운 봄볕이 비쳐 들었다. 가장 처음 눈에 들어온 것은 바닥의 핏자국이었다. 가슴이 부풀어 오르도록 천천히 숨을 들이쉬었다. 나는 천천히 방 안을 둘러보며 몇 시간 전의 일을 떠올렸다.

오전에 참고인 조사를 위해 잠시 경찰서에 들렀다. 20일 오후 6시쯤 은서에게 연락이 온 것, 함께 저녁을 먹고 그녀가 사는 빌라 근처까지 차로 태워다 준 것, 그녀가 마트에 들른다고 말한 것, 그때가 오후 8시 즈음이었던 것, 은서에게서 이렇다 할 자살 징후를 느낄 수 없었다는 것을 하나하나 털어놓았다. 이야기를 듣는 경찰관은 애초부터 그리 큰 기대를 하지 않은 듯 보였다. 고개를 수시로 끄덕였지만 컴퓨터 자판 위에 올려놓은 손은 움직이지 않았다.

나는 그에게 사건의 발단을 물었다. 참고인으로서 꼭 듣고 싶다고 부탁했다. 이틀 전 3월 21일 저녁, 은서는 자신의 원룸 붙박이장의 행거에 목을 매었다고 한다. 시간은 밤 11시 경으로 추정된다. 은서의 시체가 발견된 것은 다음 날 22일 오전 10시 경이다. 은서가 출근을 하지 않는 것을 이상하게 여긴 직원이 빌라 주인에게 연락을 했다. 은서는 빌라 주인에 의해 발견되었다. 은서에게는 이미 날붙이로 손목을 여러 번 그어 자해한 흔적이 있었다. 첫 번째 자살 시도에 실패한 그녀는 차선책으로 목을 맨 것 같았다. 그 외에 다른 외상은 발견되지 않았다고 한다.

나에게 연락이 온 것은 휴대폰의 최근 통화 목록에 내 연락처가 남아 있었기 때문이다. 목록의 다른 사람에게 연락을 해봤지만 모두들 회사 내외로 업무상 통화를 했다는 사람들뿐이었다고 한다.

"유가족에게 확인해 보니 최근 자살을 암시하는 어떤 말이나 행동을 한 적은 없다더군요. 다만 사망인이 지난 10년간 이유 없이 몇 번이나 자살 시도를 했다는 증언을 해주었습니다."

유가족들은 그녀의 자살 시도에 몇 번이나 충격을 받았다고 한다. 경찰관의 말을 들은 나는 가슴 안쪽이 따끔거렸다. 나는 속으로 고개를 끄덕였다. 그녀의 최초의 자살 시도는 10년 전이었다. 그 이후로도 몇 번이나 그런 시도를 했단 말인가.

"혹시 사망인이 자살 시도를 한 걸 본 적이 있나요?"

께름칙한 표정을 숨길 수는 없었던 걸까. 낌새를 챘는지 경찰관은 넌지시 물었다.

"일단은요. 하지만 10년이나 지난 일입니다."

"흐음, 그래요? 알겠습니다. 협조해 주셔서 감사합니다. 조사는 끝났으니 그만 돌아가셔도 좋습니다."

그는 책상 위의 파일을 휙 덮으며 무심하게 말했다. 나는 은서의 자살사건이 어떻게 종결되는지 물었다.

"사망인의 시신은 유족들에게 인도됩니다."

"그게 끝인가요? 부검은 하지 않는 건가요?"

그는 자살이 확실한 경우에는 실시하지 않는다고 답했다. 하지만 사건에는 아직 미심쩍은 부분이 남았다.

"은서에게는 애인이 있습니다. 아마도 그 애인 때문에 자살을 시도했을 거고요."

"사망인이 직접 그렇게 얘기했나요?"

"그건 아닙니다만, 사흘 전에 함께 저녁을 먹으면서 은서가 물어봤습니다. 여자가 커플링을 선물하는 게 이상하지 않냐고요."

"그래서요? 자기 애인한테 선물한다고 하던가요?"

경찰의 질문에 나는 아무런 말도 하지 못했다. 은서는 만약 있다면 어떤 형태로든 선물을 하고 싶지, 라며 말끝을 흐렸다.

"이보세요, 이진운 씨. 사망인 핸드폰에서는 별다른 흔적이 발견되지 않았습니다. 애인이 있는데 연락 한 번 안 한 건 이상하죠. 직장 동료들이나 지인들도 사망인에게 애인이 있는 것처럼 보이진 않았다고 하더군요. 그 빌라 주인도 원룸에 다른 사람을 데려오는 게 싫어서 까다롭게 입주민들을 지켜봤다고 합니다. 사망인이 남자를 데려온 적은 한 번도 없다더군요. 이제 됐습니까?"

결국 나는 경찰서를 터덜터덜 걸어 나올 수밖에 없었다. 어찌 설명할 길이 없는 게 사실이었다.

나는 핏자국을 밟지 않도록 발끝을 세우고 원룸 가운데의 2인용 식탁으로 향했다. 현관을 남쪽으로 두고 머릿속에 임의적인 방위를 그려보았다. 들어서자마자 보이는 서쪽 벽면에는 개수대와 냉장고가 있다. 냉장고 옆에는 화장실이다. 현관의 맞은편 북쪽 벽면에는 베란다로 통하는 중문이 있다. 중문 옆에는 책상이 있고 작은 서랍장이 있다. 동쪽 벽면에는 문이 하나 있다. 열어보니 세탁실이다. 문 옆에 장식장 겸 책장이 있고, 그 옆에 커다란 행거가 있다. 행거에 걸린 옷들은 오른쪽으로 쭉 밀려 있다. 목을 매었다는 줄은 경찰이 회수했는지 행거에 걸려 있진 않았다. 다만 행거 앞에 식탁 의자가 있다. 발자국 모양의 피가 묻어 있는 걸 보니 은서는 이 의자를 밟고 올라섰던 것 같다. 행거를 슬쩍 흔들어보니 천장과 바닥에 단단히 고정되어 있는 붙박이식이다. 현관이 있는 남쪽 벽면에는 옷을 정리해 담아둔 바구니와 침대가 있다. 베란다에는 접이식 건조대가 덩그러니 놓여 있다.

은서의 원룸 안에서 듬성듬성 눈에 들어오는 물건은 이 정도였다. 솔직히 당황스러웠다. 이곳은 완전히 낯선 타인의 방이었다. 대학 시절에 나는 종종 그녀의 자취방에 발을 들이곤 했다. 함께 같은 공간 안에 있는 것만으로도 두근거려서 그 순간을 보존하기 위해 눈을 크게 뜨고 그녀의 모든 흔적을 담아내려 애썼다. 하지만 지금은 어디에서도 그녀를 느낄 수 없었다. 그녀를 더듬어보려고 하는 것은 어쩌면 무의미한 행동인지도 모른다.

나는 냉장고로 다가갔다. 혼자 찍은 사진, 부모님과 찍은 사진, 친구들과 찍은 사진이 상당히 불규칙한 배열로 붙어 있다. 모두 내가 모르는 시절의 그녀다. 사진 주위로 손톱 크기의 여분의 자석들이 흩어져 붙어 있다. 모든 사진을 훑어보았지만 애인과 찍은 사진은 단 한 장도 없다.

나는 옅은 한숨을 내쉬며 냉장실 문을 열었다. 그리고 나도 모르게 피식, 웃어버리고 말았다. 냉장고 안에는 캔, 요구르트, 즉석식품이 열을 맞춰서 죽 늘어서 있었다. 꼭 마트에 진열된 상품처럼 열을 맞춰 즐비해 있다. 반찬 통도 마찬가지다. 같은 크기의 플라스틱 통들은 한 치의 흐트러짐도 없이 가지런히 정리되어 있다. 냉동실도 마찬가지였다. 식료품들이 열을 맞춰 늘어서 있었다. 나는 몸을 돌려 개수대 위의 찬장을 열어보았다. 첫 번째 칸은 식기들이 열을 맞춰 늘어서 있었다. 두 번째 칸과 세 번째 칸은 냉장 보관을 하지 않아도 되는 음료수 캔과 진공포장 식품, 라면이 빼곡하게 채워져 있었다.

맞다. 이제야 새삼 기억났다. 그녀에게는 이런 강박적인 정리 습관이 있었다. 대학 시절, 그녀의 자취방 냉장고에서 음료수를 하나 꺼내 마시면 그녀는 다른 음료수 하나를 금세 채워 넣곤 했다. 왜 그러는 거냐고 물으면 그녀는 수줍게 웃었다. 그게 보기 좋다면서.

다시 보니 방 안을 둘러보니 은서의 정리 습관이 하나둘 보이기 시작했다. 하지만 막막한 것은 여전했다. 그때였다. 갑작스레 핸드폰이 울렸다. 장모님이었다. 아내가 병원에 실려 갔다는 소식이었다.

3

은서를 처음 만난 것은 대학교의 입학식이었다. 찬바람에 흐트러진 앞머리와 상기된 발간 볼, 얼굴만큼 빨간 코트와 동그란 무릎을 드러내는 회색 주름치마, 작은 발을 감싸는 갈색 단화. 며칠간 머릿속을 떠나지 않는 그 이미지에 나는 당황했다. 전에 없던 감정이었다. 첫눈에 반했던 것이다. 그녀를 보면 주체할 수 없이 미소가 지어졌던 것, 혼자 걷던 익숙한 대학 교정도 그녀와 함께 걸으면 새로워졌던 것, 지각이 몸에 밴 그녀를 기다리다 우연을 가장한 채 그녀에게 다가간 것, 이어폰을 한 짝씩 나눠 끼고 음악을 들었던 것, 살짝 스치는 손에 가슴을 졸이며 혹시라도 그녀가 싫은 내색을 할까 봐 조심스레 눈치를 살핀 것, 네가 좋다는 사랑 고백과 미안하다는 그녀의 거절까지도 그 시절은 마치 방부제를 뿌린 듯 지독하게, 그리고 선명하게 추억이란 형태로 남아 있다.

어느 날, 나는 그녀로부터 문자를 한 통 받았다.

'지금 내 자취방으로 잠깐 올 수 있어?'

의외였다. 그때 그녀는 이미 같은 과 성호라는 친구와 공식적인 커플이 된 지 한 달이 조금 넘었고, 당시의 나는 마음을 정리하기 위해 그녀를 피하고 있었다. 그녀도 내게 연락하는 빈도가 줄었고 우리는 금세 서먹한 사이가 되었다. 문자로 무슨 이유인지를 묻자 그녀에게서 할 말이 있다는 답신만이 돌아왔다. 도통 알 수 없었지만 무언가 묘하다는 것 정도는 느낄 수 있었다. 걱정이 된 나는 기숙사를 뛰쳐나와 그녀의 자취방으로 향했다. 그녀는 금방이라도 무너질 듯한 위태로운 표정을 짓고 있었다.

"진운아, 나 좀 도와줘."

그녀는 나를 똑바로 올려다보며 말했고 나는 당황했다. 너한테는 항상 고맙다며, 은서는 내가 무언가를 도와줄 때마다 항상 그렇게 말해주었다. 그녀가 나를 의지해 준다는 것에 나는 더할 나위 없이 기뻤다. 그러나 상황이 달라졌다. 나는 그녀의 연인이 될 수 없었으니까. 혹시 성호 때문이니? 나의 물음에 그녀는 고개를 끄덕였다. 성호에게 다른 애인이 생겼다고 했다.

그녀는 내게 매달렸다. 나 역시 그녀에게 매달렸다. 이제 그만 하자고. 성호 대신에 내가 곁에 있어주겠다고. 하지만 그녀는 나를 거부했다. 그래서 그녀에게 지시했다. 부들부들 떨리는 목소리로 한 단어 한 단어 꼭꼭 찍어서 정말로 성호의 마음을 되돌리고 싶다면 자해를 하라고. 그렇게 해서라도 돌아오지 않는다면 정말 끝이라고 말했다. 그녀는 서랍에서 커터 칼을 끄집어내 그 자리에서 손목을 그었다.

"진운아. 정말 이걸로 되는 거지?"

나는 그녀를 도통 이해할 수 없었다. 그리고 스스로를 이해할 수 없었다. 가질 수 없어서 상대를 부숴 버리고 싶은 충동을 뭐라 정의해야 한단 말인가. 나는 분명 은서를 사랑하고 있었는데, 어떻게 이럴 수 있지?

얼마 뒤 그녀가 몇 번이나 손목을 긋고, 기어이 손목에 칼심을 박아 넣었다는 소문이 돌았다. 그녀는 손목에 스카프를 감은 채 나타났다. 주변에서 소문은 사실인 모양이라고 쑥덕거렸다. 그녀의 곁에는 성호가 있었고 그녀는 이전보다 자주 웃었다. 그날, 내 앞에서 눈물을 흘리던 그 유약한 모습은 어디에도 없었다. 은서는 내게 고맙다고 말했다. 그 말을 들은 이후 의식적으로 그녀를 피하기만 했다. 휴학을 신청하고 군에 입대했고, 제대 후에는 다시 대학으로 돌아가지 않았다.

10년 전 은서에게 떠나려는 연인을 붙잡는 방법의 일환으로 자해라는 선택지를 제시했다. 은서가 자살했다는 소식을 들었을 때 어쩌면, 하는 생각이 스쳤다.

병원에 도착하니 저녁 8시가 가까웠다. 장모님, 저 왔습니다. 조심스레 목소리를 낮추자 병실 안쪽에서 "들어오게"라는 날 선 목소리가 들려왔다. 아내는 누워 있었고 장모님은 아내 곁에 앉아 있었다. 나를 본 아내는 홱 고개를 돌렸다. 장모님은 복도로 나를 끌고 나갔다.

"사흘 전에 자넬 만나겠다고 나갔다가 들어온 이후로 밥도 물도 입에 안 대고 있어. 그날 무슨 일이 있었던 겐가?"

아내와는 한 달째 만난 적이 없다. 하지만 아내가 장모님에게 입을 다물었다면 분명 이유가 있을 것이다. 만난 적이 없다고 곧이곧대로 대답할 수도 없었다.

"죄송합니다. 일단 제가 효정이와 얘기해 보겠습니다."

나는 일단 사과를 했다. 그밖에 무슨 핀잔을 들을지 몰라 긴장했지만 장모님은 아무 말 없이 병실로 들어갔다. 나도 장모님을 따랐다. 아내는 여전히 내 눈을 피했다.

"오늘 밤은 자네가 옆에 있어주게."

장모님은 그렇게 말하곤 옷가지를 주섬주섬 챙겼다.

"모셔다 드릴까요?"

그녀는 괜찮다며 고개를 저었다. 지친 기색이 역력했다.

병실은 2인실이었고 환자는 아내 혼자뿐이었다. 아내는 아무 말도 하지 않았고 나도 숨을 죽였다. 침묵이 얼마간 이어졌다. 보이지 않는 그림자가 서서히 목을 죄는 느낌이 찾아왔다.

이상하게도 아내와 함께 있으면 어린 시절 놀이공원의 관람차를 탄 기억이 되살아나곤 했다. 기억 속에서 관람차는 서서히 하늘로 올라가고 범퍼카, 다람쥐통, 회전목마 등이 눈 아래에 놓인다. 관람차는 점점 더 올라가고 구불거리며 공중으로 뻗은 롤러코스터의 가도가 보인다. 좁은 창문 틈으로 바람이 새어 들고 곧 이마와 손이 땀으로 흠뻑 젖어간다. 정점에 달하는 순간 관람차는 갑자기 멈춘다. 몇 시간이나 공중에 갇혀 추락할지도 모른다는 공포를 느낀다. 그런 질척거리는 듯한 불안감이 아내와 함께 있는 순간 찾아왔다. 두려운 것은 까마득히 높아지는 고도 때문이 아니었다. 도망칠 수 없는 공간 안에서 누군가와 무릎을 마주 대고 가까이 앉아 있는, 그 숨 막히는 거리 때문이었다. 아내와 함께 있으면 그런 느낌을 받았다. 아내도 그런 나의 반응을 눈치채고 있었다. 아내는 지쳤다. 그래서 나를 떠난 것이다.

"나, 그 여자 만났어요."

침묵을 깨고 아내가 먼저 나지막이 입을 뗐다. 나는 고개를 갸웃했다.

"그 여자라니, 누구?"

아내의 눈썹이 일순 꿈틀댔다. 두 개의 눈동자가 나를 똑바로 쏘아보았다. 영문도 모른 채 어깨에 힘이 들어갔다.

"끝까지 모른 척을 하겠다 이거네요. 그 여자 말이에요, 구은서."

"은서를? 아니, 어떻게……."

사흘 전, 아내는 나를 만나기 위해 여행사 사무실로 찾아왔다고 한다. 아내는 근처에 주차를 하려는 도중 내가 차에 급히 오르는 모습을 발견했다.

"왜 전화를 안 한 거야?"

"당신이 티 나게 들떠 있었으니까요. 신나서 어쩔 줄 모르는 표정이었어요."

나는 또다시 아무런 말도 할 수 없게 되었다. 아내는 그대로 차를 몰고 내 차를 뒤따랐고 은서와 만나는 나의 모습을 발견했다고 한다. 아내는 구은서라는 여자를 한눈에 알아봤다. 아내는 내가 그녀를 얼마나 사랑했는지, 그녀에게 얼마나 지울 수 없는 죄책감을 가지고 있는지, 그래서 나의 삶이 구은서라는 여자에게 얼마나 단단히 묶여 있는지 아주 잘 알고 있었다. 아내는 우리가 저녁 식사를 마칠 때까지 기다렸다가 은서의 뒤를 쫓았다고 한다. 아내는 마트에서 나오는 은서를 기다렸다가 은서 앞에 섰다.

"처음에는 멀뚱히 서서 절 쳐다보다가 곧 저를 매섭게 노려보더군요. 직감적으로 제가 누군지 안 거예요."

누구냐고 묻는 은서를 향해 아내는 '당신이 만나는 사람 아내 되는 사람이에요' 하고 대답했다고 한다. 나는 아내의 오해가 어처구니가 없었다. 내 얼굴을 본 아내가 나를 노려보기 시작했다. 눈가에 눈물이 그렁그렁 맺혀 있다. 지금 이야기를 끊어야 할까. 그렇게 생각했지만 무언가 마음에 턱, 걸렸다.

"그 여자는 당신을 사랑한다고 그랬어요. 당신이 그랬다죠? 저랑은 이혼하겠다고요. 제게 내일 당신과 저녁을 먹기로 약속했다고 말했어요. 매일 같이 그 여자를 만나는 건가요?"

"여보, 당신이 생각하는 그런 거 전혀 없어."

"당신과 석 달 전부터 만나고 있다고 말했어요. 제가 여기 온 건 한 달 전인데, 그럼 당신은 내가 집을 나오기 전부터 그 여자랑 만나고 있었단 게 되잖아요? 어쩜 그럴 수가 있어요!"

이후 은서는 아내를 뿌리치고 도망치듯 자리를 떴다고 한다. 아내는 쫓아가지 못했다. 너무 충격적이어서 바닥에 주저앉을 정도로 다리가 풀려버렸다고 한다.

아내는 끝내 눈물을 흘렸다. 아무래도 아내, 그리고 은서는 커다란 착각을 한 것 같다. 그럼에도 서로의 대화가 어찌어찌 맞물렸다. 대체 어떻게 된 거지? 은서가 급하게 자리를 피하지 않았더라면, 아내가 끝까지 은서를 쫓아갔다면 대화가 계속 이어졌을 것이다. 그리고 두 사람이 말하는 공통 인물이 내가 아니란 걸 깨달았을 것이다.

석 달 전부터 만났지만 주변에서 아무도 모르는 비밀스러운 관계. 아내와 이혼을 하겠다고 은서를 구슬리는 관계. 은서의 애인은 유부남이었다.

사흘 전, 함께 저녁을 먹으며 은서는 이렇게 말했다.

'평소에는 집에서 잘 안 해 먹어. 번거롭잖아. 재료도 만날 썩혀서 버리게 되더라.'

그렇게 말한 사람이 장을 봤다. 21일 저녁에 방문하기로 한 애인을 위해서.

20일 저녁, 나는 은서에게서 자살 징후를 느낄 수 없었다. 은서는 나와 헤어진 후 아내와 만나 커다란 오해를 한다. 그리고 다음 날 21일, 은서는 자신의 집으로 찾아온 애인과 만났을 것이다.

"여보, 미안해. 나 가봐야 할 것 같아. 내일 다시 와서 다 설명할게."

지금은 은서의 원룸에 다시 한 번 가봐야 한다는 생각뿐이었다. 나는 서둘러 병실을 뛰쳐나갔다. 병실 문이 끝까지 닫히기 전 나는 아내 쪽을 돌아보았다. 문틈 사이로 아내의 얼굴이 눈에 들어왔다. 아내는 두 손으로 얼굴을 감싼 채 고개를 푹 숙이고 있었다.

4

밤이 깊었지만 주인아주머니에게 양해를 구하고 다시 한 번 은서의 원룸에 들어섰다. 아까는 그저 아무런 의미 없이 흘리곤 했던 흔적들이 이번엔 조금 다른 의미를 지니고 눈에 들어오기 시작했다.

평소 방을 정리하지 않는 사람이라도 자기가 필요한 물건이 어디 있는지는 아주 잘 안다. 방 안의 물건들은 방 주인의 습관에 의해서 형성되기 때문이다. 그렇다면 은서의 원룸에서 냉장고에 붙은 사진은 배열이 이상했다. 그녀의 습관대로라면 사진들이 그렇게 불규칙적으로 배열되었을 리 없다. 배열의 빈 공간에 원래 사진이 존재했을 것이다. 그 사실을 깨닫자 은서의 원룸 안에는 평소 은서가 남긴 생활의 흔적과 그 흔적을 지우려고 한 흔적이 혼재한다는 것을 깨달았다.

자해를 한 날붙이는 무엇인지, 목을 맨 끈은 어떤 종류인지 나는 알 수 없다. 그런 증거품은 이미 경찰 쪽에서 가져갔을 것이다. 방 안을 전체적으로 조망하며 그녀가 가장 좋아하는 색감은 무엇인지, 독서나 음악 취향은 무엇인지, 평소 어떤 여가 활동을 즐기고 있는지, 구급상자의 약품들을 보며 최근 몸의 어디가 안 좋았는지 생각해 볼 수도 있다. 서랍장 안이나 행거에 걸린 옷들을 살피며, 화장대 위에서 가장 많이 사용한 화장품이 무엇인지 살피며 그녀가 스스로를 평소 어떻게 꾸미고 다녔는지 짐작해 볼 수도 있다. 하지만 그것이 다 무슨 소용일까? 내가 찾아야 하는 것은 은서의 애인을 증명할 만한 흔적이다.

냉장고를 살펴보니 육류를 넣어두는 신선실에는 스테이크용 소고기가 조금 남아 있었다. 야채칸에는 손질하고 남은 듯한 야채가 보관되어 있었다. 그런데 개수대에는 컵과 프라이팬, 1인분의 식기가 놓여 있다. 포크와 나이프도 하나씩 있다. 개수대 한쪽에는 빨간 고무장갑과 마른 행주가 마치 옷처럼 잘 개어져 있다. 개수대 안만 봐선 마치 은서 혼자서 요리를 해서 먹은 듯 보였다. 나는 개수대 위의 찬장을 열어보았다. 개수대 안에 놓인 식기와 같은 세트의 식기가 찬장 안에 있었다.

2인용 식탁 위에는 꽃병과 향초가 놓여 있었다. 꽃은 색이 탁하여 조화인 줄 알았더니 아무래도 생화를 말린 드라이플라워라는 것 같다. 책상 위에 마른 꽃잎이 떨어져 있는 것으로 보아 꽃병은 평소에는 책상 위에 놓여 있는 것이 확실했다. 책상에 앉을 때마다 자연스레 눈에 들어오는 위치다. 애인이 선물해 준 꽃인지도 모른다. 그래서 그날만큼은 책상 위에서 저녁 식탁 위로 옮겨온 것이 아닐까.

향초는 한 번 정도 태운 듯하다. 은서가 사흘 전의 저녁 식사를 위해서 구입한 것인지도 모른다. 식탁 밑에는 작은 종이 쇼핑백이 있었는데 안에는 반투명포장지로 정갈히 싸인 된 향초가 세 개 더 있었다. 일일이 하나씩 꺼내 살피니 그중 하나는 식탁 위의 향초보다 조금 더 많이 태운 듯 가운데가 움푹 들어가 있었다. 모두 애인에게 주려는 선물이었던 걸까?

책장의 책을 꺼내 들고 일일이 넘겨보았지만 특별한 것은 발견되지 않았다. 혹여 일기나 다이어리는 없을까 하고 유심히 살폈지만 그런 것도 없었다. 책상 위의 연필꽂이에는 온갖 필기구가 종류별로 꽂혀 있었다. 은서가 실제로 사용한 필기구는 몇 개 되지 않을 것이다. 연필꽂이 옆에는 노란색, 연두색, 분홍색, 연갈색의 포스트잇 뭉치가 열을 맞춰 딱 붙어 있었다. 모두 한 번도 사용하지 않은 듯 크기가 같았다. 나는 노란색 포스트잇 뭉치를 집어 들었다. 혹시나 해서 뒤에서부터 넘겨보았다. 누군가의 계좌번호, 누군가의 연락처, 장 볼 때 사야할 물품, 택배는 1층의 빌라 주인에게 맡겨달라는 메모 등 잡다한 일상의 모습이 정갈한 글씨로 기록되어 있었다.

대학 시절, 은서는 사용한 포스트잇도 그냥 버리지 않았다. 우선 사용한 포스트잇을 눌러서 평평하게 폈다. 그리고 포스트잇 뭉치 밑면에 포개어 접착제로 깔끔하게 붙여놓았다. 왜 그런 행동을 하는지 묻자 그녀는 "이게 다 추억이니까"라고 말하며 부끄러운 듯 웃었다. 강박적인 습관 때문에 몸이 근질거려서 참을 수 없는 것을 그렇게 숨긴 것이다. 내겐 그런 모습마저도 사랑스럽게 느껴졌다.

이건 뭐지? 나는 포스트잇 뭉치 옆에 낱장으로 놓인 포스트잇을 발견했다. 자세히 보니 낱장이 아니었다. 한번 사용한 포스트잇을 잘 붙여놓은 것이었다. 노란색은 5장 겹쳐 있었다. 연두색은 3장, 분홍색은 6장이었다. 이건 왜 따로 떼어놓은 걸까? 다른 포스트잇 뭉치는 수평이 맞으니 필요 없기 때문일까? 그럼 왜 버리지 않은 걸까? 포스트잇은 사용하면 줄어든다. 은서는 그게 싫어서 공백을 채우기 위해 사용한 낱장을 뭉치 밑면에 붙였다. 어쩌면, 하는 생각이 머릿속을 스쳤다. 버리지 않은 것이라면 어딘가에 필요하기 때문이다. 나는 이번엔 연두색 포스트잇 뭉치를 들어 뒤에서부터 넘겨보았다. 생각대로였다. 며칠까지 보고서를 올려야 하는지, 언제까지 기획안을 작성해야 하는지에 관한 메모가 있었다. 은서는 회사에서 사용한 포스트잇을 집까지 가져왔다. 균형을 맞추기 위해서. 그리고 집에서 사용한 포스트잇을 거꾸로 회사에 가져가려고 한 것이다.

나는 분홍색 포스트잇 뭉치를 들어 뒤로부터 훌훌 넘겨보았다. 메모들을 읽을수록 구은서라는 사람에 대해서 아무것도 모른다는 생각이 짙어졌다. 객관적인 정보를 얻기 위해선 방 안을 살펴보는 것보다 이런 기록을 보는 것이 더욱 빨랐다. 그녀의 공간 안에 들어오면 상당히 많은 것을 알 수 있을 줄 알았다. 그러나 아무리 머리를 굴려도 나는 그녀를 읽어낼 수 없었다. 눈앞에 흔적을 두고도 그녀를 알 수 없었다. 나는 오만했다. 그녀를 이해할 수 있다는 것은 커다란 착각이었다. 첫사랑이란 환상 속에서, 죄책감 속에서 지난 10년간 품어온 구은서는 내가 아는 여자가 아니었다. 유부남과 불륜을 저지르는 것, 그리고 유부남의 아내(실은 나의 아내)와 맞서는 여자는 내 기억 속 스무 살의 구은서가 아니었다. 스무 살의 그녀의 모습에 기대어 이곳에 서 있는 것은 너무도 바보 같은 생각이었다.

나는 그렇게 자조하다가 문득 손을 멈추었다. 돌연 심장박동이 커지기 시작했다.

'오늘 시간 괜찮아?'

지금까지 봐온 은서의 글씨체는 아니었다. 나는 혹시나 하여 포스트잇을 계속 넘겨보았다.

'오늘 밤에 자고 갈게, 괜찮지?'

다름 아닌 여기에, 이 작은 포스트잇 뭉치 가운데에 증거가 있었다. 그렇군. 회사였다. 은서의 애인은 사내에 존재했던 것이다.

뭔가 더 없을까? 은서와, 은서의 애인의 흔적을 느낄 만한 무언가가? 나는 마지막으로 한 가지 기대를 품어보았다. 남은 것은 그녀의 직장이다. 그녀의 사무 공간을 보면 또 다른 무언가를 조금 더 찾을 수 있지 않을까?

5

다음 날 24일 오전, 사무실은 웅희 씨와 승빈 씨에게 맡겨두고 나는 무작정 은서의 직장을 찾아갔다. 은서의 직장은 나흘 전 그녀와의 저녁 식사 자리에서 들을 수 있었다. 은서는 모 증권사의 인사부에서 일하고 있다고 말했다. 입구를 가로막는 경비원에게 는 인사부 구은서의 가족이라고 말했다. 경비원은 은서의 죽음을 진심으로 안타까워해 주었다. 다행히도 은서는 누군가에게 좋은 사람으로 기억되고 있는 모양이었다.

사무실 안은 조용했다. 타닥타닥 컴퓨터 자판을 치는 소리만이 모닥불 타는 소리처럼 울리고 있었다.

"은서가 일하던 공간을 보고 싶은데요."

나는 나를 안내해 준 막내 여직원에게 그렇게 말했지만 은서의 책상은 벌써 깔끔히 정리되어 있었다. 사무실 안의 직원들이 한 숨을 쉬는 나를 힐끗 쳐다봤다. 은서가 평소에 남기곤 한 흔적들 은 진즉에 사라져 있었다.

은서의 짐은 종이 박스 안에 아무렇게나 담겨져 사무실 구석에 놓여 있었다. 여직원의 말에 따르면 장례식에 참석해 가족에게 전달할 예정이라고 했다.

"장례식이 언제죠?"

바보처럼 나는 그렇게 묻고 말았다. 여직원이 고개를 갸웃거리 며 나를 쳐다보았다. 장례식은 내일부터 시작된다고 했다. 은서 의 시신이 이미 유족에게 넘어간 것이다. 경찰은 벌써 사건을 종 결시킨 듯 보였다.

여직원에게 잠시 짐을 살펴보고 싶다고 얘기하자 사무실 구석 의 소회의실로 안내해 주었다. 나는 테이블 위에 상자 올려놓고 상자를 열었다. 담요, 화장품, 머그컵, 탁상 달력, 테이블 매트, 핸드폰 충전기, 작은 쓰레기통, 방석, 가족사진이 든 액자, 각종 필기구와 서류철이 들어 있었다. 여직원에게 물어보자 은서가 사용하던 컴퓨터는 이미 지하 창고로 내려졌다고 했다.

"선배님이 설마 이렇게 사라지실 줄은 몰랐어요."

주섬주섬 안의 물건들을 테이블 위에 올려놓는데, 문득 옆에 서 있던 여직원이 입을 뗐다.

"그게 무슨 말이죠?"

은서는 얼마 뒤 회사를 그만둘 예정이었다고 한다. 사내 직원들 모두 알고 있었던 사실이라고 했다. 일에 지쳐 있었기 때문이라고, 여직원은 은서가 사표를 내려 한 이유도, 자살을 한 이유도 그렇게 알고 있었다.

나는 탁상 달력을 한 장 넘겨보았다. 한 달 뒤, 4월 20일부터 25일까지의 달력 칸을 빨간 색연필로 강조한 흔적이 있었다. 은서가 우리 여행사에 들러 여행을 계획하던 날짜였다. 뭔가 더 없나 살펴보니 상자 맨 밑바닥에서 포스트잇 케이스가 눈에 들어왔다. 혹시나 하여 케이스를 들고 자세히 살폈다. 색색의 포스트잇이 모두 같은 크기를 하고 있는 것이 보였다. 은서의 원룸에서 본 것과 같은 모양이었다. 나는 케이스를 열고 포스트잇 뭉치를 꺼내 뒤에서부터 한 장씩 넘겨보았다. 미간에 절로 힘이 들어갔다.

"죄송한데 여기 부서에 남자 사원이 몇 명이죠?"

"네? 여섯 명인데요."

"그중에서 이거랑 같은 포스트잇 쓰는 사람 아세요? 그런 것까지는 모르나요?

여직원은 내 손을 잠시 바라보더니 활짝 웃으며 대답했다.

"그거 문석훈 차장님이랑 같은 거네요."

"그렇군요. 그 문석훈이라는 사람 좀 이곳으로 불러주실 수 있나요? 지금 당장이요."

부탁을 하면서도 나도 모르게 목소리가 높아지고 말았다. 여직원은 주춤주춤 회의실을 나갔고 나는 포스트잇을 계속 넘겨보았다.

'선물 고마워', '7시에 나와. 기다리고 있을게', '핸드폰은 사용 못 하는 거 알지?', '괜찮아, 기다릴게', '당신은 그 여자랑 달라. 당신밖에 없어', '사랑해. 사랑하는 거 알지?', '아내가 눈치챈 것 같아. 조금만 더 기다려 줘', '저녁에 영화 예매해 뒀어', '그 사람이 갑자기 돌아왔어. 주말에 보답할게', '오늘 밤, 괜찮지?'

차곡차곡 쌓인 포스트잇의 절반가량을 가득 메우고 있었다. 전화를 사용하지 않고 이처럼 몰래 필담을 주고받은 것일까? 경찰은 사원들에게 은서에게 애인이 있는지 물었다고 했다. 사내 연애라면, 특히 남자가 유부남이라면 철저하게 숨긴 것이 당연하다. 이 비밀 연애가 두 사람에겐 얼마나 짜릿한 자극이었을까.

이윽고 한 남자가 방으로 들어왔다. 그리 크지 않은 키에 통통하니 살이 찐 그는 첫인상만 놓고 보자면 절대 바람을 피우지 않을 것 같은 사람이었다. 은테 안경 너머의 가느다란 눈에서는 나를 향한 경계의 빛이 보였지만 처진 눈매 때문인지 자연스레 늘 웃는 상이 될 수밖에 없는 사람 같았다. 누가 봐도 좋은 사람이라는 느낌이었다. 나는 방금 여직원이 뱉은 '문석훈'이라는 이름을 기억해 냈다.

"문석훈 씨?"

"누구시죠? 구은서 씨 가족인가요?"

"저는 이진운이라고 합니다. 사실 가족은 아니고 친구입니다. 은서가 이런 모양의 포스트잇을 당신에게 준 적이 있죠? 당신은 지금도 아무 생각 없이 사용하고 있을 테고요."

나는 그에게 포스트잇 뭉치를 건네주며 뒤에서부터 넘겨보라는 말을 덧붙였다. 그는 손에 든 포스트잇을 한 장 한 장 넘겨보았다. 얼굴이 점점 사색이 되어갔다. 나는 그 틈에 그를 조금 더 자세히 관찰할 수 있었다. 그는 기본적으로 단정하고 깔끔했다. 양복에는 구김살이나 번들거림이 없었고 와이셔츠는 새것처럼 잘 다려져 있었다. 그의 솜씨는 아닌 듯 보였다. 포스트잇 뭉치를 든 손끝에 힘을 준 듯 문득 그의 손등 힘줄이 붉어졌다. 오른쪽 손등에 무언가에 베인 듯한 상처가 남아 있었다. 왼손은 깔끔했다. 결혼반지는 끼고 있지 않았다.

"당신이 은서 애인이었군요."

석훈은 고개를 들어 나를 쳐다보았다. 눈동자가 흔들렸다. 이런 사람이 대체 어떻게 불륜을 저지른 걸까? 얼굴에 자기 생각이 전부 그대로 드러나는 사람이었다. 그는 문으로 다가가 잠시 회의실 바깥을 살피더니 문에 잠금장치를 걸곤 창문에 설치된 발을 내려 회의실 안을 가렸다.

"21일 저녁, 은서의 원룸에서 함께 식사를 했나요?"

"당신 뭡니까? 이걸 누구한테 보여줬나요?"

"묻는 쪽은 접니다. 저는 소란을 피우고 싶지 않습니다. 솔직하게 답해주시죠. 제가 시끄럽게 굴면 안 될 이유가 있을 텐데요?"

그는 잠시 나를 노려보았다. 나도 기세에 지지 않으려 눈을 피하지 않았다. 그는 곧 어깨를 축 늘어뜨렸다.

"그날 함께 저녁을 먹었습니다."

"자세히 들려주시죠."

나는 우물쭈물하는 그를 재촉했다. 그는 천천히 입을 열었다. 사건은 저녁을 먹은 이후에 일어났다고 한다. 은서는 석훈에게 어젯밤 석훈의 아내와 만났다는 이야기를 털어놓았다. 그리고 석훈에게 이혼을 요구했다고 한다.

"은서는 그날 회사에서 아무런 티도 내지 않았습니다. 그런 일이 있었을 거라곤 상상도 못했습니다. 하지만 생각해 보니 그건 말이 안 되었죠. 어제 저녁에 전 아내와 함께 있었으니까요. 그녀는 거짓말을 하고 있었습니다. 전 아내와는 헤어질 수 없다고 말했고요."

"거짓말 때문에 이별을 통보했나요?"

그는 깊은 한숨을 내쉬었다.

"은서는 제 말을 들곤 갑자기 커터 칼을 손목에 가져다 댔습니다. 이혼하지 않으면 죽어버리겠다고요. 그래도 저는 어쩔 수 없었습니다. 처음에는 말리려고 했지만, 점점 은서가 무서웠습니다."

"오른손의 그 상처는 그때 생긴 건가요?"

그는 인상을 찌푸리며 손등의 흉터를 문질렀다.

"은서가 휘두른 칼에 베였습니다. 과도였습니다. 그녀도 놀란 듯 잠시 움츠리더군요. 저는 다시 한 번 확고하게 말했습니다. 절대 이혼할 수 없다고요. 은서는 식탁 의자를 들고 행거로 다가갔습니다. 걸린 옷들을 오른쪽으로 쫙 밀고 의자를 밟고 올라가 스카프를 묶었습니다. 이번엔 정말 죽어버리겠다고 하더군요."

"당신은 뭘 하고 있던 겁니까? 그대로 지켜보기만 한 겁니까?"

"그럴 리가요! 저는 방을 나왔습니다. 제가 있어봤자 역효과만 날 것 같았습니다. 제가 사라지면 은서가 마음을 좀 추스를 줄 알았죠. 하지만 마음에 걸려서…… 10분쯤 뒤에 은서의 방에 다시 돌아갔을 때는 이미……."

가벼운 두통이 일었다. 나는 오른쪽 손바닥으로 얼굴을 거세게 문질렀다.

"왜 신고하지 않은 거죠?"

순식간에 목소리가 잠겼다. 나는 다시 한 번 목소리를 쥐어짜 내듯 석훈에게 물었다.

"왜 신고 안 했냐고요!"

"신고를 하면 아내가 알 수밖에 없었다고요!"

석훈은 나의 질타를 되레 강경한 목소리를 되받아쳤다. 나는 아무런 말도 할 수 없었다.

"자수하진 않으실 건가요?"

"자수라니요? 제가 뭘 했다고요? 저는 아무것도 하지 않았습니다. 은서는 자살한 겁니다."

"제가 경찰에 신고한다면요?"

"경찰이 움직여 줄까요? 사무실에서 나온 이런 포스트잇 하나로? 제가 잡아떼면 그만인데요?"

그의 말이 맞았다. 은서의 자살을 너무나도 명확했다. 사건은 끝났고 돌이킬 수 없다. 하지만 이 사람이 책임을 졌으면 좋겠다. 돌연 석훈의 왼손이 눈에 들어왔다.

"문석훈 씨, 자국을 보니까 평소 결혼반지를 끼는 것 같은데, 반지는 어디 있나요?"

순간 그의 얼굴이 싸늘하게 굳어졌다.

"혹시 잊어버린 건가요? 은서가 자살한 나흘 전에? 은서의 원룸에서?"

그는 고개를 절레절레 저었다.

"아닙니다. 처음에는 은서가 훔쳤다고 생각했습니다. 은서의 방에 머물 때는 늘 화장대 위에 빼놓았으니까요. 그런데 착각이었습니다. 방 안을 전부 찾아봤습니다만 반지는 없었습니다. 어쩌면 다른 곳에서 떨어뜨렸는지도 모르죠."

그때 문 쪽에서 덜컹거리는 소리가 들렸다. 아까 나를 안내해 준 여직원이었다. 그녀는 창으로 이상하다는 듯 허리를 굽어 이쪽을 살폈다.

"이제 돌아가실 시간인 것 같네요."

석훈은 매몰차게 말하며 포스트잇 뭉치를 회의실 쓰레기통에 던져 넣곤 테이블 위의 상자를 들어 내 품에 거칠게 안겼다.

"마지막으로 한 가지만 묻겠습니다. 한 달 뒤, 4월 20일부터 25일까지 뭘 하십니까?"

"대답할 필요가 있나요?"

"당신이 떳떳하시다면요."

그는 짧은 욕지거리를 내뱉곤 또다시 깊은 한숨을 내쉬었다.

"그날이라면, 잠시 휴가를 냈습니다."

"물론 아내에겐 비밀로 하셨겠지요?"

석훈은 아무런 말도 하지 않았다.

"은서는 당신을 위해서 저희 여행사를 찾아왔습니다. 그 날짜에 당신과 함께 해외여행을 떠날 생각에 행복해하더군요. 은서는 당신을 사랑하고 있었습니다. 당신은 은서의 마음을 짓밟은 그 책임을 지셔야 합니다."

나는 그 말을 남기곤 등을 돌렸다. 석훈과 얘기를 나눌수록 자꾸만 머릿속에 은서의 원룸이 떠올랐다. 문석훈이라는 남자의 흔적이 붓으로 그림을 그리듯 원룸 안에 놓이기 시작했다. 건물을 나오자 순간 태양이 눈부셔서 세상이 온통 하얗게 보였다.

6

오랜만에 사무실을 떠나 아파트로 돌아왔다. 며칠 전 아내에게 전화가 걸려왔다. 전화를 받기 전 나는 몇 차례 심호흡을 해야만 했다.

"몸은 좀 어때? 괜찮은 거지?"

"응."

아주 오랜만에 대화를 나누는 것 같았다. 그날 와줘서 고맙다고, 아내는 감정 없는 목소리로 말을 이었다. 내가 병실을 떠난 것에 대해선 질타하지 않았다.

"집에 있는 내 물건들을 다 정리해서 보내줬음 좋겠어. 그럴 수 있지?"

아내는 이혼을 요구했다.

소파도 TV도 식탁도 벽에 걸린 아내와의 사진들도 전과 다름없이 그대로이지만 사람이 한 명 없다는 것 하나가 집 안을 텅 빈 것처럼 느끼게 했다. 아내가 없는 이 집은 이곳저곳 구멍이 뚫린 듯한 느낌을 주었다. 어쩌면 무엇으로 대신해야 할 지 알 수 없는 휑한 허전함이 싫어서 나는 한 달간 사무실에서 지낸 건지도 모른다.

아내와 만난 것은 이십 대의 여행 도중이었다. 프랑스 니스의 게스트하우스에서 한국인은 나와 아내 두 사람뿐이었다. 나는 아내를 만나 처음 만나는 타인에게만 할 수 있는 이야기도 있다는 것을 깨달았다. 다음 날이면 이별해 각자의 여행길에 오를 것을 알기에 나는 아내에게 은서에 관해 내가 떠안고 있는 모든 고통과 절망을 토해냈다. 아내는 묵묵히 나를 안아주었고 우리는 그렇게 하룻밤을 보냈다.

나는 식탁 의자에 앉아 멍하니 집 안을 둘러보았다. 먼저 무엇을 챙겨야 하나, 생각하자 아내의 모습이 그림자처럼 어디에서나 불쑥 나타났다. 맞은편 의자에 앉아 반찬 맛이 어떤지 물어보는 아내. 이따금씩 베란다에 서서 해질녘의 하늘을 바라보고 있던 아내, 등을 구부리고 앉아 TV드라마에 집중하는 아내, 오늘 하루는 어땠는지 웃으며 묻는 아내, 가벼운 목소리로 노래하듯 사랑한다고 말하는 아내, 어둠 속에서 소파위에 웅크려 앉아 있던 아내, 훌쩍이던 아내, 원망스런 눈초리. 그리고 아무 말도 할 수 없던 나. 집 안의 모든 곳에 아내가 있었다.

문득 어제 오후 사무실에서 웅희 씨와 승빈 씨와 나눈 이야기가 떠올랐다.

　"첫사랑은 환상 속에서만 존재하는 거예요. 현실이 되면 그건 첫사랑이 아니죠."

　지긋지긋하다는 말투의 웅희 씨는 고등학생 때 만난 첫사랑과 결혼해 벌써 4년째 함께 살고 있었다. 아직 이십 대인 승빈 씨는 "그래도 첫사랑은 단어만 들어도 가슴이 뛰잖아요"라고 첫사랑을 옹호했다. 웅희 씨는 절대 그렇지 않다고 부정했다.

　웅희 씨의 책상에는 작은 액자에 들어간 가족사진들이 늘어서 있다. 그것도 책상에 앉은 웅희 씨 쪽을 향한 게 아닌 바깥쪽을 향하고 있다. 아무래도 현재의 행복을 우리 두 사람에게 자랑하고 싶은 듯했다. 반면 승빈 씨는 책상 서랍 안에 헤어진 여자 친구의 사진을 넣어두곤 때때로 서랍을 열어보았다. 아직도 그 여자를 잊지 못하고 있는 듯 보였다. 첫사랑이 어찌 됐든 두 사람도 각자 현재의 사랑을 하고 있는 것 같았다.

　은서의 장례식이 끝난 후 경찰서에서 연락이 왔다. 문석훈은 자살방조죄로 입건되었다고 했다. 처벌의 수위는 가늠할 수 없지만 아내에게 불륜 사실을 확실히 들켰을 것이다.

　문석훈은 은서가 죽은 것을 확인하곤 은서에게 한 선물부터 시작해 화장실의 세면도구까지, 자신의 존재를 특정할 수 있는 모든 단서를 가지고 나왔다고 한다. 그러던 와중 그는 은서가 혼자서 저녁을 먹은 것처럼 꾸밀 필요성을 느꼈다. 그래서 개수대에서 딱 자기 몫의 식기만을 설거지해 찬장에 되돌려 놓았다. 그런데 그는 자해를 하려는 은서를 말리다가 손등에 상처를 입었다. 그는 경황없이 고무장갑을 끼고 설거지를 했다. 나는 세 번째로 은서의 원룸을 방문해 고무장갑 안쪽의 혈흔을 확인했다. 그 길로 곧장 경찰에 신고를 했다.

더불어 석훈이 잃어버렸다는 결혼반지를 찾기 위해 온 방안을 뒤졌지만 발견하지 못했다. 그러다 문득 머리를 스친 것이 선물용 향초였다. 불에 한 번 태운 향초를 선물한다는 것이 다소 이상했다. 나는 향초를 녹여 가운데를 파보았다. 생각대로 반지가 있었다.

하지만 경찰의 말에 따르면 그것은 석훈의 결혼반지가 아니었다고 한다. 보아하니 은서가 따로 준비한 반지라는 것 같았다. 어떤 형태로라도 커플링을 선물하고 싶다는 은서의 말이 떠올랐다. 하긴, 단순히 생각해 보면 향초 선물은 저녁 식사를 하기 전에 이미 포장을 마쳤을 것이다. 문석훈이 방을 나간 이후 향초를 녹여 결혼반지를 깊숙이 박아 넣고 다시 포장을 하는 것은 이상하다. 그렇다면 은서는 문석훈이 자신을 내버려 두고 방을 나간 그 10여 분 사이에 반지를 어디에 숨겼을까? 아니, 정말로 석훈이 다른 곳에 떨어뜨린 것일까?

경찰의 말로는 화장 이후 뼛가루 속에서 형체를 알 수 없을 정도로 압착된 손톱만한 금속덩이가 나왔다고 했다. 나는 아무런 말도 할 수 없었다. 은서는 사랑하는 사람이 자신을 떠난 것을 안 순간, 그 사람의 결혼반지를 발견하곤 꿀꺽 삼켰다. 그리고 목을 매었다. 어쩌면 내가 은서의 원룸을 살피지 않았더라도 유족 중 누군가가 골분 속 금속을 증거 삼아 문석훈에게 도달했을지도 모른다. 지금까지 괜한 짓을 한 건지도 모른다.

은서, 넌 어떤 생각이었니? 너 역시도 가질 수 없기에 차라리 상처를 주고자 했니? 복수를 하고 싶었니?

나는 점점 은서를 알 수 없게 되었다. 어쩌면 향초에 커플링을 넣은 것도 계산된 행동이 아니었을까? 향초 안의 반지는 초를 녹이면 금세 발견할 수 있다. 편견인지는 모르지만 석훈 같은 중년 남성이 취미로 향초를 태울 리는 없다고 생각한다. 그렇다면 향초는 석훈이 아닌, 석훈의 아내를 위해 준비한 것이 아닐까? 아니, 그렇게까지 여기는 건 지나친 과장이겠지.

출입 금지 처분이 난 자살 현장을 마음대로 들어갔다는 점에서 나 역시도 경찰서를 방문해 처벌을 받을 것 같다. 참고로 빌라 주인아주머니 역시 처벌의 대상이 되었다. 주인아주머니는 이미 오래전부터 문석훈의 존재를 알고 있었다. 석훈은 입막음을 위해 그녀에게 돈을 주었다고 한다. 주인아주머니는 결국 은서가 자살한 것을 알고도 하룻밤 동안 은서의 시신을 방치한 셈이다. 아마 주인아주머니와는 경찰서에서 조우할 듯싶었다.

"당신은 늘 여행 중인 것 같아요. 아직도 그 여행에서 돌아오지 않았어요."

아내가 집을 나가기 전 한 말이 여전히 가슴에 남아 있다.

이십 대 후반, 한국에서 나는 우연히 아내를 만나게 되었다. 나는 공부를 시작하며 다시 대학에 다니고 있었고, 아내는 직장에 다니고 있었다. 아내는 내가 구은서에게 얽매여 있다는 것을 아주 잘 알았다. 나는 아내를 피했지만 아내는 내가 안고 있는 고통마저도 떠안으려고 했다. 정신을 차려보니 아내는 늘 나의 곁에 있었다. 아내와 함께 있으면 은은히 달군 프라이팬에 버터 한 조각을 넣은 듯 가슴이 따뜻해지며 좋은 향기가 났다. 뜨거운 사랑은 아니었지만 행복했다. 그래서 결혼을 결심했다. 이 사람이라면 평생을 함께해도 괜찮을 것 같다는 생각이 들었다. 하지만 나의 죄를 알고 있는 아내의 곁에 있는 것은 너무도 고통스러웠다. 아내는 내가 저지른 죄악을 끝없이 상기시켰다. 정신을 차려보니 나는 다시금 아내를 피하고 있었다. 아내가 떠나는 것도 당연했다.

베란다로 나가 허리를 펴고 활짝 열린 창문에 몸을 기댄다. 담배 한 개비를 꺼내 입에 물었다가 그만두었다. 아내는 늘 내게 금연을 요구했다. 구름 한 점 없이 시원하게 뻗은 봄의 하늘을 보며 나는 여기가 대체 어디인가 생각해 본다. 이곳은 나와 아내의 흔적으로 가득한 곳이다. 어쩌다 여기까지 왔을까. 혼자 중얼거린다. 문득 오랜만에 어디론가 떠나고 싶어졌다. 어딘가의 섬나라도 좋았고, 유럽 쪽도 좋았다. 하지만 알고 있다. 나는 떠날 수 없다. 이제는 내가 머무를 차례인지도 모른다.

이곳이 다시 돌아올 수 있는 곳인지, 아니면 그저 거쳐 지나가는 장소인지 나는 알 수 없다. 아내 말대로 나는 아직 여행 중인 걸까? 아내는 나와 정말 이혼할 생각일까? 언젠가 아내에게 요 며칠간의 이야기를 얘기할 순간이 올까?

불현듯 아내가 자해를 해주었으면 하는 생각이 들었다. 반대의 경우, 아내가 어떤 반응을 보일까도 생각해 보았다. 나는 피식 웃으며 고개를 절레절레 흔들었다. 집 안은 여전히 고요했다.

혀

곽재동

제1회 중랑사이버신춘문예 단편소설 부문 장원,
2007년 계간 미스터리 신인상,
2008년 전북일보 신춘문예 가작,
현재 EBAY에서 Top rate seller로 활동 중.

동석은 몸을 들썩이며 깨어났다. 엎드려 있던 탁자는 땀으로 흥건하고 이마는 자국으로 벌겋다. 비록 선잠이었지만 꿈속에서 누군가를 본 것 같았다. 그는 아내를 만났다고 단정 지었다.

"마누라 못 본 지도 10년이 넘었구나."

앞날이 창창한 쉰의 나이에 벌써부터 기억이 가물거린다. 아내를 꿈에서나 떠올리다니 말이다.

그는 창밖으로 시선을 돌렸다. 오후부터 내린 비는 밤이 되자 더 심해졌다. 비 때문인지 거리는 한산했다.

동석은 가게 안을 둘러봤다. 10평 남짓한 술집에 혼자 덩그러니 앉아 있었다. 매상은 둘째 치고 외로움을 견딜 수 없다. 그는 TV의 뉴스가 끝나면 문을 닫기로 마음먹었다.

그때 길 건너편에서 누군가 걸어오는 것이 보였다.

'행여 이 시간에 비까지 맞아가며 술 마시러 오는 건 아니겠지.'

예상과 달리 그는 동석의 술집으로 향했다. 문이 열리며 30대 중반의 왜소한 사내가 들어왔다. 비에 흠뻑 젖은 옷차림이 묵직해 보였다.

"이런 날씨에 우산도 없이……."

사내는 말없이 구석진 곳에 자리 잡았다.

"세상 빗줄기 혼자 다 맞은 것 같네. 그러다 감기 걸리겠소."

동석이 미소를 보이며 가스난로를 켰다. 대부분의 손님은 그의 넉살에 최소한의 답례는 했지만, 사내는 반응이 없었다. 그렇다고 동석의 인상이 나쁜 편도 아니다. 작은 키에 통통한 체구, 더부룩한 턱수염이 자란 그의 인상은 친근해 보이기까지 했다.

동석은 술과 안주를 차리며 사내를 살펴봤다. 눈빛이 무언가에 홀린 듯했다. 달리 보면 무언가에 집중한 나머지 주변 것들이 보이지 않는 것 같다. 순간 동석은 10년 전의 자신을 떠올렸다.

동석이 이곳 공장 지대로 쫓기듯 온 것도 그때였다. 마흔에 사업이 실패하자 그가 택한 곳은 흔한 호프집이었다. 어렵사리 자리 잡았지만 아내는 화려하던 시절만 떠올리며 연일 신세 한탄만 했다. 손에 물 한 방울 안 묻히던 여자가 촌구석에서 소주나 나르며 살기에는 버거웠다. 그렇게 1년 정도 지나자 아내는 마음을 다잡았다. 야무지게 살림을 꾸려 자그마한 집도 마련하였다.

하지만 동석의 소박한 행복은 오래가지 못했다. 아내가 술집 단골손님과 야반도주를 한 것이다. 당시 동석은 지금의 사내처럼 멍한 상태였다. 모든 의미와 존재 가치가 순식간에 사라졌다. 그는 근 한 달 동안 배회했다. 누군가 말을 걸어도 들리지 않았고, 비가 쏟아지면 그대로 맞았으며, 차에 치어도 감각이 없었다. 회복되기까지 수개월이 걸렸다. 그 후 아내가 돌아올지도 모른다는 미련 속에 또 몇 년이 지났다. 이제는 가끔 꿈에서나 볼 수 있을 뿐이다.

동석은 사내에게 무언가 특별한 것을 해주고 싶었다. 사내에게서 10년 전의 자기 자신을 보았기 때문이다.

창밖은 빗방울이 가늘어지며 기세가 한풀 꺾였다. 술집은 마을에서 한참 떨어져 있어 주변이 어두웠다. 길가 옆 노란 가로등만 눈을 부릅뜨고 있었다.

그때 반대편 인도에서 빛이 반짝였다. 빛은 가로등에 반사되며 점점 가까워졌다. 누군가 분홍색 우산을 쓰고 술집을 향해 비틀비틀 걸어왔다. 칠성이었다. 이사 온 지 얼마 안 되는 동네 청년인데, 며칠 전부터 출근부 도장을 찍는 단골손님 중 하나이다. 장대같이 큰 키에 비쩍 마른 체구 때문에 사람들은 그를 전봇대라고 불렀다.

"안녕하세요, 털보 아재."

칠성은 자그마한 분홍 우산을 접으며 동석에게 인사를 했다.

"오늘은 안 오는 줄 알았지. 늦은 시간에 웬일이야?"

"왜긴, 아재 보고 싶어 왔지. 내가 이 가게 먹여 살리잖아."

칠성은 건들거리며 자리를 살피다 사내의 앞자리에 철퍼덕 앉았다.

칠성이 눈짓으로 사내에게 인사를 건넸다.

"형씨, 같이 한잔합시다."

사내는 무반응이다.

"그런데 무슨 일 있어요? 꼴이 말이 아니네. 온통 젖었잖아."

"별일 아니오."

사내는 목이 잠겼는지 목소리가 컬컬했다.

"별일 아니긴, 이런 꼴로 이 시간에 혼자 술 퍼마시고 있는 거보면 한참 잘못되었지. 안 그래요, 털보 아재?"

동석은 칠성에게 그만두라고 손짓했다. 그러나 칠성은 이미 발동이 걸려 있었다.

"뭐가 그리도 심각한데? 노름하다가 집이라도 날렸소? 아님마누라가 어떤 놈하고 튀기라도 한 거요?"

칠성은 웃으면서 사내의 어깨를 툭툭 쳤다.

"이 친구, 많이 취했구먼."

동석이 칠성의 손을 잡으며 말했다. 칠성은 동석을 뿌리쳤다.

사내는 말없이 술잔만 기울였다.

"아저씨, 만약 계집 때문에 그런 거라면 걱정하지 마쇼. 세상에 널린 게 계집이니까. 이 우산 말이요, 누구 건지 알아?"

칠성은 들고 온 분홍 우산을 들어 보였다.

"어제 꼬드긴 계집 거요. 지금 그년의 집에서 오는 길입니다."

"어제 여기서 같이 술 마신 처녀?"

"처녀는 무슨 처녀!"

"꽤 어려 보이던데."

칠성은 짜증 난 표정으로 사내의 소주를 들이켰다.

"그런데 그년이 알고 보니 유부녀더라고."

"유부녀?"

"겨우 스물다섯인데 결혼을 일찍 해서 애가 벌써 둘이래. 자고로 계집년들은 모두 똑같아. 단순하거든. 원하는 것을 해주면 된다고. 그것만 해주면 돼. 그거… 뭔지 알지? 근데 뭘 그리 째려봐, 형씨? 내 말이 틀리나?"

사내는 여전히 말이 없다.

"어제는 화끈하게 보내주었지. 좋아서 죽으려 하드만."

"그 여자 집에서 잔 거야?"

"서방은 지방으로 장사 갔고, 애들은 친정집에 맡겨놓았다고 해서 그년 집으로 갔지."

"칠성이, 대단하구먼."

"대단하긴, 그 까짓것 좆도 아니지. 형씨, 건배합시다. 제발 얼굴 좀 펴요. 살면 얼마나 산다고 그렇게 심각해?"

칠성은 억지로 사내의 잔을 치켜들었다. 그러고는 동석에게도 술을 따라주었다. 동석은 마지못해 건배를 했다. 밖은 다시 빗줄기가 굵어지기 시작했다.

"그런데 서방이라는 자식이 토끼라 하더라. 알지? 눈 뻘건 산토끼. 몇 번 만에 찍! 허허!"

칠성은 소주를 병나발로 들이켰다. 입가로 술이 흘러내렸다.

"게다가 한 달에 보름은 장사하러 지방에 내려가 있대. 그러니 계집 몸이 달아올라서 미치지. 매일같이 독수공방해 봐. 안 그래요?"

사내가 대답이 없자 칠성은 동석을 바라봤다.

"그 계집이 뭐래는 줄 알아? 나보고 영화배우 닮았대. 그러면서 내일도 만나줄 수 있느냐는 거야. 그래서 생각해 본다고 했지. 앞으로 종종 애용해야겠어. 근래 심심하던 차에 잘됐지."

"칠성이, 의외로 인기가 많네."

동석은 마지못해 대답했다.

"내가 좀 얼굴이 되지 않소. 털보 아재 같은 사람이 여자를 꼬실 수 있을 거 같아?"

동석은 못 들은 척 일어나 TV 앞으로 다가갔다. 그리고 TV 채널을 이리저리 돌려가며 딴청을 피웠다.

애초에 동석이 칠성을 파악하는 데 10분도 걸리지 않았다. 누구든 낯가리는 법도 없고 위아래도 없었다. 게다가 한번 술을 시작하면 끝장을 봤다.

동석이 채널을 바꾸던 중 사내가 말했다.

"잠깐만요. 이전으로 돌려주세요."

사내가 요구한 것은 시사 고발 프로였다. 주말마다 굵직한 사건을 파헤치는 인기 TV 프로다.

채널을 돌리자마자 TV 화면에 시신의 얼굴이 나타났다. 모자이크 처리된 눈가 아래는 피로 덮여 있었다. 특히 입 주변부터 턱 밑까지 말라 버린 검붉은 피가 가득했다. 카메라 시선이 뒤로 빠지자 경찰관이 기자들을 통제하는 모습이 나타났다. 지난 몇 년 동안 미해결된 연쇄살인 사건이었다.

동석이 볼륨을 올리자 진행자의 또박또박한 말소리가 가게 안에 울려 퍼졌다.

"작년 여름에 발견된 김 씨의 시신입니다. 지난해 7월 그는 VV산에서 목이 졸린 채 발견되었습니다. 이번에도 역시 혀가 예리한 칼로 잘려 있었습니다. 잘린 혀는 여전히 발견되지 않았습니다. 영화에서나 봐오던 엽기적인 살인 사건이 실제로 일어난 것입니다."

진행자의 한 마디 한 마디가 교주의 설교처럼 술집 안을 지배했다. 셋은 일제히 TV에 몰입했다. 칠성의 말을 중단시키려는 동석의 의도가 성공한 것이다.

"미해결된 이 연쇄살인은 지난 2년 동안 3명의 희생자를 만들었습니다. 특이한 점은 범인이 짧게는 수개월, 길게는 1년이나 지난 후에 범행을 저질렀다는 겁니다. 잊힐 듯하면 똑같은 사건이 발생하였습니다. 범죄심리학자들은 연쇄살인 사건에서 일종의 패턴을 발견한다고 합니다. 패턴으로 범인의 윤곽을 잡아내는 거죠. 여기서 국립과학수사연구소 이종렬 박사의 인터뷰를 보시겠습니다."

40대 초반의 비쩍 마른 남자가 화면에 나타났다. 도수가 높은 무테안경 너머 눈초리가 매섭다. 얇은 입술은 예상대로 건조한 목소리를 냈다.

"미국에는 연쇄살인만 전문으로 담당하는 프로파일러가 꽤 있습니다. 세계 연쇄살인의 75%가 미국에서 일어나기 때문이죠. 그들은 데이터베이스화되어 있는 예전의 사건들을 참조하고 분석해서 범인의 마음을 읽어냅니다. 즉 범죄심리와 범행 수법 등을 토대로 유형을 찾아내는 거죠."

"이번 사건의 유형은 희생자들이 20대에서 30대까지의 남자라는 것과 질식사, 그리고 혀가 소실된 것, 이 세 가지 단서로 추측할 수 있겠군요."

"그 밖에도 몇 가지가 더 있습니다. 끈이나 도구를 사용하지 않고 직접 목을 졸랐다는 것과 현장 주변이 깨끗하게 정리되어 있는 것입니다. 사체가 발견된 곳이 깊은 산속이지만 등산객이 잘 볼 수 있는 등산로에 위치한 것이지요."

"대부분 연쇄살인이라고 하면 할리우드 영화에서처럼 미모의 여성이 성적 학대를 받다가 무참하게 살해되는 경우를 떠올리게 되는데요, 이 사건은 특이하게 희생자가 남자라는 점입니다. 성적인 유희로 저지른 건 아니겠죠?"

"이번 사건에서 직접적인 성적 학대는 보이지 않습니다. 목을 조른다든지 혀를 자르는 것은 빼고요. 그리고 굳이 성적인 것에 국한시켜 볼 필요도 없습니다. 영화적 관습이 편견을 만들기도 하죠. 그것보다 발생 시기를 주목해서 봐야 할 것입니다. 연쇄살인은 각 사건 간에 '정서적 불안 감소 시기'를 가지고 있습니다. 불안 감소 시기란 범인이 범행 후에 다음 살인을 일으키기까지, 즉 안정을 찾아가는 시기를 말합니다. 곧 자신이 다음 살인을 행해도 안전하겠다고 느낄 때 저지르는 거죠. 물론 그런 시기 없이 마구잡이로 행해지는 경우도 있습니다. 예를 들어 원한 때문에 일가족을 몰살시키는 경우죠. 그런데 이번 사건은 그런 불안 감소 시기가 전혀 보이지 않습니다."

"그런 시기가 없다는 것은… 사건이 장기간에 걸쳐 일어나서 그런가요?"

"그렇습니다. 사건마다 수개월이나 걸렸고, 그것도 전국에서 일어났다는 점에서 불안 감소 시기가 보이지 않는다는 겁니다. 그 밖에도 의문점이 많지요. 동기도 그렇습니다. 금품 탈취도 없었고 피해자의 죽음으로 주위에 득이 될 만한 인물도 없었지요. 또한 살의를 품을 만한 원한 관계도 없었죠."

"동기 없는 살인인가요?"

"어쩌면 범인은 피해자의 숨이 막혀 하는 얼굴을 보고 싶었을 수도 있습니다. 아니면 혀를 자르면서 쾌감을 느꼈을 수도 있고요."

"극도의 가학적 쾌감이 동기가 된 것일 수도 있겠군요. 혀가 사라진 것은 혹시 수집 목적으로 가져간 것은 아닐까요?"

"수집이라고 하니 미국의 사례가 생각나는군요. 먼저 그 이야기를 해보겠습니다."

박사는 헛기침을 하며 목소리를 가다듬었다.

"어릴 적 계모에게 학대를 받던 남자가 있었습니다. 남자는 세 살 때 부모가 이혼을 했고 새어머니를 받아들여야 했죠. 그런데 계모가 허구한 날 사사로운 트집을 잡아 구타와 폭력을 일삼은 겁니다. 그런 성장기를 거치면서 남자는 고교 시절에 가출하였고 곧 성인이 되었습니다. 성인이 된 남자는 여자에 대한 두 가지 심리가 자리 잡게 되었습니다. 그것은 여자들을 공포와 증오의 대상으로 보게 된 것입니다."

박사는 눈을 가늘게 뜨고 사회자에게 손을 내밀었다.

"만약 눈앞에 끔찍한 괴물이 나타난다면 어떻게 하시겠습니까?"

"도망을 치거나 맞서 싸우겠지요."

"그렇습니다. 그러나 맞서 싸우려면 우선 힘이 있어야겠지요. 남자는 성인이 되었습니다. 190㎝의 거구가 된 거죠. 그는 괴물의 모습을 다른 여성을 통해서 보게 된 것입니다. 즉 계모와 유사한 외모를 가진 여성들에게 투사한 것이죠. 그는 금발에 붉은 원피스와 붉은 하이힐을 신은 여자들을 대상으로 삼았습니다. 아마도 계모에 대한 상징이겠지요. 그는 희생자들을 잡자마자 일단 죽였습니다. 그리고 죽은 시체에 모욕을 가했죠. 얼굴을 훼손하고 시신을 절단했습니다. 마치 어릴 적의 학대에 대한 보상이라도 받을 것처럼 말입니다. 그리고 마지막으로 시신을 수습하였습니다. 여기서 중요한 점은 죽인 후 학대한 것입니다. 왜 그랬겠습니까?"

"아마도… 계모로 보였으니까 그랬겠죠?"

"그것은 공포 때문입니다. 일단 죽여야 안심이 되는 거죠. 계모는 공포의 대상이니까요. 그 모든 절차가 끝나고 하이힐이 신겨진 발목을 잘라 갔습니다. 나중에 범인의 지하 냉동고를 수색하자 그동안 수집한 발목이 얼린 상태로 전시되어 있었죠. 여기서 하이힐을 잘라 간 심리를 이야기하자면 그가 구타를 당할 때 바닥에 넘어지거나 자빠진 경우가 많았지요. 그때마다 눈에 띈 것이 새엄마의 발목이었습니다. 새빨간 하이힐을 신고 있던 그 발목이지요. 결론적으로 말하면 범인에게는 두 가지 심리가 작용한 것입니다. 아까 말한 것처럼 공포의 대상, 즉 계모를 제거해야 한다는 강박관념과 일단 죽이고 나자 보상 심리로 사체를 학대하게 된 것입니다. 훗날 수사관들이 범인과 인터뷰를 하였는데요,

놀라운 점은 범인이 지극히 논리 정연하였고 평균 이상의 지능지수를 가졌다는 것입니다."

"정말 놀랍군요. 끔찍하기도 하고요. 그러면 희생자의 혀가 없어진 것도 그러한 관점으로 볼 수도 있겠군요."

"앞선 사례와 유사한 점은 혀가 없어졌다는 것뿐입니다. 다른 부위에는 외상이 전혀 없었습니다. 즉 시신을 사물화해서 학대하지는 않았던 거죠. 아까도 말했듯이 숨이 멎을 때 희생자의 그 표정을 즐겼을 수 있습니다. 그것이 유일한 성적인……."

그때 술집 안의 사물들이 번쩍이며 사라졌다. 곧이어 묵직한 천둥소리가 술집의 창문을 흔들었다. 전기가 나가면서 암흑으로 뒤덮였다. 세상이 정지되며 순간 세 명도 굳어버렸다. 잠시 기분 나쁜 고요함이 이어졌다.

몇 초 후 고막이 터질 듯한 천둥소리가 울렸다. 번쩍이는 빛에 술집은 극단적인 명암으로 변하였다. 누군가 의자에 앉은 채 뒤로 자빠졌다. 칠성이었다. 그것은 천둥소리 때문이 아니라 사내의 눈빛 때문이었다. 번개 빛이 사내의 얼굴을 때리는 순간 칠성과 눈이 마주친 것이다.

"깜짝 놀랐잖아! 왜 째려보고 지랄이야!"

칠성은 말을 더듬었다.

동석이 촛불을 탁자로 가져오자 세 명의 얼굴은 기괴하게 변했다.

"왜 죽였을까요?"

느닷없는 사내의 질문에 나머지 둘은 잠시 멍하니 쳐다봤다.

"아마도 미친놈이겠지. 미치지 않고서야 저런 짓을 했겠소?"

동석이 말했다.

"그럼, 맨정신에는 할 수 없지."

칠성은 혀를 내밀어 손가락으로 자르는 시늉을 하였다.

"요즘에 저런 일은 놀랄 일도 아니잖소. 돈 때문에 부모도 죽이는 세상인데."

"처음에는……."

사내는 망설이다 말을 이었다.

"처음에는 관심 없었죠. 나하고 무관한 일이라고 생각했으니까. 그런데 작년에 어떤 계기로 이 사건에 관심을 갖게 되었죠. 그래서 한동안 사건에 대한 자료를 찾아봤어요."

"그러면 사건에 대해서 많이 알겠군. 무엇보다 왜 2년에 걸쳐서 세 명을 죽인 건지 궁금했는데."

"심심할 때마다 죽였나 보지."

칠성이 빈정댔다.

"범인은 희생자들과 안면이 있는 사람이에요."

"범인이 세 명의 희생자를 모두 알고 있었다고?"

동석이 물었다.

"내가 알기로 죽은 새끼들은 서로 연관이 전혀 없어. 사는 곳도 전국 각지였고. 그 정도쯤은 나도 주간지에서 읽었다고."

칠성이 말했다.

"이유는 죽은 장소와 시간 때문이죠. 사체가 발견된 곳은 대개 산속 깊은 곳이었어요. 하지만 사람 눈에 잘 띄는 등산로였죠. 사망 시간도 밤 11시 이후였고. 범인은 희생자를 그곳까지 유인해서 죽인 거예요. 피해자들 체격을 봐서는 죽인 후에 운반하기 힘들었겠지요. 아무리 기운 센 장사라도 말이오."

사내가 말했다.

"그래서 안면이 있는 사람들이라는 말이군. 늦은 시간에 안심하고 같이 올라갈 정도니까."

동석이 말했다.

"손으로 직접 질식시킨 것도 그 이유 중 하나죠. 상대를 안심시키고 정면에서 습격했을 거예요."

사내는 양손을 허공에 대고 상대의 목을 잡는 포즈를 취했다.

"아닐 수도 있잖소?"

"물론 아닐 수도 있죠. 다만 그럴 소지가 다분하다는 거죠. 그런데 왜 굳이 등산로에 시체를 버렸을까요? 세 건 모두 장소는 다르지만 사람들 눈에 잘 띄는 곳이에요."

"아마 보여주고 싶었나 보지."

"맞아요. 사람들에게 이야기를 하고 싶었던 거죠."

"이야기는 무슨 지랄 같은 이야기. 우연찮게 들어맞은 거지."

칠성이 말했다.

"범인이 말하려는 것을 알려면 희생자들의 공통점을 찾아야 해요. 그러나 그들은 제각각 사는 곳이 전국에 퍼져 있었고 각자 연관이 없어요. 다만 그들의 공통점은 젊은 청년이라는 것과 여자 문제가 복잡했다는 거죠."

"2년 동안 바람둥이만 찾아서 죽였다는 거요? 세상에 그런 인간이 얼마나 많은데 전국 각지를 돌며 일부러 찾아다니겠소?"

"허허, 그렇다면 혹시 어떤 년이 한이 맺혀서 저지른 건 아닐까? 생각해 봐. 자기를 차버린 새끼와 비슷한 놈들을 찾아서 죽이는 거야."

"여자는 아니에요. 세 명 모두 손으로 목이 졸려 죽었잖아요. 그것도 정면에서 손자국이 선명하게 날 정도로. 희생자들은 모두 육체 노동자였어. 한 번도 아니고 세 번이나 건장한 사내의 완력을 이겨낼 수 있다고는 보기 힘들죠. 게다가 피해자 중에는 유단자도 있었으니까."

"여자를 우습게 보는군. 세상에 독한 년도 많다고."

"동성애자일 수도 있고… 아니면 혹시 범인이 두 명 아닐까? 여자 두 명이라면 충분히 그럴 수도 있을 텐데."

동석이 말했다.

"기집 둘하고 산에 올라간다라……."

칠성이 입맛을 다셨다.

"그러면 왜 혀를 잘라 갔을까요?"

사내가 물었다.

"혹시 혀를 잘라 간 것은……."

"범인이 메시지를 보낸 거죠."

"당신 좀 이상한 거 아냐?"

칠성은 허공에 손가락을 빙빙 돌리며 말했다.

"생각해 봐. 세 명은 각자 백 리도 넘게 떨어진 곳에 살았어. 그것도 2년에 걸쳐 뒤졌고. 어떤 등신이 2년 동안 전국을 누비며 그런 제비 새끼들만 골라서 죽였겠나? 설마 그렇다 치더라도, 만약 그게 메시지라고 하면 왜 그렇게 힘들게 하지? 아예 종이에 써서 이마에 붙여놓지. 바람피우면 이렇게 혀가 잘려 뒈진다고 말이야. 나라면 그렇게 하겠어. 모방 범죄를 일으킨 거야. 처음에는 누군가 그냥 죽였겠지. 하지만 그냥이 그냥으로 끝나지 않은 거야. 그 사건을 보고 전국의 잠재적 살인마들이 발정한 거라고."

"한 명이 죽었건 여러 명이 죽었건 그건 중요하지 않지."

사내가 무덤덤하게 말했다.

"그래? 그러면 뭐가 중요하다는 거지, 탐정 양반? 그렇게 잘 알고 있으면 신고해서 현상금이라도 타지그래?"

"죽은 놈들은 바람둥이 정도가 아니었어. 가정파괴범이었지."

사내의 음성은 점점 고조됐다.

"가정파괴범? 세상에 널렸어. 그리고 가정파괴범이 남자뿐이냐? 계집년들도 있다고."

칠성도 질세라 목소리를 높였다.

사내는 자제하려는 듯 숨을 깊이 들이쉬었다. 그러고는 나지막하게 말했다.

"죽은 놈들은 온전한 가정을 박살 냈어. 순진한 유부녀들이 그 혓바닥에 꾀여서 가출하거나 남편을 버렸지. 단순히 부부 생활이 힘들어서 그랬을까? 그놈들이 혀를 나불거리지만 않았어도 이런 일도 없었을 거야!"

"얼마나 못났으면 마누라가 도망갔을까?"

칠성이 빈정거렸다.

사내는 더욱 목소리를 높였다.

"나는 범인이, 아니, 그 사람이 고마웠지. 정말로 말이야. 나도 능력만 있으면 그런 놈들 몇만 명이라도 잡아서 직접 혀를 도려내고 싶어. 알겠어! 혀뿐만 아니라 몸을 갈기갈기 찢어 거리 한복판에 널어놓고 싶다고!"

사내는 자리에서 벌떡 일어나 칠성의 코앞까지 얼굴을 갖다 댔다.

"몇 개월 전 조사를 하며 알게 되었지. 방금 전 TV에 나온 그 죽은 놈이 바로 내 아내를 훔쳐 간 놈이라는 것을."

사내의 말이 파문을 일으켰다. 그것이 발화점이었다.

"아내를 찾고 싶어. 지금이라도……."

"못난 자식!"

칠성이 자리를 박차고 일어나 말했다. 그 말에 사내가 소주잔을 칠성에게 던졌다. 잔은 칠성의 이마에 맞으며 조각났다. 반사적으로 칠성이 사내의 얼굴을 가격했다. 어두운 허공에 검붉은 피가 솟구쳤다. 사내와 칠성은 바닥에 엉겨 붙어 주먹을 주고받았다.

술집 안은 난장판이 되었다. 의자가 부서지고, 술병이 깨지고, 바닥에 피가 뿌려졌다. 천둥이 쳤다. 번쩍이며 둘의 동작은 조각난 필름처럼 분절되어 보였다. 사내는 칠성의 무릎에 깔려서 일방적으로 맞았다. 동석이 칠성의 주먹을 잡고서야 싸움은 종지부를 찍었다. 칠성이 사내의 얼굴에 침을 뱉고는 일어섰다.

"재수 없는 새끼. 지 여편네 뺏겨놓고 왜 나한테 지랄이야!"

칠성이 밖으로 나가자 동석이 사내를 일으켰다.

"형씨, 괜찮아요?"

동석이 촛불을 켜고 사내의 얼굴에 비췄다. 부은 눈가 밑으로 눈물이 고여 있다. 동석은 냅킨을 집어서 눈물과 피가 범벅이 된 얼굴을 닦아주었다. 사내는 통증으로 일굴을 찌푸렸다.

"잠깐 기다려요. 약을 가져올게."

동석이 랜턴을 꺼내 약을 찾고 있는데 사내가 힘겹게 일어섰다.

"그 몸으로 어딜 가려고?"

사내는 대꾸 없이 밖으로 나갔다. 거센 빗줄기가 사내를 내려쳤다. 동석은 뒤쫓을까 망설이다 포기했다. 사내는 다리를 절며 어둠 속으로 사라졌다.

그는 패배자였다. 단순히 쌈질에 진 것이 아니라 인생 자체가 무너진 것이다. 어느덧 동석의 눈가가 촉촉이 젖어들었다. 단순한 측은지심이 아니었다. 그에게서 10년 전 자기 자신을 봤기 때문이다.

사내가 시야에서 완전히 사라지자 동석은 주방에서 사진 액자를 찾아 꺼냈다. 사진 속에는 한창때의 동석과 젊은 여자가 웃고 있었다. 짧은 고수머리와 수수한 차림의 평범한 여자였다. 동석은 액자를 탁자 위에 올려놓았다. 촛불이 다정했던 부부의 모습을 희미하게 비춰주었다.

사내가 술집을 다시 찾은 것은 3일 후였다. 옷차림은 그대로였지만 몸에서 퀴퀴한 냄새가 풍겼다. 얼굴은 아직 난투극의 잔재가 남아 있었다. 사내가 다리를 절며 힘겹게 자리에 앉았다.

"잘 있었우?"

사내는 미소로 답례했다.

"그날 힘들었을 텐데. 그동안 어디에 있었우?"

"여기저기 알아보고 다녔어요."

"부인 찾으러 다닌 거요?"

사내는 잠시 망설이다 말했다.

"예, 그런데… 여기도 아닌가 봐요."

"나도 수소문해 보리다."

동석은 사내의 눈치를 살피며 말했다.

"왠지 다시 찾아올 것 같은 느낌이 들더군. 형씨를 위해서 준비한 게 있거든. 조금만 기다려요."

동석은 들뜬 얼굴로 주방으로 들어갔다.

주말 저녁인지라 술집은 손님들로 가득했다. 테이블마다 담배를 피워대는 통에 술집 안이 연기로 뿌옇다.

잠시 후 동석이 술과 안주를 들고 나왔다.

"형씨 위해서 준비한 안주요."

종잇장처럼 얇게 베어낸 편육이었다. 노랗게 삶은 고기가 제법 먹음직스럽다. 접시 중앙에는 상추와 잘게 썬 파가 놓여 있고, 그 주위에 원을 그리며 고기가 얹혀 있었다. 동석은 맛보기를 재촉이라도 하듯 사내를 바라봤다. 사내는 고기 한 점을 양념장에 찍어 먹었다.

"맛이 어때요?"

사내가 놀라운 표정으로 고개를 끄덕였다.

"고기가 정말 부드럽네요. 입에서 살살 녹아요."

동석은 기분이 좋은지 연신 방긋거렸다.

"무슨 고기죠?"

"평생 맛보기 힘든 고기지."

"그런데 왜 저한테 이런 요리를……."

"처음 형씨를 볼 때부터 알아봤지. 마음이 통했다고나 할까? 예전의 나를 보는 것 같았거든."

"아저씨도 저와 같은 사연이 있었나요?"

"오래전 일이지."

동석이 한숨을 쉬었다.

"나도 젊었을 때 자네처럼 전국을 헤매고 다녔어. 비록 찾지는 못했지만 말이야."

"그랬군요."

"그날 밤, 자네의 이야기를 듣고 깨달은 게 있었지."

동석은 말을 멈추고 창밖의 먼 산을 바라보았다. 잠시 후 사내의 잔을 채워주며 말했다.

"고기는 어제 내가 직접 잡은 거네. 특별히 자네에게 주려고 말이야."

그리고 묵묵히 주방으로 걸어갔다. 사내는 의아한 눈으로 동석을 바라보았다. 그때 TV에서 〈뉴스 속보〉가 떴다.

"속보입니다. 오늘 저녁 6시경 ××산기슭에서 30대 남성의 시신이 발견되었습니다. 제보자는 ××산에서 두릅을 캐던 여공이었습니다. 경찰에서는 수개월 전에 일어난 연쇄살인과 연관이 있는 것으로 추정하고 있습니다. 자세한 상황은 현장에 나가 있는 김 기자를 통해 알아보겠습니다. 김 기자, 나오세요."

화면이 산속 현장으로 바뀌었다.

"사망 시간은 어제 새벽으로 추정되고 있습니다. 시신의 이마나 손등에 난 상처로 봐서 범인과 격투가 있었던 것으로 보입니다. 직접적인 사인은 질식사인 것으로 밝혀졌습니다."

TV 화면은 사체로 옮겨졌다. 얼굴 부분이 모자이크 처리돼 있었지만 검붉은 색상으로 봐서 많은 양의 피가 얼굴을 덮고 있는 듯했다. 화면이 서서히 움직이며 사체 옆에 심하게 구겨진 분홍 우산을 클로즈업 하였다.

"이번에도 역시 혀 부분이 잘려 나갔는데요. 경찰은 사망한 사람이 '이칠성'이라는 서른한 살의 남자로, 부근 섬유 공장 직공이라는 것을 밝혀냈습니다. 이 씨는 이틀 전에 병가를 내고 잠시 지방에 내려간다는 말을 남기고……."

〈바르텔 증후군〉

자신과 비슷한 피해를 입은 사람에게 과도한 연대감을 느끼는 심리 상태. 상대의 상실감을 해소시켜 주기 위해 때로는 극단적인 행동을 보이기도 한다. 따뜻한 말 한 마디부터 살인에 이르기까지 다양하다.

저주받은 흉가의
탄생, 혹은 종말

김범석

계간 미스터리 2012년 여름호 단편 「찰리 채플린 죽이기」로 등단. 발표한 단편으로는
「죽마고우」, 「챔피언」, 「골목의 살인미수사건」, 「왕산장 사건」 등이 있다.
첫 장편인 「복어관 살인 사건과 아마추어 탐정의 프로 데뷔」를 yes 24에 연재하였다.

〈프롤로그〉

나는 지금도 그날의 기억이 선명하다. 의심의 광기 앞에서는 사랑과 우정은 물론 상식조차 의미를 잃어버렸다. 나는 내가 만든 의심을 친구들에게 퍼뜨렸다. 왜 그랬을까, 어쩌다 그랬을까 몇 번이고 되돌아보았다. 뚜렷한 원인은 보이지 않았고, 추억이 되었어야 할 장소를 광기의 장으로 만들어 버렸다는 결과에 괴로워했다.

"분명 그날 이후로 가장 괴로워하고 있는 사람은 당신일 겁니다. 당신은 더 이상 회피하지 말고 그날의 기억을 온전히 마주해야 합니다."

정신과 상담의 마지막 날에 의사가 말했다. 나는 그 의사의 말을 계기 삼아 과거의 죄책감을 온전히 마주하겠다고 마음먹었다. 이렇게 마음먹기까지 긴 시간이 걸렸다.

참극으로부터 19년이나 지난 지금, 나는 그것을 다시 마주하러 간다. 내 기억을 후벼 파는 장소로.

1

1996년 여름밤.

이곳은 미희네 조부모님이 사는 시골집이다. 마을에서 오르막 길을 한참 걸어 올라오면 나오는 곳에 덩그러니 놓인 집이다. 근 대적인 2층 주택이란 말이 연상되는 약간 낡은 집에 속했다. 작 은 마당 저편에 떨어져 있는 재래식 화장실이 을씨년스러운 분위 기를 더했다.

나와는 직접적인 관계가 없는 이 시골집에 오게 된 것은 다름 이 아니라 바둑팀 합숙 때문이다. 참가자는 나, 이미희, 김철수, 박영신, 이렇게 네 사람이다. 합숙 장소를 여기로 정하게 된 것은 이미희의 역할이 컸다. 일주일 전, 대학생 바둑대항전을 앞두고 합숙 장소를 구하는 일이 생각보다 어려워서 합숙 자체를 관둘까 고민하던 시기가 있었다. 그때 미희가 좋은 소식을 전해왔다. 미 희의 조부모님께서 하와이로 여행을 가기 때문에 집이 일주일가 량 빈다는 소식이었다.

그렇게 우리는 일주일간 미희의 조부모님 대신 집을 보면서 바 둑 합숙을 할 수 있게 되었다. 우리는 애초에 합숙하러 오기 전부터 일주일간 오직 바둑만을 두기로 다짐했다. MT 분위기를 내는 술이나 과자 따위는 애초에 챙겨가지 않기로 했다. 하지만 처음 여기 올 때 한 다짐처럼 바둑 연습이 잘되진 않았다. 외부의 유혹 때문이나 다른 팀원의 문제가 아니라 순전히 나의 내면 때문이었다. 나는 자꾸 이번 합숙에서 팀원들의 발목을 잡고 있었다. 생각이 흐트러지고 집중이 되지 않았다. 같은 실수를 반복하고, 수준 낮은 바둑을 둬서 팀원들의 투지에 물을 끼얹는 일을 저질렀다.

지금 나는 박영신에게 바둑으로 3연패를 당하고 마당으로 바람을 쐬러 나왔다. 그리고 내 마음이 흐트러지고 정신을 집중하지 못하는 원인에 대해 찬찬히 생각해 보았다.

내가 집중하지 못하는 이유는 명백했다. 이미희 때문, 아니, 정확히는 이미희를 향한 내 마음 때문이다. 나는 이미희를 좋아했고, 은근슬쩍 내 마음을 표시하기도 했다. 그녀는 웃으며 슬쩍 거리를 두었고, 나는 그녀의 웃음을 여성 특유의 조심성으로만 파악했을 뿐 그녀도 싫지는 않은 거라고 생각했다. 기회를 봐서 나는 이미희에게 애정을 고백했다. 이미희는 크게 웃었다. 내 얼굴은 당혹으로, 그녀의 얼굴은 폭소로 붉게 변했다. 이미희는 내게 사과했다. 이미희에게는 이미 연인이 있었다. 김철수였다. 나는 그들이 연인 사이라는 것을 사람들에겐 알리지 않았고, 그들이 약혼까지 한 사이라는 것을 뒤늦게야 깨달았다.

나는 지금도 생각한다. 이미희가 처음부터 나를 단호하게 거부하지 않은 것은 어떤 의미였을까? 나를 가지고 놀았던 것일까, 아니면 내 면전에 대고 거부의 표시를 할 만큼 마음이 모질지 못해서였을까? 의문과 고통을 가슴에 품은 채 나는 그녀와 단둘이 남는 상황을 피했다.

얼마 뒤, 내가 이미희에게 차였다는 소문이 바둑부에 퍼졌다. 나는 엉터리 웃음을 지으며 태연한 척하느라 힘들었다. 나는 개인적으로 크게 수치심을 느꼈고, 어쩌면 내가 아는 것 이상으로 상처를 입었는지도 모른다. 누군가가 나에게 장난치듯 위로라도 하려고 하면 나는 크게 화를 냈다. 우리 바둑팀의 실력자 중 하나인 후배 녀석이 이번 합숙에 참가하지 않게 된 것도 그런 이유다. 내가 정색하고 크게 화를 내자 녀석도 놀라서 내게 마주 화를 냈다. 나와 다툰 그 후배는 이번 합숙에는 불참하기로 했다.

이쯤 되면 나는 팀을 그만두고 나올 법도 하지만 나는 그러지 않았다. 나는 우리가 결성한 바둑팀에서 바둑을 두는 것을 좋아했고, 맨 처음 이 팀을 결성한 초기 멤버는 나와 김철수다. 일단 팀장은 김철수가 맡고 있고, 따지고 보면 나는 부팀장이라고 할 만했다. 나는 그만두고 싶지 않았다.

생각하다 보니 철수에게 다시 화가 났다. 나는 의도적으로 철수를 싫어하지 않으려고 노력했다. 오래 알고 지낸 사이이기도 하고, 여자 때문에 친구를 질투하면 내 꼴만 더 우습고 추해지니까. 내가 분을 삭이고 있다는 것, 문제가 있다는 것을 알면서도 김철수는 아무 말 하지 않았다. 나는 그것도 마음에 안 든다. 팀장이면 확실히 하라고! 그만둬라 마라 말이 없으니 내 속이 더 탄다.

마음속에 이런 식의 먹구름이 끼어 있으니 바둑을 제대로 둘 수가 없었다. 팀원들이 나를 비웃는지, 뒤에서 욕하는지 신경 쓰고 눈치를 보려니 집중력이 흐트러져 바둑을 둘 수가 없는 것이다.

앞니로 잔뜩 물어뜯은 엄지손톱이 물렁해질 무렵 나는 결론을 내렸다. 이번이 나로서는 처음이자 마지막 대학생 바둑대항전이 될 것이므로 후회가 없어야 한다. 시합을 시작하기도 전에 이렇게 망칠 수는 없었다. 어떻게든 시합 전에 후배에게는 사과한다. 합숙이 끝나자마자 먼저 전화를 걸어 사과하리라. 그리고 다시 힘을 합쳐 멋지게 팀 대항전에서 우승하리라. 시합은 한 달가량 남았으니 시간이 모자란 것도 아니다. 나는 할 수 있다.

생각을 하며 걷다 보니 지저분하고 냄새 나는 옛날 재래식 화장실 뒤편까지 해서 한 바퀴 돌게 되었다. 미희네 할머니는 이 지저분한 화장실을 없애 버리자고 성화라고 하셨는데, 할아버지가 강력히 반대해서 남겨둔 재래식 화장실이라고 한다. 냄새만 나지 않으면 골동품이라고 봐줄 만하기도 한데.

나는 다시 현관으로 돌아가는 길에 현관 우측에 있는 수돗가로 갔다. 수돗가는 옆으로 긴 직사각형 모양으로 수도꼭지가 여러 개 달려 있다. 나는 일부러 물을 세게 틀고 세수를 했다. 고개를 드니 2층 방 창문이 바로 보였다. 이미희의 방이다. 그녀의 방 창문만 봐도 다시금 가슴이 갑갑해지며 죄를 짓는 기분이 들었다.

물기를 대충 털어내고 집 안으로 들어갔다. 거실 한쪽에서 이미희와 김철수가 대국 중이고, 박영신은 기보를 두고 있다. 이미희와 김철수가 쓰는 바둑판은 접는 싸구려 바둑판이고, 박영신과 내가 쓰는 것은 다리가 네 개 달린 고급 바둑판이다. 박영신의 부모님이 비싼 돈 주고 사주신 물건으로 바둑판뿐만 아니라 바둑돌의 질도 다른 것과는 격이 달랐다.

"야아, 기다렸지? 미안. 다시 둘까?"

내가 말했다.

"그럴까?"

박영신은 몸을 조금 일으켜서 바둑돌을 쓸어 담고 다시 정좌했다. 나는 영신의 모습을 볼 때마다 마음이 아팠다. 말단왜소증에 걸려서 팔과 다리가 짧은 그는 우리 팀에서 바둑 실력이 두 번째로 뛰어났다. 두 달 전까지는 박영신이 우리 대학 바둑팀 최강자였는데, 최근 팀장인 김철수의 기량이 부쩍 늘어서 실력으로 에이스 자리를 탈환했다.

나는 흑을 쥐고 박영신이 백을 쥐었다. 이번에는 바둑이 제법잘 짜였다. 눈에 띄는 실착은 없었다. 하지만 안전하게만 두려다가 손해를 조금 봤다. 아직 중반인데 덤까지 계산한다면 다소 불리하다.

중반에 접어드는 그때, 옆에서 바둑을 끝낸 김철수가 일어나내 쪽을 흘깃 보고 바둑판을 내려다봤다.

"흑 형세가 불리한데."

김철수가 중얼거렸다.

"알아."

내가 이를 악물고 말했다. 김철수는 내 목소리를 듣고 내 신경이 곤두선 것을 알았나 보다. 그는 나를 자극할 생각이 없다는 의사를 표시하듯 조용한 걸음걸이로 주방으로 향했다. 커피를 마시려는 모양이다. 놈은 커피 중독자다. 여기 시골까지 전용 머그컵과 커피머신을 가져올 정도니까. 최근에는 부쩍 커피를 마시는 양이 늘어서 하루에 다섯 잔이나 여섯 잔씩 마시는 것 같다. 잠들기 전에도 한 잔 마신다고 하는데, 잠이 오려나?

바둑은 다시 흐트러졌다. 주방으로부터 풍겨오는 커피 향기를 맡고 김철수에 대해 생각하다 보니 잡생각이 들었다.

"아, 안 되네."

몇 수 뒤, 나는 돌을 던졌다. 박영신은 불만스러운 표정으로 돌을 쓸어 담았다. 약간 화가 난 것 같기도 하고 불안해하는 것 같기도 하다.

"집중력이 많이 흐트러졌나 봐?"

박영신이 말했다.

"아아."

내가 말했다. 박영신은 내게 뭔가 더 말하고 싶은데 참는다는 표정이다. 문제는 내가 그 표정을 읽었다는 거다. 나는 요즘 자주 울컥 화를 내고 자주 이를 악문다. 어금니 뿌리가 아플 정도로. 왠지 오늘은 바둑을 그만두고 싶다. 이 이상 계속 두다간 싸움이 날 것만 같았다.

그 순간,

"저기… 오늘은 이만 마칠까?"

이미희가 누구에게랄 것도 없이 말했다.

시계를 봤다. 시간은 저녁 8시 54분.

"아니, 10시까지 채우자."

딱히 이미희에게 반발하려는 것은 아니지만 합숙 전부터 오전

9시에 시작, 오후 10시에 종료하기로 정해두었다.

"그게… 다들 피곤하니까 신경이 예민해진 것 같아서."

이미희가 우물쭈물 말했다.

확실히 나의 경우엔 그렇다. 신경이 곤두설 대로 곤두섰다. 눈에는 핏발이 섰고, 상대방이 딱 소리를 내며 한 수 둘 때마다 목덜미부터 뒤통수의 머리카락까지 삐죽거리며 서는 것 같았다.

"이놈만 있으면 나는 더 둘 수 있어."

김철수는 자기 전용의 손잡이 없는 머그컵을 보이고는 쭉 들이켰다. 커피가 아직 뜨거울 텐데 저 뜨거운 걸 잘도 먹는다. 언젠가 녀석이 커피는 목구멍으로 넘길 때의 뜨거움을 즐기는 것이라고 말한 적이 있다. 언젠가 녀석의 자취방에 놀러 간 적 있는데, 그때도 매운 라면을 먹을 때 저렇게 마시듯이 먹곤 했다. 저래도 속이 상하진 않나?

"나는 좀 피곤한데."

박영신이 눈을 비볐다.

"나도."

이미희가 피곤한 웃음을 지으며 나를 봤다. 나는 그녀의 미소를 보면 아직도 가슴이 두근거린다. 그것이 분노인지 애정인지는 나도 모른다.

"나는 좀 더 두고 싶어."

내가 시선을 피하며 말했다. 거실 쪽 시계를 향해 자연스럽게 시선을 피한다고 피했는데 잘했는지는 모르겠다.

"그럼 피곤한 사람은 먼저 쉬고, 철수랑 나랑 한 판 어때?"

내가 말했다.

"좋아, 두자. 그전에 한 잔만 더 뽑고."

철수가 커피머신으로 돌아갔다. 박영신은 현관 쪽의 남자 방으로, 이미희는 2층으로 올라갔다. 나는 무의식중에 계단의 삐걱거리는 소리를 들었다. 오래된 나무 계단은 소리가 무척 컸다. 귀에 박히는, 무의식중에 집중해서 듣게 만드는 소리였다.

나는 먼저 고급 바둑판 앞에 정좌하고 앉았다. 그리고 눈을 감고 마음속으로 할 수 있다, 할 수 있다 하고 되뇌었다.

"자, 두자."

어느새 김철수는 반상 앞에 앉아 머그컵을 옆에 내려놨다.

우리는 한 시간 동안 바둑을 뒀다. 바둑 내용은 기억이 잘 안 났다. 철수의 말에 신경을 쏟았기 때문이다. 철수는 수심이 가득한 얼굴로 우리 팀 내부의 민감한 신경전 문제에 대해 말했다. 나는 그가 벼르고 벼르다가 겨우 말을 꺼낸 것임을 알고 있다. 나는 일부러 아무것도 아니라는 듯이 문제될 것 없다고 대답했다. 철수는 바둑이 끝날 때까지 수심이 가득한 표정을 지었다.

내 바둑은 형편없었다. 집중력이 흐트러져서인지 장고가 필요 없는 부분에서도 시간을 질질 끌었다. 나는 결국 돌을 던졌다.

"그만하려고? 수읽기를 해봐야겠지만, 수상전으로 몰고 가면 이 대마는 살 수 있을 것 같은데."

"피곤해서 계산할 여력이 없다. 나는 너처럼 커피를 안 마시니까."

"많이 마셔서 좋을 거 없어. 빈속에 자꾸 마셨더니 속이 좀 많이 쓰리다."

"그럼 그만 마셔."

"속이 아파도 이것만은 끊을 수 없어."

녀석은 커피를 다시 마셨다. 속이 쓰리다면서 자꾸 마시는 걸 보면 확실히 커피 중독이다.

"그럼 나는 자야겠다."

나는 자리에서 일어났다.

"음, 먼저 잘래? 나는 좀 더 연구하다가 잘게."

녀석은 머그컵을 양손에 쥔 채 만지작거리며 바둑판을 내려다 봤다. 무척 지치고 피로해 보였다. 질투라는 감정에 푹 젖어 있는 나였지만, 안색이 나쁜 그를 보자 조금 측은한 기분이 들었다.

"너도 그만 자지그래? 커피는 그만 마시고."

내가 품고 있는 질투의 감정과는 별개로 친구에 대한 걱정을 담아 말했다. 아닌 게 아니라 김철수는 요즘 내가 걱정할 정도로 바쁘고 피곤한 인생을 살고 있었다. 취업 준비부터 여자 친구와 의 약혼, 바둑팀의 리더 역할까지 그야말로 커피의 각성 효과로 제 기능을 하고 있다고 밖에는 볼 수 없었다.

"괜찮아. 커피만 있으면."

김철수는 여유 있는 척 손잡이 없는 머그컵을 들어 보였다.

나는 고개를 끄덕이곤 거실을 떠났다. 2층으로 올라가는 계단 을 흘겨본 뒤 서재 방에 들어가 누웠다. 원래는 지저분한 서재인 데, 바닥에 쌓인 책 따위를 멀리 치워두고 이불 두 개를 나란히 깔아둔 방이다. 박영신은 현관 바로 앞에 있는 방에서 혼자 잔다.

어릴 적 학교 수련회에서 괴롭힘을 당한 적이 있는 그는 그때의 마음의 상처로 인해 늘 방문을 잠그고 혼자 잔다고 한다.

나는 넓은 서재 방에 혼자 누워 두 시간이나 뜬눈으로 있었다. 혹시라도 2층에서 무슨 행복에 겨운 웃음소리가 들리지 않는지 신경을 곤두세웠다. 나는 여전히 철수를 질투 중이었고, 그가 서재 방에 들어오는 대신 2층으로 올라가 미희와 같이 침대에서 뒹굴 수도 있다고 생각했다. 벽과 천장이 얇으니 귀를 기울이면 들릴 수도 있었다.

나는 철수가 방에 들어오기까지 잠들지 않으리라고 다짐했다. 하지만 자정 이후 나도 모르게 스르륵 잠이 들었다.

2

몇 시인지 모를 새벽. 삐걱거리면서 누군가의 발소리가 들렸다. 저 삐걱 소리는 이미희가 계단을 내려오는 소리가 분명했다. 조심조심, 하지만 서두르며 걷는 모양이다. 계단의 삐걱 소리만 들어도 그녀의 내려오는 모습이 연상되었다. 잠결에 그 모습을 상상하고 나는 우울해졌다. 나는 이불을 뒤집어썼다. 그리고 몇 분인지 수십 분인지 모를 선잠에 다시 들었다.

비명, 아침, 죽음.

순간적으로 세 개의 의미가 머리를 스쳐 지나가며 잠에서 깼다. 평소의 기상 시간보다 이른 아침이라 몽롱한 상태다. 비명을 들은 것 같다고 생각한 찰나, 다시 비명이 들려왔다. 이미희의 비명이다.

바깥이다.

나는 비틀거리며 일어나 현관으로 달려갔다. 마침 현관에 인접한 복도 쪽방에서 박영신이 문을 열고 나오는 게 보였다.

"지금 무슨 소리야?"

피곤한 목소리로 박영신이 물었다. 그때 다시 비명이 들렸다. 우리는 현관문을 열고 달려갔다.

"저기다."

나와 박영신이 달려갔다. 재래식 화장실 근처에 엎드린 자세로 쓰러진 김철수와 그런 김철수의 등 뒤에 기대어 우는 이미희가 보인다.

"무슨 일이야?"

내가 물으며 다가갔다. 그제야 미희의 몸에 가려져 보이지 않던 김철수의 얼굴이 보였다. 김철수는 입가에 피를 흘리고 있었다. 아니, 그 정도가 아니다. 바닥에 피 섞인 토사물을 잔뜩 쏟아내고 그 위에 얼굴을 파묻은 채 쓰러져 있다.

"도, 독살……?"

나는 부들부들 떨었다. 잘생기고 성실한 김철수의 얼굴이 피 섞인 토사물에 처박은 채 죽어 있으니 괴리감이 느껴져 더욱 소름이 끼쳤다.

나는 여전히 울면서 간헐적으로 비명을 지르는 이미희를 우선 시체에서 떼어내려 했다. 내가 그녀의 어깨에 손을 대자 그녀는 매섭게 내 손을 뿌리치며 물러났다.

아아, 그녀의 눈! 그 순간 그녀의 눈을 봐서는 안 됐다. 이미희의 붉게 충혈된 눈은 나를 의심하고 있었다. 결코 착각이 아니었다. 나는 그 말도 안 되는 부당함에 어이가 없었다. 나도 표정으로 억울함을 호소했지만 나나 그녀나 모두 목소리가 없었기에 의미가 없는 행동이었다.

"일단 경찰에 신고할까?"

보다 못한 박영신이 말했다. 김철수는 이미 죽은 것이 명백했고 너무나도 무참한 모습이라 119보다는 112에 먼저 신고하는 게 맞는 것 같았다.

우리는 모두 시신을 그대로 두고 집 안으로 들어갔다.

박영신이 까치발을 하고 전화기를 들었다. 그리고 112를 눌렀는데, 당혹한 표정을 지었다.

"큰일이야. 전화를 안 받는데?"

"뭐?"

내가 가서 수화기를 낚아채고 귀에 대보았다. 아예 신호가 가지 않았다.

"전화선이 끊긴 건가?"

나는 어이가 없었다. 마치 추리소설에 나오는 것처럼 누군가가 전화선을 끊기라도 했단 말인가?

"아, 아니야."

이미희가 말했다.

"누가 끊은 건 아닐 거야. 할머니가 그랬어. 선이 낡아서 가끔 전화가 되다가 안 되다가 한다고."

이미희가 말했다. 이미희의 말이 틀림없다면 어떤 살인마가 의도적으로 전화를 고장 낸 것은 아니라는 뜻이다. 크게 위안은 안 되는 것 같지만.

"누구 휴대전화 있는 사람 있어?"

하필이면 아무도 없었다. 일단 나는 곧 군대를 가기 때문에 처음부터 휴대 전화를 구매하지 않았다. 다른 두 사람은 너무나도 고지식하게도 제대로 합숙하자는 내 엄포를 듣고 휴대전화를 가지고 오지 않은 모양이다.

"어, 어쩌면 좋아."

울음을 그친 이미희가 다시 울 것 같은 얼굴로 말했다.

"우리 중 누군가가 읍까지 내려가는 수밖에."

내가 말했다. 하지만 누가? 여자인 이미희를 보낼까, 아니면 말단왜소중의 박영신을 보낼까, 아니면 역시 내가 가는 게 좋을까?

"잠깐."

나는 오싹한 기분 속에서 상황을 분석했다. 김철수는 피를 토하고 죽었다. 그것이 독살이라면 외부인의 범행일 가능성은 극히 낮으므로 우리 셋 중 누군가가 김철수를 죽였다는 의미다. 이미희가 상체로 김철수의 등에 얼굴을 묻은 채 울고 있었기 때문에 김철수의 몸에 어떤 상처가 있는지에 대해서는 자세히 보지 못했지만 아마도 독이겠지.

아니, 문제는 어떻게 죽였느냐가 아니다. 정말 중요한 건 우리 중 누가 죽였느냐이다. 셋 중 한 사람, 가령 내가 읍으로 내려가 신고를 할 경우 이곳에는 시체 하나와 두 사람이 남는다. 그리고 두 사람 중 하나는 살인자다. 즉 남아 있는 사람 중 살인자가 아닌 쪽이 위험해진다.

"내 생각엔 우리 함께 있는 게 좋을지도 모르겠어."

내가 말했다.

"왜? 누가 내려가서 경찰에 알려야지?"

이미희가 말했다. 그래서 나는 방금 머릿속에서 정리한 사실을 들려줬다. 우리 중 하나가 살인자라는 사실을.

잠시 적막이 이어졌다. 그 직후 이미희는 쿵쿵쿵 발 구르는 소리를 내며 주방으로 달려갔다. 나와 박영신이 뒤쫓아 가자 식칼을 뽑아서 우리를 겨눴다. 나와 박영신은 헛숨을 들이켜며 멈춰섰다.

"잠깐! 진정해!"

내가 소리쳤다.

"가까이 오지 마! 둘 다!"

나와 박영신은 양손을 올리고 주춤주춤 물러났다. 아무래도 내 생각을 들려준 것이 그녀를 자극한 모양이다. 방금 시체를 보고 온 사람에게 할 소리가 아니었던 것이다. 내 머릿속 생각을 숨겼어야 했나?

"누구야? 누가 죽였어!"

이미희가 물었다. 정신적으로 상당히 불안정한 상태였다.

"난 아냐."

박영신이 짧은 팔다리를 보이며 말했다.

"나, 나도 아냐. 난 자고 있었어."

내가 필사적으로 말했다. 하지만 이미희의 식칼 끝은 날 향하고 있었다.

"…의심스러워."

이미희의 식칼 끝이 떨렸다. 나는 '어? 어?' 하면서 주춤주춤 뒤로 물러섰다.

그 순간, 박영신이 짧은 다리로 이미희의 발을 걸었다. 이미희는 양손으로 식칼을 쥐고 허리를 뒤로 잔뜩 뺀 어설픈 자세였기에 박영신의 발 걸기에 그대로 옆으로 넘겨졌다. 덕분에 박영신은 식칼의 끝에 코끝을 베였지만 그대로 식칼을 빼앗는 데는 성공했다.

"다들 진정해."

식칼을 주운 박영신이 주방으로 향하며 말했다. 그리고 눈에 띄는 식칼이며 가위 따위를 모조리 바닥으로 끌어내리고 아래쪽 찬장에 모조리 쑤셔 박았다. 그리고 손에 들고 있는 식칼을 찬장 손잡이 틈에 걸쇠처럼 끼워 넣어 봉쇄했다.

"자, 이걸로 모든 무기는 봉인됐어. 이제부터 누구라도 여기에 손대는 사람이 범인이야. 알았지?"

박영신이 침착하게 말했다. 그렇게 모두에게서 무기가 사라지자 확실히 날이 선 긴장감이 누그러들었다.

"일단 누가 범인이든 간에 우리 셋은 꼭 붙어 있어야 해. 범인을 견제하기 위해서라도, 범인이 아닌 사람들끼리 즉시 돕기 위해서라도. 오케이?"

박영신이 코의 상처를 만지작거리며 말했다. 나는 동의했다.

이미희도 코를 훌쩍이며 고개를 끄덕였다.

"자, 그럼 확인해 보자. 나는 범인이 아니야. 누구야?"

박영신이 대놓고 물었다.

"난 아냐."

내가 말했다.

"나, 나도 아니야."

이미희가 말했다.

박영신은 한숨을 내쉬었다.

"미희네 할머니, 할아버지가 돌아오는 시각은 분명 오늘 점심 이전이라고 했지?"

"비행기 도착 시간은 그런데, 실제로 여기 도착하려면 오후 늦은 시간쯤 될 거야."

이미희가 말했다.

"좋아, 그럼 제안할게. 우리 셋은 그 시간이 될 때까지 이 거실을 떠나지 않는 거야. 화장실을 갈 때도 나머지 둘이 화장실 입구에 서서 기다리고. 어때? 그리고 할머니 할아버지가 오시면 그때 두 분에게 경찰에 신고해 달라고 하는 거야."

나는 고개를 끄덕였다. 제법 괜찮은 생각이다. 일단 경찰 수사가 늦어지고 시체를 방치해 두는 시간이 길어진다는 단점이 있지만 범인은 추가 범행을 저지르지도, 도망치지도 못할 것이다.

이미희도 박영신을 보고 고개를 끄덕였다. 만약 내가 범인이라고 해도 작은 키에 비해 날래고 강한 박영신과 함께라면 여자인 자신도 자신 있다는 판단이 섰으리라. 아닌 게 아니라 제법 힘의

균형이 이루어졌다.

"어쩔까. 추리소설에서처럼 우리 셋의 알리바이 검증이라도 할까, 아니면 그냥 가만히 기다릴까?"

박영신이 물었다.

"저기… 그전에 제안이 있는데, 이불 한 장 가지고 가서 철수 시신이라도 덮어주고 오는 건 어떨까?"

내가 말했다. 그러자 박영신이 고개를 끄덕였다.

"그렇군. 그 생각을 못했어. 친구의 주검을 저렇게 두긴 그렇지. 얇은 담요라도 덮어주고 오자."

박영신이 말하자 이미희도 고개를 끄덕였다. 우리 셋은 조심스레 일어났다. 꼭 달라붙지도, 떨어지지도 않은 상태로 움직였다. 그리고 내가 자던 방의 붙박이장에서 오래되고 빛이 바랜 얇은 담요를 꺼내왔다.

우리는 밖으로 나갔다. 김철수의 시신은 다시 봐도 비참했다.

"덮기 전에."

담요를 들고 있는 내가 말했다. 심호흡을 하고.

"사체를 좀 더 자세히 볼 수 있을까?"

그러자 이미희의 얼굴이 일그러졌다. 박영신도 반대했다.

"경찰에게 맡겨. 우리가 건드리면 안 돼."

"하지만 어떻게 죽었는지는 알아야 대비를 하지. 독을 먹은 건지, 독침에 맞은 건지."

내가 말했다. 박영신은 더 반대할지 맘대로 하라고 할지 고민하는 표정을 지었다. 녀석이 고민하는 동안 나는 담요를 둘둘 말아 품에 안고 김철수의 머리를 살폈다. 일단 머리에 흉기로 맞은 흔적은 없다.

"하지 마."

이미희가 토할 것 같다는 표정으로 말했다. 나는 아랑곳하지 않고 철수의 등짝을 손으로 문질렀다. 철수의 옷은 물론 내 손에도 피가 묻어나오지 않았다. 즉 최초 발견자 이미희는 우리가 달려갔을 때 김철수의 등에 있을 어떤 상처를 숨기기 위해 몸을 덮어 우는 시늉을 하며 우리를 교란시킨 것이 아니라는 의미다.

"이제 됐지? 그만해!"

이미희는 내가 시체에 코를 박듯이 관찰하는 꼴을 참을 수 없었나 보다. 하지만 아직 남았다. 지금까진 옷 위로 봤을 뿐이고 옷 아래나 등, 가슴에 어떤 흉터가 있는지 확인해야 한다.

"이제 그만해. 등이나 가슴에 칼이 꽂혔다면 피로 옷이 물들었겠지. 그리고… 이런 식으로 검은 피 섞인 구토를 하진 않았을 거야."

박영신이 말했다.

나는 마지막으로 독침 같은 것에 찔린 흔적이 있는지 김철수의 목덜미와 손을 확인했다. 그런 흔적은 없었다. 시신 주위에도 독침이나 독약이 떨어진 흔적은 보이지 않았다.

우리는 다시 집 안으로 돌아왔다.

3

우리는 거실로 갔다. 그리고 나는 아까는 발견하지 못한 것을 발견했다. 김철수가 늘 사용하던 손잡이 없는 머그컵이다. 네 발 달린 고급 바둑판 아래에 뒹굴고 있다. 커피를 거의 다 마신 뒤에 쓰러진 것인지 옆으로 쓰러져 있는데도 커피는 조금밖에 쏟아지지 않았다.

우리가 드라마 속 감식반이었다면 남아 있는 커피에 어떤 독이 들어 있는지 알 수 있었을 텐데.

"일단 건드리지 않는 게 좋겠어."

박영신이 말했고, 나는 그렇게 했다. 엎질러진 커피에서 뭘 알아낼 능력이 없으니까.

그냥 지나치려는데 바둑판에 위에 펼쳐진 바둑의 모양이 눈에 걸렸다.

"이건……!"

이 바둑은 분명히 나와 김철수가 뒀던 바둑이다. 내 기억이 틀림없다면 두 달 전의 대국이다. 드물게 내가 이긴 바둑이다. 나는 끝내기에서의 실수는 전혀 없다고 해도 좋다. 이 대국도 초중반에는 싸움을 걸어와도 어울리지 않고 물러나 내 집만 지으며 버티다가 마지막 끝내기에서 반집 차이로 이겼다. 내 기억에도 남아 있는 대국이다. 이것을 김철수는 어젯밤 혼자 복기했단 말인가?

박영신이 흘깃 보고 말했다.

"이거 어제 너희가 둔 거야?"

"아니, 이건 예전에 둔 바둑이야. 철수가 복기했나 봐."

"그랬군."

박영신은 별것 아니라는 듯이 고개를 끄덕였다. 이미희는 바둑판 위에 바둑으로 위장된 무슨 메시지가 있지 않을까 뚫어져라 바둑판을 봤는데 어디에도 수상한 점은 없었다. 특이할 만한 것은 녀석과 내가 아주 오랜 시간을 들여 둔 바둑이며, 이 바둑 한 판 두는 동안 김철수는 커피를 여러 잔 마셨다는 것, 그리고 내가 마지막까지 버티다가 끝내기 이득으로 겨우 이긴 바둑이라는 것뿐이다.

우리는 거실 소파에 적당히 떨어져 앉아 서로를 의심의 눈초리로 보았다. 박영신은 그나마 자기 통제력이 강한 편이라 대놓고 적의를 드러내지 않았지만 나와 이미희는 의심을 숨기지 않았다.

우리가 할 일이라곤 그것뿐이었다. 의심 어린 시선 교환.

나는 손톱을 잘근잘근 씹으며 우리 중 누가 범인일지 생각해보았다.

사실은 내가 몽유병 환자이고 밤중에 일어나 무의식중에 그의 커피 잔에 독을 넣어 죽였다와 같은 경우는 불가능하다. 백번 양보해서 실제로 내게 그런 병이 있고, 무의식중에 미리 독을 준비하고, 무의식중에 그런 독살 시도를 했다고 해도 김철수는 저항을 했을 것이다. 아무리 생각해도 내가 몽유병 환자이거나 이중 인격이라는 식의 의심은 말도 안 되었다.

그렇다면 범인은 역시 박영신이나 이미희 중 하나다. 둘 모두 가능성은 있다. 박영신의 경우 혼자 잤다. 그러니 남의 눈을 피해 몰래 거실에서 등을 보이고 복기 중인 김철수에게 갈 수도 있었다. 문제는 김철수가 혼자 있을지 없을지 사랑방에 있던 박영신은 알기 힘들다는 점이다. 물론 이 집은 벽이 얇은 편이라 문에 귀를 대고 있으면 사람 목소리나 발자국 소리, 문 여닫는 소리로 유추할 수는 있을 것이다. 불완전하지만 일단 가능하다고 한다면 박영신은 혼자 거실에서 바둑을 두고 있는 김철수를 독살할 기회가 충분했다. 적당한 구실로 김철수의 시선을 창밖이나 다른 곳으로 돌리게 한 다음 바둑판 옆에 둔 머그컵에 독약을 타면 되니까.

이미희가 범인이라면? 그녀의 경우는 더 쉽다. 약혼녀이니까. 커피를 타준다는 구실로 김철수의 머그컵에 독약을 넣기 가장 쉬운 사람이다. 작정하면 언제든지 김철수를 죽일 수 있다. 하지만 바로 그렇기 때문에 그녀가 범인일 가능성이 낮아진다. 그녀는 마음만 먹으면 김철수를 언제든지 죽일 수 있다. 그런 그녀가 왜 하필 오늘 이런 한정된 인원과 공간 속에서 죽일까? 게다가 여긴 이미희의 할머니, 할아버지가 사는 집이다. 살인 장소로는 적합하다고 보기 어려웠다.

그럼 동기는 어떨까?

김철수를 죽일 동기에 관해서라면 나만큼 동기가 많은 자도 없다. 왜냐하면 나는 내심 그를 질투하고 싫어했으니까. 어쩔 수 없다. 이건 나도 알고 우리 팀원 모두가 아는 사실이다. 특히 이미희는 대놓고 나를 의심했다.

그럼 박영신은 어떨까. 그의 경우도 알 수 없다. 기껏해야 최근 들어 에이스 자리를 빼앗긴 것에 대한 불만 정도일까? 하지만 그 정도로 사람을 죽인다고 보긴 어렵다. 오히려 박영신은 김철수에게 고마운 마음을 가지고 있는 것으로 알고 있다. 장애를 지닌 자신의 바둑 재능을 깨닫게 해준 사람이 김철수이니까. 우리 팀에 들어올 것을 권유한 사람도 김철수다.

그럼 이미희는? 김철수는 딱히 부자도 아니고 결혼식을 올린 것도 아니니 김철수를 죽여서 얻을 경제적인 이득은 없다. 하지만 남들이 모르는 어떤 증오심이 있다면? 그러나 이런 식의 상상은 부질없었다. 내가 지금 상상해서 알아챌 정도의 증오심이라면 나나 나머지 팀원들이 진작에 눈치챘을 것이다.

결국 누가 범인인지도, 동기도 알 수 없다는 뜻이다. 그리고 또 하나의 의문이 있다.

왜 김철수는 재래식 화장실 앞에서 죽었을까? 만약 바둑판 앞에 앉아서 독이 든 커피를 마셨다면 그 즉시 죽지 않았을까? 먹은 독의 양이 부족해서? 그럼 왜 자리에서 일어나 재래식 화장실 앞에서 죽었을까? 방으로 뛰어가 도움을 요청할 수도 있지 않았을까? 김철수의 옷이 그리 지저분하지 않은 것으로 보아 범인은 시체를 질질 끌어 옮긴 것 같지는 않았다. 만약 내가 범인이고 시체를 옮긴다면 눈에 띄지 않도록 재래식 화장실 내부에 시체를 숨겼을 것이다. 재래식 화장실 앞이 아니라.

즉 김철수는 독을 먹고 스스로 재래식 화장실 앞으로 가 피 섞인 토를 하고 죽었다. 도대체 김철수는 왜 하필 재래식 화장실 앞에서 피를 토하고 쓰러졌을까?

아마 이미희와 박영신도 이렇게 나와 비슷한 생각과 의문을 가지고 있겠지. 우리 셋은 눈알을 굴리며 서로를 흘깃거리거나 서로 안 보는 척하며 타인의 시선을 의식하고 있었다.

"슬슬 서로의 알리바이를 확인하지 않을래?"

박영신이 불쑥 말했다. 나와 이미희는 움찔했다.

"알리바이?"

"응. 알리바이를 검증하면 답이 나올 것 같아서."

박영신은 범인이나 살인자라는 단어 대신에 '답'이라는 단어를 썼다.

"우린 마지막까지 셋이 있기로 했잖아? 이 시점에서 범인을 추궁해 가는 건 별로 현명하지 못한 것 같아. 긴장감만 높아질걸. 그냥 미희네 조부모님이 도착할 때까지 가만히 기다리자."

내가 말했다.

"아니, 나는 궁금해."

이미희가 말했다.

"너희 중 누가 범인인지."

그녀는 아예 대놓고 말했다. 나는 한숨을 내쉬었다.

"그게 정말 좋은 생각일까? 사실 난 알리바이가 없어."

나는 솔직하게 말했다. 어젯밤에 잠자리에 누워 2시간가량 깨어 있다가 스르르 잠이 들었다. 그리고 비명을 듣고 잠에서 깨었다.

다행히 박영신과 이미희에게도 뾰족한 알리바이는 없었다.

우리 세 사람은 대화하듯 각자 어젯밤부터 오늘까지의 행동을 설명했다. 어젯밤 이미희와 박영신은 거의 같은 시간에 각자의 방으로 갔고, 비슷한 시각에 잠이 들었다. 오늘 아침 박영신은 나와 거의 동시에 잠에서 깨어났고, 이미희는 다른 사람들보다 약간 일찍 일어났다. 그녀는 2층 창밖을 보다가 재래식 화장실 앞에 사람 다리 같은 것이 보였다고 한다. 설마 하는 심정으로 계단을 내려가 밖에 나갔다가 김철수의 시체를 발견하곤 비명을 질렀다고 한다.

"하, 하지만 나는 절대 아니야. 내가 약혼자를 죽일 리가 없잖아."

이미희가 변명하듯이 말했다.

"나도 절대 아니야. 내가 친구를 죽일 리가 없잖아?"

내가 비아냥거리듯이 말했다. 그녀가 도끼눈을 뜨고 날 노려봤다. 나는 혀를 찼다. 한때 내가 좋아하던 여자인데 상황이 이렇게 되니 그녀의 말 한마디 한마디가 짜증난다. 모두의 신경이 곤두선 상황에서 왜 알리바이 검증을 하자고 한 걸까?

'네가 먼저 시작한 거다, 이미희'라고 생각하며 머릿속 생각을 말했다.

"만약 범인이 이미희라면?"

"뭐?!"

이미희가 발끈했다.

"야, 그런 근거 없는 의심은 그만둬."

박영신이 짜증스럽게 말했다. 하지만 나는 멈출 수 없었다. 내 마음에 상처를 준 여자에게 상처를 되돌려 줄 기회를 놓치고 싶지 않았다.

"이미희라면 가능해. 아무도 모르게 미리 김철수에게 자정 너머 새벽에 재래식 화장실 쪽에서 만나자고 하면 된다. 쪽지를 건네거나 합숙 도중에 슬쩍 미리 약속을 했을 수도 있지. 김철수가 피곤한 기색이 역력한데 커피를 연거푸 마시면서 잠을 자지 않은 것도 이걸로 설명이 된다. 약속 시간에 이미희는 김철수가 가 있는 재래식 화장실로 가지."

"말도 안 돼! 그게 사실이라면 너희에게 내가 계단 내려가는 소리가 들렸겠지!"

"헤에, 과연! 계단 밟는 소리가 시끄럽다는 것, 우리가 들을 수 있다는 것을 너도 알고 있었구나."

아마 내 입가는 심술로 잔뜩 비틀려 있을 것이다.

"그, 그야 계단 소리가 조금 시끄러운 편이니까 내가 계단을 걷는 소리가 아래층에 있는 너나 영신이에게 들릴 수 있겠구나 하는 것 정도는 유추 가능하잖아?"

나는 그녀의 주장을 무시했다.

"계단 소리만 피할 수 있다면 너는 누구보다 살인이 용이해."

내가 차갑게 말하자 이미희는 소리를 지르려 했다. 하지만 박영신이 제지했다.

"일단 끝까지 들어보자."

이미희는 기가 찬 지 '허' 하는 소리를 냈다. 그 틈에 나는 내 의견을 모조리 쏟아냈다.

이미희는 약속 시간에 약속 장소로 간다. 계단을 내려갈 필요도 없다. 2층 창문을 통해 내려가면 된다. 위험하게 뛰어내릴 필요도 없다. 2층 창문 아래는 수돗가이니까. 키가 작은 여자라도 발끝을 세우면 그것을 밟고 내려오는 것이 가능하다. 내려가 약속 장소에 도착한 뒤 손에 독을 들고 있다가 김철수에게 먹여서 죽인다. 어떻게 먹이느냐에 대해서는 적당히 둘러대면 된다. 남에게 주기 아까운 피로 회복제라던가 하는 식으로. 그리고 다시

2층 창문을 기어 올라오면 된다. 창문 아래에 있는 수돗가를 밟고 오르면 된다.

나는 추리를 마쳤다. 하지만 내 추리에 반박한 것은 이미희가 아니라 박영신이었다.

"미안하지만 나는 그 추리에 동의하기 어려워."

"왜지?"

내가 날카롭게 되물었다.

"네 말대로 이미희는 2층 창문을 통해 까치발을 내밀어서 수돗가를 밟고 내려갈 순 있을 거야. 그것도 어렵고 위태롭지만 일단 가능은 하겠지. 하지만 수돗가를 밟고 다시 2층으로 올라가는 건 훨씬 어렵고 어쩌면 불가능한 일이야. 내 말을 들어. 나는 높은 의자에 앉을 때마다 올라가 앉는 것과 내려가는 것이 완전히 다르다는 것을 늘 생각하니까."

"그럴지도 모르지만."

나는 독기가 빠진 목소리로 웅얼거렸다.

"복잡하게 생각할 거 없어. 내가 범인이 아닌 이유."

이미희가 말했다.

"단순하게 생각해. 어젯밤 마지막까지 철수랑 같이 있던 사람이 누구야?"

이미희가 나를 노려봤다.

"지금 뭐야? 내가 범인이라고? 하!"

"왜 안 되는데? 잠을 같은 방에서 자잖아? 옆에 누워서 자고 있는 사람에게 강제로 독약을 먹이는 건 쉬운 일이잖아? 그리고 시체를 업어서 재래식 화장실 옆에 버리고 돌아오면 되잖아?"

"그건 두 가지 이유를 들어 반박할 수 있어. 첫째, 머그컵. 철수는 죽기 직전까지 바둑판 앞에 앉아 있었어. 잠을 자러 방에 들어오지 않았어."

"그 부분은 조작이 가능하잖아. 머그컵이야 철수를 죽이고 시체를 옮기기 전에 살짝 가져다 두면 되는 거야."

이미희가 끼어들었다. 나는 한숨을 내쉬듯이 내가 범인이 아닌 두 번째 이유를 말했다.

"둘째, 나는 독이 없어."

그렇다. 나에게는 독이 없다. 구한 적도 없고 어디서 구하는지도 모른다. 내가 범인이라면 있어도 버렸겠지만. 변명치곤 참으로 나약한 변명이다.

"이 경우에도 증거는 없지. 우리 의심은 그만두자. 알리바이를 검증하자고 한 게 잘못이었어."

박영신이 말했다.

우리는 아직 독기를 온전히 해소하지 못한 채 입을 다물어야 했다. 나는 손톱만 잘근잘근 씹어댔다. 손톱이 충분히 짧아졌을 때 나는 너무나도 무서운 악마적인 살인 방법이 떠올랐다. 이 방법이라면 전부 말이 된다. 박영신도 범인이 될 수 있다.

하지만 박영신이 범인인 경우, 확실히 하기 위해 경찰이 올 때까지 기다려야 한다. 경찰이 오면 알려줘야지 지금 여기서 떠들어봐야 검증할 수 있는 방법이 마땅치가 않다.

그래서 나는 손톱만 물어뜯으며 시간이 빨리 가기를 기다렸다.

하지만 이미희는 그렇게 놔두지 않았다.

"불안해?"

이미희가 한껏 비아냥거리며 물었다.

"뭐?"

"불안하니까 그렇게 손톱을 물어뜯는 거야?"

이미희는 마치 내 신경을 건드리려고 작정한 사람 같았다. 나는 속이 부글부글 끓는 것을 참으며 말했다.

"그냥 버릇이야."

하지만 그녀는 나를 가만 놔두지 않았다. 그녀는 내가 그녀에게 고백한 것, 치근거린 일을 끌어내서 내게 수치심을 줬다. 나는 언어로 형용할 수 없는 분노와 슬픔을 동시에 느꼈다. 그녀의 악랄함에 대해서는 변명의 여지가 없다. 그녀는 반쯤 정신이 나간 상태였다. 약혼남의 죽음이라는 스트레스에 그녀는 이성을 잃었고, 나에게 상처를 입히지 않고서는 스트레스를 견딜 수 없었던 것이다.

"도대체 어떻게 해야 날 그만 의심할래?"

내가 슬픈 목소리로 물었다. 이미희는 잠시 주춤했다. 하지만 이내 다시 표독스러운 어조로 받아쳤다.

"범인이 자진해서 나타날 때까지. 범인은 너니까."

"그래? 그럼 범인을 알려주지."

나는 자리에서 벌떡 일어났다. 이미희가 점점 더 미쳐 가는 모습을 볼 수 없었다. 나는 망설이지 않고 말했다.

"박영신. 범인은 너다."

나는 의심의 화살을 박영신에게 향했다.

4

박영신은 어이없어했다. 그의 얼굴에는 의심의 화살을 다른 사람에게 돌려서 자기를 향한 의심을 피하려 하는 내 심정이 이해가 간다는 표정도 섞여 있었다. 하지만 그런 이유만은 아니었다. 나는 추궁을 시작했다.

"이 네발 달린 고급 바둑판과 바둑돌은 전부 네 소유지?"

"그런데?"

"괜찮다면 이 흑색 바둑통 바닥에 깔린 돌 아무거나 들어서 핥아볼래?"

"뭐?"

박영신은 어처구니 없어했다.

"왜 그래야 하지?"

"내 예상이 틀리지 않다면 이 돌에 독이 묻어 있어."

나는 내 생각을 말했다.

"정확히 말하자면 바둑돌이 든 통 맨 밑바닥에 독을 깔아뒀을 거야. 그리고 그렇게 할 수 있는 것은 이 바둑돌의 주인인 너뿐이야."

"이해가 안 가는데? 일단 그게 가능하다고 치자. 내 바둑판이랑 바둑돌 통이니까 뭔가 장치를 해둘 수 있다고 치자. 그런데 그게 왜? 내가 왜 김철수를 죽이려 해?"

"너는 김철수를 죽이려 한 게 아니야. 사실은 나를 죽이려 한 거야.”

나는 부들부들 떨었다. 머리가 뜨거워지고 손에는 차가운 땀이 맺혔다.

박영신에게 살인 동기라면 충분하다. 팀 리더인 김철수를 죽일 동기가 충분하다는 뜻이 아니다. 나를, 팀워크를 깨는 존재인 나를 제거할 만한 동기가 충분하다는 뜻이다. 조만간 있을 시합은 대학교 4학년 마지막 시합이다. 박영신이 모든 것을 걸고 바둑을 둘 수 있는 사실상의 마지막 기회다. 팀워크를 깨는 나를 제거하고 반쯤 탈퇴 상태인 후배들을 재영입한다. 그래서 시합에 나간다.

“장애인인 너는 할 줄 아는 게 바둑밖에 없지. 그래서 그 기회를 위해 나를 죽이려 한 거야. 동기는 이걸로 설명이 되지. 그리고 실제 살인 계획은 원격 살인이었지?”

나는 끝내기에 강하다. 내가 바둑에서 이기는 경우는 내가 의도하던 의도하지 않던 바둑돌을 거의 다 써서 이긴다. 이번 합숙 동안은 행운인지 불행인지 나는 집중력이 흐트러져 중반 이전에 바둑을 중단하곤 했다. 덕분에 나는 바둑통 아래에 깔린 독 묻은 바둑돌을 만질 기회가 없었다.

또한 나에게는 손톱을 물어뜯는 버릇이 있다. 다시 말해 얼마 남지 않은 바둑돌을 쥐면서 바둑통 아래를 긁는 순간 손톱 밑에 독이 묻는다. 그리고 종반전에 돌입해서 고민하면서 손톱을 물어뜯을 때 나는 독을 먹게 되고 죽음에 이르게 된다. 독을 바둑돌 통 맨 아래에 발라 두는 것도 우연히 다른 희생자가 생길 가능성을 최소로 줄이기 위해서이리라. 박영신이 주로 나와 대국을 하는 파트너가 된 것도 아마 그런 이유였으리라 생각한다.

"아마 독은 지효성이겠지. 바둑을 두다가 갑자기 죽으면 의심을 살 테니까. 그런데 계획대로 진행되지 않았다. 왜냐하면 나는 집중력이 흐트러져 중간에 자꾸 돌을 던졌으니까. 아래에 깔려 있는 독 묻은 바둑돌을 만질 정도로 바둑을 두지 않은 거야. 네가 나와 대국하는 도중 번번이 아쉬운 표정을 지은 것도 기회가 날아가서 아냐?"

"억측이야! 바둑이 중단될 때마다 내가 아쉬운 표정을 지은 건 그냥 네 실력이 형편없어서 그런 거잖아!"

박영신이 평정심을 잃고 소리쳤다. 이미희는 알 수 없다는 표정으로 나와 박영신을 번갈아 봤다. 나는 내 추리에 자신이 생겨 버럭 소리쳤다.

"끝까지 들어! 하지만 네 계획에 이변이 생겼어. 나는 네 계획대로 바둑을 오래 두지 않았지. 대신에 철수가 자정까지 내 자리에 앉아 복기를 했다. 내 바둑을 검토하려고 말이야. 나와 철수가 둔 그 대국은 돌을 거의 다 쓰는 바둑이었어. 철수는 그걸 복기했고. 그 와중에 철수는 독이 묻은 바둑돌을 만졌다. 철수에게는 손톱을 물어뜯는 버릇은 없지만 다른 버릇이 있지. 녀석은 손잡이 없는 머그컵으로 커피를 연신 들이켜는데, 손잡이 없는 컵으로 마시다 보면 입 닿는 곳에 손가락이 닿는 경우가 있지. 소량이라도 반복되다 보면 치사량에 이르는 독약이 머그컵에 묻는다. 녀석은 자꾸 커피를 마셨고, 두어 시간에 걸쳐 중독된다."

"마, 말도 안 돼! 그럼 철수가 밖에서 죽은 이유는 뭔데? 독이

지효성이든 뭐든 혼자 복기하다 죽었으면 바둑판 앞에서 죽었어야지."

"정신착란이겠지. 중독된 철수는 몸의 이상을 느끼며 비틀거리며 일어난다. 몸 상태가 심각하게 안 좋다는 것을 의식하고는 있지만 독에 중독되어 제정신이 아닌 상태에 빠진다. 그리고 혼란 속에 현관문 밖으로 나가 방황하다가 재래식 화장실 앞에 쓰러져 죽는다."

"말도 안 돼! 그건 다 지어낸 말이잖아! 차라리 네가 방에서 철수를 죽이고 시체를 끌고 갔다는 게 더 현실적이겠다. 내가 실제로 그랬다는 증거가 없잖아?"

그렇다. 증거. 내 추리를 뒷받침할 만한 증거가 없다. 나는 드라마 속 감식반과는 달리 독을 검출할 도구가 없다. 그렇기 때문에 경찰이 올 때까지 기다리려 한 것이다. 여기서부터는 억지를 쓰는 수밖에.

"네가 그러지 않았다면 검은 바둑돌 하나를 집어 핥아보래도?"

나는 도박사의 심정으로 떠봤다. 불행인지 다행인지 박영신은 고개를 천천히, 이윽고 격렬히 저었다.

"시, 싫어."

박영신이 혐오스러운 눈길로 바둑돌을 바라봤다.

"역시 독이 바둑돌에 묻어 있군. 그래서 못 하는 거 아냐?"

나는 바둑판 위의 돌을 한 움큼 쥐어서 박영신에게 던졌다. 내 도발에 박영신의 눈 속에 큰 분노와 약간의 깨달음이 채워졌다.

"이제 알겠다! 범인은 너야! 이런 식으로 날 독살시키려는 거지? 이렇게 자세히 알고 있는 것도 네가 원격 살인을 계획한 놈이기 때문이야! 이렇게 날 죽이고 남은 이미희에게 무슨 짓을 하려는 게 분명해!"

박영신이 내게 삿대질을 하며 외쳤다.

"미친! 누명 씌우지 마!"

나는 버럭 소리를 질렀다.

"너나 누명 씌우지 마! 네가 범인이 아니라는 증거 있어?"

"내가 그랬다간 경찰이 날 가만둘 것 같아?! 내가 철수와 사이가 안 좋다는 건 모두가 알고 있어! 따라서 내가 범죄를 저지르면 경찰이 누구보다 우선 날 조사할 거라는 사실은 자명해. 나는 바로 그 사실을 알기에 살인을 저지르지 않는다. 그게 증거지!"

"궤변이야! 너는 잃을 것도 없고 성취한 것도 없으니까 철수를 죽이고 싶었던 거 아냐? 경찰에게 잡혀가도 좋다는 마음으로 저지른 거 아니냐고!"

"이 새끼가 보자보자 하니까! 잃을 게 없기로 따지면 장애인인 네가 더하잖아!"

"약혼자가 있는 여자에게 들이댈 정도의 등신 새끼가 할 소린 아닌 것 같은데?"

"이 장애인 새끼가 누구보고 등신 새끼라는 거야!"

나는 달려들어 박영신의 멱살을 잡았다. 그대로 들어 올리려고 하는데 놈이 손가락으로 내 오른쪽 눈을 찔렀다. 나는 비명을 지르고 넘어졌다.

"그만! 둘 다 그만해!"

이미희가 울부짖었다. 왼쪽 눈으로 박영신이 주방으로 뛰어가는 것이 보였다. 나는 발을 걸어 그를 넘어뜨렸다. 그리고 나는 한쪽 눈을 찡그린 채 놈의 위에 올라탔다.

"죽어! 죽어!"

잘 기억이 나지 않는다. 내가 소리치는 게 분명하고 놈의 목을 조르고 있는 것도 분명하다. 멈출 수 있는데 멈추지 않았다. 나는 눈물 콧물을 질질 흘리며 놈의 목을 졸랐다. 이성을 잃었다.

빠악!

접는 바둑판이 내 뒤통수를 후려쳤다. 이미희가 휘두른 것이다. 얇은 싸구려 바둑판인지 나무 파편이 튀고 먼지가 흩날렸다. 머리가 울리고 귀에서 이상한 소리가 났다. 나는 옆으로 쓰러졌다.

박영신이 숨을 몰아쉬면서 뒤로 물러나고 이미희가 그를 일으켜 세운다. 박영신은 '우욱' 하며 바닥에 토했다. 아침부터 먹은 게 없어서인지 위액만 쏟아냈다. 그것도 많지 않고 흡연자의 가래침 분량 정도이다.

"알았… 다! 너희들!"

나는 숨을 들이켜고 외쳤다.

"니들, 공범이었구나!"

나는 그들에게 달려들었다. 이젠 아무래도 상관없다. 그들이 공범이든 아니든, 진실이 무엇이든 의미를 잃었다. 일단 두 연놈을 모조리 두들겨 팬다. 확실히 제압하고 진실을 듣기로 했다. 둘은 나에게 저항했지만 아무래도 덩치가 큰 나를 이길 수는 없었다. 그들이 저항하면 할수록 나는 가소로울 뿐이다. 두들겨 패고

짓밟았다. 하지만 녀석들은 둘이다. 한 놈을 흠씬 두들겨 패는 동안 다른 년이 일어나 주방으로 달려갔다. 식칼을 꺼내서 휘둘렀다. 칼을 든 년이 괴성을 지르며 내게 달려들었다. 나는 몸을 돌리며 내 밑에 깔린 놈을 들어서 밀쳤다. 년과 놈이 함께 나동그라져서 굴러갔다. 년이 몸을 일으켰을 때, 식칼은 놈의 목에 박혀 있었다.

"히익!"

피를 본 나는 넘어진 채 뒷걸음질 쳤다. 그제야 나는 놈이 누구고 년이 누군지 알아챘다.

"오, 세상에! 영신아!"

이미희가 떨리는 손으로 박영신의 목에 박힌 칼을 뽑았다. 피가 분수처럼 뿜어졌다.

"으악!"

나는 무의식중에 달려들었다. 결코 해치려고 그러는 게 아니었다. 비현실적으로 느껴질 정도로 거세게 뿜어져 나오는 피를 보니 어떻게든 손으로 막아야겠다는 생각이 들어서였다. 하지만 이미희는 그런 나를 보고 또 오해했고, 내 팔을 물어뜯었다.

그 순간, 문이 열렸다.

이미희의 할아버지와 할머니가 돌아온 것이다. 짐 가방 떨어뜨리는 소리가 들렸다. 두 노인은 피투성이가 된 악귀들이 서로 뒤엉켜 싸우는 광경을 본 듯 우리를 봤다.

갑자기 정적이 찾아오고, 박영신의 목에서 피가래가 끓는 소리가 거실을 채웠다.

에필로그

박영신은 빠르게 구급차에 실려가 기적적으로 살아났다. 나머지 사람들은 경찰서 신세를 져야 했다. 이미희는 충격으로 말을 할 수 없는 상황이었고, 나는 내가 아는 범위 내에서 모든 진실을 말했다.

내가 유치장에 있는 사이 진상은 곧 밝혀졌다.

바둑돌이 든 통 어디에도 독은 없었다. 원격 살인 트릭도 없었다. 알리바이 트릭도 없었다. 공범에 의한 살인은 더더욱 없었다.

살인 사건은 없었다.

이것은 그저 불행한 사고, 비극적인 해프닝에 해당하는 일이었다. 김철수의 죽음에 대한 주요 원인은 커피와 스트레스, 극심한 위궤양이었다.

철수가 기존에 앓고 있던 것은 스트레스성 위염이었다. 평소 받은 스트레스에 최근 약혼 문제며 졸업 후 취업 문제로 극심한 스트레스를 받아왔다. 거기에 바둑팀의 위기 문제까지 겹치자 스트레스성 위염은 악화되었다. 상황을 더욱 악화시킨 것은 습관처럼 꾸준히 마셔오던 펄펄 끓는 커피였다. 분명히 위통을, 때로는 심각한 통증을 느꼈을 테지만 철수는 병원에 가지 않고 커피를 한약처럼 마시면서 방치했다. 위염은 합숙 기간 내에 급속도로 악화되어 위궤양이 되었고, 위장에 피가 고일 정도가 되었다.

그날 밤, 팀원이 모두 잠든 밤에 혼자 이전 대국을 복기하며 머그컵에 남은 커피를 전부 마신 그는 그 어느 때보다 극심한 위통을 느꼈다. 철수 자신 또한 정말 심상치 않은 아픔이라고 생각했다. 평소와는 전혀 다른 위통과 구역질 때문에 머그컵을 바둑판 옆에 떨어뜨리고 일어났다. 구토감이 치밀어 올랐지만 화장실에 가지 않았다. 그가 재래식 화장실 쪽으로 간 이유는 팀원들에게 걱정을 끼치고 싶지 않아서였다. 낡은 집에서는 토하는 소리가 울려 퍼진다. 특히 2층의 이미희가 자고 있는 방에. 이미희의 방 안쪽에는 화장실이 있고 1층과 수도관이 이어져 있다. 1층에서 토하는 소리는 수도관을 타고 선명하게 울려 퍼질 터였다. 그렇게 되면 2층의 미희가 걱정하며 내려올지도 모른다. 김철수는 약혼녀가 자신을 걱정하는 것을 원치 않았다. 아니, 정확히는 팀원 모두에게 걱정을 끼치고 싶지 않았다. 그는 일부러 재래식 화장실에 토해서 자신의 구토 흔적을 지우려 한 것이다.

최후의 의지력을 발휘해 재래식 화장실 쪽에 간 김철수는 아쉽게도 그 안으로 들어가지 못했다. 재래식 화장실 앞에서 요란하게 토했다. 검붉은 피와 덜 소화된 커피를 연신 토해내다가 그대로 쓰러졌다. 자신이 토해낸 피 섞인 토사물에 얼굴을 처박고 쓰러진 것이다. 만약 그 직후 친구들에게 발견되어 병원에 갔더라면 살았을지도 모른다. 하지만 그는 그대로 수 시간 방치되어 죽었다.

그리고 다음 날 이른 아침, 2층의 이미희가 창문을 통해 재래식 화장실 앞에 쓰러진 뭔가를 발견했다. 긴가민가하여 확인하고자 남들 깨지 않게 최대한 조용히 계단을 내려간 그녀는 시신을 발견하고는 비명을 질렀다.

이것이 사건의 전말이다.

나는 폭행죄로 검거되었다. 변명의 여지가 없었다. 하지만 대학생 신분이 도움이 되었는지, 상황에 따른 정상참작을 받았는지 나는 기소 유예되었다.

박영신은 살아남았지만 심각한 정신적인 후유증에 휴학했다. 이미희는 어떻게 됐는지 모른다. 소식조차 알 수 없다. 그리고 나는 졸업했다. 우리는 서로 다시는 만나지 못했다.

우리 대학 바둑팀은 해체되었다. 오랜 세월이 지난 지금도 바둑 동아리나 소모임 같은 것은 신설되지 않았다고 한다.

비극의 날로부터 19년이 지났다. 나는 여전히 그날 나를 조종하던 의심암귀로부터 완전히 헤어나오지 못하고 있다. 그날 이후로 사람을 의심하고 몰아붙이는 게 나의 성격이 되어버렸다. 버스 정류장에서 버스를 기다릴 때도, 미장원에서 머리를 깎을 때도 불안한 눈빛으로 사람과 사물을 보고 움찔거렸다. 심지어는 꿈속에서도 그랬다. 꿈에서 우리가 합숙한 미희네 조부모님의 낡은 주택이 눈에 아른거렸다. 숨을 몰아쉬며 잠에서 깨곤 했다.

그동안 정신과 의사를 몇 명이나 바꿨는지 모른다. 가장 최근의 정신과 의사와는 상담 치료를 꾸준히 했다. 그는 나보고 그 현장에 다시 찾아가 보라고 했다.

나는 시키는 대로 했다. 차를 타고 갔다. 그 동네는 변함이 없었다. 인적이 드문 오르막길을 오르자 그 집이 나타났다. 나는 공포와 아쉬움을 동시에 느꼈다. 그때의 그 집은 흉가가 되어 있었다. 그 집에 사는 사람은 아무도 없었다.

아마 앞으로도 사람은 살지 못할 것이다. 지금도 저 집 안에서는 의심과 질투와 경멸이 서로 시끄럽게 싸우고 있을 테니까.

나는 흉가를 마주했다. 두려웠다. 안에 들어갈 엄두가 나지 않았다.

만약 내가 내 죄의식을 온전히 극복하지 못한다면 나는 흉가 안에서 스스로 목숨을 끊을지도 모르겠다. 그렇게 된다면 이곳은 영원토록 저주받은 흉가로 남을 것이다. 하지만 만약 내게 죄의식을 직면하고 극복할 용기가 있다면 내가 만든 흉가에 종말을 가져다줄 수 있을 것이다.

나는 흉가로 들어가 내 안의 죄의식과 마주하기로 했다.

1973 여름,
베를린의 안개

김성종

연세대 정치외교학과 졸업, 조선일보 신춘문예에 소설 당선,
한국일보 장편 공모에 『최후의 증인』 당선, 1986년 한국추리문학대상 수상,
장편대하소설 『여명의 눈동자』, 단편집 『어느 창녀의 죽음』, 『고독과 굴욕』, 『죽음의 도시』,
『달맞이 언덕의 안개』 등이 있으며 장편추리소설 『제5열』, 『국제열차 살인 사건』, 『라인 X』,
『안개 속에 지다』, 『피아노 살인』, 『미로의 저쪽』, 『백색인간』, 『서울의 황혼』,
『봄은 오지 않을 것이다』 등 다수 발표.

안개비에 젖어 있는 브란덴부르크 문 앞에는 꽤 많은 수의 관광객이 몰려와 있었다. 비가 오고 있는데도 관광객이 많이 몰려온 것을 보면 브란덴부르크 문의 인지도를 알 수가 있다. 운터 덴 린덴과 6월 17일 거리가 교차하는 곳에 서 있는 그 문은 작품으로서의 가치도 있지만, 무엇보다도 과거 동독과 서독 분단의 상징으로서 베를린에 오는 사람들이 즐겨 찾는 관광 코스가 되었다.

나는 여류 화가인 포와 함께 유럽을 여행 중이었고, 첫 번째 방문한 곳이 베를린이었다. 베를린은 내가 한때 유학했던 곳이다. 그전에 나는 파리에서 5년을 유학했고, 그다음 베를린으로 옮긴 것이다. 포는 아침에 베를린에서 활동하고 있는 친구를 만나 미술관에 가기로 했다면서 나와 헤어졌기 때문에 나는 혼자서 브란덴부르크 문을 찾아 상념에 젖어 있었다.

브란덴부르크 문을 사이에 두고 동서로 나뉜 베를린은 동서 냉전 시대에 미소가 첨예하게 대립하던 비극의 현장이다. 2차 세계대전 후 독일은 동서로 나뉘었고, 베를린은 동독 안에 위치해 있었다. 베를린의 비극은 승전국들이 그곳을 분할통치하면서 시작되었다.

미 · 영 · 프랑스 3개국이 통치하고 있는 서베를린은 소련이 점령하고 있는 동베를린과 대치하면서 동독 안에 섬처럼 고립되어 있었다. 그러나 동베를린에 거주하는 독일인들은 서베를린으로 탈출하기 시작했고, 그 수가 250만 명에 이르자 당황한 동독은 그대로 방치할 수가 없어 1961년 동서 베를린 사이에 45km에 달하는 기나긴 콘크리트 장벽을 쌓았다. 그리고 담을 넘어 탈출을 시도하는 사람은 사살했다. 그로부터 장벽이 무너지기까지 28년의 세월이 흘렀다. 그리고 또 20여 년의 세월이 지났다.

그러나 지금 그 앞의 드넓은 광장은 관광객으로 시끌벅적했고, 광장은 안개비에 축축이 젖어 있었다. 관광객 속에서 한국말이 들려왔다. 유럽의 관광지에서는 흔히 들을 수 있는 말소리다.

나는 멀리 떨어진 곳에 혼자 우두커니 상념에 젖어 브란덴부르크 문을 바라보았다. 도리아식 기둥 12개가 떠받치고 있는 개선문의 아래쪽은 안개에 가려져 있었는데 그 위로 솟아 있는 웅장한 대리석 문은 역사의 부침을 품은 채 말없이 사람들을 굽어보고 있다.

동서독이 대치하고 있던 40년 전, 비가 내리던 여름밤 차를 타고 동독 관할 구역으로 들어가면서 두려운 마음으로 올려다보던 우중충한 브란덴부르크 문이 생각났다. 브란덴부르크 문 앞에는 기다란 장벽이 서 있었고, 동독 군인이 지키고 있던 살벌한 검문소, 체크 포인트 차리로 불리던 검문소를 통과하면 그 앞에 바로 브란덴부르크 문이 서 있었다.

장벽을 사이에 두고 갈라져 있는 동서 베를린의 분위기는 달라도 너무 달라 보였다. 서독이 관할하고 있는 서베를린은 많은 사람과 차량의 물결로 활기차 보였고, 밤이면 휘황한 불빛으로 불야성을 이루고 있었다. 그러나 동베를린의 거리는 사람들의 모습도 거의 보이지 않아 황량한 느낌이었고, 불빛도 없는 어두운 거리에는 적막감만이 감돌고 있었다.

그때 문득 한 사내의 모습이 스치듯 내 앞을 지나쳤고, 나는 멈칫하며 뒤돌아보았다. 그 사내는 브란덴부르크 문을 배경으로 사진을 찍고 있었다. 나는 우산으로 얼굴을 가린 채 그 사내의 모습과 움직임을 주시했다. 그를 보면 볼수록 틀림없다는 확신이 들었다. 혹시 잘못 본 것이 아닐까 해서 몇 번이고 살펴보았지만, 40년 전에 마지막으로 본 장 국장이 분명했다. 그는 그때도 풍채가 좋았지만 지금도 좋아 보였다. 그때보다는 좀 더 비대해지고 머리카락도 많이 빠진 데다 금테 안경까지 끼고 있었지만, 내 눈은 그를 꿰뚫어 보고 있었다.

그의 진짜 이름이 무엇인지는 그때나 지금이나 모른다. 그는 정보기관에서 그냥 장 국장으로 통했고, 나를 포함해서 170여 명이나 되는 유학생을 옭아맨 대형 간첩 사건을 총지휘했다.

40년 전 여름, 나는 10명쯤 되는 유학생과 함께 동베를린을 방문했다. 독일인들은 특별한 허가 없이는 왕래가 금지되어 있었지만 외국인들은 자유롭게 동서 베를린을 방문할 수가 있었다.

우리를 맞이한 사람은 북한 대사관 직원이었는데, 그는 평양 방문에 대해서 장황하게 설명을 늘어놓았다. '북한 당국은 남조선 유학생들의 평양 방문을 열렬히 환영할 것이고, 유학생들의 자유는 최대한 보장될 것이다. 평양 방문은 극비리에 진행되는 사업인 만큼 비밀은 끝까지 엄수될 것이므로 아무 걱정할 필요가 없다' 대강 이런 말이었다. 거기에 덧붙여 김일성 주석도 통일의 초석이 될 남조선 유학생들에게 많은 기대를 안고 기다리고 있다고 했다.

그 자리에서 11명 가운데 2명이 평양행 비행기를 타기 위해 공항으로 직행했고, 나를 비롯한 아홉 명은 서베를린으로 돌아왔다. 처음에는 모두 평양에 한번 가보자고 의기투합해서 간 것인데 막판에 가서 마음이 바뀐 것이다.

당시 유럽에서 공부하고 있던 한국 유학생들은 조국의 현실에 대해 매우 암울한 생각을 품고 있었다. 10년이 넘은 군사독재와 갈수록 패악스러워지고 있는 무리의 탄압에 민주주의는 철저히 짓밟혔고, 국민들은 벙어리 냉가슴 앓듯 속으로 신음하고 있었다. 어디를 봐도 희망은 보이지 않았고, 절망적인 미래만이 기다리고 있었다.

유학생들은 조국에 대한 기대를 접었고, 그 대신 유럽을 휩쓰는 좌파 학생운동과 사회주의 정권에 매료되었다. 유럽과 비교할

수록 암담하기만 한 미래에 그들은 자신들의 처지가 마치 보헤미안 같다고 생각했고, 떠돌아다니는 보헤미안으로서 분단된 조국의 현실을 인정하고 싶지가 않았다. '똑같은 조국인데 북한에 가면 안 되는 이유가 뭔가. 직접 가서 두 눈으로 확인하지 않고 무슨 말을 할 수 있단 말인가' 이런 분위기가 팽배해지면서 유학생들 사이에 평양에 다녀온 사람들이 있다는 소문이 퍼지기 시작했다. 그것이 그렇게 힘든 일이 아니라는 것이 확인되면서 나도 한번 평양에 가보고 싶었다.

그 즈음 유럽의 한국 유학생들을 하나로 묶는 '자유 한국'이라는 모임이 결성되었는데, 영어로는 The Freedom of Korea라고 했고, 그것을 줄여 FOK라고 불렀다. 당시 서베를린 자유대학에 유학하고 있던 나는 포크의 서독 지부를 맡아 한국의 자유를 위해 유학생들이 할 수 있는 일이 무엇인지 그 투쟁 방안을 모색했다. 그 방안의 하나로 우리는 한국의 군사독재를 비판하는 성명을 발표하고 그것을 유럽의 신문사에 보내 게재토록 했다.

그러던 어느 날 포크 모임에 참석했다가 집으로 돌아가는 길에 나는 브란덴부르크 가까운 노상에서 사복 경찰들에게 연행되었다. 서독 형사 행세를 한 그들은 나를 차에 태우고 어디론가 향했는데, 그때 나는 안개비에 젖은 베를린의 거리와 희미한 가로등, 그리고 안개에 싸여 있는 브란덴부르크 문을 보면서 갑자기 엄습한 알 수 없는 공포감에 전율했다.

형사들은 이윽고 나를 어느 건물의 지하실에 처박아 두고는 손을 털고 밖으로 사라졌다. 잠시 후에 나타난 것은 한국인 사내들이었다. 모두 네 명으로 그 가운데에는 안면이 있는 자도 있었다. 그들은 나의 팔다리를 의자에 묶더니 포크 회원들의 이름을 대라고 위협했고, 내가 거절하자 주먹과 몽둥이로 나를 폭행했다. 그제야 나는 서독 형사를 사칭한 자들이 돈을 받고 나를 납치해서 한국인들에게 인계한 것을 알았지만, 꼼짝 못하고 당할 수밖에 없었다. 무자비한 폭행에 의식을 잃은 나는 희미한 느낌으로 팔뚝에 주사 바늘이 꽂히는 것을 알았고, 잠시 후 캄캄한 어둠 속으로 빠져들었다.

내가 눈을 떴을 때 나는 내 눈을 믿을 수가 없었다. 나는 김포 국제공항에 도착해 있었고, 화물 터미널에서 끌려 나와 어리둥절해하고 있었다. 그길로 나는 남산으로 연행되어 다시 지하실에 감금되었다. 그때부터 한 달간에 걸친 잔인한 고문으로 온몸이 만신창이가 되고 말았다. 같은 혐의로 유럽에서 끌려와 남산 지하실에서 온갖 고초를 겪은 사람은 나뿐만이 아니고 무려 백수십 명에 이르렀는데, 내가 알고 있는 유학생은 거의 다 끌려온 것 같았다. 그때 그 수사를 지휘하고 어마어마한 범죄로 조작한 자가 바로 장 국장이었다.

조사를 받으면서 알게 된 것은 그가 세세한 것까지 알고 있었다는 사실이다. 우리가 언제 어디서 만났고, 무슨 이야기를 했으며, 동베를린에 다녀온 시간과 날짜, 평양에 갔다 온 유학생들의 이름, FOK의 조직 체계와 네트워크 등등 우리의 움직임에 대해서 도대체 모르는 것이 없었다. 그것은 우리 내부의 누군가가 말해주지 않으면 알 수 없는 그런 것이 대부분이었다. 우리 내부에 배신자가 있어 스파이 짓을 했음이 분명했지만 우리는 그가 누구인지 수십 년이 흐른 지금도 알 수 없었다.

한 달 후 작달막한 키에 비곗덩어리처럼 보이는 멧돼지 같은 사내가 텔레비전 방송에 나와 유럽 거점 유학생 간첩단 사건 전모라는 것을 발표했는데, 비밀 정보기관인 CIS의 총책임자인 김 부장이라는 자였다. 부장이라는 자가 직접 나와 기세등등한 모습으로 사건의 전모를 발표한 것을 보면 그 사건에 얼마나 큰 기대를 걸고 있었는지 알 수 있었다.

이후 그 사건은 유학생 간첩단 사건, 또는 간단히 유학생 사건으로 불렸는데, 유럽에서 나처럼 납치되거나 국내로 유인되어 간첩으로 구속된 유학생 수는 170명이 넘었고, 그들은 하나같이 북한의 지령을 받고 국가 전복을 획책한 간첩들로 발표되었다. 순전히 날조된 어처구니없는 일이었지만 고문과 공포로 망가질 대로 망가진 유학생들은 시키는 대로 죄과를 인정하고 자백했다. 동베를린 같은 적성 국가에 다녀오고, 더구나 일부는 평양까지 갔다 온 것이 사실이기 때문에 그런 것에 우리는 발목이 잡혀 있기는 했다. 하지만 그것은 어디까지나 개인적으로 행한 짓이고, 그것을 빌미로 어마어마한 간첩단 사건을 조작해 낸 것은 독재국가의 전형적인 수법이라고 할 수 있었다.

당시 학생들의 반독재 시위와 지식인들의 저항에 부딪쳐 궁지에 몰려 있던 독재 권력은 궁지를 모면하기 위해 많은 사건을 축소, 은폐시키거나 또는 과대 포장하는 쪽으로 날조해 내는 짓을 밥 먹듯이 자행했는데, 유학생 사건이 바로 그 대표적인 예라 할 수 있었다. 북한이 관련된 간첩 사건처럼 국민들에게 잘 먹혀드는 사건도 없었다. 국민들로서는 그 내막을 알 도리가 없으니 당국에서 발표하는 대로 믿을 수밖에 없었다.

재판이 열리던 날, 나는 처음으로 170여 명이나 되는 유학생 피의자들을 한자리에서 볼 수가 있었다. 외신 기자들까지 몰려드는 바람에 법정은 피의자와 방청객으로 입추의 여지 없이 꽉 들어찼다.

재판은 신속히 진행되었고, 피의자들은 재판정에서 비로소 혐의를 부인하고 모든 것이 고문에 의해 날조된 것이라고 주장했지만, 재판은 이미 짜놓은 각본에 의해 진행되고 있었기 때문에 그것은 쇠귀에 경 읽기에 지나지 않았다. 대법원 확정 판결이 날 때까지는 한 달도 채 걸리지 않았고, 모두가 유죄 판결을 받았는데 나에게는 5년 징역형이 선고되었다. 평양에 다녀온 몇몇 유학생에게는 20년 이상의 중형이 선고되었는데, 그 가운데 2명에게는 사형선고가 내려졌다. 그리고 사형선고를 받은 그들은 만 하루가 지나기 전에 집행되어 형장의 이슬로 사라졌다. 과연 사형에 처할 만큼 그들의 죄가 천인공노할 죄였는가.

하지만 그로부터 40년이 지난 금년 4월, 그들은 대법원 재심 판결에서 무죄 선고를 받았다. 보헤미안적 순수한 열정에 사로잡혀 행동했다가 젊은 나이에 억울하게 죽은 그들은 과연 지하에서 자신들이 무죄 선고를 받았다는 사실을 알고 있을까.

브란덴부르크 문 앞에서 장 국장을 발견한 나는 도저히 그대로는 발길을 돌릴 수가 없었다. 나는 멀찍이 떨어져서 그의 움직임을 놓치지 않고 관찰했다.

마지막으로 그는 단체 사진을 찍는 일행에 끼어 포즈를 취했는데 그들이 나란히 서 있는 줄의 아래에는 현수막 하나가 가로질러 있었다. 양편에 서 있는 두 사람이 끝을 붙잡고 있는 그 현수막에는 'International Presidential Forum'이라는 영문 글귀가 적혀 있었다. 여기저기서 총장님 어쩌고 하는 소리가 들리는 것으로 보아 현수막의 영문 글귀는 아마 세계대학 총장포럼쯤 되는 것 같았다. 그러고 보니 나란히 서 있는 30여 명쯤 되는 사람들은 하나같이 대학 총장답게 어깨에 힘이 들어가 있었다.

그렇다면 장 국장이라는 자도 대학의 총장이란 말인가. 40년이란 세월이 흘렀으니 그동안 변신을 거듭했을 것이고, 그러고 대학 총장 하지 말라는 법은 없을 것이다. 하지만 그 악랄한 고문자와 대학 총장이라는 이미지가 달라도 너무 달라 도무지 이해가 되지 않았다. 나는 카메라를 꺼내 장 국장에게 초점을 맞춘 다음 그의 얼굴을 줌으로 끌어당겨 여러 번 셔터를 눌렀다.

사진을 찍고 난 장 국장은 다른 사람들과 함께 관광버스가 서 있는 쪽으로 걸어갔다. 그는 담배 생각이 났는지 버스에 오르지 않고 그 옆에 서서 담배를 피우기 시작했다. 나는 젊은 여자 가이드 쪽으로 슬그머니 다가가 말을 걸었다.

"한국에서 오신 분들 같은데, 무슨 일로 오셨나요?"

그녀는 나를 힐끗 쳐다보고 나서 재빨리 말했다.

"세계대학 총장포럼에 참석 차 오신 분들이에요."

"그럼 모두 대학 총장님이신가요?"

"네, 그래요."

"어쩐지 달라 보이더라구요. 저기서 담배 피우는 분, 안면이 많은데 저분도 총장인가요?"

그녀는 얼른 그쪽으로 시선을 돌렸다가 고개를 끄덕였다.

"네, 총장님이세요."

"어느 대학 총장이죠?"

그때 누군가가 가이드를 불렀고, 그녀는 재빨리 그쪽으로 가버렸다. 장 국장은 담배꽁초를 길바닥에 버리고 버스에 올랐다. 잠시 후 버스가 출발하는 것을 보고 있다가 나는 반사적으로 택시를 집어탔다.

"저 버스, 따라가 주세요."

한국 대학 총장들을 태운 관광버스는 운터 덴 린덴 거리를 따라 동쪽으로 달려갔다. 베를린 국립 가극장을 지나자 얼마 후 페르가몬 박물관의 웅장한 모습이 나타났다. 버스는 그 앞을 지나쳐 곧장 달려가다가 알렉산더 광장 앞에서 멈춰 섰다. 나는 택시 안에 앉아 사람들이 버스에서 내리는 것을 지켜보고 있다가 그들이 어느 레스토랑 안으로 모두 사라진 것을 확인한 다음 차에서 내렸다.

그들이 들어간 곳은 추어 레츠텐 인스탄츠라는 레스토랑이었다. 과거 유학 시절 몇 번 가본 적이 있는 펍 겸 레스토랑으로, 베를린에서 가장 오래된 유명한 식당이다. 식사는 비싸서 감히 먹을 엄두가 나지 않았고, 그 대신 바에 기대서서 맥주 한 잔 시켜놓고 여자 친구와 열심히 이야기를 나누던 때가 생각났다. 육중한 목재 출입문 위에 붙어 있는 동판에는 1621이라는 창업 연도가 새겨져 있었다. 나폴레옹과 고리키가 드나들었다는 그곳은 특히 족발 요리로 유명했는데, 그 생각을 하자 입안에 군침이 돌았다.

밖에서 기다리는 동안 나는 파리의 우 부인에게 전화를 걸었다. 그녀는 파리에서 식당을 운영하고 있는 노부인으로 40년 전 일어난 유학생 사건의 최대 피해자였다. 정확히 말하면 그 사건으로 사형을 당한 서민구라는 유학생의 부인이었다. 그들은 부부 유학생으로 파리에서 공부하다가 유학생 사건으로 체포되었는데, 우 부인이 4년 형을 선고받은 데 반해, 민구한테는 사형선고가 내려졌다. 우 부인은 그때 임신 중이었고, 그녀는 감옥에서 쌍둥이 아들을 낳았다.

10년 후 그녀는 한국이 싫어 다시 파리로 건너갔다. 그녀 자신은 간첩으로 사형을 당한 사형수의 아내라는 손가락질은 견딜 수 있었지만, 아이들까지 사형수의 아들이라고 멸시를 받는 것은 참을 수가 없었던 것이다.

그녀는 아이들을 기르면서 그만두었던 공부를 계속했고, 대학을 졸업하자 한국 식당을 개업했다. 식당은 생각보다 잘되었는데 그것이 기업으로 성장한 것은 나중에 쌍둥이 아들이 본격적으로 식당업에 뛰어들면서부터였다. 대학을 졸업한 그들은 한국 음식만을 고집하지 않고 일본과 중국, 태국 음식 등 아시아 음식 가운데 사람들이 가장 좋아하는 메뉴만을 골라 내놓았고, 식당 이름도 코리아와 아시아의 첫 글자를 따 코아라고 새로 지었다. 코아는 파리뿐만 아니라 프랑스 전역으로 분점을 늘려갔고, 현재 그

수는 백 개가 넘었다. 쌍둥이 형제는 그렇게 벌어들인 돈으로 다른 사업에도 손을 대 큰 성공을 거두었고, 지금도 그들의 사업은 확장 일로에 있었다.

나는 서민구와 생전에 가까이 지냈기 때문에 그의 부인과 쌍둥이도 잘 알고 있었다. 유학생 사건 후 우 부인은 4년 형을 마치고 나와 친정에 맡겨둔 아이들을 데리고 따로 살림을 차렸는데, 내가 5년 형기를 마치고 나서 맨 처음 찾아간 곳이 바로 그녀의 집이었다. 홀로 아이들을 기르고 있던 그녀를 위로해 주기 위해 찾아갔던 것이고, 그 뒤로도 자주 그 집을 방문했다. 갈 때마다 쌍둥이 형제하고 놀아주곤 했는데 아이들은 나를 큰아버지라고 부르면서 잘 따랐다.

그런데 그 집에 자주 드나드는 사이 우 부인과 나는 서로 정이 들었고, 그것은 얼마 안 가 연정으로 발전, 우리는 잠자리까지 같이하게 되었다. 우리는 서로의 처지를 이해하고 있었기 때문에 사랑한다는 이유로 해서 상대방을 구속한다거나 하지 않고 자유로운 입장에서 연정을 나누어 가졌다. 그녀가 아이들을 데리고 파리로 건너간 뒤에도 우리는 연락을 계속했고, 유럽에 갈 때면 나는 시간을 내어 파리로 달려가 그녀와 아이들을 안아주곤 했다.

―어머, 선생님, 그렇지 않아도 연락을 드리려고 했는데…….

내 전화를 받은 우 부인은 반색하며 말했다. 그녀의 목소리는 나이에 비해 낭랑했다.

"왜요? 무슨 일 있나요?"

―아니, 그게 아니고, 통 연락이 없어서 걱정했어요. 건강은 괜

찮으세요?

"너무 건강해서 연애까지 하고 있어요."

그녀는 웃으면서 선생님이라면 충분히 그럴 수 있다고 하면서 질투가 나긴 하지만 용서해 줄 수 있다고 말했다. 나는 망설이다가 불쑥 물었다.

"장 국장이라고 알아요?"

느닷없는 물음에 그녀는 어리둥절해하는 것 같았다.

―그 사람은 누구죠?

"40년 전 우리를 수사한 수사 책임자 말이에요."

―어머나!

그녀는 소스라치게 놀라는 것 같았다. 이어서 무거운 침묵이 찾아왔다. 잠시 후 우리는 그 침묵을 밀어내고 중요한 대화를 나누었다.

―왜 갑자기 그놈 이야기를 하시는 거죠?

"오늘 그놈을 봤어요. 브란덴부르크 문 앞에서 봤어요."

―뭐라구요? 그럼 지금 베를린에 계세요?

나는 장 국장을 목격하게 된 경위와 그가 현재 대학 총장이라는 것, 그리고 지금 그를 미행 중이라는 것 등을 대강 이야기해 주었다.

―그, 그놈이… 그 원수 같은 놈이 대학 총장이라니…….

신음 소리와 함께 증오에 찬 중얼거림이 흘러나왔다. 남편을 사형대로 보낸 악랄한 고문자이니 그녀의 입에서 그런 말이 나오는 것은 하나도 이상할 게 없었다. 스물다섯에 청상과부가 된 그녀 자신은 4년간 옥살이를 하면서 감옥에서 쌍둥이 아들을 낳았고, 재혼도 하지 않은 채 그 아이들을 홀로 키웠다. 조국이 싫어 쫓기듯 떠나왔고, 40년을 원한을 품은 채 살아왔으니 그 한이 분출된 것은 너무도 당연한 일이었다.

"그놈 사진을 몇 장 찍어뒀어요. 사진을 보낼 테니까 그걸 가지고 그놈 신원을 알아봐요. 난 놈을 감시해야 하고, 내가 묵고 있는 호텔에서는 인터넷이 잘 안 돼 검색할 수가 없어서 그래요."

ㅡ사진만 가지고 어떻게 신원을 알아내죠?

"대학 총장이라니까 인터넷으로 한국에 있는 모든 대학을 뒤져 봐요. 모든 대학 홈페이지에는 반드시 총장 사진이 실려 있으니까 그놈 사진을 하나하나 대조해 보면 찾아낼 수 있을 거예요. 아이들한테 찾아보라고 해요."

ㅡ아, 그러면 되겠군요. 선생님은 역시⋯⋯.

통화를 끝낸 나는 즉시 스마트폰으로 그녀에게 장 국장의 사진을 보냈다.

거리는 어느새 어둠에 잠겨 있고, 나는 어둠 속에 서서 길 건너 레스토랑을 자꾸만 바라보았다. 돼지 족발로 유명한 그 레스토랑으로 들어가 족발을 안주로 시원한 맥주를 한 잔 마시고 싶은 생각이 간절했다. 하지만 그것은 위험한 짓이었다. 총장들 가운데 나를 알아보는 사람이 있을 수도 있고, 특히 장 국장의 눈에 띄면 좋을 게 하나도 없을 것 같았다. 놈이 나를 알아볼지도 모르기 때문이다.

대학 총장들은 식당에 들어간 지 세 시간이 지나서야 밖으로 나왔다. 나는 지나가는 택시부터 먼저 잡아탔다. 눈에 띄지 않게 뒷좌석에 앉아 그들이 버스에 오르는 것을 지켜보면서 장 국장의 모습을 찾았다. 장 국장은 맨 마지막에 버스에 올랐다. 이윽고 버스가 출발하자 내가 탄 택시는 버스 뒤에 바싹 붙어서 따라갔다.

베를린의 밤거리에는 도시의 거대한 어둠이 밀려와 있었지만 눈부신 불빛과 아름다운 조명이 그 어둠과 조화를 이루면서 밤의 도시를 더욱 풍성하게 만들어주고 있었다. 버스는 아까 온 길 반대 방향인 운터 덴 린덴 거리 서쪽으로 달려갔다. 브란덴부르크 문을 지나자 잠시 후 유로파센터가 나타났고, 조금 더 가자 카이저 빌헬름 기념 교회의 우중충한 모습이 나타났다. 1895년에 독일 통일을 기념하여 황제 빌헬름 2세에 의해 건립된 그 교회는 2차 세계대전 때 반파되었고, 전쟁의 참화를 기억하기 위해 복구하지 않은 채 붕괴된 모습 그대로 보존하고 있었다.

교회를 지나친 버스는 베를린 최고의 번화가인 쿠어퓌르슈텐담 거리로 들어섰다. 간단히 쿠담으로 불리는 그 거리는 고급 쇼핑가로 세계적인 브랜드 제품들을 파는 숍과 멋진 카페들이 길 양편에 자리 잡고 있었고, 거기서 흘러나온 휘황한 불빛과 많은 사람들로 불야성을 이루고 있었다. 버스가 멈춘 곳은 할리우드 미디어 호텔 앞에서였다. 그 호텔의 주인은 배우 출신으로, 객실 문에다 배우 이름들을 붙여놓고 있었다. 실내도 독특하게 꾸며져 있는 꽤 유명한 호텔이었다.

한국인들을 부려놓고 버스는 떠났고, 택시에서 내린 나는 호텔 앞으로 조심스럽게 다가가 보았다. 창문을 통해서 보니 대학 총장들은 로비에서 서성거리고 있었다. 그들이 방 열쇠를 받아 들고 모두 사라진 뒤 나는 호텔 안으로 들어가 방을 하나 예약하면서 프론트맨에게 한국인 단체 손님들이 많이 보이던데 언제까지 이 호텔에 묵느냐고 슬쩍 물어보았다.

프론트맨은 18일에 체크아웃한다고 하면서 나에게 한국인이냐고 물은 다음 한국인은 일본인에 비해 시끄럽다고 묻지도 않은 말을 했다. 18일이면 이틀 뒤다. 나는 내일 밤까지 이틀을 예약한 뒤 열쇠를 받아 들고 19층으로 올라가 1914호실로 들어갔다. 그 방의 이름은 실바나 망가노였다.

포로부터 전화가 온 것은 한 시간쯤 지나서였다. 나는 일이 있어서 언제 들어갈지 모르겠다고 말했고, 그녀는 무슨 일이냐고 캐묻지도 않고 전화를 끊었다. 두 번째 전화가 걸려온 것은 다시 한 시간쯤 지나서였다. 그것은 파리에서 걸려온 것으로 내가 기다리고 있는 전화였다. 수인사를 하면서 상대방이 몹시 흥분 상태에 있는 것을 알 수가 있었다. 나의 안부를 묻고 난 그는 이렇게 말했다.

─장 국장이란 자의 인적 사항을 알아냈습니다. 이름은 배치수이고 현재 대전에 있는 S대학교 총장입니다. 이력에는 CIS에 근무한 것이 빠져 있더군요.

전화를 걸어온 사람은 우 부인의 쌍둥이 아들 가운데 한 명인 서철교였다.

"배치수… S대 총장이란 말이지?"

─그렇습니다. 그놈은 지금 어디 있습니까?

"호텔에 들어갔어. 쿠담 거리에 있는 할리우드 메디아 호텔이 야. 나도 그 호텔에 오늘부터 이틀 예약했어. 방 번호는 1914호 실이고, 방 이름은 실바나 망가노야. 여긴 방에다 배우 이름을 붙 여놨어. 그자가 투숙한 방 번호는 아직 모르는데 곧 알아낼 수 있 을 거야."

그자가 몇 호실에 묵고 있는지 알아내어 도대체 어떻게 하겠다 는 것인지 그 구체적인 계획 같은 것은 아직 아무것도 없었다. 하 지만 분명한 것은 그자를 놓치면 절대 안 된다는 사실이었다.

—야간열차를 타고 베를린으로 가겠습니다. 지금 출발하면 새 벽에는 도착할 수 있을 겁니다.

철교는 아버지를 죽음으로 몰아넣은 놈의 얼굴이 어떻게 생겨 먹었는지 한번 보고 싶다고 말했다.

철교는 같은 쌍둥이 형인 철배에 비해 성격이 급하고 다혈질적 인 데가 있었다. 그들은 아버지가 29세에 사형 집행 당한 뒤 태 어났기 때문에 아버지의 얼굴을 본 적이 없었다. 그러나 성장하 면서 사형수의 아들이라고 손가락질받으며 자랐고, 그것을 피해 프랑스로 건너왔기 때문에 아버지를 억울하게 잃은 데 대한 한이 가슴속 깊이 응어리져 있었다.

—철배 형하고 같이 갈 겁니다.

그 말에 나는 일이 커지겠다고 생각했다. 그들을 막아야 한다 는 생각이 들었지만 한편으로는 그것을 기대하는 심리도 있었기 때문에 못 이기는 체하고 그대로 내버려 두었다.

다음 날에도 베를린에는 비가 내렸다.

배치수 총장은 제우스의 대제단을 멍하니 올려다보았다. 가이드가 뭐라고 지껄여 댔지만 그의 귀에는 하나도 들어오지 않고 피곤하기만 했다. 세계대학 총장포럼이 끝난 뒤 쉬지 않고 연일 계속되는 관광과 음주로 머리가 지근거리고 피곤했다.

"기원전 고대 오리엔트의 페르가몬에는 제우스의 대제단이 있었습니다. 페르가몬은 현재 터키에 있는데 그곳에서 제우스의 대제단이 발굴되었습니다. 수호신 제우스에게 바친 신전인데 헬레니즘 건축의 최고 걸작으로 알려져 있습니다."

뒤로 슬그머니 빠진 배 총장은 화장실이 급한 듯 전시실을 나와 휴게실로 갔다. 페르가몬 박물관은 베를린의 박물관 가운데 가장 유명하고 규모도 엄청나서 입장한 지 벌써 두 시간이 지나고 있었다. 주로 고대 중근동 컬렉션과 이슬람 미술품을 집대성한 컬렉션이 전시되고 있었는데, 거의 다 웅장한 스케일을 보여 주고 있었다. 그런 것들이 헤아릴 수 없이 많아서 그 규모에 압도되었고, 이제는 구경하는 데 지쳐 있었다.

휴게실에도 사람들이 와글거리고 있었다. 겨우 빈자리를 찾아 엉덩이를 막 내려놓고 쉬려고 하는데 누군가가 다가와 말을 걸었다.

"배 총장님 아니십니까?"

총장은 고개를 쳐들고 상대방을 올려다보았다. 마흔 안팎의 젊은 남자로 그 곁에는 미모의 금발 여인과 머리가 희끗한 초로의 신사가 미소를 지으며 서 있었다.

"저 S대 출신입니다. 영문과 94학번입니다. 여기서 총장님을 뵙다니 반갑습니다."

"아, 그래요? 반갑습니다."

총장은 몸을 일으켜 젊은이와 악수했다. 자기 대학 출신 젊은이가 자신을 알아보고 반갑게 인사하는 것을 보고 그는 기분이 좋아졌다.

"총장님, 여긴 웬일이십니까?"

"세계대학 총장회의가 있어서 왔어요. 온 지 며칠 됩니다."

"그러셨군요. 총장님은 그때나 지금이나 별로 변함이 없으십니다."

젊은 사람은 명함을 내밀었다. 명함 한쪽은 영어로 되어 있고 다른 쪽은 한글로 되어 있었는데 한글로 인쇄되어 있는 쪽에는 '주불 한국대사관 영사 김재기'라고 쓰여 있었다.

"오, 외교관이시네. 베를린에는 어쩐 일로?"

젊은이는 세련되고 지적인 분위기를 풍기고 있었다.

"장관님이 현재 유럽 순방 중이신데 베를린에서 공관장 회의가 있어서 출장 왔습니다. 제가 모시고 있는 대사님이십니다."

김 영사는 중후하게 생긴 초로의 신사를 소개했다. 뜻밖에도 주불 한국 대사와 인사를 나누게 된 배 총장은 얼른 명함을 꺼내 상대방의 명함과 교환했다. 그가 받아 든 명함에는 '주불 한국대사관 대사 유재봉'이라고 적혀 있었다. 김 영사는 금발 미녀까지 총장에게 소개했다. 그녀는 주불 한국대사관 직원으로 마리안느라고 자기를 소개했다. 우쭐해진 총장은 그들에게 차를 대접하기 위해 자리를 권했다. 그러나 그들은 갈 데가 있다고 하면서 사양했다.

총장은 휴게실 밖으로 사라지는 그들의 뒷모습을 바라보고 있다가 주문을 받으러 온 웨이터에게 커피를 시켰다. 그와 헤어진 김 영사가 다시 나타난 것은 그가 막 커피 잔을 집어 들려고 할 때였다. 김 영사는 공손하게 허리를 굽히고 총장의 귀에다 대고 속삭이듯 말했다.

"저기 우리 대사님께서 총장님께 저녁 식사를 대접해 드리고 싶다고 하시는데 오늘 저녁 시간이 있으신지요? 아주 좋은 식당이 있는데, 대사님이 총장님을 꼭 모시고 싶어 하십니다."

"아, 그래요. 특별한 약속은 없습니다. 좋아요."

대사가 저녁 식사를 사겠다는데 특별한 이유가 없는 한 마다할 이유가 없었다. 김 영사는 6시에 숙소로 모시러 가겠다고 하면서 호텔 이름과 방 번호를 물었고, 배 총장은 아무런 의심 없이 할리우드 메디아 호텔 1505호실이라고 알려주었다.

그날 저녁 배 총장은 대사의 식사 초대에 잔뜩 들떠 있었다. 자기 혼자 가는 것보다 누구 한 사람 데리고 갈까 하고 생각했지만 초대한 쪽의 의견도 묻지 않고 그렇게 하는 것은 결례가 될 것 같아 그만두기로 했다. 딱히 함께 데리고 가고 싶은 사람도 없었다. 총장이란 작자들은 하나같이 밥맛이 없는 자들이었다.

그가 지금의 대학에 눈독을 들이기 시작한 것은 CIS 수사국에서 악명을 떨치고 있을 때였다. 당시 대전에 있는 S대는 운영난에 빠져 있었다.

　그와 친분이 있는 이사장의 아들이 그에게 도움을 청하자 그는 은행에 압력을 넣어 거액을 대출받게 해주는 대신 자신의 형을 이사에 앉혔다. 얼마 후 학교가 다시 이자도 못 갚은 채 파산 지경에 이르자 채무를 해결해 주는 조건으로 형을 이사장에 앉혔고, 이사진도 새로 조직해 사실상 대학의 실제 소유주가 되었다. 빚이 많긴 했지만 S대의 자산 가치는 그보다 수십 배나 많았기 때문에 거의 헐값으로 대학을 탈취한 것이나 다름없었다.

　대학을 설립한 쪽 사람들이 항의를 하고 대학 본부에서 농성까지 했지만 그것도 하루 만에 끝나고 말았다. 서슬이 시퍼렇던 시대였기 때문에 경찰은 가차 없이 그들을 끌어내 연행했고, 주동자 몇 명은 CIS로 끌려가 일주일 만에 돌아왔는데, 하나같이 얼이 빠지고 제대로 걷지도 못했다.

　그가 대학에 마수를 뻗친 것은 그만한 장사가 없는 데다 후일을 위해서 안전한 피신처가 필요했기 때문이다. 그는 갖은 악랄한 짓을 다 했기 때문에 후환이 두려웠고, 언제 누가 뒤통수를 칠지 알 수가 없었다. 거기에 대비해서 자신을 안전하게 보호해 줄 수 있는 곳으로 대학만 한 곳이 없었다. 대학은 규모가 커서 자산 가치가 막대한 데다 아카데미라는 이미지가 그 어떤 곳보다 근사했다. 그것은 악랄한 고문자였던 자신의 모습을 일거에 씻어줄 수 있는 이미지였고, 완벽한 변신을 보장해 줄 수 있는 곳이기도 했다.

　그는 정부와 기업체로부터 지원금을 끌어다 대고 주변의 그린벨트 지역을 공짜나 다름없이 구입하여 대규모 개발지역으로 둔

갑시킴으로써 막대한 이익을 챙겼다. 그 돈의 일부는 대학 운영에 쓰고 나머지는 자기 주머니에 쑤셔 넣었다. 그가 CIS에서 발을 뺐을 때 S대는 빚에서 벗어나 있었고, 그는 개선장군처럼 대학에 들어갔다. 그리고 얼마 후 형을 대신해서 이사장 자리를 차지했다. 어느 정도 숨 고르기가 끝나자 그는 총장 자리에 올랐고, 그러고 나서 지금까지 이사장 자리와 총장직을 번갈아가며 맡아오고 있었다.

6시가 조금 지나 그는 호텔 로비로 내려갔다. 모든 일정은 끝나 있었고, 내일 아침 공항으로 나가 귀국 비행기에 오르기만 하면 되었다. 로비에는 김 영사 대신 금발의 프랑스 아가씨인 마리안느가 기다리고 있었다. 그를 보자 그녀는 활짝 웃었고, 그 눈부신 미소에 그는 온몸이 녹아드는 것 같았다. 이런 미녀를 한 번만 안아봤으면 하는 생각을 하면서 그는 그녀와 악수를 나누고 그녀를 따라 밖으로 나갔다. 그녀가 불어로 뭐라고 말했지만 그는 한마디도 알아들을 수가 없었다. 하지만 그는 알아들은 척하고 무조건 고개를 끄덕였다.

밖에는 벤츠가 대기하고 있었다. 그는 유 대사의 배려에 기분이 더욱 좋아졌다. 그가 뒷좌석에 앉자 마리안느는 문을 닫은 다음 조수석에 가서 앉았다. 운전대에는 낯선 외국인 운전사가 앉아 있었다. 벤츠는 쿠담 거리 동쪽으로 달리다가 초역 쪽으로 좌회전한 다음 동물원을 오른쪽으로 끼고 달려갔다. 강이 나타났고, 다리를 건너간 차는 갑자기 숲 속으로 들어갔다. 도심에 자리 잡고 있는 거대한 공원인 티어가르텐이었다.

차 안은 기침 소리 하나 없이 무거운 침묵 속에 잠겨 있었다. 그 침묵에서 불안한 낌새를 느낀 순간 갑자기 차가 멈춰 섰고, 양쪽 뒷문이 거칠게 열리면서 두 사내가 밀고 들어왔다. 우악스러운 힘에 밀린 배 총장은 얼결에 두 사내 사이에 끼어 샌드위치 신세가 되고 말았다.

"당신들, 뭐야? 마리안느, 이 사람들 뭐야?"

그의 고함 소리에 마리안느는 아무 말도 하지 않고 차에서 내리더니 어둠 속으로 사라져 버렸다.

"마리안느! 마리안느!"

위험을 느낀 그가 다급하게 그녀를 부르면서 그들을 밀어내고 차에서 내리려고 하자 오른쪽 사내가 팔꿈치로 그의 옆구리를 내질렀다.

"어이쿠!"

그는 숨을 쉴 수가 없었다. 차는 이미 속력을 내어 달리고 있었다. 스쳐 가는 불빛에 얼핏 드러난 사내들의 얼굴은 험상궂어 보였는데, 모두 외국인이었다. 이어서 턱 밑에 써늘한 금속성이 느껴졌다.

권총을 들이댄 사내가 그의 뒷덜미를 내리눌렀다. 그 바람에 그는 무릎 사이에 머리통이 처박히고 말았다. 왼쪽 사내가 수갑을 꺼내더니 그의 손목에다 그것을 철컥 채웠다. 그는 어디로 가는지 방향감각도 없었고, 아무것도 볼 수 없으니 미칠 것만 같았다. 이렇게 죽는구나 하고 생각하니 격심한 공포감에 온몸이 마구 떨려왔다. 그와 함께 자신을 납치한 이유가 무엇인지 아무리 생각해도 도무지 알 수가 없어 혼란스럽기만 했다. CIS와 연관시켜 보았지만 그것은 벌써 수십 년이나 지난 일이다.

그가 자신이 납치된 이유를 알게 된 것은 한 시간 반쯤 지나서였다. 그는 어느 건물의 지하실로 끌려갔고, 철재 탁자 앞에 앉혀졌다. 수갑이 채워진 두 손을 탁자 위에 올려놓으라고 누군가가 한국어로 말했다.

그는 그 지시에 따르면서 그 말을 한 사람을 쳐다보았다. 갓을 씌운 전등은 그를 중심으로 강한 불빛을 쏟아내고 있었기 때문에 빛이 비치지 않은 곳은 어두워 보였다. 하지만 그는 어둠에 눈이 익자 맞은편에 서서 담배를 꼬나물고 있는 그를 알아볼 수가 있었다. 그는 김재기 영사였다. 그 양옆으로 몇 사람이 빙 둘러서 있고 그의 뒤에도 몇 명이 더 서 있는 것 같았다.

"김 영사, 이게 무슨 짓입니까? 도대체 왜 이러는 겁니까?"

배 총장은 실오라기라도 붙잡고 싶은 절박한 심정으로 물으면서 몸을 일으켰다. 하지만 두 다리와 함께 몸뚱이가 의자에 묶여 있어 일어설 수가 없었다.

"난 김 영사가 아니야."

그것은 쇳소리가 나는 듯한 날카로운 목소리였다. 이미 그럴 것이라고 짐작은 갔지만 막상 듣고 보니 실오라기마저 끊어져 버린 절망감이 그를 덮쳐 왔다. 그렇다면 페르가몬 박물관에서 인사를 나눈 대사관 사람들은 모두 가짜란 말인가? 유 대사도 마리 안느도 모두 그렇단 말인가?

"그, 그럼 김 영사가 아니면 누구십니까? 왜 사람을 납치한 겁니까? 돈이 필요하면 드리겠습니다. 얼마든지……."

"돈 같은 건 필요 없어. 우리한테 필요한 건 네놈의 목숨이야."

"이, 이유가 뭡니까?"

배 총장은 와들와들 떨면서 물었다.

"곧 알게 돼."

"장 국장, 유학생 간첩단 사건 기억나나?"

이번에는 다른 사람이 한국말로 물었는데, 백발에 선글라스를 끼고 있었다. 배 총장은 가슴이 쿵 하고 내려앉았다. 바로 이거였구나.

김 영사를 사칭한 서철배가 뭐라고 말하자 뒤에 서 있던 외국인이 마대 자루를 배 총장 머리 위에 뒤집어씌웠다. 갑자기 어둠 속에 갇힌 그는 거친 숨을 내쉬며 더욱 심하게 떨어댔다. 그제야 나는 선글라스를 벗고 조금 앞으로 다가섰다.

"40년 전 네가 조작한 유학생 간첩단 사건 말이야, 그거 잘 기억하고 있겠지?"

"조, 조작하지 않았습니다. 다, 당신은 누굽니까?"

"당신 덕분에 감옥살이를 했던 사람이야. 이제부터 묻는 말에 숨김없이 사실대로 말해. 그게 너한테도 좋을 거야."

"알겠습니다. 용서해 주십시오. 저는 그때 위에서 시키는 대로 했을 뿐입니다. 다, 당시 비, 비상시국이었기 때문에 어쩔 수가 없었습니다. 시국을 안정시키고……."

"닥쳐! 그런 말은 듣고 싶지 않아. 그때 너는 유학생들의 동태를 손바닥 들여다보듯 자세히 알고 있었어. 한국에 앉아서 말이야. 어떻게 그렇게 세세히 알 수 있었지?"

"그, 그건 당시 유럽에 있는 우리 요원들이 수집한 첩보를 근거로 얻은 정보입니다."

"그런 첩보 수준이 아니고 우리만 알고 있는 내밀한 정보를 말하는 거야. 그런 정보들은 유학생 가운데에서도 모임을 주도하고 있는 간부 몇 명만이 알고 있었던 것인데 그런 것들이 모두 너한테 줄줄 새 나간 거야. 그런 정보를 너한테 넘긴 배신자가 누군지 알아야겠어. 그 배신자가 누구지?"

"우리한테 협조한 유학생은 아무도 없었습니다."

나는 옆에 서 있는 철교를 바라보았다.

네가 알아서 처리하라는 뜻이다. 그가 불어로 뭐라고 말하자 배 총장 뒤에 서 있던 외국인이 바싹 다가서더니 수갑이 채워진 채 탁자 위에 올려져 있는 두 손으로 손을 뻗었다. 턱이 온통 검은 수염으로 뒤덮인 그 외국인은 조금도 머뭇거리지 않고 마치 나뭇가지 하나를 부러뜨리는 것처럼 왼손 중지를 오른손으로 잡아서는 뒤로 꺾었다. 손가락이 부러지는 소리와 함께 비명이 터져 나왔다. 배 총장은 고통에 찬 신음 소리를 토해내면서 왼손을 편 채 온몸을 부들부들 떨어댔다. 그 바람에 뒤로 꺾인 손가락이 덜렁거렸다.

"손가락을 전부 부러뜨리기 전에 말해. 손가락 하나 가지고 엄살떨지 마. 네놈이 부러뜨린 손가락이 몇 갠 줄 알아? 넌 수십 명의 손가락을 부러뜨렸어. 그렇게 해서 사건을 조작해 냈어. 그때 내 손가락도 두 개가 망가졌지."

나는 두 손을 내밀고 흔들었다. 그러나 상대방은 나를 볼 수가 없었다. 털보가 이번에는 오른쪽 중지를 움켜잡고 꺾었기 때문이다. 그러자 배 총장은 펄쩍 뛰면서 소리쳤다.

"말하겠습니다! 말씀드리겠습니다!"

"거짓말하지 마. 만일 엉터리로 이름을 대면 눈알을 뽑아버릴 거야. 넌 확인이 끝날 때까지 집에 돌아갈 수 없어. 그러니까 거짓말하지 말고 사실대로 말해. 너한테 정보를 보낸 그 배신자가 누구야?"

"피카소입니다!"

나는 배 총장 곁으로 다가가 작은 소리로 물었다.

"피카소? 피카소가 누구야?"

마대 자루 안에서 웅얼거리는 소리가 들려왔지만 잘 알아들을 수가 없었다. 나는 자루에다 귀를 바싹 갖다 대고 속삭였다.

"다시 말해봐. 피카소가 누구야?"

그가 피카소라는 암호명의 정체를 큰 소리로 말한다고 해서 그가 누구인지 아는 사람은 나 외에는 아무도 없었다.

한 시간쯤 지나 나는 서민구의 두 쌍둥이 아들과 함께 레스토랑에 앉아 있었다. 우리는 가볍게 식사를 하면서 앞으로의 계획에 대해 이야기를 나누었다.

"우리 아버지는 손가락 열 개가 모두 부러져 있었다고 했어요."

철배가 말했다. 평소 침착한 성격의 그도 아버지를 고문해서 사형대로 보낸 사내를 보자 견딜 수가 없었던 것이다. 그는 준수

한 외모에 성실한 인상을 풍기고 있었다. 반면 철교는 박박 밀어 버린 맨머리에 얼굴은 햇볕에 그을려 검은빛이었고, 두 팔에는 문신까지 새겨져 있었다.

"어머님이 감옥에서 나온 뒤에 삼촌들한테서 들었답니다. 아 버님이 사형당한 뒤 그 시신을 할아버지와 삼촌들이 수습했는데, 온몸이 고문으로 만신창이가 되어 있었고 특히 손가락 열 개가 모두 부러져 있었답니다. 그 고통을 생각하면⋯⋯."

철배는 말을 잇지 못한 채 울먹였고, 그 곁에서 철교는 웅크리 고 있다가 맥주를 벌컥벌컥 들이켰다. 나는 와인 잔을 입으로 가 져갔다.

"벙어리들은 믿을 만하나?"

벙어리는 이번 일에 고용된 외국인들을 말하는 것이다. 그들은 벙어리는 아니지만 도통 말이 없고 시키는 대로만 움직이기 때문 에 우리는 부르기 쉽게 그렇게 부르고 있었다.

"믿어도 좋습니다. 그들은 돈만 주면 무슨 짓이든 처리해 줍니다. 전문가인 데다 뒤끝이 깨끗해서 제가 가끔 이용하고 있습니다."

철배를 대신해서 철교가 말했다. 그는 검은 조직의 보스를 잘 알고 있는데 그에게 부탁하자 벙어리 네 명을 보내주었다고 했 다. 그러면서 하는 말이 이번 일을 처리해 주는 대가로 거액을 지 불했고, 벙어리 모두 동구권 출신이라고 했다.

"그놈을 언제 풀어주면 좋겠습니까?"

철배가 조금은 걱정스러운 듯 물었다. 그러자 철교가 발끈했다.

"그게 무슨 말이야? 기껏 잡았는데 풀어준다는 게 말이 돼? 바보 같은 소리 하지 마. 풀어주면 그놈이 가만있을 것 같아? 나불대고 다닐 텐데, 그렇게 되면 모두가 위험해. 아예 없애 버려야해. 나한테 맡겨.”

그는 고깃덩어리를 입안에 우겨넣고 질겅질겅 씹었다.

“선생님은 어떻게 생각하십니까?”

비어 있는 잔에 와인을 채워주면서 철배가 물었다. 나는 와인을 한 모금 마시고 나서 입을 열었다.

“그놈의 처리 문제는 철교한테 맡기는 게 좋을 것 같다.”

철배의 표정이 창백해졌다.

“그럼 없애자는 겁니까?”

“철교한테 맡기자구.”

나는 담담하게, 하지만 냉정하게 말했다.

다음 날 나는 포와 함께 체코의 프라하로 향했다. 예정대로 유럽 여행을 계속하기 위해서였다. 프라하에서 이틀째 되는 날 인터넷으로 국내 뉴스를 검색하자 세계대학 총장회의에 참석 차 베를린에 갔던 배치수 총장이 귀국을 하루 앞두고 실종되었다는 기사가 머리기사로 나 있었다. 기사는 이렇게 끝나고 있었다.

‘독일 경찰은 배 총장이 귀국 전날 밤 금발의 여인과 함께 호텔을 나갔다는 사실에 주목하고 금발 여인의 행방을 뒤쫓고 있다.’

포는 돌이 박혀 있는 프라하의 뒷골목을 좋아했다. 프라하를 떠나기 전날 밤 우리는 골목에 있는 카페 릴케에서 저녁 식사를 했다. 프라하에서 태어나 장미 가시에 찔려죽었다는 릴케는 한 곳에 머물지 않고 여기저기 떠돌아다니다가 51세에 죽었다.

카페의 때에 절어 있는 회벽에는 릴케 사진이 걸려 있었는데, 릴케를 기리는 행사를 알리는 포스터도 붙어 있었다. 한쪽 구석에 놓여 있는 낡은 책장 안에는 릴케에 관한 책이 빼곡히 꽂혀 있었다. 실내에는 오랜 세월의 숨결이 짙게 배어 있어서 어디선가 금방이라도 릴케의 기침 소리가 들릴 것만 같았다.

"낮과 밤이 뒤엉킨 시각, 비가 되어 내리면 고독은 강물과 더불어 흘러간다."

포가 릴케의 시 한 구절을 중얼거리듯 읊었다. 나는 릴케가 미리 써두었던 비문을 기억 속에서 꺼냈다.

"장미… 오, 순수한 모순, 그렇게 많은 눈꺼풀 아래 누구의 잠도 되지 않는 기쁨."

"카프카도 여기 출신이죠?"

"맞아. 그들은 프라하 출신이고, 같은 시대를 살았는데 그들이 친교가 있었는지 그건 잘 모르겠어. 카프카는 릴케보다 여덟 살인가 더 젊었는데 세상을 떠나기는 2년 먼저 떠났지. 1924년, 그때 나이 마흔한 살이었고, 릴케는 쉰한 살에 죽었지. 공통점이라고 한다면 두 사람의 작품 다 세기말적인 우울과 고독감이 느껴진다는 것, 그리고 지병이 있었다는 것. 한 사람은 결핵, 또 한 사람은 백혈병. 그래서 너무 일찍 세상을 떠났고 사후에야 세계적으로 유명해졌지."

우리는 빵과 함께 사슴 고기를 먹었고, 거기에 곁들여 와인을 마셨다.

뮌헨-짤즈부르크-밀라노-베니스-피렌체-로마-런던-애거서 크리스티의 고향인 토퀘이-에딘버러-더블린을 거쳐 귀국한 것은 떠난 지 한 달 만이었다.

한국은 늦더위가 기승을 부리고 있었다.

배 총장 실종 사건은 미궁에 빠져 있었다. 짐을 정리하고 나서 메일을 열어보니 중요한 메시지가 하나 들어와 있었다. 그것은 자유한국(FOK)의 모임을 알리는 메시지로 마 회장이 보낸 것이었다.

40년 전 이른바 유럽 유학생 간첩단 사건으로 혹독한 시련을 겪었던 FOK는 놀랍게도 지금까지 명맥을 유지하고 있었다. 탄압과 공포가 횡행하던 시절에는 회원들이 거의 감옥에 가거나 사형까지 당했기 때문에 모임은 사실상 해체되어 있었다.

그러나 공포정치가 끝나고 옥고를 치른 회원들이 하나둘씩 돌아오면서 회원들 간에 그대로 묻어둘 수 없다는 공감대가 형성되었고, 그러다 보니 포크가 다시 살아나게 되었던 것이다. 하지만 과거와는 그 성격이 많이 달라져 있었다. 지금의 포크는 정치나 사회 활동 같은 것은 일절 하지 않는, 한 많은 노인들의 단순한 친목 모임 같은 것으로 변해 있었다.

마용수 회장이 회원들에게 보낸 메일은 다음과 같았다.

포크 회원 여러분께.
오는 9월 모임은 부산 해운대에서 갖기로 했습니다.
해운대에 계시는 소설가 노준기 회원께서 특별히 회원들을 초대해

주셨습니다. 호텔비를 비롯해 식사와 술 등 모든 비용을 노 회원이 부담하시겠다고 합니다. 푸른 바다를 바라보며 싱싱한 횟감에 술을 마실 수 있는 좋은 기회를 놓치지 마시기 바랍니다.

　－날짜와 시간 : 9월 9일 오후 1시.

　－모이는 장소 : 부산 해운대 달맞이언덕 카페 죄와 벌(Tel. 051. 747.034X).

　모든 비용을 내가 대기로 한 것은 마 회장이 멋대로 결정한 것이 아니었다. 그것은 사전에 내가 외국에서 이메일로 9월 모임은 부산에서 가졌으면 좋겠고, 그럴 경우 모든 비용을 내가 대겠다는 의사를 회장에게 전한 것이다. 거기에 덧붙여 구체적인 내용이 들어간 메시지를 내가 작성해서 보내주면 회장이 그것을 검토하고 회장 이름으로 회원들에게 보내주는 게 어떻겠느냐고 넌지시 물었고, 회장은 잘됐다 싶었는지 두말 않고 내 제의를 받아들였다. 회장 이름으로 보낸 메일 내용은 내가 써준 것과 글자 하나 다르지 않았다.

　9월 9일 오후 1시가 가까워 오자 전국에 흩어져 살던 포크 회원들은 죄와 벌로 속속 모여들었는데 그 수가 40여 명쯤 되었다. 모두가 고령인 데다 그동안 사망하거나 병고로 거동이 불편한 사람들을 생각하면 꽤 많은 회원이 모인 셈이다.

　그들은 먼저 죄와 벌에 앉아 커피를 마시면서 안개를 감상했다. 나는 그들에게 달맞이언덕의 안개가 얼마나 지독한지, 그래서 아주 유명한 안개가 돼버렸다는 것 등을 이야기해 주었다.

광주에서 온 이수애와 대전에서 내려온 모진숙은 단 두 명의 여성 회원으로 안개가 너무 좋다고 하면서 잠시도 앉아 있지 않고 안개 속을 휘젓고 다녔다.

"멋있어. 이건 보통 안개가 아니야. 우리를 가지고 노는 것 같아."

"영감이 있으면 팔짱을 끼고 걸었을 텐데."

나는 그들을 모두 청사포 바닷가로 데리고 갔다. 안개 낀 오솔길을 걷게 하려고 일부러 청사포까지 걸어갔다. 서울서 꽃가게를 하는 황찬우는 내가 달맞이언덕에 살고 있는 것을 몹시 부러워하면서 집값이며 땅값 같은 것을 꼬치꼬치 캐물었다.

내가 예약해 놓은 곳은 바닷가에 자리 잡고 있는 어느 횟집의 2층 방이다. 50명 정도 들어갈 수 있는 큰 방으로, 한쪽에는 화장실도 구비되어 있었다. 창문을 열어젖히자 푸른 바다가 보였고 소금기를 머금은 바다 냄새가 풍겨왔다.

여러 가지 회가 탁자 위에 차려지고 술잔에 술이 채워지자 마 회장이 인사말을 했다. 그는 이렇게 멋진 곳에서 모임을 가질 수 있도록 초대해 준 나에게 감사한다고 말한 다음 박수를 유도했다. 우레와 같은 박수에 이어 나의 차례가 되었다. 나는 변변히 차린 것은 없지만 회는 얼마든지 있으니 많이들 들고 느긋하게 즐기기를 바란다고 화답했다.

빈 술병이 쌓여가고 회원들의 얼굴이 하나같이 불콰해지더니 노랫소리가 흘러나왔다. 불문학을 전공한 이수애는 샹송을 불렀고, 영화감독인 김만지는 영화 해바라기의 주제가를 불렀다. 내 차례가 되었을 때 나는 혀 꼬부라진 소리로 '기차는 8시에 떠나네'를 부르다가 가사를 잊어버려 중간에 그만 포기하고 슬그머니 이렇게 말했다.

"40년 전 우리가 고통을 겪은 것은 포크 내에 배신자가 있었기 때문이에요."

느닷없는 말에 모든 사람의 시선이 일제히 내 쪽으로 쏠렸다.

"아이, 그런 거 잊어버리고 우리 노래나 불러요."

모진숙이 젓가락으로 탁자를 두드리면서 말했다.

"배신자가 있다는 건 알았지만 지금까지 누군지 모르잖아."

"아마 영원히 알 수 없을 거야."

소설을 쓰는 구경주의 말을 김만지가 받아 말했다.

"이 자리에 그 배신자가 있다면 어떻게 할 거예요?"

이 말 한마디에 분위기가 갑자기 얼어붙었다. 모두가 숨을 죽이고 일제히 나를 쳐다보았다.

"이 자리에 그 배신자가 있다는 거예요?"

제주도 출신 화가 박석태가 물었다. 그는 12년을 옥살이한 데다 고문 후유증으로 한쪽 다리까지 절고 있었다.

"배신자가 이 자리에 우리와 함께 지금 술을 마시고 있어요."

"뭐, 뭐라구? 누, 누구야? 그놈이 누구야?"

마 회장이 눈을 부라리며 물었다.

"내가 여러분을 여기에 초대한 것은 그 배신자의 얼굴을 보여주기 위해서입니다. 그 배신자를 이 자리에 오게 하기 위해서는 다른 적당한 방법이 없었습니다. 극적인 장면을 보여주기 위해서는 이 방법이 제일 낫다고 생각해서 이런 자리를 마련한 것입니다."

"그러면 그렇지."

누군가가 그렇게 말했고, 모두가 이해가 간다는 듯 고개를 끄덕였다.

이제 모두가 내 입에서 배신자의 이름이 나오기를 기다리고 있었다. 실내에는 기침 소리 하나 없이 무거운 침묵이 깔렸고, 모두가 내 입만 바라보고 있었다. 그러나 내 입에서는 쉽게 배신자의 이름이 나오지 않았다.

"배신자가 밝혀지기 전에 먼저 결정해야 할 일이 있어요. 뭐냐 하면 배신자를 어떻게 처리할 것인가 하는 문제예요. 배신자를 내쫓을 것인가, 때려줄 것인가, 그에게 침을 뱉을 것인가, 그걸 결정해야 합니다. 어떻게 하면 좋겠습니까?"

"죽여야지."

"그런 놈은 살려두면 안 돼!"

과격한 회원들이 죽여야 한다고 말은 했지만 그것은 현실성이 없는 분노에 나온 말에 지나지 않았다. 나는 백지 한 장씩 돌린 다음, 거기다 처벌 방법을 적어서 내라고 말했다. 그리고 잠시 후 그것들을 모아 회장에게 넘겨주었다. 회장은 백지에 적힌 내용을 하나하나 공개했는데 거기에는 얼굴에 침을 뱉자, 몽둥이로 때려주자, 열 대씩 뺨을 때리자, 욕조에 눕혀놓고 얼굴에 오줌을 갈기자 등등 여러 가지 의견들이 나와 있었다. 투표 결과 얼굴에 소변을 보자는 의견이 압도적으로 표를 많이 얻었는데 육체적인 폭력이 아니면서 놈에게 가장 치욕적인 모욕감을 안겨줄 수 있는 방법이라는 점에서 찬성표를 많이 얻은 것 같았다. 그 의견을 제시한 사람은 사실은 나였다.

"여자들은 어떡하지?"

"여자들은 참아야지."

그 말에 모두가 웃었지만 그것은 금방 서글픈 미소로 변했다.

"자, 이제 배신자가 누구인지 발표하세요!"

모진숙이 앙칼진 목소리로 재촉했다.

"바로 저 사람입니다."

나는 젓가락을 들어 마 회장을 가리켰다.

"나 말이야? 지금 무슨 말을 하는 거야? 당신 미치지 않았어?"

예상한 대로 마 회장은 길길이 뛰었다.

"아니, 배신자가 지금까지 우리 모임의 회장이었단 말이야?"

회원들은 기가 막힌 나머지 쉽게 믿으려 들지 않았다. 마 회장은 나에게 달려들어 멱살을 움켜잡고 욕을 퍼붓다가 밖으로 빠져나가려고 했다. 출입구 쪽에 있던 회원들이 재빨리 그를 붙들어 앉혔다.

"이건 명예훼손이야! 노준기, 각오하라구! 그대로 넘어가지 않을 테니까 각오해! 증거를 대봐! 난 감옥에서 5년이나 썩었어! 배신자라면 그럴 수가 있겠어?"

"증거를 대지. 5년 선고를 받았지만 그건 요식행위에 지나지 않았고, 몸이 아프다는 핑계로 주로 병원에서 지내다가 형 집행정지로 슬그머니 나왔지. 당신이 CIS의 프락치로 일할 때 암호명이 피카소 아니었나?"

그는 미쳐 날뛰다가 나의 결정적인 한마디에 그만 주저앉고 말았다.

"수사를 지휘하고 우리를 고문한 장 국장이란 자, 결코 잊을 수 없을 거예요. 장 국장은 본명이 백치수로, 현재 대전에 있는 S대 총장인데 얼마 전 유럽 여행 중에 실종됐어요. 그자가 자기 입으로 직접 피카소가 바로 마 회장이라고 말해줬어요."

"아, 신문에서 실종 기사 봤는데 바로 그 사람이 장 국장, 그놈이었군."

회원들은 탄식했다. 마 회장은 재빨리 뛰쳐나갔지만 회원들에게 붙잡혀 다시 끌려들어 왔다.

"마 회장이 대전에 지역구를 둔 국회의원이었다는 건 다 아는 사실이지만 그가 S대 재단 이사라는 건 아마 모르고 계실걸요. 그들은 같은 대학에서 과거를 숨긴 채 지금까지 동고동락하고 있었죠. 마 회장, 이래도 부인할 거야?"

마 회장은 나를 노려보면서 부들부들 떨기만 했다.

나는 가방에서 대형 마대 자루를 꺼냈다.

"이 자루는 일부러 주문해서 만든 겁니다. 배신자를 이 안에 충분히 넣을 수 있을 겁니다. 눈 뜨고 보고 있는데 거기다 소변을 볼 수는 없잖아요?"

그 말이 떨어지기 무섭게 회원들은 발버둥치는 마 회장에게 달려들어 그를 자루 안에 밀어 넣었다. 그가 빠져나올 수 없게 마대 끝을 잡아맨 다음 자루를 들고 화장실 안으로 들어가 욕조 안에 집어넣었다. 마 회장은 발버둥 치면서 악을 썼지만 발로 밟아대자 조용해졌다.

회원들은 한 명씩 화장실 안으로 들어가 욕조에다 소변을 보았다. 울음소리와 신음 소리가 들려왔지만 회원들의 표정은 싸늘하게 굳어 있었다. 분노와 증오에 사로잡힌 그들은 오줌을 싸고 난 다음 욕설을 퍼부었고, 그것도 모자라 거기에다 침을 뱉었다.

"더러운 놈, 너 때문에 우리가 겪은 고통을 생각하면 이건 아무것도 아니야! 사형당한 사람을 생각해 봐!"

어떤 회원은 이럴 줄 알았으면 좀 참았다가 소변을 볼 것인데 조금 전에 소변을 봐서 오줌이 안 나온다고 투덜거리기까지 했다.

나는 맨 마지막에 혼자 들어갔다. 40여 명의 노인이 갈겨댄 오줌은 욕조 안에 흥건히 고여 있었고, 자루 속에 갇힌 배신자는 심하게 기침을 해대면서 울고 있었다. 그는 그사이에 상체를 일으켜 앉아 있었다. 오줌에 푹 젖은 마대자루를 뒤집어쓴 채 비통하게 울고 있는 사내의 모습은 괴기스럽다 못해 끔찍해 보였다. 나는 성기를 꺼내 놈의 얼굴을 겨냥하고 40년 동안 참고 있던 소변을 보려고 했지만 차마 그럴 수가 없어 도로 지퍼를 올렸다. 지린내가 몹시 풍겨왔고, 그 속에서 그는 흐느끼고 있었다. 자루를 묶은 끈을 풀자 그가 밖으로 기어 나왔다. 수십 명의 오줌을 뒤집어쓴 70대 사내의 몰골은 참담해 보였다. 나는 샤워기를 틀어 그의 머리 위에서부터 물을 뿌렸다.

"용서를 빌어. 진심으로 빌면 모두 용서해 줄 거야."

그를 욕실에 둔 채 나는 밖으로 나왔다.

모두가 말없이 술을 마시고 있었다. 어떤 사람은 넋을 놓고 앉아 푸른 바다를 바라보고 있었다. 바다 위에서는 갈매기 떼가 군무를 이루며 어선 한 척을 따라가고 있었다. 멀리 수평선 위로는 거대한 선박이 남쪽을 향해 움직이고 있었지만 얼른 보기에는 그자리에 서 있는 것 같았다.

욕실 문이 열리더니 마침내 마 회장이 밖으로 나왔다. 입고 있는 남방과 바지가 쭈글쭈글한 것이 쥐어짜서 그런 것 같았다. 그는 무릎을 꿇고 엎드리더니 방바닥에 이마를 대고 울먹였다.

"용서해 줘요. 정말 죽을죄를 지었어요. 용서해 달라는 말밖에 할 말이 없어요. 이렇게 용서를 빕니다."

그는 머리를 조아리며 비통하게 흐느껴 울었다. 이수애가 그의 곁으로 다가가더니 함께 울면서 손수건으로 그의 젖은 머리를 닦아주었다.

"자살해. 그게 속죄하는 길이야."

아직도 분이 풀리지 않은 누군가가 말했고, 그 말을 받아 또 누군가가 이렇게 덧붙였다.

"자살할 용기도 없는 놈이야."

그날 마 회장은 먼저 떠나고 뒤에 남은 우리는 죄와 벌로 자리를 옮겨 점점 짙어지는 안개 속에 앉아 새벽까지 술을 마셨다.

시간의 화살

반대인

전업 작가를 꿈꾸는 직장인. 2013년 「시체는 엘리베이터를 타지 않는다」로
한국추리작가협회 신인상을 수상하며 데뷔. 이후 「바텐더 탐정 - 밀실의 열쇠」, 「망자의 제보」,
「작전명 트러스트」 등의 단편소설을 발표한 바 있으며,
현재 '북팔(http://novel.bookpal.co.kr)'에 「초과학수사대」를 연재 중이다.
수수께끼 풀이라는 추리소설 본연의 가치에 주목하는 한편,
인간의 본성에 깃든 어둠을 조명하는 작품을 추구한다.
필명 '반대인'은 '반전을 꿈꾸며 데가주망한 삶을 사는 인간'이라는 좌우명에서 유래했다.

1

오월의 캠퍼스는 때이른 열기로 후끈 달아올랐다. 대학 생활의 꽃이라 부를 축제로 모여든 젊은이들은 현실의 고민거리는 잠시 접어둔 채 무르익은 봄날을 만끽하느라 여념이 없었다. 선혈이 낭자한 진달래를 무색케 만드는 청춘의 꽃무더기가 빛바랜 교정을 형형색색으로 물들이고 있었다.

"어휴, 엄청 그을렸네."

창밖을 내다보던 박태훈이 귀에 익은 목소리에 고개를 돌렸다. 바닥에 쓰러진 선풍기를 피하느라 조 형사가 발끝을 세운 채 다가왔다.

"뭣 좀 알아냈어?"

팀장의 물음에 조 형사는 손에 든 수첩을 펼쳤다.

"음, 소방서에 따르면… 실험 중이던 약품들이 서로 반응하면서 생겨난 불꽃이 가연성 물질에 옮겨붙으면서 화재가 발생한 걸로 보인답니다."

"최초 목격자는?"

"이 대학 경비원입니다. 지난 주말 저녁 8시 반경, 교대 후 순찰에 나섰는데 어디선가 유리 깨지는 소리 같은 게 나더래요."

눈썹을 꿈틀거린 박태훈이 시선을 마주쳐 오는 조 형사를 바라봤다.

"어두운 데다 이내 잠잠해져서 잘못 들은 줄 알았답니다. 대학 축제를 앞둔 주말이라 연구동을 비롯한 이공대 건물들은 텅 비어 있다시피 했다니까요. 아무튼 그래서 평소처럼 순찰 코스를 돌고 있는데 갑자기 펑 하는 폭발음이 울렸대나."

깜짝 놀라 달려간 경비원은 연구동 창문에서 연기가 피어오르는 광경을 목격했다고 한다. 뒤이어 울린 화재경보기 소리에 곧바로 휴대폰을 꺼내 소방서에 전화를 걸었다는 것이다. 그게 몇 시였냐고 묻자 수첩을 들여다본 조 형사는 8시 45분쯤이었다고 대답했다. 계속해 보라는 것처럼 박태훈은 팔짱을 꼈다.

"누군가 있을까 싶어 신고를 마치자마자 불이 난 층으로 올라갔답니다."

"그런데 이곳 실험실 안에 피해자가 있었다?"

바닥의 표시를 내려다본 박태훈이 미간을 찌푸렸다.

"네, 뒤늦게 나타난 학생들이 실험실에 사람이 있다고 그러더답니다. 그래서 쫓아가 봤더니 저기 난 창 너머 그림자 같은 게 어른거렸대요."

그러면서 조 형사는 어깨 너머를 가리켰다. 그을린 쇠창살 사이로 텅 빈 복도가 내다보였다. 그 위에 타다 남은 블라인드가 당시 상황을 말해주고 있었다.

"그 학생들 신원은 파악했어?"

"네, 파악이니 뭐니 할 것도 없이 모두 숨진 교수가 지도하는 대학원생들이었습니다. 저녁을 먹고 오라는 그의 지시로 조교만 남긴 채 자리를 비웠다던데. 조교한테서 학생들 이름과 연락처를 알아뒀습니다."

"잠깐, 피해자와 같이 있었다는 조교는 무사하다는 소리야?"

박태훈이 찜찜한 얼굴로 물었다.

"그게… 화재가 난 시각, 그 K라는 조교는 교수실 자기 책상에서 자고 있었답니다. 실험실 문이 열리지 않아 교수의 소재를 파악하러 온 학생이 깨우고서야 정신이 들었대요."

그제서야 박태훈은 아, 하고 뭔가 짚이는 표정을 지었다. 겉보기에 사고처럼 보이던 사건이 살인일지도 모른다는 가능성을 암시해 준 증거물이 떠올랐기 때문이다. 바로 이곳 화재 현장에서 수거한 잔에 남아 있던 수면제 성분이었다. 화재가 발생하기 전 피해자는 누군가와 커피를 마신 걸로 추정됐다.

"조교는 왜 여길 나간 거지?"

"피해자가 논문 작성을 마무리하라고 시켰다던가."

머리카락을 쓸어 넘긴 박태훈은 활짝 열어놓은 찌그러진 철문

으로 눈길을 던졌다. 거기 달린 전자 도어록을 살핀 그가 고개를
갸웃했다.

"문이 열리지 않았다는 건 무슨 소리야?"

그와 같은 곳을 돌아보고 난 조 형사가 대수롭지 않다는 투로
대꾸했다.

"피해자가 안에서 잠갔거나 아니면 불길에 잠금장치가 녹아버
렸겠죠. 아무튼 두꺼운 실험실 문을 여느라 신고를 받고 도착한
소방관들 역시 피해자를 구하지 못했다니…….."

편리하게 여닫자고 설치한 전자 도어록을 일부러 잠근 까닭은
뭘까? 그것도 학생들이 드나드는 상황에서. 게다가 화재경보기
가 울리기 전 경비원이 들었다는 소리의 정체는? 골똘하던 박태
훈이 중얼거렸다.

"문을 잠근 채 숨겨 있었다…….."

"자살이라고 생각하시는 겁니까?"

눈치 빠르게 조 형사가 되받았다. 자살 시도자가 고통이 두려워
수면제를 복용하는 일은 드물지 않다. 그걸 왜 다른 사람들이 있
는 자리에서 커피에 타 마셨느냐 하는 점에서는 의문이 따르지만.

"피해자 주변 인물들을 만나봐야겠군."

말을 마친 박태훈은 화재 당시의 폭발 때문인지 유리가 날아가
버린 창문으로 몸을 돌렸다.

2

자신이 모시던 교수가 변을 당한 탓인지 K는 불안한 기색이었다. 그녀를 달랜 박태훈은 화재 직전 상황에 관해 물었다. 기억 속을 더듬던 K가 그날 일을 입에 올리기 시작했다.

"자, 슬슬 식사들 하고 오지."

시계를 쳐다본 황 교수가 침묵을 깼다. 그 말을 들은 학생들이 하나둘 자리에서 일어났지만 정작 말을 꺼낸 당사자는 꼼짝하지 않았다.

"교수님은 같이 안 드십니까?"

"응, 난 나중에……. 먼저 갔다 와."

그때였다. 누군가 실험실 문을 두드렸다. 학생들 가운데 한 명이 문을 열자 낯익은 얼굴이 들어섰다. 이공대 학장을 맡고 있는 송 모 교수였다.

"웬일이십니까, 선생님?"

허리를 굽히는 황 교수를 본 그가 무표정하게 손을 내저었다.

"어울리지 않게 그러지 말고 차나 한 잔 줘."

고개를 숙이는 K를 지나친 송 교수는 의자를 끌어당겨 세미나 테이블에 앉았다. 그 모습을 지켜보던 황 교수가 학생들을 재촉했다.

"저녁들 먹고 오라니까 뭐 해?"

"아, 네. 그럼 저희 먼저 다녀오겠습니다."

학생들은 하나둘 실험실을 나섰다. 함께 문을 나서려던 K는 구석 캐비닛을 뒤지고 있는 황 교수에게 다가갔다.

"뭘 찾으세요?"

"커피를 어디다 뒀지?"

K는 자신이 가져다주겠다고 했다.

잠시 후 쟁반을 든 K가 교수들이 앉은 테이블로 다가섰다.

"어, 이거 저녁도 못 먹게 해서 미안하군."

별로 생각이 없다며 손을 내저은 K는 쟁반에 담아 온 것들을 내려놨다.

"죄송하지만 차를 저을 스푼이 하나밖에 없네요."

끓는 물이 담긴 포트를 가져다주고 돌아서는데 붙잡듯 송 교수가 입을 열었다.

"자네도 같이 한잔하지."

황 교수까지 권하는 바람에 K는 하는 수 없이 그 말에 따랐다.

테이블에 둘러앉은 세 사람은 각자 병에 든 커피를 덜어 자기 앞에 놓인 잔에 넣었다. 엉거주춤 일어선 황 교수가 커피 잔들에 물을 따랐다. 그 모습을 지켜보던 K가 설탕과 프림이 든 통을 건네려 하자 송 교수는 손사래를 쳤다.

"난 블랙으로 마셔."

깜빡했다는 시늉을 해 보인 K가 황 교수를 바라봤다.

"응, 자네 먼저."

투명한 플라스틱 통을 연 K는 안에 꽂힌 국자 모양의 스푼을 빼 들었다. 그걸 잔으로 가져가 프림을 쏟은 뒤 같은 방법으로 설탕을 덜었다. 그리고는 황 교수 쪽으로 통을 밀었다. 그가 설탕과 프림을 넣자 커피를 젓고 있던 송 교수가 스푼을 건넸다.

커피를 마시면서 두 사람은 세간의 화제를 주고받았다. 평소 같으면 넉살 좋게 대화에 끼어들었을 K였지만 웬일인지 지루할 따름이었다. 황 교수가 잔을 기울이는 그녀를 바라봤다.

"자네는 그만 가서 논문 정리나 할래?"

"네? 네, 그럼 실례하겠습니다."

두 사람을 뒤로 한 채 K는 실험실을 나섰다.

계단을 내려서는데 느닷없이 다리가 휘청거렸다. 머리까지 어질어질한 바람에 가까스로 아래층 교수실로 들어선 그녀는 몸을 던지다시피 의자에 앉았다. 시계를 바라보니 저녁 8시 11분. 아직 초저녁인데도 불구하고 견디기 힘들만큼 눈꺼풀이 무거웠다. 잠시 눈을 붙여야겠다고 마음먹은 K는 책상에 얼굴을 묻었다. 그리고 그대로 정신을 잃고 말았다.

"그날 실험실에서 보고 들은 건 방금 말한 게 전부입니까?"

박태훈의 물음에 K는 현실로 돌아왔다. 벌게진 눈을 든 K가 고개를 끄덕였다.

"누군가 황 교수님이 마신 커피에 수면제를 넣은 것 같습니다만."

자신이 겪은 일이 떠올랐는지 K는 놀라는 눈치였다.

"그런 짓을 할 사람이 누구라고 생각하십니까?"

"저도 잘……. 커피나 프림은 연구소 학생들은 다 아는 곳에 두는데……."

"그래요? 그게 어딥니까?"

박태훈이 K의 얼굴을 뚫어져라 쳐다봤다.

"실험실 방장이 쓰는 캐비닛이요."

"방장과 피해자의 관계는 어땠습니까?"

"실은……."

K가 교수실 출입구 쪽을 살폈다.

"얼마 전, 교수님이 방장을 크게 꾸짖으셨어요."

"뭣 때문이었죠?"

"학생 중 한 명이 실험 중이던 시료를 훼손하는 바람에."

"그 책임을 방장한테 물었다는 건가요?"

"네, 일정이 빠듯한 프로젝트여서 교수님도 평소답지 않게 화를 내셨어요. 이런 식으로 하려면 연구소를 그만두라는 소리까지 하셨으니까."

수첩을 꺼낸 박태훈은 방장과 학생의 이름을 물어 적었다.

"방장의 반응은 어땠습니까?"

"굉장히 억울해했어요."

"그렇군요. 잘 알겠습니다."

자리에서 일어선 박태훈이 교수의 방 쪽을 돌아봤다.

"잠깐 안을 살펴봐도 될까요?"

"네, 함부로 손대시지만 않는다면."

걱정 말라는 듯 고개를 끄덕한 박태훈은 다가선 문으로 손을 뻗었다.

책장으로 둘러싸인 자그마한 방이 시야에 들어왔다. 소파를 지나 안으로 발을 디디자 컴퓨터와 각종 서류, 그리고 두툼한 원서들로 어지러운 책상이 낯선 손님을 맞았다. 주인 잃은 의자 뒤에 난 창으로 오후의 햇살이 비쳐 들고 있었다. 책상을 살피던 그의 시선이 논문 사이로 삐져나온 종이에서 멈췄다. 조교의 당부에도 불구하고 무심코 그걸 빼 들었다.

-Veritas vos liberabit.

바탕체로 인쇄된 낯선 단어들이 A4용지 상단을 덩그러니 차지하고 있었다. 마치 여백을 메운 보이지 않는 비밀의 제목처럼. 손에 든 종이를 내려다보던 박태훈의 눈길이 문가에 서 있는 K에게로 향했다.

3

"돌아가신 황 교수님께는 죄송스런 말이지만."

도서관 앞 광장에서 만난 A는 소심스럽게 말문을 열었다.

"연구 의욕이 앞섰다고 할까? 아무튼 학생들의 고충 따위는 안중에 없는 분이셨습니다."

"어떤 점에서 말입니까?"

"전문 연구 요원 선발 시험이라고 아세요?"

머리를 긁적이는 박태훈을 본 A가 한숨을 내쉬었다.

"요즘 대학원생들은 곧 있을 선발 시험 준비에 매달릴 시기입니다. 거기 합격해야 현역 입대 문제를 해결하고 안정적으로 연구에 임할 수 있기 때문이죠."

이야기가 길어질 것 같자 박태훈은 A를 근처 벤치로 데려가 앉았다.

"그래서 대부분의 교수님은 이맘때쯤이면 새 프로젝트를 맡지 않으시거나 학생들이 연구 대신 시험공부를 해도 눈감아주시곤 합니다. 그런데 황 교수님은 예외였죠."

그러면서 A는 얼마 전 있었던 사건을 예로 들었다. 그에 따르면 자신을 포함해 군 문제 해결이 시급한 연구소 소속 학생들 몇몇이 이번 달부터 본격적으로 시험 준비를 시작했다는 것이다. 하지만 숨진 황 교수는 이런 사정을 감안하지 않고 새로 프로젝트를 따 오기까지 했단다. 그러던 어느 날, 홀로 실험실을 지키던 후배가 시료를 훼손하는 일이 벌어졌다. 그 바람에 A를 비롯한 학생들이 자리를 비웠다는 사실을 알게 된 황 교수는 노발대발했다고 한다. 그 일로 참아왔던 학생들의 불만이 폭발했다.

"대학원생들 인건비가 쥐꼬리만 하다는 건 아실 겁니다. 그에 반해 연구 용역비 대부분이 교수 차지라는 것도. 제가 속한 연구소의 경우는 더 심했습니다. 학생들이 받은 몇 푼 안 되는 돈의 일부를 조교 명의로 만든 통장으로 다시 입금하라고까지 했으니."

잠자코 듣던 박태훈이 눈살을 찌푸렸다.

"이렇게 밤낮 실험실에 처박혀 노예처럼 살다가 학업도 못 끝내고 군대까지 가야 하냐고들 했죠. 보다 못한 제가 교수님을 찾아가 말씀드렸습니다. 연구에 지장을 초래하진 않을 테니 시험공부는 좀 봐주십사하고."

"교수님은 뭐라시던가요?"

"그러려면 돈은 왜 받느냐고 하셨습니다."

쓴웃음을 지은 A가 말을 이었다.

"흥분해서 인건비 문제를 언급했죠. 그 바람에 고성이 오간 건 사실입니다."

그때였다. 지나가던 남학생 두 명이 A를 향해 알은척을 했다.

"호랑이도 제 말 하면 나타난다더니."

다가선 그들과 인사를 나눈 A가 옆을 돌아봤다.

"연구소 동기와 후배입니다."

그러고는 동료들에게 실험실에서 난 화재 사건을 조사하러 나온 분이라고 박태훈을 소개했다. 잘됐다 싶어진 박태훈은 학생들의 이름을 확인한 뒤 나란히 앉았다.

"저녁을 먹으러 간 게 몇 시였습니까?"

"8시쯤이었나? 송 교수님이 오셨을 때니까."

서로를 마주 본 학생들이 고개를 끄덕였다.

"조교도 함께였나요?"

"아니요, 같이 갈 것처럼 하더니 안 나오던데."

학생들은 기다려도 그녀가 오지 않아 교수들 심부름을 하는 줄 알았다고 덧붙였다. 저녁을 먹은 식당 이름과 거길 드나든 시간을 적은 박태훈이 물음을 이었다.

"연구동으로 돌아왔을 때 상황은 어땠습니까?"

자신들이 머무는 층에서 연기가 피어오르는 광경을 본 학생들은 순간 당황스러웠다고 한다. 그렇지만 실험실 안에 동료와 교수가 있다는 데 생각이 미치자 누가 먼저랄 것도 없이 화재경보기가 울리는 건물 안으로 뛰어들었다. 실험실이 위치한 3층으로 올라간 그들은 먼저 거기 와 있던 경비원과 마주쳤다. 밖으로 나가라는 그를 향해 안에 사람이 있다고 외친 학생들은 블라인드가 쳐진 창 너머 그림자가 어른거리는 실험실로 다가들었다. 당시 연구동 안은 축제를 앞둔 주말인 데다 프로젝트를 진행 중인 곳이 없어 다른 사람은 눈에 띄지 않았다는 것이다. 다급하게 교수와 조교의 이름을 부르며 비밀번호를 눌렀지만 웬일인지 문은 꿈쩍도 하지 않았다고 입을 모았다.

"잠금장치가 녹아내린 걸까요?"

"그건 아닐걸요."

박태훈의 추정에 한 학생이 반론을 제기했다.

"만약 그럴 정도로 문이 달궈졌다면 저희가 손잡이를 당겼을 때 화상이라도 입었겠죠. 더군다나 요즘 전자 도어록은 화재에 견디게끔 만들어지지 않나?"

학생의 의견을 수첩에 적은 박태훈이 고개를 들었다.

"참, 선풍기는 원래부터 실험실에 있던 겁니까?"

"네, 날씨가 더 더워지면 쓰려고 주문했습니다. 비닐도 안 벗긴 건데."

화제는 불이 난 시각으로 되돌아왔다. 메케한 연기가 퍼지는 가운데 누군가 아래층을 확인해보자고 했다고 한다. 당시 교수실에 갔었다는 학생이 나섰다.

"교수님은 보이지 않고 K 선배 혼자 책상에 엎드려 있었어요."

K를 흔들어 깨운 그는 교수의 소재를 물었다. 정신을 차린 그녀는 누군가 아래층으로 뛰어 내려가는 소리를 들은 것 같다는 말만 되풀이했다고 한다.

"불이 났다고 알려주고 함께 위층으로 올라왔죠. 그리고 얼마 안 있어 소방관들이 도착했어요. 우리를 보더니 위험하다면서 당장 내려가라고⋯⋯."

화재 현장에 남겨놓고 온 교수가 떠올랐는지 학생들의 얼굴빛이 흐려졌다. 잠시 뜸을 들인 박태훈은 실험실에 불이 날 가능성에 관해 물었다. 그들은 자신들이 다루는 약품 가운데는 공기 중에 노출만 되어도 불꽃이 튀는 것도 있다면서 화재 위험은 얼마든지 있다고 설명했다.

"그 즈음 교수님이 평소와 다르게 보이지는 않았나요?"

"그러고 보니⋯⋯."

뭔가 떠오른 것처럼 A가 박태훈과 눈을 마주쳤다.

"그 일이 있기 며칠 전 갑자기 절 부르시더니 인건비 문제는 이제껏 몰랐다고 하셨습니다. 지난번 일로 쌓인 감정을 풀어주려고 그러시나 보다 했죠. 그런데 그날 점심때쯤 저를 비롯한 연구소 학생들 계좌로 돌려보낸 돈을 입금하셨더라고요. 뜻밖이었습니다."

"네, 그래서 우리끼리 방장이 나서길 잘했다고 그랬죠."

맞장구를 친 학생이 동료들을 둘러봤다.

"그런데 너희 그거 알아? 조교도 모르게 그러셨나 보더라고."

무슨 소리냐는 듯 주위의 시선이 그에게 쏠렸다.

"다음 날 앞으로 어떻게 되는 거냐고 K한테 물었더니 자기는 모르는 일이라고 하던데?"

"아, 그래서 그랬구나."

또 다른 학생이 눈을 가늘게 떴다.

"암벽등반 동아리 후배 하나가 그러더라고요. 축제 행사 연습 문제로 K 선배를 찾아갔었는데 교수님이랑 다투는 거 같아서 얼굴도 못 보고 왔다고."

"다퉈? 언제?"

"지난 주 K 선배가 병원에 다녀오느라 세미나에 늦었다고 한 날이었나? 학장님한테 보고도 안 하고 일처리를 하시면 자기는 어떡하냐고 막 따지고 들더래요."

그 말을 들은 나머지 학생들이 슬그머니 입을 다물었다. 민감한 사안이다 보니 외부인 앞에서 함부로 떠들기가 꺼려지는 모양이었다. 그들의 눈치를 살핀 박태훈이 화제를 돌렸다.

"이게 무슨 뜻인지 아십니까? 교수님 책상에 있던 걸 복사해 왔습니다만."

—Veritas vos liberabit.

그가 펼쳐 든 종이를 들여다본 학생들이 고개를 갸웃했다.

"베리타스……? 이거 라틴어잖아."

"모 대학 모토랑 비슷하네. 그러고 보니 교수님이 거기 출신이

셨지?"

박태훈의 눈썹이 꿈틀거렸다.

"황 교수님은 이 대학 출신이 아니신가 보죠?"

"네. 재작년부터 저희를 가르치셨습니다."

A가 갑자기 목소리 톤을 낮췄다.

"제가 알기로는 이공대 학장이신 송 교수님의 제자랍니다. 그런데 오자마자 다른 교수들을 제치고 새로 만든 소재 특성 연구소장까지 맡는 바람에 학내에 말들이 많았죠."

"어떤 말들이 돌았나요?"

박태훈이 궁금한 표정을 지었다. 우물쭈물하던 A가 작정한 듯 입을 열었다.

"연구 예산 배정 문제로 이사장 측근인 송 교수님에 대한 불만의 소리가 높았습니다. 그런데 제자를 불러 연구소를 맡겼으니 거기 돈이 어디로 흘러들어 갈지 알 만하다는 반응들이었죠. 더군다나 실무를 담당하는 조교 역시 송 교수님이 추천하셨거든요."

그 말을 들은 박태훈은 저도 모르게 연구동 쪽을 돌아봤다.

4

"애석한 일입니다."

학회 출장을 다녀왔다는 송 교수는 무겁게 입술을 뗐다.

"전도유망한 친구였는데. 그렇게 허무하게 가버릴 줄이야."

"이런 일로 찾아뵙게 되어 저도 안타깝습니다."

형식적인 인사를 마친 박태훈이 말문을 열려는 찰나 조심스런 물음이 들려왔다.

"혹시 그 사고에 뭔가 석연찮은 구석이 있는 겁니까?"

"그건 아닙니다만."

박태훈은 손을 내저었다.

"아무래도 사망 사건이다 보니 저희로서도 확실하게 파악해야 할 게 몇 가지 있어서요."

알고 싶은 게 뭐냐는 눈빛이 날아들었다.

"화재가 있던 날, 무슨 일로 피해자를 만나러 가신 겁니까?"

"학회 출장 준비 차 학교에 들렀는데 마침 연구소에 불이 켜져 있어서……."

"함께 커피를 마시셨죠? 그 자리에서 무슨 말들이 오갔습니까?"

송 교수는 가물가물한 표정을 지었다.

"기억나는 대로 말씀해 주십시오."

"영화 얘기를 했지, 아마."

"영화요?"

박태훈의 눈이 반짝였다.

"예, 시공을 초월해 우주를 여행하는 영화였소. 화면 속 주인공의 책장에 꽂혀 있는 『시간의 화살(Time's Arrow)』이라는 책에 관해서였을걸……."

송 교수가 말끝을 흐렸다. 수상한 낌새를 느낀 박태훈이 재촉하듯 물었다.

"영화와 책이 무슨 관계죠?"

"조금 어려울 수도 있는 내용인데……."

호기심 어린 눈빛을 한 박태훈이 상대를 응시했다.

"원래 '시간의 화살'이라는 건 물리학에 등장하는 용어요. 시간이 일방적으로 흐르는 '화살'과 같다는 사실을 열역학, 상대성이론, 우주론적 관점 등에서 확인하는 방법을 일컫는다오. 쉽게 말해 시간은 과거에서 미래로만 흐를 수 있다는 거지."

탁자 너머를 흘끗 바라본 송 교수가 말을 이었다.

"영화에 등장하는 책은 물리학 이론서가 아니라 나치의 전쟁 범죄에 가담했던 의사 이야기를 다룬 소설이었소. 그런데 구성이 꽤 재미있어. 스토리가 시간의 역순으로 진행되거든. 그래서 과거는 미래에 영향을 줄 수 있어도, 미래가 과거를 되돌릴 수는 없다는 책 속의 주제의식이 영화를 제작하는 데 영감을 준 게 아니냐고 했소."

"그 외에 다른 이야기는 안 하셨습니까?"

"다른 얘기? 글쎄, 기억이 잘……."

"소재 특성 연구소 예산 문제나 소속 학생들 인건비 같은."

넘겨짚듯 묻는 박태훈을 본 송 교수의 얼굴이 굳어졌다.

"무슨 말이 하고 싶은 거요?"

"이게 뭔지 아시겠습니까?"

박태훈이 품에서 종이를 꺼내 탁자 위에 펼쳤다.

"Veritas vos liberabit? 진리가 너희를 자유롭게 하리라, 지금 말장난하자는 겁니까?"

"아, 깜빡했군요."

주머니를 뒤진 박태훈은 펜을 꺼내 종이에 적힌 라틴어 문장 앞뒤로 알파벳과 구두점을 적어 넣었다. 그러자 'www.veritas vos liberabit.com'이라는 인터넷 주소가 완성됐다.

"이러면 어떻습니까? 기억이 좀 나십니까?"

"무슨 소리를 하는 건지 도무지……."

모르겠다는 것처럼 송 교수는 고개를 저었다. 그의 안색을 살핀 박태훈이 말을 이었다.

"그럼 지금부터 제가 들려 드리는 이야기를 듣고 기억을 한번 떠올려 보십시오."

송 교수는 말없이 박태훈을 노려봤다.

"벌써 15년 전 일이군요. 송 교수님이 모교에서 부교수로 재직 중이실 때이니. 당시 교수님의 지도를 받던 대학원생 몇 명이 사회적 물의를 일으켰죠. 생각나십니까?"

대답 대신 송 교수는 눈을 감았다.

"언론에는 명문대 박사과정을 밟던 학생들이 동료 여학생을 성추행한 사건으로 보도됐다더군요. 그런데 그 후 어찌 된 일인지 그 피해 여학생은 고소를 취하하고 종적을 감춰 버렸습니다. 그 바람에 사건은 유야무야되고 말았죠. 그녀의 부모가 딸의 억울함을 호소하기 위해 만든 인터넷 사이트와 함께."

교수는 여전히 눈을 감은 채였다.

"지금 같으면 가해 학생들이 형사 처벌을 면치 못하는 건 물론 신상 정보가 노출되어 어디에도 발을 붙이기 힘들었을 겁니다. 하지만 그때만 해도 그런 일이 비일비재했죠. 주위의 권유와 압박으로 피해자가 마지못해 합의를 하면 가해자의 처벌 수위는 터무니없이 낮아지거나 심지어 아무 일도 없었던 것처럼 넘어가는 분위기였으니까."

"이제 와서 뭘 어쩌자고? 사법 당국이 판단을 내린 사건을 다시 여론의 도마에라도 올리자?"

잠자코 있던 송 교수가 쏘아붙였다. 박태훈의 입가에 씁쓸한 미소가 맺혔다.

"아뇨. 그렇게 되면 이번 사건의 본질만 흐려질 겁니다."

"그럼 지난 일은 뭣하러 들먹인 거요?"

"제 물음에 솔직하게 답해주십시오."

박태훈이 머리를 숙였다. 그를 외면한 송 교수가 허리를 꼿꼿하게 폈다.

"그 말에 따를 수 없다면?"

"단서를 찾을 때까지 숨진 황 교수의 과거를 파헤칠 생각입니다. 그 와중에 연구소 비리가 드러난다면 아마 교수님도 무사하시진 못하겠죠."

미간을 찌푸린 송 교수가 탁자 위를 가리켰다.

"이건 어디서 났소?"

"교수님 제자분 책상에 보란 듯이 놓여 있더군요."

송 교수는 시름에 잠겼다. 그의 얼굴에 결심의 빛이 돌기까지는 꽤 오랜 시간이 걸렸다.

"하는 수 없군. 그래, 알고 싶은 게 뭐요?"

"그날 무슨 일로 황 교수를 찾아가셨는지부터 말씀해 주십시오. 해외 출장을 앞두고."

다부지게 대꾸한 박태훈은 탁자 너머를 빤히 쳐다봤다.

＊　　　　＊　　　　＊

그날 밤, 박태훈은 이따금씩 발걸음하는 바를 찾았다. 술을 마시기 위한 목적은 아니었다. 외국 유명 양조장에서 생산한 싱글몰트 위스키를 주로 취급한다는 업소에 드나들 수 있을 만큼 형사의 지갑이 두꺼울 리 없다. 그가 이곳을 찾는 경우는 대개 사건 해결이 벽에 가로막혔을 때다.

"바쁘셨나 봐요."

오랜만에 발걸음한 박태훈을 본 바텐더가 인사를 건넸다. 아이린이라고 했던가.

"응. 조금……."

"오늘은 뭘 드릴까요?"

"아무거나 시원한 걸로."

알겠습니다, 하고 고개를 숙인 아이린은 조금 떨어진 언더 바로 향했다. 부지런히 손을 놀리는 그녀를 바라보면서 박태훈은 그동안 조사한 내용을 머릿속으로 정리하기 시작했다.

범인의 윤곽은 대충 드러났다. 문제는 그가 사용한 범행 방법이다. 먼저 어떤 식으로 피해자에게 수면제를 먹였을까? 조사 결과, 화재 현장에서 발견된 커피 잔과 프림이 든 통 안에서 수면제 성분이 검출되었다. 그렇다면 피해자와 함께 커피에 프림을 넣어 마신 조교는 제일 먼저 용의 선상에서 제외되고, 프림을 넣지 않은 송 교수가 유력한 용의자로 떠오른다. 그게 바로 범인이 노린 점일 것이다.

다음으로 범행을 저지르고 현장에서 달아난 수법이다. 각종 실험기구들이 안을 채우고 있긴 하지만 실험실은 직사각형의 단순한 구조로 되어 있다. 게다가 모든 창은 기밀과 방진을 위해 통유리를 끼워 외부에서 드나들 수 있는 곳이라고는 복도로 난 출입문뿐이다. 여기서 화재 당시 복도 창 너머 그림자가 어른거렸다는 진술에 주목할 필요가 있다. 실험실 안에 피해자 외에 누군가 있었다는 소리다. 그런데 복도에는 경비원과 학생들이 있었다. 따라서 그들 눈에 띄지 않고 실험실을 빠져나간다는 건 불가능하다. 이 또한 범인의 노림수겠지만.

"주문하신 음료 나왔습니다."

어느 틈에 다가선 아이린이 바 테이블 위에 잔을 내려놨다. 그걸 집어 들던 박태훈의 눈에 사진 속에서 봤던 물건이 들어왔다.

"저기 저 바텐더가 손에 들고 있는 건 뭐지?"

그의 손끝을 쫓은 아이린이 대꾸했다.

"바 스푼인데."

"좀 볼 수 있을까?"

그녀가 가져다준 바 스푼을 내려다본 박태훈은 생각에 잠겼다. 목 부위가 곧게 펴져 있는 점과 포크처럼 생긴 끝부분만 다를 뿐 화재 현장에서 찾은 스푼과 유사해 보였다.

"이건 어떤 용도로 사용하지?"

"술을 혼합하거나 체리나 올리브 같은 걸 떠 담을 때 써요."

그렇군, 하고 고개를 끄덕인 박태훈은 바 스푼을 자기 앞에 놓인 잔에 넣었다. 그러고는 음료를 휘젓거나 안에 든 잘게 갈린 얼음을 들어내는 동작을 반복했다. 호기심 어린 눈초리로 그 모습을 지켜보던 아이린이 허리를 굽혔다.

"뭘 하시는 거예요?"

겸연쩍게 웃은 박태훈이 고개를 들었다.

"풀리지 않는 수수께끼가 있어서."

눈을 반짝이는 아이린에게 그는 범인의 트릭에 관해 설명했다. 프림과 섞은 수면제를 커피에 넣어 마시고도 함께 마신 피해자만 정신을 잃게 만들었다고. 그녀와 눈을 맞춘 박태훈은 머리를 절레절레 흔들었다.

"물에 탄 것도 아니고, 잔이나 차 스푼에 묻힌 것도 아니야. 그렇다고 커피나 설탕에 섞은 것도 아닌 걸로 밝혀졌어. 그런데 어떻게 피해자만 먹일 수 있지?"

"어쨌거나 범인은 자기가 마신 커피에는 수면제를 안 넣었다는 소리죠?"

되묻고 난 아이린이 갑자기 자리를 떴다. 잠시 후 컵과 술병을 들고 되돌아온 그녀가 그것들을 박태훈 앞에 내려놨다.

"술 시킨 적 없는데……."

"일종의 실험 도구예요. 정확한 실험을 위해서는 말씀하신 가루약이나 커피 크리머 분말 같은 게 있어야겠지만 어쨌든 한번 해보자고요."

가로막듯 지껄인 아이린이 테이블 위에 놓인 바 스푼을 집어 들었다.

"먼저 이걸 피해자가 사용한 것처럼 만들어주세요."

잠시 머뭇거린 박태훈은 괜찮다는 그녀의 눈짓에 받아든 스푼의 목을 구부렸다. 국자 모양으로 변한 바 스푼을 건네받은 아이린이 그걸 컵에 넣었다.

"이번에는 컵에 담긴 물 위에 이걸 따를게요."

그녀는 또 다른 바 스푼에 대고 조심스럽게 술을 따랐다. 그러자 호박색 액체가 투명한 물 위로 퍼져 나갔다. 신기하게도 술은 더 이상 섞이지 않고 층을 이룬 채 물 위에 고였다.

"이런 걸 칵테일에서는 플로트 스타일이라고 부르죠."

그러면서 아이린은 생긋 웃었다.

"자, 컵에 담겨 있는 스푼을 뽑아보세요."

왜, 하는 표정을 짓는 박태훈을 향해 그녀가 말을 이었다.

"물 위에 고인 술이 프림 위에 뿌린 수면제라고 생각하시면서."

그제야 이 해괴한 실험의 의미를 알아차린 그는 컵으로 손을 가져갔다.

"한 번에 뽑으셔야 돼요. 너무 빠르게도 말고, 그렇다고 너무 느리지도 않게."

그 말을 들은 박태훈은 스푼을 거머쥐었다. 그리고 조심스럽게 손을 들어 올렸다. 다음 순간 그는 예상 밖의 결과와 마주했다.

5

축제의 마지막 날을 맞은 캠퍼스는 각종 행사로 떠들썩했다. 누군가 홍보를 위해 설치해 놓은 스카이댄서를 내려다보던 박태훈은 복도에서 들려오는 발소리에 시선을 거뒀다.

"무슨 일로 절 보자고 하신 거죠?"

등 뒤에서 K의 목소리가 났다.

"동아리 행사에 참가해야 돼서 바쁜데."

그녀는 꼭 맞는 옷에 암벽화를 신은 채였다. 몸을 돌린 박태훈이 알은척을 했다.

"왔군요. 등산을 좋아하나 봅니다?"

"네, 정확히는 암벽등반이지만."

"어떤 점이 매력적인가요?"

"깎아지른 듯한 절벽에 올랐을 때의 성취감? 뭐, 그런 거요."

"그렇군요."

고개를 끄덕거린 박태훈은 창밖을 흘끔 돌아봤다.

"그런 희열을 며칠 전에도 느꼈습니까?"

"무슨… 뜻이죠?"

K가 고개를 갸웃했다. 그 모습을 본 박태훈이 웃는 듯 마는 듯한 표정을 지었다.

"송 교수님 말에 따르면 K씨는 장래가 촉망되는 학생이었다던데."

그의 입에서 불쑥 튀어나온 과거형이 거슬렸는지 K는 미간을 찌푸렸다.

"머리도 비상하고, 학업 성적도 뛰어나고. 그래서 연구소 실무를 맡기셨다더군요."

"교수님 말씀을 확인하기 위해 절 부르신 건가요?"

"그게 아니라는 것쯤은 짐작하지 않았습니까?"

박태훈이 정색을 했다. 기 싸움이라도 벌이듯 두 사람은 상대의 시선에 맞섰다.

"아직도 이해가 안 되는 게 하나 있습니다."

품 안을 뒤진 박태훈이 종이를 꺼내 펼쳤다. 프린트된 라틴어 문장 앞뒤로 손 글씨가 적힌.

"왜 이걸 제 눈에 띄게 놔둔 겁니까? 치워 버릴 시간은 충분했을 텐데."

"무슨 말씀이신지……. 직접 찾아 복사해 가지 않으셨나요?"

종이를 도로 집어넣는 박태훈을 본 K가 말을 이었다.

"도대체 누구한테 무슨 소릴 들으신 거죠?"

"아니, 어디까지나 제 추측입니다."

"추측? 그런 얘기 듣고 있을 만큼 한가하지가 않네요."

앙칼지게 쏘아붙인 K가 등을 돌렸다.

"그럼 당신이 가로챈 연구소 비용에 관해 얘기해 볼까요?"

문으로 향하던 그녀가 걸음을 멈췄다. 까맣게 그을린 실험실 안에 침묵이 내려앉았다.

"미, 믿어주실지 모르지만……."

돌아선 K의 눈동자가 흔들렸다.

"연구비를 빼돌리라고 지시한 사람은 따로 있어요."

"압니다. 이공대 학장 송 교수라는 걸. 그에 비하면 당신이 가로채 온 학생들의 돈은 새 발의 피 정도라는 것도."

"어, 어떻게 그걸……."

"그 사실을 안 황 교수는 자신이 직접 연구비를 관리하려 들었겠죠."

동의를 구하듯 박태훈은 K를 쳐다봤다.

"그런 움직임을 전해 들은 송 교수는 아마 펄펄 뛰었을 거고요. 과거 성추행 피해 여학생에게 합의를 종용해 가해자 중 한 명이었던 황 교수를 구해준 사람이 다름 아닌 그였으니까."

말문이 막힌 것처럼 K는 아무런 대꾸도 하지 않았다.

"하지만 황 교수는 금고지기로 만족할 사람이 아니었죠. 연구소를 장악하기 위해 스승이자 은인인 송 교수를 협박하기 시작했습니다. 당신에게 불똥이 튀는 건 시간문제였을 겁니다. 황 교수는 눈엣가시 같은 자신의 감시 역 제거 차원에서, 송 교수 역시 비리 사실을 꿰고 있는 하수인 처리를 위해 손을 잡을 눈치였으니까. 양쪽 모두에게 버림받을 걸 안 K씨 당신은 결국 최후의 수단을 강구하기에 이르렀죠. 황 교수의 입을 영원히 봉해 버리기로."

느닷없이 K가 깔깔 웃어댔다.

"아, 죄송……. 비약이 너무 심하시네요. 돈 몇 푼 슬쩍했다고 살인자로 몰아붙이시니."

"그렇습니까?"

네, 하고 대꾸하는 그녀를 향해 웃어 보인 박태훈이 말을 이었다.

"내친김에 그날 이곳에서 벌어진 상황을 재구성해 볼까요?"

그는 실험실에 세 사람만 남은 때를 언급하기 시작했다.

"커피를 어디다 뒀지?"

"제가 찾아서 가져다 드릴게요."

황 교수가 자리를 뜨자 K는 구석에 놓인 캐비닛으로 다가갔다. 안에서 프림이 든 통을 꺼낸 그녀는 주위를 살폈다.

"…어쩔 수 없습니다. 하루 빨리 내보내지 않으면 학생들을 부추겨 무슨 짓을 할지……."

"…알겠네. 그럼 내가 학회에 다녀오는 사이 자네가 처리하는 걸로……."

교수들의 대화를 엿들은 K는 입술을 깨물었다. 떨리는 손으로 통을 연 그녀는 주머니에서 약 봉지를 꺼내 들었다. 기회는 다시 오지 않으리라는 생각에 마음을 다잡았다.

잠시 후 쟁반을 든 K가 교수들이 앉은 테이블로 다가섰다.

"죄송하지만 차를 저을 스푼이 하나밖에 없네요."

끓는 물을 가져다주고 돌아서는데 붙잡듯 송 교수가 입을 열었다.

"자네도 같이 한잔하지."

"그래, 할 말이 있으니까 잠깐 앉아."

찻잔을 가지고 돌아온 K는 사형선고를 기다렸다. 하지만 혼자 죽진 않을 결심이었다. 커피와 프림을 권하는 척하며 그녀는 통에 꽂힌 스푼을 뽑아 자신의 잔으로 가져갔다. 커피 크리머 분말 위에 뿌려둔 수면제는 빼어 든 스푼에 담기지 않고 흘러내렸으리라. 액체처럼 두 분말 사이의 마찰력이 제로에 가까운 탓에 가능한 일이었다. 하지만 스푼을 뽑아 드는 순간 교란된 두 분말은 서로 섞이고 만다. 아무것도 모르는 교수들은 독배를 들이켰다.

"…자네는 다음 주부터 연구소에 나오지 않아도 돼."

"대신 인건비 문제는 없던 일로 할 테니까……."

검사의 구형에 판사는 피고인의 변론을 들을 생각도 않고 장황한 판결문을 읽어나갔다. 자신들의 죄는 외면한 채. 차가운 미소를 지은 그녀는 커피 잔을 집어 들었다.

"자네는 그만 가서 책상 정리나 해."

얼치기 판검사들을 뒤로한 채 K는 유유히 법정을 빠져나왔다.

교수실로 간 그녀는 미리 가져다놓은 장갑과 암벽화를 착용한 채 위층에서 나는 소리에 귀를 기울였다. 조금 있자 문을 여닫는 소리에 이어 누군가 계단을 내려왔다. 문틈으로 송 교수라는 걸 확인한 그녀는 십 분쯤 지나 위층으로 향했다.

황 교수는 바닥에 쓰러져 정신을 잃고 있었다. 복도로 난 실험실 창에 블라인드가 쳐진 걸 확인한 K는 전자 도어록을 잠갔다. 그런 다음 구석에 놓인 스탠드형 선풍기를 입구 쪽으로 가져갔다. 거기 씌운 비닐을 최대한 끌어당겨 아래쪽을 묶었다. 전기 코드를 꽂고 스위치를 켜자 바람에 날린 비닐이 거리에서 본 스카이댄서처럼 이리저리 춤을 추기 시작했다.

다음으로 의자를 끌고 창가로 간 그녀는 두 팔을 번쩍 들어 유리창을 내리쳤다. 그러고는 점찍어둔 약품들을 꺼내 먼저 인화성이 강한 아세톤을 바닥에 뿌린 후 부틸리튬이 든 병을 교수 곁에 놓고 뚜껑을 열었다. 곧바로 유리가 깨진 창으로 다가든 K는 몸을 빼내 밖으로 나왔다. 빗물관을 타고 아래층으로 내려오는 내내 가슴이 조마조마했다. 인공암벽을 수십번도 더 오르내린 그녀였지만 이런 흥분은 처음이었다. 열어놓은 교수실 창으로 들어선 K의 머리 위쪽에서 폭발음이 울렸다.

"소방관들이 실험실에 들어섰을 때 입구에 세워둔 선풍기는 바닥에 쓰러졌을 겁니다. 하지만 화재를 진압하느라 아무도 거기 신경 쓰지 않았죠."

"추측에 불과할 뿐이에요!"

K가 별안간 목소리를 높였다.

"누군가 피해자 커피에 수면제를 넣은 것 같다고 하자 당신은 느닷없이 프림을 들먹였습니다. 그때부터 뭔가 수상했죠. 이미 송 교수도 모든 걸 털어놨습니다."

"내, 내가 그랬다는 증거는 하나도 없잖아요."

"증거라……"

그때였다. 누군가 열린 문으로 들어섰다. 그가 박태훈을 향해 무언가를 내밀었다.

"이 안에 든 게 뭔지 아십니까?"

조 형사가 건넨 비닐 봉투를 받아 든 박태훈이 그걸 K에게 들이밀었다.

"암벽등반을 할 때 쓰는 장갑입니다. 물론 K씨 당신 거고요."

K의 눈이 동그래졌다.

"동아리실에서 가져왔습니다. 이런 날씨에 장갑을 끼고 다닐 리는 없다고 생각했죠."

"돌려주세요, 당장!"

다가서는 K를 본 박태훈이 손에 든 봉투를 쳐들었다.

"당연히 돌려 드려야죠. 증거물 분석이 끝난 다음에."

그 말을 들은 K는 초조한 기색이었다.

"만약 이게 범행에 사용되었다면 범인의 손에서 묻은 수면제 성분과 화학 약품을 다룬 흔적 등이 남아 있을 겁니다. 실험실에 오래 계셨으니 검출 방법은 저보다 잘 아시겠죠?"

순간 K가 날래게 팔을 뻗었다. 하지만 그보다 먼저 박태훈이 한 걸음 물러섰다.

"K씨, 살인 혐의를 입증할 증거는 이것만이 아닙니다. 건물 외벽에 남은 족적, 수면제를 처방받은 의료 기록, 송 교수가 한 진술까지. 이래도 잡아뗄 작정입니까?"

다리 힘이 풀리는지 K는 곁에 놓인 탁자를 붙잡았다.

"자, 이제 궁금증을 풀어주시죠. 사건 해결의 실마리가 될 폐쇄된 사이트 주소를 왜 황 교수 책상에 놓아뒀는지."

한참 만에 K가 굳게 닫혀있던 입술을 뗐다.

"일종의 보험이었어요. 제 자신을 지키기 위한."

모든 걸 체념한 것처럼 그녀의 목소리에는 한숨이 섞여 있었다.

"처음에는 황 교수를 협박할 목적이었어요. 물론 송 교수의 지시로. 과거를 폭로할 수도 있으니 함부로 나대지 말라는 의미였죠. 그러자 그는 제게 연구비 유용 내역을 알려주면 인건비 일은 눈감아주겠다고 했어요. 자기는 잘못된 연구 관행을 바로잡고 싶을 뿐이라면서."

잠자코 박태훈은 귀를 기울였다.

"어리석게도 전 그 말을 곧이곧대로 믿고 말았습니다. 그래서 속죄하는 마음으로 학장실로 흘러들어 간 자금 내역을 프린트까지 해서 넘겼어요. 하지만 아시다시피 황 교수는 자기가 원하던 걸 손에 넣자 말을 싹 바꿨죠. 저더러 당장 연구소 업무에서 손을 떼고 학위 과정까지 그만두라고. 안 그러면 증거 자료가 있으니 연구비 횡령으로 고발하겠다면서."

K의 목소리가 가늘게 떨리고 있었다.

"도움을 청하러 송 교수를 찾아갔지만 그동안 무슨 일이 있었는지 절 만나주려고 하지 않았어요. 하는 수 없이 황 교수를 붙잡고 울며불며 매달렸습니다. 학위 취득만 하게 해달라고. 코웃음을 치며 제가 학계에 발을 못 붙이게 만들겠다더군요."

"그래서 황 교수를 살해하기로 마음먹었습니까?"

"두 사람 모두에게 복수하고 싶었어요. 수면제를 먹여 황 교수를 기절시킨 뒤 송 교수한테 방화 혐의를 뒤집어씌울 작정이었죠. 그런 다음 둘의 추악한 비밀을 폭로하려고."

"그런데 왜 그러지 않았습니까?"

"실험실에 처박혀 지내온 세월이 아까워서……."

K가 눈시울을 붉혔다.

"단서가 될 글귀를 경찰 눈에 띄게 놔두면, 조사 과정에서 용

의자 가운데 한 명인 송 교수에게 내 의사가 전달될 거라고 믿었
어요."

"진리가 너희를 폭로할 수 있으니…… 건들지 마라?"

"네. 그만 입을 다물면 모든 게 원래대로 돌아갈 줄……."

말을 잇지 못한 채 그녀는 오열했다. 문득 송 교수로부터 들은
이야기가 떠올랐다. 과거는 미래에 영향을 줄 수 있어도, 미래는
과거를 되돌릴 수 없다던.

"시간의 화살……."

혼잣말처럼 중얼거린 박태훈은 입구에 서 있는 조 형사에게 턱
짓했다. 수갑을 꺼내 든 그가 K에게 다가섰다. 그녀는 저항하지
않았다.

과거와 미래의 기준은 결국 현재이다. 지난 일에 연연하거나
헛된 꿈을 꾼다고 해서 달라지는 것은 아무 것도 없다. 어제의 미
래이자 내일의 과거인 오늘을 어떤 식으로 사느냐 하는 것만이
인생행로를 결정짓는다.

연구동을 나서면서 박태훈은 한 가지 결론에 도달했다. 아무리
과학이 발달해 시간 여행이 가능해지더라도 인간은 스스로의 힘
으로 자신의 과거나 미래를 바꿀 수 없으리라는. 인간은 혼자가
아니라 끊임없이 타인과 영향을 주고받는 존재이기 때문이리라.
쏟아지는 햇살에 눈살을 찌푸린 그는 교정을 거닐고 있는 젊은이
들 사이로 걸어갔다.

호텔마마

양수련

미스터리 소설가이자 시나리오작가.
2013년 '계간 미스터리'에 바리스타 탐정, 환을 주인공으로 한 「14시 30분의 도둑」을 발표하면서
미스터리 소설에 발을 디뎠다. 「그리고 예외는 없다」가 KBS 라디오 독서실 드라마로
방송되기도 했으며, 미스터리 단편 「현관 앞 방문객」, 「유령작가」, 「뱅어」, 「G빌라」,
「그는 왜 나를 궁지로 몰았을까」 외 「시나리오 초보 작법」, 「시나리오 Oh! 시나리오」 등등이 있다.

나는 시신을 넘겨받은 다음에 장례를 치르자고 했지만 형은 한사코 반대했다. 언제 시신을 돌려받을 수 있을지 알 수 없다는 게 이유였다. 게으른 자식처럼 엄마의 장례를 미루고 싶어 하지 않았다. 화장은 나중에 하더라도 장례식만큼은 제때에 하고 싶다고 나를 설득했다. 엄마의 상주는 형이 아니라 나였다. 엄마의 호적에 아들로 버젓이 올라 있는 사람 또한 나였다.

　나는 형의 의견에 반대하면서 내 생각을 관철시키려는 노력은 하지 않았다. 형과 같은 생각을 나 또한 하고 있었으니까. 하지만 내가 형과 같은 생각이라는 것을 알리고 싶지 않았다. 그리하여 시신 없는 엄마의 장례는 형의 뜻대로 진행되었다. 아니, 내가 원하던 대로 진행되었다.

　"문제가 생기면 무조건 형 책임이야. 알지?"

나는 엄마의 휴대폰에 저장된 지인들에게 엄마의 부고를 문자 메시지로 전송하면서 말했다.

"문제가 있을 게 뭔데?"

"아무튼 뭐가 됐든 다. 그리고 내가 상주야."

"알았어. 엄마와 몇 개월 살지도 못한 내가 무슨 자격으로 나서겠어."

"그러니까 더 하고 싶지 않겠어? 겨우 만난 엄마를 이제 영원히 떠나보내야 하는데……."

형이 상주를 하겠다고 했으면 내가 그렇게 두지 않았을 터다. 장례를 치르는 일이야 나 또한 같은 생각을 하고 있었으니 반기를 드는 척하며 은근슬쩍 묵인해 주었지만 말이다. 형의 주장은 딱 거기까지였다.

엄마의 사망 소식에 찾아와 준 이들은 상당했다. 엄마의 죽음을 안타까워하는 사람들이 이렇게나 많다니. 그들은 엄마의 마지막을 배웅하기 위해 기꺼이 달려와 준 다양한 연령층의 제자들이었다. 평생을 교사로 있다가 정년퇴직한 엄마는 학생들에게 꽤나 좋은 선생님이었던 모양이다. 내게도 좋은 엄마였는지는 잘 모르겠다. 어쨌든 그들은 선생이던 엄마의 지난날을 추억했고, 급작스럽게 떠난 엄마를 안타까워했다. 그들은 또 내게 살아생전 엄마의 근황을 묻기도 했지만 없던 형이 불현듯 찾아와 함께 살고 있었다는 말은 하지 않았다.

엄마를 잃은 나를 위로하러 온 이들은 몇 없었다. 내가 일하는 매장 지점장의 이름으로 도착한 화환 하나와 그곳에서 일하는 동료들, 그리고 아직 결혼하지 않은 내게 매번 술값을 치르게 한 친구들 몇 명이 다녀간 것으로 내 조문객은 끝이었다. 엄마를 잃은 형을 조문하러 온 사람은 거의 없었다.

영안실로 형을 찾아온 단 한 사람, 그는 형사였다. 엄마의 삼일 장이 이뤄지던 마지막 날 아침 무렵이었다. 의혹이 있는 사고의 희생자라고 시신도 내주지 않으면서 조문을 왔을 리는 없었다. 형사는 내게 설명도 없이 다짜고짜 신분증을 내밀어 보였다.

"내 어머니 시신이라도 모셔왔습니까?"

나는 뒤틀려 있었다. 시신 없는 장례식을 치르자니 기분이 영 껄끄러운 차였다.

"차수환 씨 되십니까?"

"아닌데요."

형사는 나를 찾아온 게 아니었다. 그는 형을 찾고 있었다. 차수환을 내 형으로 인정해야 할지는 알 수 없었지만 지금 당장은 형이었다.

"왜 찾는 겁니까, 형은? 여기 상주는 난데."

"사고 차량 소유주가 차수환 씨로 되어 있더군요. 백숙희 씨가 탄 차."

"그래서요?"

"몇 가지 확인하고 싶은 것이 있어서 그럽니다. 어디 있습니까, 차수환 씨는?"

조금 전까지 함께 있던 형의 모습이 보이지 않았다. 부의 봉투를 접수하는 일로 형과 삼 일 내내 실랑이를 벌였고, 아침나절에도 한 차례 입씨름을 한 터다. 자신의 조문객이 없는 형은 무엇이든 하고 싶어 했지만 내가 막았다. 특히 부의 봉투에 손을 대는 일만은 사양이었다.

"화장실에 갔거나 조문객을 배웅하러 밖에 나갔을 겁니다."

나는 대충 둘러댔다.

"형님이 계시는데 동생 분이 상주네요?"

나는 친형이 아니라 사촌형이라고 또 둘러댔다. 형사라고는 하지만 내 집안의 속사정까지 시시콜콜 말해줄 필요는 없었다. 그렇게 형사와 몇 마디를 주고받고 있는 사이였다. 영안실로 들어서는 형을 발견한 내 시선이 그에게로 옮겨갔다.

형사는 내 시선이 닿아 있는 그가 차수환이라는 것을 본능적으로 알아챘다. 직접 나서서 본인임을 확인하고는 경찰서로의 임의동행을 요구했다. 형은 난처해하지도, 그렇다고 거부감을 행사하지도 않았다. 무슨 일 때문에 그러냐고 묻지도 않았다. 그냥 조용히 형사의 요구에 응해 그를 따라나섰다.

나는 형사와 나란히 나가는 형의 뒷모습을 멀뚱멀뚱 바라보기만 했다. 엄마는 형의 차를 타고 나갔다가 사고가 났다. 그것이 우발적인 폭발 사고였는지 의도된 폭발 사건인지를 경찰은 조사중에 있다.

바다에서 건진 차량은 폭발의 흔적이 있었고 차량 일부가 심하게 훼손돼 있었다. 차량의 블랙박스를 찾으면 사고 경위를 알 수 있을 거라고 형사는 말했지만 바다에 빠졌으니 찾는다는 게 쉬운 일만은 아닐 터였다.

엄마가 왜 갑자기 그 먼 동해까지 갔는지 나로서는 의문이었다. 형이 집으로 들어와 살게 되면서 엄마는 집안일에 더 많은 시간 메어 있었는데 말이다.

∗   ∗   ∗

엄마를 찾아온 형을 보자면 형에게도 인생의 변화가 필요했는지 모를 일이다. 일상을 바꿔줄 그 무엇인가를 간절하게 원하지 않았을까. 내가 그랬던 것처럼. 형과 내게 필요한 것. 삶의 한 방을 기대하면서도 엄마만 한 한 방이 없다는 것을 형과 나는 알고 있었다.

엄마를 차지하는 것, 그것만 한 일이 나와 형에게는 없었다. 엄마 덕분에 나는 인생의 큰 걱정 하나와 잔걱정 여러 가지를 덜고 살았다.

적어도 형이 엄마를 찾아 내 앞에 나타나기 전까지는 말이다.

∗   ∗   ∗

일생에 한 번은 내 인생을 바꿔놓을 그 무엇이 있을 거라고 믿었다. 쥐구멍에도 볕 들 날이 있다는데 하물며 사람인 내 인생에 볕 한 번 들지 않는다면 그건 난센스다. 그래서 믿었다. 내게도 삶의 한 방이 있을 것이라고 말이다. 불어나는 나이와 더불어 그 믿음은 바람 빠진 타이어처럼 힘을 잃었지만.

삶은 힘들었다. 하루하루를 견디는 일은 만만치 않았다. 내로라할 능력도 없는 내가 내 인생에서 뭔가를 신명나게 해보기는 글렀을지도 모른다고 생각했다. 엉뚱한 공상은 그래서 더 자주 나를 찾아왔는지도 모른다. 나로서는 엄두도 못 낼 만큼의 재력을 가진 여자가 한눈에 내게 빠져든다거나, 내가 산 로또가 일등에 당첨된다거나, 그것도 아니라면 내가 모르는 혈혈단신의 부유한 친척이 있어서 막대한 유산을 남겼다거나 하는.

공상에 빠져 시간을 허비하느니 현실에 충실해야 했지만 공상은 내 일상의 단비 같은 일이었다. 엄마 친구의 아들에게 있는 일처럼 남들에게는 흔한 그런 일이 내게는 드물었다. 나는 패스트푸드점의 서브 매니저일 뿐이다. 내가 일자리도, 사람과의 관계도 패스트푸드처럼 소비하는 건 그 때문이라고 자위했다.

남들 하는 결혼은 당연히 했을 것이다. 아들이든 딸이든 자식을 한두 명은 뒀을 것이다. 사회적으로 일정 지위를 얻어 책임 있는 생활을 하고 있지 않을까. 청년 시절 내가 생각하던 나의 마흔은 그런 나이였다. 인생을 좌지우지할 만한 사건이나 고뇌할 일은 더 이상 없는, 가정적으로나 사회적으로도 안정된 삶을 유지하고 있는 나이. 비바람이 불어도 흔들리지 않고 태풍이 불어 닥쳐도 꺾이지 않는 큰 나무 같은 삶 안에 있을 것이라고. 그러나 내 마흔의 현실은 비웃음만 나올 뿐이었다.

마흔이 코앞인 나의 현실은 그야말로 허접하다 못해 참혹한 지경이었다. 평범한 삶은 내게 주어지지 않았고, 그것은 일생일대에 단 한 번 있기도 힘든 소위 대박 같은 일이 되어버린 것이다.

불안하고 또 두렵다. 허점투성이 삶인 채로 이대로 영원히 갈 것만 같음에.

엄마는 무덤에 들어가 다리를 뻗고 누울 때까지 한 치 앞을 내다볼 수 없는 게 인생이라고 불안과 마주한 내게 말했다. 그때마다 위안이 되는 건 엄마의 말이 아니라 내 곁에 있는 엄마의 행동이었다. 엄마는 위태롭고 불안한 내 삶의 기둥이나 다름없었다. 엄마의 원심력 안에 나는 있었다.

엄마의 죽음은 내 원심력의 자기장이 더는 작용하지 않는다는 의미였다. 엄마를 대신할 것은 아무것도 없는데. 자식도 없고 잔소리해 줄 아내조차 내겐 없다. 청년기의 무한한 패기와 용기 어린 저항 따위도 내 인생에서 삼십육계 줄행랑을 친 지 오래였다.

나는 엄마의 실패작이었다. 어렸을 때, 그러니까 내가 미성년이던 그때, 나는 부모와 함께 사는 집을 벗어나지 못해 안달했다. 내가 업둥이거나 입양된 아이여서 진짜 부모가 나를 찾아와 줬으면 하고 바랐다. 그렇게만 된다면 지긋지긋한 이 집을 내 기꺼이 나가주겠노라고, 키워줘서 그동안 고마웠다고 양손을 한껏 치켜들고 흔들어주는 일쯤은 흔쾌히 해주겠다고. 그것이 또 다른 부모의 그늘 아래로 기어들어 가는 일이라는 것을 그때는 왜 생각하지 못했을까 싶지만. 그때부터 아들인 나는 엄마의 작품을 조금씩 망치고 있었던 것이다. 엄마는 전혀 눈치채지 못했고, 당신의 아들이라는 것만으로 내가 어긋날 수도 있다는 생각은 하지 않았던 것 같다.

업둥이도 입양아도 아니었음에 나는 좀 더 현실적인 계획을 세우기 시작했다. 기숙사가 있는 고등학교에 입학하면 된다. 어떻게든 집에서 나가는 일을 내 인생의 목표로 삼았다. 그땐 왜 그래야만 하는지도 모른 채 달려들기만 한 것 같다. 기숙사가 있는 학교에 입학만 한다면 내가 원하는 것은 뭐든 다 해주겠노라고 엄마는 새끼손가락을 걸었다.

내 성적은 엄마의 기대에 부응하지 못했다. 내 기대라고 해야 합당했다. 입학시험은 보기 좋게 낙방. 엄마의 실망이 크다고 한들 내 실망에 견줄 수는 없었다. 나는 머리가 나빴고, 내 계획은 실패로 돌아갔다. 그렇더라도 집을 나가야겠다는 마음은 접어지지 않았다.

가출하고 싶은 마음과 의식주의 혜택을 누리고 싶다는 생각이 공존했다. 스무 살이 되기만을 학수고대했다. 성적이 나쁘더라도 나를 받아줄 학교가 전국에 한 곳쯤은 있지 않을까. 되도록 집에서 멀리 떨어진 대학에 진학하리라. 하지만 그 기회마저 나는 허탈하게 놓쳐 버렸다.

친구들과 진탕 마신 술 때문이었다. 수험표는 그날 행방불명됐고 수험장이 어디인지 헷갈렸다. 그나마 찾아가 앉아 치른 시험은 1교시를 그냥 놓쳤고 나머지 시험 답안은 죄다 하나씩 밀려 썼다. 단지 운이 나빴을 뿐이라고 여기기엔 처참할 지경이어서 정말이지 죽고 싶은 심정이었다.

내가 죽지 않은 것은 다행스럽게도 기회가 또 있었기 때문이다. 군에 자원입대를 하고서야 나는 오래된 뜻을 이뤘다. 그토록 소원하던 가출. 마음은 이미 퇴색해 있었다. 그리고 군대 생활을 하면서 내가 깨달은 것은 부모가 있는 집을 떠나고 싶었던 게 아니라는 것이다.

간섭을 의무처럼 행사하는 부모의 무한 권력으로부터 벗어나고 싶어 했다는 것을 나는 그제야 깨달았다. 제대하면 그다음부터는 집을 떠날 생각 같은 건 하지 않을 작정이다. 군대의 시간은 좀처럼 지나가지 않았다.

*　　　　*　　　　*

아버지는 내가 제대하고 돌아온 지 딱 보름 만에 돌아가셨다. 나는 울지 않았다. 오십까지만 살겠다던 아버지에게 덤 같은 일곱 해가 더 주어진 다음이었으니까. 아버지가 원한 것보다 훨씬 더 오래 살았다. 만족스러운 생이지 않았냐고 나는 아버지의 영정 앞에 대고 말했다.

아버지를 죽음으로 인도한 것은 췌장에 생긴 종양이었다. 아버지는 자신의 병을 누구에게도 알리지 않았다. 종양을 생명처럼 남몰래 키웠다. 한 이불을 덮고 사는 엄마도 모르게 자신의 목숨을 종양에게 자양분으로 내주었다. 그래서 가끔은 그런 생각도 들었다. 아버지는 엄마를 지독히도 사랑하지 않은 게 아니었을까. 하나밖에 없는 아들인 나 역시도.

엄마는 당연히 혼자가 되었다. 나는 변변찮은 아들일 뿐이다. 그렇더라도 성인이 된 내게 엄마는 예전의 그 어떤 권력도 행사하지 않았다. 장가라도 가서 아이라도 낳으라고 내게 던지는 말은 그저 푸념에 불과했다. 제 자식을 낳으면 뭔가 달라지겠지 싶은 마음이 조금은 있어서였겠지만 끝은 언제나 '뉘 집 딸을 또 고생시키려고'였다.

엄마의 푸념이 아니더라도 결혼은 할 생각이었다. 할 수만 있다면. 합당한 가출 방법을 연구하던 것만큼 뭔가 다른 일에 매달렸다면 해낼 수 있는 게 하나쯤은 있지 않았을까. 나는 대학을 다닌 친구들보다 일찍 생활 전선에 뛰어들었다. 내 인생의 자립은 쉽게 허락되지 않았다. 학창 시절의 성적은 꺼내기 부끄러웠고 나를 번번이 집에 주저앉힌 일련의 사건들은 나란 놈의 실체와 크기를 가늠하게 했다.

아버지의 죽음으로 나는 쓸데없는 계획 따위는 완전히 접어버렸다. 딱 두 번. 제법 쓸 만한 외모 덕분에 배우나 모델을 해보면 어떻겠냐는 권유를 받은 적이 있다. 막 스무 살이 되었을 무렵이다. 그런 쪽으로는 내 미래를 생각해 본 적이 없었다. 기회가 닿았다면 기웃거렸을지 모를 일이다.

나는 아르바이트와 임시직과 계약직을 메뚜기처럼 옮겨 다녔다. 내가 군대를 제대하고 아버지가 뒤늦게 소원을 이룬 다음이었다. 메뚜기 인생을 살면서 내 안에 자리한 것은 내가 그리던 내 마흔의 삶을 어디서도 보장받을 수 없다는 당혹감이었다. 뭔가를 제대로 해본 것도 없는 것 같은데 마흔의 문턱은 내 앞에 바투 다가와 있었다.

나는 여전히 엄마 집에 얹혀살았다. 말로는 엄마를 내가 모시는 거라고 했지만 내 뒤치다꺼리를 하나에서 열까지 모두 하고 있는 사람은 엄마였다.

초등학교 교사이던 엄마의 연금은 내가 받는 월급보다 많았다. 그 때문이었다. 엄마에게 생활비를 내거나 용돈을 따로 드려본 적이 내게는 없었다. 내 월급은 나 자신을 위해 쓰기도 빠듯했다. 늘 부족해서 내 통장에 돈이 쌓이는 일은 좀처럼 없었다. 오죽하면 내 통장의 돈을 야금야금 꺼내 쓰는 쥐가 있다고 경찰에 신고했겠는가 말이다.

"마누라에 애까지 있어봐라. 완전 목줄에 끌려다니는 개 신세가 따로 없다. 내가 번 돈을 쓰기는커녕 구경조차 할 수 없다. 그렇다고 자유가 있기를 하나. 내 인생은 여기서 끝이다."

독거노인이 되는 신세만은 면했다고 안위하던 친구이다. 그는 결혼 일 년 만에 후회한다는 소리를 해댔다. 친구의 하소연은 부럽기만 했다. 능력만 된다면 혼자보다야 둘이 낫고 둘보다 셋이 더 낫다. 이를 증명이라도 하듯 친구는 엄살을 떨면서도 혼자이던 시절로 돌아가고 싶다는 말은 결코 하지 않았다.

계약직이라지만 친구는 무기 계약직이었다. 승진은 없을지라도 정년 때까지 다닐 수 있다는 보장을 담보했다. 진기전자 관련 기술 자격증을 갖고 있는 친구는 나와는 전혀 다른 삶의 패턴을 살고 있었다. '이럴 줄 알았으면 나도 자격증이나 따놓는 건데'라는 생각이 스치기도 했다. 아무튼 계약 기간이 끝나면 백수로 돌아가는 나와 그는 달랐다. 그런데도 그뿐만 아니라 다른 친구들을 만나도 약속이나 한 것처럼 내게 앓는 소리를 해댔다. 어떻게 살아야 할지 모르겠고 얼마나 더 이 일을 할 수 있을지 모르겠다는 식이었다.

그들이 내 앞에서 자린고비가 된 것은 두말할 나위도 없었다. 하루 단위로 아내에게 받는 용돈은 턱없이 모자랐고 비상금 한 푼을 따로 챙겨두지도 못하는 실정이라고. 그들의 술값 계산은 응당 내 차지였다. 내가 원해서 혼자인 것도 아닌데, 그들과 견주어 그다지 여유로운 생활을 하는 것도 아닌데 말이다.

애들 양육비 운운하며 지출이 많다고 엄살 아닌 엄살을 늘고 나면 내 주머니뿐 아니라 내 영혼까지 털리는 기분이 들었다. 그래도 그들이 부러웠다. 호텔마마는 내 열등감이 만들어낸 허세의 발로였다. 그들이 내게 어떻게 살고 있냐고 물으면 내 대답은 한동안 똑같았다.

"나야 호텔마마에서 살지. 풀 서비스를 아주 극진하게 제공받으면서 말이야."

지금껏 친구들의 술값을 감당하게 된 화근의 시작이었다. 학창 시절 이후로 십수 년을 건너뛰어 다시 만난 그들은 나에 대해 아는 것이 전혀 없었다. 호텔마마가 엄마와 함께 사는 집을 뜻한다는 것도 그들은 알지 못했다. 학업과 군대의 순서가 바뀌었을 뿐, 내가 그들과 다를 바 없는 과거를 가졌다고 여겼다.

엄마가 있는 집에 산다는 것은 내 인생에서 내가 누릴 수 있는 가장 큰 호사이며 사치였다.

"능력 좋네. 호텔에 산다니 말이야. 막대한 유산이라도 상속받았어? 로또 당첨? 아니면 하는 사업이 대박이라도 났나? 무슨 일 하는데?"

그들의 반응은 전혀 뜻밖이어서 더 당혹스러운 것은 나였다. 진위와 상관없이 나를 치켜세웠다. 그들에게는 없는 어떤 힘을 나만 갖고 있는 기분이었다. 부러움이 역력한 그들의 눈빛을 보자면 괜스레 우쭐해지기도 했다. 그들이 오해를 하든 말든 내버려 두었다.

엉망으로 해놓고 나간 침대도 저녁이면 호텔방에 들어선 것처럼 말끔히 정돈되어 있었다. 내가 좋아하는 반찬이 끼니때마다 밥상에 올라왔고 벗어놓은 옷가지는 다음 날이면 새 옷이 되어 옷장에 걸려 있었다. 비용이 일절 청구되지 않는 무료의 서비스. 나는 엄마의 애정 어린 서비스가 제공되는 호텔마마에 산다.

언제까지고 이곳에 살 가능성이 높다.

엄마가 떠난 지금도 이곳을 호텔마마라고 부를 수 있을지는 잘 모르겠다.

*   *   *

가뭄뿐인 내 인생에 엄마는 단비 같은 존재였다. 내 인생에 한 방이나 대박 같은 것이 있다면 그것은 엄마가 내 곁에 있었다는 것이다.

나를 길러주고 돌봐주고 내가 비빌 수 있는 최후의 언덕이자 보루.

폭발과 더불어 바다로 추락한 엄마의 시신은 참혹하기 이를 데 없었다. 이번에도 나는 울지 않았다. 아니, 울지 못했다. 나의 언덕이, 나의 호텔마마가 붕괴되었음에도 눈물은 그저 남의 것이었다. 엄마의 죽음도, 엄마의 시신도 내게는 전혀 현실감이 없었다. 불에 그슬린 시체에서 살아 있던 엄마의 모습은 찾아볼 수 없었다.

엄마가 생사의 길목을 가로지르던 그 시각.

나는 동료의 소개로 만난 여자와 데이트 아닌 데이트를 하고 있었다. 내 집에서 엄마와 시간을 함께 보내달라는 요구를 해대면서. 만약의 경우, 나와 동거하는 형태가 될 수도 있음을 주지시키면서. 그렇더라도 내가 여자를 건드리는 일은 없겠다고 맹세하면서. 여자는 내가 하는 말에 귀를 기울였고, 내 의견에 알았다고 고개를 끄덕거렸다.

고분고분한 여자는 상당히 괜찮았다. 내가 결혼을 하게 된다면 이런 여자와 하게 되지 않을까. 정작 결혼할 생각은 있지도 않았으면서 나는 그 여자를 만나고 다녔다. 이 모든 게 형이 나타나면서 생긴 어쩔 수 없는 변화였다.

호텔마마에 형이 나타난 것은 어느 늦은 밤이었다. 그래서 더욱 그랬는지 모른다. 형이 어둠을 등에 지고 호텔마마에 왔다고 여겼다. 형의 말과 행동 하나하나가 내게는 불길하게만 작용했다.

형이 들이닥친 그날, 나는 매장에서 일하고 있었다. 감기의 탓도 있었지만 그날은 기분이 영 엉망이었다. 그것은 사뭇 암흑 같은 내 앞날의 전조였으리라. 근무가 끝나고 회식이 있었지만 나는 귀가를 허락받았다. 점장은 환자 직원이 매장에 있는 것을 꺼리는 사람이었다. 음식을 판매하는 곳에서 환자가 주는 서비스를 받고 좋아할 손님도 없었다. 점장 주최의 회식은 빠져서는 안 됐지만 점장은 나를 제외시켜 주었다.

　퇴근해서 내가 제일 먼저 하는 일은 잠든 엄마를 확인하는 일이다. 그다음은 엄마의 열려 있는 방문을 소리 나지 않게 닫아주는 것이다. 초저녁잠이 많은 엄마는 늦게 들어오는 나를 기다리다가 방문을 열어둔 채로 잠들었다.

　그날, 그러니까 형이 나타난 그날은 달랐다. 엄마의 방에 불이 켜져 있는 건 어제와 같았다. 하지만 현관 앞에 벗어둔 도둑놈 신발처럼 거대한 구두는 아니었다. 엄마의 방에서 수상한 소리가 밖에까지 들렸다. 나는 발소리가 나지 않게 조심스럽게 다가갔다. 문틈으로 보이는 엄마는 시커먼 사내를 부둥켜안고 있었다.

　놀라서 입을 떡 벌린 나는 방문을 닫는 대신 활짝 열어젖혔다. 할 말을 잃고 멍하니 서 있었다. 내가 본 광경이 무엇인지 이해되지 않았다. 아버지가 돌아가신 이후로 나 아닌 다른 남자가 들어온 적이 없었다.

　"엄… 마…….."

　내가 불렀음에도 엄마는 정신이 없었다. 내가 온 것을 알지 못했다. 누구냐고, 누군데 밤늦게 엄마의 방에 있는 거냐고 말을 한 다음에야 엄마는 내게 눈길을 줬다. 덩치 큰 사내를 품에서 떼어놓은 것도 그때였다.

　"이제 왔니? 이리 들어와 앉으렴."

　눈가를 훔치는 엄마는 내게 말했다.

　나는 들어가 앉지 못했다. 자다 봉창 뜯는 소리도 아닌데 엄마는 터무니없는 말을 그때 내게 던졌다.

"뭘 그렇게 꾸물거려. 여기는 네 형 차수환. 인사해."

나는 눈앞이 아득해졌다. 형이라니? 누가? 도둑놈 구두를 신고 온 이 남자가? 나는 차제성이 아니라 박제성이라고 엄마한테 다시 확인시켜 주었다. 췌장암으로 돌아가신 아버지의 하나밖에 없는 아들이라고 말이다. 그럼에도 불구하고 차수환은 형이었다. 난생처음으로 알게 된 엄마의 과거에 있던 아들의 등장에 나는 쓴웃음만 삼켰다.

*　　　　*　　　　*

엄마의 결혼은 이 년 만에 파경을 맞았다. 교사 부부로 명예롭게 백년해로를 할 수도 있었겠으나 엄마의 전남편이자 형의 아버지는 동료 교사와 허울 좋은 사랑에 빠지고 말았다. 그는 다른 여자를 사랑하면서 엄마와의 이혼만은 원치 않았다.

남편의 불륜 상대는 매일 교무실에서 만나는 동료였다. 엄마는 배신감을 뛰어넘어 모멸감을 느껴야 했다. 견딜 수 없었다. 백 일 된 아들이 있었지만 그 아들 때문에라도 엄마는 이혼하고 싶어 했다. 아이가 그런 아버지를 보고 자라 닮을까 우려했다. 우여곡절 끝에 엄마는 이혼을 했지만 아들 수환을 데리고 나오는 일에는 실패했다. 차 씨 집안의 장손을 어디다 빼돌리려는 수작이냐는 악담과 학교까지 찾아와 수모를 겪게 한 시어머니를 이겨 먹지 못했다.

형은 엄마의 이혼에 대한 배경을 전혀 몰랐다. 조모의 손에 자라면서 네 엄마는 널 버린 나쁜 년이라는 말만을 반복해 들었다. 엄마에 대한 미움과 증오를 키우면서 매일을 견뎠다. 그런 기억을 갖고 있음에도 엄마를 대하는 형의 태도는 이중적이어서 내가 다 낯 뜨거웠다.

"엄마와 이혼한 후 아버지는 매번 새로운 여자와 사랑에 빠졌어요. 상대가 미혼이든 유부녀든 가리지 않고 말이죠. 학부모들까지 알게 되면서 학교에 민원이 끊이질 않았어요. 결국 풍기문란으로 교사직에서 해임되었고, 제 인생은 그전부터 이미 진흙탕 속을 뒹굴었죠. 아버지의 여성 편력에 지쳤고 할머니의 말은 거짓이라고 짐작했어요. 아버지의 곁을 일찌감치 떠난 엄마가 잘했다는 생각이 들기도 했고요. 나 또한 참고 견디다 보면 엄마가 언젠가는 데리러 오지 않을까 하고 기다렸어요."

엄마의 눈물은 주책없이 흘러내렸다. 곰 같은 형을 보듬어 안았다. 자신이 먼저 찾지 않은 것에 대해 미안함을 감추지 못했다. 잘못했다는 말을 내가 보는 앞에서 수도 없이 반복했다. 내가 받고 있을 상처는 뒷전이고 엄마의 눈에는 형밖에 보이지 않는 것 같았다.

아버지는 초혼이었다. 엄마와 재혼해 나를 얻었다. 엄마에게 나 아닌 아들이 한 명 더 있었다는 것을 아버지는 알고 있었을까. 나는 그날 처음으로 안 사실이다. 갑작스럽게 나타난 형으로 인해 아버지가 엄마의 첫 번째 남편이 아니라는 것도. 나 또한 엄마에게 하나밖에 없는 아들이 아니라는 것도. 내 일상의 변화와 심적인 변화가 조금씩 생겨났다.

형이 나의 호텔마마에 입주한 그날부터였다.

엄마는 확실히 내게 신경을 덜 썼다. 아니, 아예 쓰지 않았다. 내 옷도, 내 방도 전과 같았지만 거기서 느껴지는 손길은 엄마의 것이 아니었다. 전에는 엄마와 마주하지 않아도 엄마의 애정을 느낄 수 있었다. 출근하기 위해 와이셔츠를 꺼내 입을 때에도 느꼈고, 곤히 잠든 엄마의 방문이 열려 있을 때에도 느꼈고, 정돈된 침대에 누울 때도 느꼈다.

형이 들어오면서는 나는 엄마의 편애를 맛봐야 했다. 내 것을 빼앗기는 기분. 전에는 한 번도 느껴보지 못한 감정들이 내 안에 조금씩 고이고 있었다.

내가 귀가하는 시간까지 엄마는 깨어 있었다. 나의 귀가를 반기기 위해서가 아니었다. 형과 웃음 섞인 대화를 나누고 있었다. 나로서는 불쾌한 장면이었다. 형과 있는 엄마는 내가 경험하지 못한 엄마여서 낯설었다. 나는 그들의 대화 밖에 있었고, 그렇다고 끼어들고 싶은 마음도 없었다.

내가 목격한 형은 엄마의 어깨를 안마해 주거나, 책을 읽어주거나, 그것도 아니면 주방에서 엄마와 야참을 만들었다. 내가 엄마와 해본 적 없는 것들을 형은 천연덕스럽게 해냈다. 굳은 내 얼굴과 맞닥뜨리면 하던 것이 뭐였든 형은 나와 얽힌 것으로 둘러댔다. 내가 귀가하는 것을 보려고 엄마와 함께 기다렸다거나 배가 고플 것 같아서 나를 위해 둘이서 야참을 만들었다는 식이었다.

"대충대충 막 만든 것 같은데 맛이 완전히 달라요. 어떻게 하면 이렇게 환상적인 맛이 나올 수 있는 거죠? 어머니 손맛은 아무래도 제가 흉내 낼 수 없을 것 같아요."

무슨 말을 해도 형은 능글맞았다. 형이 입꼬리만 살짝 올려도 나는 비위가 상했다. 나를 위해서라고 했지만 엄마의 야참을 입에 넣는 건 항상 형이었다.

"먹고 싶은 게 있으면 언제든 말만 해. 뭐든 엄마가 다 만들어 줄 테니까."

어린아이를 달래듯 형의 머리를 쓰다듬는 엄마도 나는 마뜩치 않았다.

저녁 아홉 시가 지나면 나는 음식을 먹지 않았다. 엄마도 알고 있는 사실이다. 내게 그런 습관을 심어준 사람은 엄마였으니까. 이제는 언제 그랬냐는 듯 형의 눈치를 보며 내게 먹어보라고 권하니 환장할 지경이다.

덩치 큰 형은 마흔이 넘은 나이에도 어울리지 않게 엄마에게 애교를 부렸다. 내게는 징그럽기만 하고 엄마에게는 마냥 귀여운.

엄마는 변했다. 엄마의 행동을 내가 미리 짐작할 수 없을 정도로 엄청 많이. 초저녁잠이 사라진 게 그랬고, 형과 함께 있는 시간을 함박웃음으로 즐기는 게 또 그랬다.

그동안의 엄마는 나와 있는 시간을 참으로 따분해했다. 졸린다며 하품으로 나를 방에서 몰아내기 일쑤였다. 한집에 살면서도 엄마와 나는 따로국밥처럼 지냈다. 시간에 맞춰 식탁이 차려지고, 벗어놓은 옷은 세탁되어 옷걸이에 걸려 있고, 철마다 침대 커버와 이불이 바뀌는 것으로 나는 엄마와 함께 살고 있다는 것을 느낄 정도였다.

엄마는 어떤 방식으로 내가 한집에 있다는 것을 느꼈을지 궁금하다. 식탁의 빈 그릇? 방바닥의 빨랫감? 흐트러진 이부자리? 치다꺼리가 끝이 없는 손이 많이 가는 아들. 엄마에게 나는 그런 존재였을지 모른다. 확실히 그랬을 것이다. 형은 그런 면에서 나와는 아주 달랐으니까. 엄마의 손이 타지 않도록 자질구레한 것들은 솔선수범해 처리했다. 그게 다는 아니었다. 엄마의 말벗이 되어주었고, 엄마가 좋아하는 소설을 읽어주었고, 청소기를 대신 돌려주었고, 주방보조의 일도 마다하지 않았다.

인정해 주고 싶지 않았다. 엄마를 즐겁게 만드는 재주가 형에게 있다는 사실을. 집을 나갈 기회만을 호시탐탐 엿보던 시절에도, 독립의 뜻을 접고 호텔마마에서의 안주를 선택한 다음에도 엄마가 나와 무엇을 함께할 수 있는 사람이라고는 생각해 보지 않았다. 엄마는 그저 불안하고 미숙한 내 인생의 울타리였고, 내가 의지할 수 있는 기둥이라 여겼을 뿐.

형을 통해 내가 모르고 있던 엄마의 모습을 보게 되었다. 불안감은 커질 수밖에 없었다. 나는 엄마를 위해 무엇인가를 할 수 있게 길들여져 있지 않았다. 너무도 당연하게 누리던 엄마의 애정 어린 서비스였다. 나의 갈등은 거기서 생겨났다. 더는 나만의 호텔마마가 아닐 수도 있겠다는 생각이 나를 괴롭혔다. 이러다가 나의 호텔마마를 형에게 빼앗기고 마는 것은 아닐까.

의혹은 확신으로 바뀌었다. 엄마의 흰머리를 염색해 주겠다고 형이 염색약을 사 들고 들어온 날이었다. 생각지 못한 아들의 서비스에 엄마의 광대는 한껏 솟아올랐다. 기쁨은 감출 수 없는 것이어서 내 심장은 쿵 소리를 냈다. 엄마의 어깨에 비닐을 두른 형은 엄마의 다정한 연인이라도 된 듯이 굴었다. 그 꼴을 보고 있자니 심통이 나도 모르게 찾아왔다.

"염색 좀 해준다고 엄마가 좋아할 것 같아? 정말로 엄마를 생각한다면 며느리나 손자를 볼 수 있게 해드리는 게 훨씬 낫지 않겠어?"

결혼을 하고서도 엄마와 살겠다고 하지는 않겠지. 뭐, 대충은 그런 생각에서 한 말이다. 화살은 곧 내게 돌아왔지만. 나 또한 미혼이었고 나와 형 모두 적은 나이가 아니었다. 나의 결혼 운운은 그래서 엉뚱한 방향으로 흘러갔다.

"다른 시어머니들은 손주 봐주는 거 공 없다고 마다한다만 난 아냐. 낳기만 하면 다 봐줄 거야. 선생을 해서 그런가, 아이들과 노는 게 좋아. 돌볼 사람이 없으면 마음이 허할 거야. 장정을 돌보는 것보다는 아이 돌보는 게 훨씬 즐거울 거야. 말이 나왔으니 말인데, 누구든 먼저 결혼하는 놈한테 이 집을 줄 거야."

내 앞에서 하지 말아야 할 말을 엄마는 하고 말았다.

"누구 맘대로 이 집을 줘, 주기는?"

나는 발끈해서 말했다.

"이참에 확실히 해두자. 이 집은 내 소유이고 어떻게 처분하느냐 또한 엄마 마음이야."

엄마는 내게 단호하게도 일침을 가했다. 냉랭한 기운이 나와 엄마의 사이로 흘렀다. 형이 분위기를 바꾸자고 나섰다. 화제만 바뀌었을 뿐 형의 얘기 또한 화기애애한 것은 아니었지만 나에 대한 엄마의 노여움만은 뒤로 하게 만들었다.

"내게 엄마가 한 분이었던 것처럼 아버지가 결혼한 여자는 어머니 한 분뿐이었어요. 여자들을 숱하게 만나고 다녔지만 그저 바람일 뿐이었죠. 여자가 바뀔 때마다 내게 데려와서 소개시켰어요. 이제 와서 생각해 보면 끝까지 달라붙는 여자들을 떼어놓기 위해 그랬다는 생각이 들기도 해요. 스스로 명을 달리하신 건 아마도 당신의 여성 편력에 지쳐서 그랬던 것은 아닐까 가끔씩 그런 생각이 들기도 하는 거죠."

형은 어눌했고, 씁쓸했고, 또 담담했다.

엄마의 머리를 염색하면서 할 얘기는 아니었다.

"매번 과도했어, 네 아버지는. 나와 네게 평생 씻을 수 없는 상처가 될 것이라는 것도 깨닫지 못했어. 그렇게 죽고 말 것을, 어리석은 양반."

엄마의 한숨은 깊고 어두웠다.

그들의 대화에 나는 또 끼지 못했다. 형은 더욱 측은한 아들이 되었고, 엄마는 빗질을 멈춘 형의 손을 꼭 움켜쥐었다. 내 앞에서 벌이는 광경이라니. 이런 꼴을 보자고 결혼에 관한 얘기를 꺼낸 게 아니었다. 결혼하는 놈에게 집을 물려주겠다는 말을 듣자고 한 것은 더욱 아니었다. 잔머리를 굴리다 수렁에 빠진 건 나였다.

$$*\qquad\qquad*\qquad\qquad*$$

결혼하면 집을 상속하겠다는 엄마의 말은 농담이 아니었다. 내게는 아버지의 집이나 마찬가지였기에 형에게는 절대 내줄 수 없었다. 엄마의 뜻이 정 그렇다면 내 편이 되어줄 여자를 당장 구하면 된다. 진실로 결혼할 여자라면 더 바랄 것이 없겠으나 내게 힘을 실어줄 여자라도 상관은 없었다.

동업자를 찾는 일은 그리 어렵지 않았다. 나는 함께 일하는 동료로부터 여자를 소개받았다. 연기를 하는 거라고 했지만 내가 싫지 않은 눈치여서 우리의 손발은 척척 맞아가고 있었다. 형한테는 질 수 없는 게임이었다.

예상하지 못한 엄마의 사망 소식은 나를 한순간 암흑으로 몰아넣었다. 엄마가 진짜로 돌아가신 거냐고, 혹시 다른 사람이 죽었는데 내게 잘못 전한 것은 아니냐고. 사망자는 분명 엄마였다. 잘 달리던 차가 갑자기 펑하는 소리와 함께 불이 붙었고, 가드레일을 들이받으며 엄마가 운전하던 차가 바다로 뛰어들었다고 한다.

뒤따라오던 차량의 운전자가 그 광경을 목격하지 않았다면 바다에 수장된 채 그대로 묻혔을지도 모를 일이다. 밤이 되고 며칠이 흘러도 돌아오지 않는 엄마를 찾기 위해 나 홀로 험난한 고행의 길을 떠나야 했을지도 모를 일이다.

엄마의 시신은 국립과학수사연구소로 이송되었고, 엄마가 운전한 차량 또한 경찰이 접수했다. 차량에서 발견된 폭발물이 범죄의 단서였다. 엄마의 장거리 외출과 차량에 설치되었던 폭탄은 내 생각을 뒤죽박죽으로 만들어놓았다.

형의 차를 가끔 몰래 이용한 사람은 나였다. 엄마는 차가 따로 있었고 형의 차를 이용할 만한 하등의 이유가 없었다. 나와 살 때도 그랬지만 형이 들어와 살면서 엄마의 외출은 동네가 전부였다. 세탁소도 재래시장도 엄마가 이용하는 곳은 걸어서 이삼십 분이면 닿는 거리 안에 있었다.

생선을 사자고 형의 차를 몰고 동해까지 간 것은 아닐 터였다. 아버지가 다른 두 아들을 한집에 두고 살자니 새삼스레 내 아버지에게 미안해서 동해를 간 것도 아닐 터였다.

형사를 따라간 형은 다음 날 오후가 되어서야 집으로 돌아왔다. 나를 보는 둥 마는 둥 하고는 엄마의 방으로 쑥 들어가 버렸다. 문틈으로 보이는 형은 홀로 우두커니 앉아 있었다.

"경찰에서는 뭐래?"

궁금해서 견딜 수가 없었다. 나는 방문 앞에 서서 물었다. 형이 엄마와 있는 것만 같아서 방 안에 차마 발을 들여놓을 수가 없었다. 형의 침묵 앞에 나는 괜스레 위축됐다. 그럼에도 경찰서에 무슨 일이 있었는지 다시 묻지 않을 수 없었다.

형은 말문을 열었지만 내게 묻는 말인지 그의 혼잣말인지는 헷갈렸다. 선문답을 하자는 것도 아니었고 내 대답을 원하는 것 같지도 않기는 했다.

"동해에는 무슨 일로 가신 걸까, 엄마는?"

"나도 모르겠는데……."

나는 짐작되는 바가 있기도 했지만 형은 몰랐다. 그곳에 내 아버지의 무덤이 있다는 것을. 아버지와 엄마가 처음 만난 곳이기도 하다는 걸. 그러나 그날은 아버지의 기일도 아니었고, 엄마의 결혼기념일도 아니었고, 내 생일도 아니었다. 더욱이 그동안 기일에 맞춰 아버지의 산소를 찾아 벌초를 하고 술잔을 올리는 일은 순전히 나만의 몫이었다.

산소에 가자고 하면 엄마는 매번 거부했다. 먼저 간 남편, 뭐가 예쁘다고 무덤까지 찾아가느냐는 거였다. 내 생각이 맞을 터였다. 엄마는 형이 들어와 살면서 아버지에게 미안했던 것이다. 설령 아니라고 해도 나는 그렇게 생각하기로 했다.

"내 차를 빌려주는 게 아니었어. 폭탄이 설치되어 있는 줄도 모르고 빌려줬으니 내가 엄마를 죽인 거나 다름없어."

"뭐, 폭탄?"

그 순간 섬광이 내 눈앞을 스쳐 갔다. 잊고 있었다. 형의 차에 폭탄을 장착한 것은 나였다. 하지만 실패였다. 그게 왜 뒤늦게 터졌는지 나는 알 수 없었다. 형만 사라지면 나의 호텔마마를 되찾을 수 있다고 여겼다. 차에 시동이 걸리고 형이 집을 벗어나 외곽의 도로를 탈 즈음이 되면 터지도록 설치한 사제 폭탄이었다. 목숨을 잃을 정도의 화기가 있는 폭탄은 아니어서 살짝 겁만 주자는 생각에서였다.

그동안 형이 차를 타고 다녔음에도 아무 일도 일어나지 않았다. 저녁이면 형은 아무 일 없이 멀쩡한 상태로 집에 와 있었다. 별일 없었냐고 물으면 형은 오히려 나를 이상한 눈빛으로 쳐다보았다. 내가 설치한 폭탄은 확실히 불발이었고, 내 계획은 실패했다. 불발 폭탄을 제거해야 했지만 그럴 짬이 없었다. 내가 퇴근한 다음이면 엄마가 형의 차를 닦고 있어 가까이 가지 못했다. 그다음엔 엄마의 상속 게임에 정신이 팔려 있었다.

내가 장착한 폭탄이 뒤늦게 터졌을 리 없었다.

형사는 내게도 찾아왔다. 조사상의 절차라며 형에게 한 것과 똑같이 내게도 임의동행을 요구했다.

＊　　　　＊　　　　＊

형사는 형에게 했을 질문들을 인내심을 시험이라도 하듯 내게도 다시 했다. 백숙희 씨가 동해를 왜 갔는지 알고 있습니까? 박제성 당신이 차량에 폭발물을 설치한 거 아닙니까? 형 차수환과 당신이 다투는 걸 본 사람이 있다는데 뭣 때문에 싸운 겁니까? 난데없이 형이란 자가 나타나서 백숙희 씨 재산을 탐하니 그것 때문에 싸운 거 아닙니까?

형사는 나란 인간의 바닥을 보여줘야만 끝날 질문들을 계속해서 던졌다.

언제까지 모른다고, 내가 아니라고 고개만 내저을 수는 없었다. 내가 알고 있는 것을 하나라도 말해야 했다.

"형사님이면 마흔이 넘은 형이 어느 날 갑자기 생겼는데 반갑기만 했겠어요? 엄마는 형과 나를 편애했어요. 지금 살고 있는 집도 형에게 주고 싶어 했습니다."

"왜 그렇게 생각하죠?"

"먼저 결혼하는 사람에게 집을 준다는 건 형에게 주겠다는 말이나 다름없는 거니까. 그 집은 내가 태어나고 자란 곳인데."

"그래서 죽였습니까?"

"아니라구요! 아닙니다!"

"형보다 먼저 결혼하려고 여자를 구했고, 그게 뜻대로 안 되니까 그런 일을 벌인 거 맞잖아요."

반복되는 질문에 나는 환장할 지경이었다.

제대를 하고 사회생활을 하면서 내가 만난 여자는 여럿 있었다. 결혼이란 말이 나오면 여자들은 약속이나 한 듯이 집은 있느냐고 물어댔다. 얄팍한 월급은 데이트 비용 아니면 여자들의 환심을 사기 위한 비용으로 몽땅 나갔다. 공을 들인 여자도 결국엔 나 아닌 다른 남자에게 가버렸다.

월급도 여자도 내게는 남아 있지 않았다. 악순환의 후유증은 오래갔다. 내게 여자는 희귀동물을 돌보는 일에 비용을 지불하는 일만큼이나 사치스러운 존재가 되어버렸다. 여자들의 머릿속을 도통 이해할 수 없었고, 월급을 털어 넣는 일은 또 얼마나 멍청한 짓이었는가를 깨달았다. 내가 빈털터리라도 결혼하겠다는 여자가 있었다면 상황은 또 달라졌을지 모른다. 그러나 그런 여자는 없었다.

나는 나를 위해 내 월급을 썼다. 여자들로 인해 뭉개져 버린 자존감을 되살리는 일에만 신경 썼다. 호텔마마의 장점을 과하게 깨닫기 시작한 것은 그 무렵이었다. 호텔마마를 벗어날 이유가 내겐 없었다. 결국엔 내 것이 되고 말 엄마의 집. 내가 결혼을 하든 말든 내 집이 되어야 했다. 그렇게 되고 나면 해보고 싶은 게 있었다. 그동안 나를 떠난 여자들은 아니겠지만 어쨌거나 내 앞에 있는 여자에게 집은 있지만 당신과는 결혼하지 않겠다는 그 말을 한 번은 해보고 싶었다. 유치한 생각이라고 놀릴지도 모르겠지만.

먼저 결혼하는 사람에게 집을 상속하겠다는 엄마의 말은 형의 수작에서 비롯되었다. 호텔마마에 오기 전부터 형에겐 이미 동거하던 여자가 있었다. 결혼할 수 없을 것 같다는 거짓말로 형은 엄마의 마음을 뒤흔들어 놓았다. 형의 가련한 연기에 엄마는 속아 넘어갔다.

"형을 없애려고 했는데 하필이면 백숙희 씨가 그 차를 타고 나갔다가 사고가 났잖아요. 순순히 실토하는 게 좋을 겁니다."

블랙박스만 찾으면 모든 게 다 밝혀질 일이라고 했지만 내가 했다는 증거는 없을 것이다. 폭탄 제조에는 서투른 실수를 했을지 몰라도 다른 실수는 하지 않았다. 차량 블랙박스에 증거를 남겨두는 그런 일은.

형사와 나의 입씨름은 제자리를 맴돌았다. 의혹이 빤한 상황에서 경찰은 사건을 빨리 종결지으려 했고, 증거가 내 눈앞에 있지 않는 한 나는 내 죄를 인정하지 않을 터였다.

"결혼하겠다고 여자를 데려와 인사시키고는 미적거린 쪽은 형이었어요. 식만 올리면 엄마 집이 자기 것이 될지도 모르는데 왜 그랬겠어요? 뭔가 다른 꿍꿍이가 있었을 거라고요."

"그게 뭡니까?"

"그게 뭔지는 경찰에서 밝혀내야죠."

나는 대답하는 일에 점점 지쳐 갔다. 형사는 내 얼굴만 뚫어져라 쳐다보았다. 그는 비슷한 질문을 반복함으로써 내가 말을 번복하거나 앞뒤 안 맞는 진술을 할 때를 기다리는 것인지도 몰랐다. 내가 범행을 순순히 자백해 준다면 그들에겐 더 바랄 것이 없을 것이다.

경찰은 확실한 물증도 없으면서 나를 범인 취급했다. 나는 변호사를 불러달라고 했다. 변호사가 오기 전까지는 어떤 말도 하지 않겠다고 버텼다. 그동안 나의 진술은 일관적이었고 그 어떤 내용도 번복하지 않았다. 경찰은 나를 풀어줄 수밖에 없었다.

"생활 근거지를 벗어나면 안 됩니다. 벗어나는 순간 당신은 범인이 되는 겁니다. 감방에서 썩게 될 겁니다."

나는 그들의 용의자였다.

범인으로 나를 체포할 수는 없을 터이다.

*   *   *

결혼은 못 할 것 같다고 내숭을 떨던 형이 여자를 데려왔다.

나의 초조함은 극에 달했다. 그냥 해본 말일 거라고 여기면서도 내 것이라고 믿어 의심치 않던 것들이 뿌리째 흔들리는 것을 느껴야 했다. 사십 년 가까이 엄마 곁에 살면서도 나는 엄마를 제대로 알지 못했다. 불과 하루 만에 형은 호텔마마의 VIP 고객이 되었다. 호텔마마가 더 이상 나만의 것이 아니라는 것을 받아들여야 했다. 형은 자신의 존재감을 엄마에게 확실하게 심어주었고, 내 영역을 점령하는 것도 시간문제였다.

내가 참을 수 없는 것은 형의 농간이었다. 형의 거짓말에도 엄마는 형을 두고 나왔다는 죄책감 때문인지 순진하게 다 믿었다. 형을 위해서라면 엄마는 뭐든지 할 사람이었다. 거기에 형이 결혼할 여자를 데려왔으니 호텔마마를 나는 손도 못 써보고 이대로 빼앗길 수 있었다. 무슨 수를 내도 내야 했다.

형이 여자를 인사시킨 그 다음 날로 나는 형을 쫓아갔다. 몸이 아프다는 것은 핑계였다. 매장에 환자가 근무하는 것보다 점장은 아랫사람의 거짓말을 더 용납 못 했다. 그렇더라도 점장은 내가 평소와는 어딘가 다르다는 것을 알아차렸다. 정신을 딴 곳에 팔고 있었고 실수가 잦았다. 더 오래 있다가는 사고를 낼지도 몰랐다.

조기 퇴근이라지만 그리 이른 시간도 아니었다. 저녁 여섯 시. 나는 약속을 하고 곧장 형이 근무하는 주민 센터를 찾아갔다. 엄마가 준다고 해서 형이 가질 수 있는 그런 집이 아니라는 것을 알려줘야 했다. 내 집에서 당장 나가달라는 말을 해줄 참이었다.

호프집에서 만난 형은 초조한 나와는 달리 여유롭고 느긋했다.

"엄마가 부득부득 주시겠다는데 내가 뭐라고 거절하겠어. 둘러댈 말이 있어야 말이지. 그동안 엄마가 해주는 밥 먹으면서 귀한 아들 대접을 받고 살았으면 집 정도는 내게 줘도 괜찮지 않겠어? 나도 엄마 아들인데 말이야."

나는 열이 머리끝까지 차올랐다.

엄마가 그립다거나 엄마만 있으면 된다는 말은 다 거짓이었다. 조만간 결혼식을 올릴 생각이다. 나갈 곳을 알아보는 게 좋을 거다. 형은 내게 협박 아닌 협박을 했다. 이상한 것은 그다음이었다. 엄마가 결혼식 날을 잡자고 서둘렀음에도 형은 좀 미루자고 나선 것이다.

나로선 당연한 거라 여기면서도 형의 태도는 뭔가 의뭉스런 구석이 있었다. 아무렇거나 형을 대하는 내 시선은 곱지 않았다.

"잃어버린 양심을 되찾기라도 하셨나?"

∗   ∗   ∗

형은 경찰에 시달리다가 귀가한 나를 맞아주었다. 현관 앞에 서 있는 형을 본체만체하고 나는 주방 앞에 섰다. 음식 냄새가 진동했으나 엄마는 없었다. 식탁엔 엄마의 음식이 한상 가득 차려져 있었다.

"흉내를 좀 내봤는데 맛은 장담을 못 하겠네. 한집에 살면서 지난 육 개월 동안 너와 내가 밥 한 끼를 제대로 같이한 적이 없더라."

경찰 심문은 사람의 진을 빼놓는 일이었다. 나는 몹시 허기져 있었다. 허겁지겁 먹어도 시원찮았지만 형이 만든 음식에 나는 젓가락도 대지 않았다. 몰래 수면제라도 탔을지 알 수 없었다.

"이 집에 형이 더 머무를 이유가 없지. 내 집에서 그만 나가줘."

안 그래도 그럴 참이라는 형은 자신의 캐리어를 턱짓했다. 그러고는 식탁에 앉아 음식을 먹기 시작했다. 그동안 내게 하지 않던 자질구레한 말들을 꺼내놓으면서.

"난 혼란 속에서 어린 시절을 보낸 사람이야."

형을 지지해 줄 부모는 이미 없었다. 형이 의지했던 조모마저 공무원 합격자 발표가 있던 날 저세상으로 떠났다.

어른은 아이의 결과물이다. 형의 소년 시절은 나의 소년 시절보다 불우했지만 강인했다. 어느 결과물이 더 나은지는 판단할 수 없었다.

내가 업둥이기를 바랐던 그때, 내가 나를 데려갈 부모를 기다리던 그때 형은 엄마를 찾을 계획을 세웠다. 비록 마흔이 넘어 실행에 옮긴 계획이긴 했지만 말이다. 민원실에서 주민 서류를 발급해 주던 형이 엄마를 찾는 일은 누워서 식은 죽 먹기보다 쉬운 일이었다.

형은 만감이 교차했다. 주민등록번호를 입력한 순간 엄마의 생사 여부는 물론 거주지까지 모두 찍혀 나왔다. 이토록 간단한 일인데 그토록 긴 세월을 흘려보냈나 싶은 억울한 생각에 형은 눈물이 다 났다. 문제는 그다음이었다. 엄마의 집을 찾아오기까지 수십, 수백 번을 갈등해야 했다. 찾아가도 되나? 엄마가 자신을 거부하지는 않을까? 난처한 상황을 만들게 되는 건 아닐까? 천근만근의 무게감이 형을 붙잡아두었다. 엄마에게 가지 못하도록 막았다.

"그렇게 고민됐으면 오지 말지 그랬어? 고아로 그냥 평생 혼자 살 것이지 왜 나타났냐고?"

나는 빈정거렸다. 엄마가 곁에 있었다면 매서운 눈초리로 나를 야단쳤을 터다. 형한테 그게 무슨 말버릇이냐고. 하지만 나와 형을 잇는 엄마는 이제 없었다. 형이 오지 않았다면 엄마가 죽는 일도 없었을 터이다.

"내가 달갑지 않았겠지. 미웠을 거야. 그래서 매번 그렇게 나를 꼬나보았을 테고. 나도 네가 미웠어. 또 부러워서 질투했어.

너는 몰랐겠지만… 지금은 화를 내도 밉지 않고 빈정거려도 귀여워. 내 동생 박제성."

형은 필요 이상으로 다정했다. 내게 친절하게 굴었다.

"엄마가 그렇게 된 건 다 형 때문이야. 이제 형도 아니지. 다 너 때문이라고, 이 자식아."

격분한 내 원망에도 형의 웃음은 식지 않았다. 엄마가 죽었는데 전혀 슬프지 않은 모양이었다. 나는 형의 밥상을 우악스럽게도 밀쳐 버렸다. 아무렇지도 않게 목구멍으로 밥을 넘기는 것을 두고 볼 수 없었다.

"엄마를 그렇게 만든 게 너라고 경찰에는 말 안 했다."

"뭐라고?"

"어쨌거나 한 뱃속에서 나온 우리잖아."

"주, 죽어버려!"

형은 끝까지 차분했고, 내겐 살기가 번득였다.

"네가 어질러 놓은 것까지 치우고 가지는 못하겠다."

형은 식탁에 수저를 내려놓고 일어섰다. 나의 호텔마마를 찾아온 그날처럼 캐리어를 챙겨 그길로 집을 나갔다. 형이 등에 지고 온 어둠은 그대로 내게 남겨둔 채였다.

*   *   *

엄마의 편지는 우편함에 꽂혀 있었다. 엄마는 알고 있었다. 내가 형의 차에 폭탄을 설치했다는 것을. 매일 형에게 차를 빌려달라고 함으로써 엄마는 형이 차를 타고 나가지 못하도록 했다. 형보다 앞서 출근하고 늦게 퇴근하는 나만 몰랐던 사실이다. 내가 폭탄을 설치한 그날 이후로 형의 차는 주차장에 그대로 세워져 있었던 것이다.

나로 인해 엄마는 충격을 받았다. 아들 둘을 모두 사랑했음에 어떻게 해야 할지 몰라 난감했다. 엄마는 내가 조작한 시간을 다섯 시간으로 늘렸다. 뭔가를 배우고 익히는 일에 나보다 엄마가 능하다는 것을 잠깐 간과했다.

엄마는 아들이 만든 폭탄의 성능이 어느 정도인지 가늠하지 못했다. 집에서 먼 곳이어야 했고 사람이 없는 곳이어야 했다. 엄마가 그 먼 동해를 간 이유였다.

엄마는 나의 잘못을 덮었고 자신의 책임으로 돌렸다. 편지는 그 증거였다. 나는 심장이 먹먹했다. 아버지가 돌아가셨을 때도, 엄마가 돌아가셨을 때도 보이지 않던 눈물이다. 짠물이 내 입술 안으로 흘러들었다. 내 무릎이 절로 꺾였다. 엎어진 나는 한 마리의 짐승처럼 흐느꼈다.

*   *   *

엄마가 없는 집은 더 이상 나의 호텔마마가 될 수 없었다. 을씨년스럽고 삭막하기만 했다. 엄마의 시신이 내게 오기까지는 많이 더뎠다. 중단됐던 엄마의 장례식을 홀로 치렀다. 화장한 엄마의 유골은 집에서 가까운 납골당에 안치했다.

아버지 곁에 묻어달라고 했지만 나는 내 가까운 곳에 엄마를 두기로 했다. 나를 다시 찾아온 형사는 엄마가 보는 앞에서 나를 살인미수로 체포했다. 엄마의 편지를 유서로 둔갑시켰지만 소용없는 일이었다.

형사는 내 범행을 입증할 확실한 증거가 나왔으니 경찰서로 가자고 했다. 내 집에서 나간 형을 다시 만난 건 뜻밖에도 경찰서에서였다. 내 손목의 수갑을 보이지 않게 감췄지만 결국은 다 보였다. 놀라운 것은 형의 손목에도 수갑이 채워져 있다는 것이다.

나야 지은 죄가 있으니 그렇다고 쳐도 형은 또 왜?

의아해하는 내게 형사는 사고 차량의 블랙박스 얘기를 꺼냈다. 사고현장에서 경찰이 찾아낸 블랙박스였다. 그때까지도 나는 엄마의 죽음은 나와 아무런 관련이 없다고 우겼다.

"이걸 한번 보고 나서 얘기하죠. 그런 말이 나오게 생겼나."

형사는 블랙박스에 저장된 동영상을 보여주었다.

엄마의 마지막이 그 안에 고스란히 담겨 있었다. 엄마는 보닛을 열었다가 닫기를 거듭했다. 보닛 안을 들여다본 후의 엄마는 난감해서 어쩔 줄 모르는 모습이었다. 고통으로 엄마의 얼굴이 일그러졌고 어찌할 바를 몰라 양손에 얼굴을 묻고 마는 엄마의 어깨가 희미하게 들썩였다. 소리 죽인 흐느낌 사이사이로 엄마는 그곳에 있지도 않은 나를 불러댔다. 보닛 앞에서 엄마는 끝내 곡지통했다.

형의 차에 폭탄을 설치한 게 나라는 것을 경찰은 알아내고 말았다. 엄마의 인터넷 아이디로 내가 일하는 매장에서 폭발물 제조에 관한 내용을 검색했다는 것도. 폭발물 제조에 관한 구체적인 정보를 인터넷에서 얻지는 못했지만 그것으로 나는 덜미를 잡히고 말았다.

엄마의 차는 따로 있어서 엄마가 형의 차를 몰고 나갈 일에 대해서는 간과했다. 내 계획이 수포로 돌아갔다고만 여겼다. 다른 사람의 눈도 있었고 어차피 터지지 않을 폭탄이었다. 정비소에 가지 않는 한 발각되지 않을 것이기에 나중에 처리해도 된다고 치부했다.

엄마는 내가 형을 죽이려 한다는 것을 형에게 털어놓을 수 없었던 것이다. 누군가 죽어야 한다면 엄마 자신이라고 생각했을 터이다. 엄마가 죽는 것으로 아들 둘을 살릴 수 있다고 믿었을 터이다.

"폭탄을 설치해서 엄마를 죽게 만든 건 동생인데, 나는 왜 잡아온 겁니까?"

영상을 확인한 형이 말했다.

형사는 구제불능이란 듯이 형과 나를 번갈아 보았다.

"차수환, 당신도 알고 있었잖아. 당신 차에 폭발물이 설치되어 있었다는 걸 말이야. 그런데도 말을 안 했지. 왜 안 했을까?"

형은 얕은 한숨을 토하더니 눈을 감고는 말문까지 닫았다. 침묵. 놀란 건 나였다. 형도 내가 그랬다는 것을 알고 있었다. 엄마가 그 사실을 알고 괴로워한다는 것까지도.

형은 엄마의 죽음을 충분히 막을 수 있었다. 그럼에도 모른 척했다. 세상에 둘도 없는 효자처럼 엄마가 없으면 못 살 것처럼 굴더니만 왜? 내가 엄마를 살해한 패륜아가 되어 징역형을 받게 되면 엄마의 집을 힘 하나 안 들이고 차지할 수 있다는 계산이었는 지도 모른다.

경찰서에서 돌아온 내게 엄마의 밥상을 차려주고 그 상을 뒤엎은 내게 형은 말했다. 고맙다. 분명 고맙다고 말했다. 이런 상황을 미리 알고 있어서 그랬던 것일까.

"백숙희 씨가 사망보험에 가입하고 차수환 당신을 수익자로 해놨다는 사실도 당신을 이미 알고 있었잖아?"

형사가 형을 다그쳤다.

"엄마의 보험 수익자가 나란 게 죄란 겁니까?"

형은 덤덤했다.

"백숙희 씨가 죽을 거라는 걸 알면서도 묵인했지. 알면서 손을 쓰지 않는 것도 범죄가 된다는 거 몰랐어?"

형사의 말에 나와는 마주치고 싶지 않은 듯 형은 등을 보였다.

그간의 일이 내게 명확히 다가왔다. 필요도 없는 차를 나 때문에 빌려놓고 엄마는 홀로 지옥과 현실을 오갔을 터이다. 아들로 인해 판단력이 흐려진 엄마는 사망보험에 가입했다. 수혜자를 형으로 지정해 놓음으로써 내 잘못에 대한 용서를 조금이나마 구할수 있다고 여겼을 터이다. 형 또한 그 사실을 알았다. 아무것도 필요 없다고, 엄마만 있으면 된다고 말하면서 형은 뒤로 다 챙기고 있었다.

나의 살인 행위도, 엄마의 생각과 미안함도 형은 그냥 모른 척하기만 하면 되는 일이었다.

"왜 그랬어? 차라리 나를 신고하지. 왜 엄마가 죽게 그냥 됐냐고?"

모든 시작은 내가 했으면서 나는 형을 붙잡고 울분을 토했다.

"네 덕분에 손도 안 대고 코를 풀게 생겼는데 내가 왜? 그냥 얌전히 있다가 굿이나 보고 떡이나 먹으면 될 일인데 내가 뭐 하러 그러겠어?"

"엄마잖아. 내 엄마뿐 아니라 형 엄마잖아."

"엄마라고? 나를 시궁창에 빠뜨린 엄마가 무슨 엄마야. 그동안 내가 어떻게 살았는지 넌 상상도 못 할 거야."

"그래도 이건 아니지."

나는 형의 멱살을 잡았다. 나를 보는 형의 텅 빈 눈동자에 내 온몸의 기가 밑으로 쏠렸다. 내 안의 것들이 발바닥 밑으로 모두 빠져나가는 것 같았다. 형을 붙들지 못하고 바닥에 널브러졌다.

주저앉아 왜 엄마가 죽게 놔뒀냐고 형을 원망했다. 엄마는 그런 나를 물끄러미 굽어보고 있었다. 환한 미소에도 눈빛만은 서글퍼 보였다. 보고 싶은 엄마인데 그 모습이 자꾸만 흐려졌다. 나의 시야로 수명이 다한 전구처럼 빛이 들었다가 나가기를 반복했다.

어떻게든 다 구해보겠다고 엄마는 욕심을 부린 것이다. 호텔마마를 나와는 의논 한마디 없이 초토화시켜 버렸다. 바보 같은 엄마. 어차피 엄마의 뜻대로 되지는 않았을 터이다. 형도, 그리고 나 역시도.

일생 동안 학생들의 불빛이 되어주던 엄마. 아들의 죄 앞에 엄마는 이성적인 판단의 끈을 놓아버렸다. 엄마는 미치도록 바보였다.

1994년 청계천

이상우

소설가이며 언론인. 『화조 밤에 죽다』, 『악녀 두 번 살다』, 『안개도시』, 『신의 불꽃』 등 300여 편의
추리소설을 발표. 제3회 한국추리문학 대상을 수상했다.
한국추리작가협회를 창설하여 18년간 한국추리작가협회장을 역임했다.
또한 『김종서는 누가 죽였나』, 『대왕 세종』, 『정조 대왕 이산』 등을 발표. 역사 소설가로도
활약하고 있다. 『권력은 짧고 언론은 영원하다』 등 언론 비사를 비롯한
많은 언론 관련 저서도 펴냈다. 한국일보, 서울신문, 국민일보, 일간스포츠, 굿데이 등에서
편집국장, 대표이사, 회장을 역임했다.
한국추리작가협회 이사장(현).

1

9월이라지만 찌는 듯한 무더위가 아직 아스팔트를 눅진하게 녹이며 노염을 뿜고 있었다. 네거리에 우뚝 선 은행 건물 그늘 아래로 어깨가 축 늘어진 가지각색의 사람들이 연방 목에 흐르는 땀을 닦아내며 건널목을 지나갔다. 수많은 발길이 무심히 지나치는 서울의 한복판 광교 네거리 밑에서는 어둠에 묻힌 조선조(朝鮮朝)의 역사를 캐는 작업이 한창이었다.

지금은 다리 밑으로 물이 맑다는 뜻의 청계천(淸溪川) 밑으로 맑은 물이 흐르고 있지만 몇 년 전만 해도 그곳은 아스팔트로 덮인 채 위로는 고가도로가 놓여 있었다.

1994년.

그 광통교 자리에서 사람들을 깜짝 놀라게 하는 대사건이 터질 줄은 아무도 짐작하지 못했다.

김인세가 광교 아스팔트 지하 청계천의 문화재 발굴 작업에 참여하게 된 것은 어쩌면 당연한 일인지도 모른다. 김인세만큼 옛날 광통교에 대한 애착을 가진 사람도 드물 것이기 때문이다.

그는 조선조 건국 초기에 만들어진 이 광통교(廣通橋)가 청계천이 복개되기 전까지 서울의 남북을 잇는 돌다리 역할을 하다가 수십 년 동안 아스팔트 밑에 묻힌 채 어둠 속에서 사람들의 기억 저편으로 사라지고 있다는 것을 늘 안타깝게 생각해 왔다.

그 돌다리에 얽힌 태조 이성계와 그의 다섯째 아들 방원, 그리고 그의 왕후 현빈 강(康) 씨 사이에 얽힌 피눈물 나는 사연을 알게 된 김인세는 더욱 그 다리에 애착을 갖게 되었다.

명색이 한국사를 전공해서 나이 30에 박사 학위까지 가지고 있는 김인세였으나 아직 변변한 전문 강사 자리 하나 얻지 못하고 보따리 강사 노릇을 하고 있는 처지라 어찌 보면 분수에 맞지 않을 정도로 엉뚱한 짓을 많이 했다.

전국에 있는 고적, 문화재를 찾아다니며 그 연유를 조사하던 그는 광통교에 이르자 마치 그 다리를 위해 살아온 사람처럼 집착하게 되었다.

청계천 복개가 걷히고 새로운 모습으로 탄생하기 전, 그 다리에 사용된 석재들을 지상으로 끌어 올려 복원시켜야 한다고 그는 생각했다. 그 일을 위해 관계 당국을 수없이 찾아다니고 진정서, 탄원서도 수없이 냈으나 아무도 관심을 가지고 거들떠보지도 않았다. 그러나 그는 포기하지 않고 '광통교 복원 연구소'까지 만들고 이 일에 열중했다.

마침내 그의 뜻을 알아주는 독지가를 만나 우선 광교 네거리 지하의 옛 청계천에 들어가 그 다리를 관측하는 일을 시작하게 되었다.

김인세가 처음 광통교에 관한 기막힌 사연을 들은 것은 장미영으로부터였다.

그는 전국의 문화 유적을 조사하러 다닐 때 상당한 시간을 장미영과 같이 다녔다. 장미영은 그의 대학원 선배였으나 나이는 김인세보다 한 살이 적었다. 두 사람은 닮은 데가 많았다.

문화재에 대한 맹목적인 탐구심이라든지, 현실감각이 결여된 이상주의자라든지, 엉뚱한 일을 저지르고 즐거워하는 성격 같은 것이 그들을 오랫동안 같이 있게 만들었다. 그뿐 아니라 종내에는 연인으로까지 발전했다.

그날도 그들은 늘 지나다니며 무심히 보던 종로의 보신각을 관찰하기 위해 종루로 올라갔다. 그들은 거대한 종의 크기에 압도당했다. 표면의 무늬와 명문을 살피던 장미영이 신기하다는 듯이 말했다.

"인세 씨, 이리 와봐요. 여기가 이렇게 움푹 파여 있어."

미영은 종이 매달려 있는 밑바닥을 가리켰다. 종과 바닥 사이는 40센티가량의 틈이 있었다. 그 틈에 손을 넣어보던 장미영이 호기심에 가득 찬 얼굴로 말했다.

"어머, 이 안 바닥이 움푹 파였어요."

미영은 종 밑으로 기어들어 갔다.

"인세 씨, 이리 들어와 봐요."

종 안으로 들어간 장미영의 말이 공명을 일으키며 바닥으로부터 울려왔다. 김인세도 종 밑으로 기어들어 갔다.

"야! 여긴 정말 딴 세상이구나!"

종을 칠 때 그 여음을 오래도록 남기기 위해 종루의 바닥에는 대체로 구멍을 뚫거나 파놓는 경우가 많은데 보신각종은 몸체가 워낙 크기 때문에 파놓은 바닥도 엄청나게 넓었다.

서너 사람이 드러누워도 될 정도로 파놓은 나무 바닥은 아늑한 딴 세상 같았다.

종의 직경이 2미터 20센티나 되었으니 꽤 큰 방이 있는 셈이다. 종과 바닥 사이로 햇빛이 들어와 극적인 조명 효과까지 내었다. 종로 거리와 광교 쪽에서 들리는 자동차 소음도 여과되어 멀리서 들리는 배경음처럼 느껴졌다.

20톤이 넘는 둥그런 종으로 밀폐된 공간에 마주 앉은 두 사람은 표현하기 어려운 야릇한 심경으로 서로를 바라보았다.

서울 도심에서 대낮에 이렇게 완전한 낭만적인 공간이 있을 수 있다는 것이 신기했다. 물론 밖에서는 종 안에 누가 들어가 있는지 전혀 알 수 없었다.

"여기에 신방 차리면 좋겠는데?"

김인세가 비스듬히 누워 도톰한 장미영의 입술을 쳐다보았다. 밑으로부터 조명을 받은 미영은 평소보다 독특한 아름다움이 엿보였다. 약간 가무잡잡한 얼굴 피부가 윤기를 발하는가 하면 다소 빈약하게 보이던 젖가슴이 윤곽을 분명히 나타내 육감적으로 보였다.

"이 보신각종이 보물 2호라면 미영은 보물 1호쯤 돼야 어울리겠는걸."

김인세가 갑자기 허리를 일으켜 번개같이 장미영의 입술에 입을 맞추었다.

"아이, 여기서……."

기습을 당한 장미영은 그러나 피하지 않았다. 오히려 더 적극적으로 김인세의 목을 껴안았다. 두 사람은 서로의 육체를 확인이라도 하려는 듯 꼭 껴안고 바닥을 나뒹굴었다. 그들이 사랑을 나눈 것은 한두 번이 아니었지만 이런 기묘한 곳에서 타오른 것은 처음이다. 육중한 구리의 날개를 편 보신각종은 젊은 연인의 뜨거운 사랑을 감싼 채 침묵하고 있었다.

김인세의 손이 장미영의 가슴에서 아랫배로 가다가 마침내 스커트를 헤집고 들어갔다. 광교에서 종로로 달려오는 트럭의 엔진 소리가 숨 가쁘게 들렸다. 종 안의 포효는 타종할 때만 있는 것은 아니었다.

대낮의 기묘한 장소, 보물 2호의 품속에서 나눈 사랑이 끝나자 장미영이 먼저 입을 열었다.

"이 종이 보물 2호라면 저쪽 청계천 지하에 걸린 광통교는 보물 3호가 되고도 남는 사연이 있어요."

그녀는 격렬한 사랑 뒤에 오는 멋쩍은 분위기를 바꾸려는 듯 광통교 이야기를 꺼냈다.

"그거야 그냥 조선조 한양 최초의 석교 정도 의미밖에 더 있어?"

김인세는 동의하지 않았다.

"인세 씨는 그 다리에 얽힌 이성계의 순애보적인 사랑이나 방원의 피맺힌 증오를 모르기 때문에 하는 소리예요."

"그래? 그게 뭔데?"

김인세는 흐트러진 장미영의 머리를 쓰다듬어 주며 물었다.

"광통교는 다리로서의 문화재적 가치보다는 그 배경이 더 흥미진진하지요."

장미영의 이야기는 계속되었다.

광교, 즉 광통교는 조선이 개국되고 한양을 서울로 정했을 때 도성에서 가장 중요한 통로였다. 남대문을 지나 경복궁으로 오기 위해 청계천을 건널 때는 이 광통교를 거쳐야 했다. 그런데 이 다리는 토교로 만들어져 홍수만 나면 떠내려가기 일쑤였고, 그때마다 한성은 강남과 강북이 불통되는 사태를 겪어야 했다.

이 메인스트리트에 돌다리를 놓은 것은 조선조 3대왕인 방원, 즉 태종이었다.

그러나 이 다리는 순수한 토목공사로 이루어진 것이 아니고 한 사나이의 불타는 복수심과 천추의 한이 서려 있었다.

2

태조 이성계는 위화도회군으로 역성혁명에 성공하여 왕위에 오르게 된다. 그리고 도읍을 한성으로 옮기고 정도전 등과 함께 경복궁을 짓는다. 그리고 경처(京妻), 즉 벼슬아치들의 현지처인 강비(康妃)를 정식 왕후로 삼는다. 태조에게는 강비 외에 향처(鄉妻)인 한 씨가 있었다. 방원을 비롯해 여섯 왕자를 생산한 한 씨는 태조가 왕위에 오르기 이태 전에 이 세상을 떠난다.

태조는 강비를 끔찍이 총애해서 그녀의 막내아들인 방석(芳碩)을 세자로 삼는다. 강비에게는 방번(芳蕃)이라는 아들도 있었다. 이렇게 되자 세자의 배다른 형들인 한 씨 소생 여섯 왕자가 가만 있을 리 없다. 그중에도 정몽주를 살해하면서까지 아버지의 역성혁명을 도운 방원은 더욱 견딜 수 없었다. 그는 강비와 그의 비호세력인 당대의 실세 정도전(鄭道傳)에게 이를 갈고 있었다.

마침내 기회는 왔다. 왕비가 된 지 5년 만에 강비는 이 세상을 떠나고 만다. 태조는 강비의 죽음을 너무나 슬퍼하여 정사도 식음도 폐지하다시피 한다. 그리고 이듬해 정월, 한양의 한복판인 취현방에 강비의 능을 쓰고 정릉이라고 이름 붙인다. 그 정릉은 덕수궁 서북방, 지금의 정동(貞洞)이다. 왕은 도성 안에 묘를 쓰면 안 된다는 금기도 어기고 여기에 웅대 무비한 화려한 정릉을 만들고 군사 백 명으로 호위케 한다. 그뿐 아니라 능을 지키는 흥천사라는 절을 170간이나 되는 어마어마한 규모로 짓는다. 왕은 아침저녁 경복궁의 문루에 올라가 정릉을 바라보며 눈물을 흘린다.

그뿐 아니라 이틀이 멀다 하고 말을 타고 정릉에 나가 강비와 밀어를 나눈다.

왕이 실의의 나날을 보내는 틈을 타서 방원은 지지 세력을 규합한다. 마침내 한밤중에 쿠데타를 일으켜 정도전 일파를 참살하고 왕을 협박하여 대권을 쥐게 된다.

천추의 한이던 강비를 향한 방원의 복수가 시작된다. 세자 방석은 폐위되고 경복궁 영추문에서 살해된다. 세자의 형인 방번은 도망가다 양화진 나루에서 참살당한다.

그러나 방원의 복수는 여기서 끝나지 않고 강비의 영혼의 집인 정릉에까지 이른다.

방원의 실세에 밀려난 태조는 통한의 나날을 보내다가 방원이 왕이 된 지 8년 만에 이 세상을 하직하고 오매불망 사랑하던 왕후 강비 곁으로 간다.

방원에게 마지막 복수의 기회는 왔다. 그는 도성 안에 묘가 있어서는 안 된다는 명분을 내세워 마침내 정릉을 헐어버린다. 강비 신덕왕후의 유해는 살한리(沙乙閑) 골짜기로 옮겨져 초라한 모습으로 남겨진다. 그곳이 지금의 정릉이다.

방원은 그것으로 끝내지 않았다. 정릉을 파묘하면서 남겨진 각종 석물들을 가져다가 광통교 다리를 만드는 석재로 쓴다. 때마침 홍수가 나 청계천이 넘치게 되고 흙과 나무로 만든 광통교가 유실되자 이 같은 일을 서슴없이 한다.

"신덕왕후는 비록 나의 어머니 줄에 앉는 사람이지만 어릴 적부터 나를 기른 일 없다."

방원이 강비에 대한 증오를 완연히 표현한 말이다.

그는 비록 계모이기는 하나 어머니인 신덕왕후의 능을 파헤치고 그 돌을 가져다가 다리를 만들어 뭇 백성의 발부리에 밟히도록 한다.

이런 연유로 광통교는 유례가 없는 특수한 양식으로 만들어진 다리이다. 왕비 능에 있던 사대석과 병풍석의 돌은 주로 교각과 교대(橋臺)로 사용되었다. 남쪽인 어느 은행 본점 쪽에 있는 교대는 병풍석 중 신장석이 사용되었기 때문에 그 정교한 조각은 드물게 보는 문화재급이다.

3

"이성계의 순애보도 감격스럽지만 방원의 집념이야말로 알아주어야겠는데?"

장미영으로부터 광통교의 내력을 듣고 김인세는 충격과 함께 새로운 결심을 하게 되었다.

그날부터 광통교에 대한 자료를 모으고 실지 답사도 했다.

깊이 파고들어 갈수록 재미있는 이야기가 많이 나왔다. 태조가 정릉을 지을 때 사대석이나 병풍석, 상설석 등에 교묘하게 보물을 감추어두었을지도 모른다는 이야기를 야사에서 캐냈다.

만약 아무도 찾지 못하게 보물을 함께 묻어두었다면 그것이 지금 광교 밑에 있는 교각이나 교대 같은 곳에 숨겨져 있을지도 모른다는 가설을 세우기도 했다.

그는 폭 15센티, 길이 13미터의 작지 않은 국보급 석교를 지상으로 끌어 올려 복원해야 한다는 주장을 계속했다.

그의 끈질긴 주장이 일보 매스컴에 의해 보도되자 마침내 독지가가 나타났다.

"젊은 사람이 참으로 놀라운 집념을 가졌군요. 감동했소. 마침 내가 큰돈은 아니지만 좀 가진 게 있으니 두 젊은이를 돕겠소."

인두산업의 김갑중 회장이라는 사람이 김인세를 찾아왔다. 돈 가진 사람답지 않게 야위고 왜소한 체구에 날카로운 눈을 가진 50대 장년이었다.

"회장님, 정말 고맙습니다. 이 보람된 일은 꼭 성공할 것입니다."

김인세는 김 회장 앞에서 정말 눈물을 보일 뻔했다.

김인세의 광통교 복원 연구소는 갑자기 활기를 띠기 시작했다. 김갑중 회장이 보내준 사람들이 합세했다.

서울특별시 등 당국자를 찾아가 취지를 설명하고 설득 작업에 나서기도 했다. 몇 달간 노력한 보람이 있어 마침내 공식적으로 다리 밑으로 내려가 조사를 해도 좋다는 허락을 받았다.

그러나 지금의 시설을 훼손해서는 안 된다는 조건이 붙었다.

"이 교대석 뒤에는 이성계의 명문이 새겨져 있을 가능성이 있습니다. 이 받침돌이나 벽면 석물 속에는 보물이 숨겨져 있을 가능성이 있습니다."

김인세는 광통교의 옛날 사진을 보면서 그 회사에서 파견해 준 석공 기술자들과 함께 당국자에게 흥분된 목소리로 설명했다.

그들은 마침내 광통교 밑 청계천에 천막을 치고 돌 속을 관통하는 엑스레이 촬영뿐 아니라 절개 공사 허가를 받아냈다.

첫날 청계천 다리 밑으로 들어간 사람은 김인세, 장미영, 그리고 김 회장과 진복성 등 네 사람이었다.

악취를 풍기며 썩은 청계천 물이 교각 밑으로 흐르고 있었다.

불빛 앞에 나타난 다리의 모습은 적어도 김인세에게는 감격적이었다.

"와, 광통교 너였구나!"

"광통교에서 조선으로 가는 거야."

그는 몇 번이나 교각에 얼굴을 비비며 감격스러워했다. 그들은 교대로 쓰인 신장석을 확인했다. 두 손을 모으고 합장하고 있는 신장 주변을 구름과 당초문이 가득 감싸고 있었다. 그 주변에도 정밀하게 조각된 능석(陵石)이 즐비했다. 무늬가 거꾸로 박힌 것도 있고 조각을 내 처참하게 깨진 돌도 있었다. 얼마나 함부로 돌을 다루었나 하는 것을 잘 나타내 주고 있었다.

"다리 이쪽은 어디쯤인가?"

남쪽 교대를 열심히 살피던 김갑중 회장이 물었다.

"그쪽은 은행 쪽이고 이쪽은 영풍문고 쪽입니다."

온갖 오물이 다 묻어 더러워진 돌에 얼굴을 마구 비벼 엉망이 된 김인세는 그래도 절로 함박웃음이 나오는 모양이었다.

"바로 우리 위는 어디쯤인가?"

김갑중 회장이 다시 물었다.

"바로 위는 광교 한복판이지요. 방원이 정도전을 베기 위해 한

밤중에 군사를 이끌고 쳐들어갈 때도 이 청계천을 건너갔고, 1961년 미명에 중앙청으로 들어간 쿠데타 군도 이 다리 위로 지나갔죠. 그뿐인가요? 신군부가 대권을 쥔 12월의 추운 겨울밤에도 정치 장군들이 이 다리 위를 얼마나 지나다녔을까요."

장미영이 갑자기 엉뚱한 이야기를 하자 한동안 다리 밑은 침묵으로 이어졌다.

"자, 대강 살펴보았으면 내일부터 김인세 소장의 소원을 풀기위해 이 남쪽 신장석부터 들어내야지."

김 회장이 침묵을 깨고 결론을 내렸다.

그렇게 하여 이튿날부터 본격적인 작업이 시작되었다. 우선 은행 쪽에 있는 가장 큰 신장석을 뜯어내는 일이었다. 암반 굴착기와 각종 드릴, 산소 용접기 같은 장비가 동원되었다.

작업은 주로 김 회장과 진복성이 지휘했다. 그들이 데려온 기술자들이 작업을 주도했다.

그런데 일을 해가는 동안 김인세는 점점 이상한 느낌을 가지게되었다.

김인세나 장미영의 의견 같은 것은 완전히 무시하고 그들 마음대로 작업을 했다. 중요한 조각을 함부로 다루어 부숴 버리기도했다.

그보다 석조물을 들어내는 작업이 아니라 한쪽을 향해 터널을뚫는 것 같은 수상한 일을 계속하는 것이다.

며칠을 보고 있던 김인세가 마침내 김 회장에게 이의를 제기했다.

"회장님, 저 사람들 지금 무슨 일을 하는 것입니까?"

"무슨 일을 하다니, 이게 자네들이 바라던 일 아닌가?"

그는 김인세와 장미영을 번갈아 보며 대답했다.

"지금 신장석을 뜯어내지 않고 그 옆에 구멍만 파고 있는 것 아닙니까? 그리고 돌을 뜯어내는데 산소 용접기나 강철 뚫는 드릴이 왜 필요합니까?"

"그건 쇠를 다루는 데만 사용하는 것이 아니라네."

김갑중은 평소와 달리 대단히 불쾌한 표정으로 말했다.

"그럼 저 해머 드릴이나 플라스마는 무엇에 씁니까?"

김인세가 다시 따졌다.

"당신은 기술자도 아니면서 따지기는 뭘 따져!"

이번에는 진복성이 험상궂은 얼굴로 대꾸했다.

김인세는 무엇인가 잘못되어 간다는 생각이 문득 들었으나 일단은 입을 다물었다.

4

지하의 광통교 탐색 3일째 되는 날이다.

김인세는 장미영에게 그곳에 오지 말라고 이야기했다. 그러나 장미영은 무슨 일이 일어나도 같이 있어야 한다는 주장을 앞세워 부득부득 따라 들어왔다.

김 회장과 그 일행은 이제 김인세를 완전히 제쳐 놓고 벽 뚫는 일을 본격적으로 하기 시작했다.

"회장님, 바른대로 이야기하세요. 지금 무슨 짓을 하는 것입니까? 광통교 문화재 조사한다고 나를 앞세워 놓고 엉뚱한 짓 하고 있는 것 아닙니까?"

김인세는 단단히 각오하고 대들었다. 오늘은 담판을 내야 한다고 생각하고 큰 소리로 따졌다.

"흐흐흐, 드디어 눈치를 챘구먼. 속 시원히 이야기해 주지. 네 말이 맞아. 문화재 탐색은 무슨 개똥 같은 소리야. 이 벽만 뚫고 들어가면 현금이 가득 쌓인 천국이 나오지."

"뭐라고요?"

드디어 김갑중 일행이 본색을 드러냈다.

"그럼 당신들은 옆에 있는 은행 본점 지하 금고까지 뚫고 들어간단 말인가요? 셜록 홈스 이야기에 나오는 '빨간 머리 연맹' 흉내를 낼 작정이군요. 하지만 그건 소설이란 말입니다."

장미영은 새파랗게 질렸다. 이들은 결국 은행 절도단이 아닌가.

김인세는 장미영을 자기 등 뒤로 숨기고 돌변한 그들을 경계했다. 참으로 교묘하고 어처구니없는 일에 말려든 것이다.

"하지만 걱정 마. 너희가 조용히만 있으면 해치지는 않을 테니까."

진복성의 목소리가 지옥에서 들려오는 것 같았다.

"어림없는 짓이오. 우리가 당신들의 짓을 보고만 있을 것 같아요? 경찰에 알리고 말 거요."

김인세의 목청이 떨렸다.

"그렇게는 못 할걸. 너희는 오래전부터 우리의 감시망에 걸려 있었으니까."

정말 그랬던 것 같다. 이들과 작업을 시작한 뒤 혼자 집에 간 일이 없었다. 같이 어울려 다녔다. 그것이 감시였다.

그들은 이제 터놓고 은행털이 모의를 계속했다.

"이제 다 되었다. 오늘 밤에 금고 바닥을 뚫고 올라갈 수 있다. 그 조치는 다 되어 있지?"

진복성이 다른 기술자를 보고 말했다.

"금고실 안에는 진동 감지기가 있어서 플라스마나 핸드 드릴 머신을 대면 금방 경보기가 울려요."

일행 중 한 사람이 말했다.

"걱정 마. 그 정도 조치야 해놓았지."

김갑중이 김인세를 흘깃흘깃 보면서 말했다.

"금고실의 경보 장치는 두 종류지. 진동 감지 장치하고 열 감지 장치가 그것이야. 사람은 물론 생쥐 한 마리만 금고실에 나타나도 체온을 감지하고 경보가 울리지. 그러나 이 완벽한 보온복을 입으면 체온이 절대로 감지되지 않는다. 진동 장치를 감지하는 시스템을 죽이는 일은 밖에 있는 우리 조직이 해놓을 거야. 경보기는 자체 내에서만 울리는 것이 아니라 사설 경비 회사, 경찰서 상황실까지 연결되어 있어 골치 아프단 말이야."

그는 침을 퉤퉤 뱉고는 상자 속에서 소방관들이 입는 것 같은 것을 꺼냈다. 그가 다시 말을 이었다.

"금고실은 사방이 모두 철판으로 되어 있지. 그 철판을 뚫고 들어가면 1호, 2호 등 여러 개의 금고가 있다. 그러나 그걸 여는 것은 식은 죽 먹기야. 내 평생 사업이 그거 여는 것 아니겠어. 은행 본점에는 대개 금고실이 두 개 있지. 하나는 본점 금고, 또 하나는 직영 영업부 금고. 현찰이 많이 들어 있는 곳은 영업부 금고야.”

그는 다시 침을 뱉으며 일을 계속했다.

김인세는 그들이 작업에 정신을 팔고 있는 사이 맨홀 입구 쪽으로 슬슬 다가갔다. 그러나 소용없었다.

“혼자는 아무 데도 갈 수 없다는 걸 알지? 가만있자, 이제 조금만 있으면 일이 끝날 테니 진복성 네가 애들을 데리고 그곳에 좀 가 있어라. 뱁새, 덩달이도 같이 가.”

이렇게 해서 김인세와 장미영은 진복성의 감시를 받으며 밖으로 나왔다.

진복성이 허리춤에서 시퍼런 칼을 꺼내 김인세의 턱에 겨누고 맨홀 밖으로 나왔다.

“이걸 쓰지 않도록 해!”

김인세는 등골에 식은땀이 흘렀다.

5

김인세와 장미영은 세 사람의 감시를 받으며 맨홀을 통해 아스팔트 위로 나왔다. 자동차의 분주한 헤드라이트가 대낮처럼 밝았다. 바쁘게 지나가는 행인들은 이 두 남녀가 지금 어떤 곤경에 빠져 있는가를 알 턱이 없다.

진복성이 김인세 곁에 바싹 붙어서고 두 사나이는 앞뒤로 서서 걸었다. 진복성은 호주머니에 손을 넣고 걸었는데 그 안에는 조금 전에 보여준 섬뜩한 칼이 들어 있는 게 분명했다.

　그들은 광교에서 종각 쪽으로 걸었다. 종로 3가 뒷골목 여관으로 가려는 것이 틀림없었다. 김인세는 곁눈질로 그들의 눈치를 살폈다. 여차하면 도망갈 생각이다.

　보신각종 앞에 이르자 김인세는 놀라운 생각이 번개처럼 머리를 스쳤다.

　"미영 씨, 보신각종 지름이 얼마나 되더라?"

　김인세는 이 말뜻을 알아차리기를 간절히 바랐다.

　장미영이 김인세를 돌아보며 말했다.

　"벌써 잊었어요? 난 알고 있는데."

　김인세는 장미영이 자기의 뜻을 알아차렸다고 생각했다.

　그들이 종각 앞에 이르렀을 때다.

　"아니, 저게 뭐야!"

　김인세가 갑자기 진복성의 어깨를 치면서 소리를 질렀다. 깜짝 놀란 진복성과 두 사나이가 두리번거렸다. 그 틈을 타서 김인세는 종각 뒤 골목으로 힘껏 뛰었다. 잠시 어리둥절하던 세 감시원은 김인세를 뒤따라 뛰었다.

　김인세는 종각을 지나 골목을 한 바퀴 돈 뒤 광교를 거쳐 다시 종각으로 돌아왔다.

　장미영에게 도망갈 시간을 벌어주기 위해서였다. 그동안 세 감시원이 필사적으로 김인세를 따라왔다.

김인세는 재빨리 종각 계단으로 올라갔다. 그리고 바닥에 납작 엎드려 거미처럼 종 밑으로 기어들어 갔다.

"인세 씨?"

먼저 와 있던 장미영이 나직하게 불렀다. 김인세는 너무나 반가워 미영을 끌어안고 엎드리며 숨을 죽였다.

"분명히 여기로 왔는데."

밖에서 진복성의 목소리가 들려왔다. 그들은 종루에까지 올라오고도 김인세와 장미영을 발견하지 못했다.

두 사람은 오랫동안 숨을 죽이고 껴안고 있었다. 설마 종 안에 사람이 있으리라고는 아무도 짐작하지 못했다.

"미영아, 사랑해."

김인세가 미영의 귓전에 대고 속삭였다. 이런 위급한 상황에 그에게서 사랑한다는 말을 듣기는 처음이다.

그들은 누가 먼저랄 것도 없이 몸을 섞은 일은 여러 번 있었지만 쑥스러워서 한 번도 한 일이 없는 말이다.

"쉿!"

장미영은 자기의 입술로 김인세의 입을 막았다. 그들은 그 특별하고 안전한 국보 2호의 보금자리에서 근 한 시간을 숨어 있었다. 진복성 등은 그들을 포기하고 딴 곳으로 간 것 같았다.

"빨리 나가요. 은행에 가서 알려야 해요."

김인세가 장미영의 손을 잡고 종 밑을 기어 나오며 재촉했다.

그들이 종루에서 조심스럽게 내려섰을 때 거리는 여전히 분주했다.

진복성 일행은 그림자도 보이지 않았다.

두 사람은 광교 네거리로 나가 은행 정문으로 뛰어갔다. 그러나 은행은 벌써 경광등이 번적이는 경찰차들이 빽빽하게 들어차 있었다.

"무슨 일 났습니까?"

김인세가 정복을 입고 있는 정문 앞의 경찰관을 보고 물었다.

"은행 금고를 털려던 얼간이 도둑을 잡았답니다."

참고인으로 수사기관에 불려 간 김인세는 진술을 마치고 궁금하던 것을 물어보았다.

"그들이 왜 잡혔습니까? 준비가 장난이 아니던데."

수사관이 빙그레 웃으면서 말했다.

"은행이 셜록 홈스 시대처럼 그렇게 어수룩한 줄 알았던 모양이죠. 그들이 생각하는 경보 장치 외에도 적외선 경보 장치 같은 최첨단의 감지 장치가 더 있지요. 그보다 그들이 더 어리석은 것은 금고에 돈이 얼마 없었다는 것입니다. 시중은행의 현금은 영업시간이 끝나면 대체로 한국은행으로 보낸다는 것을 잘 몰랐던 것입니다. 정작 은행에 남아 있는 현금은……."

김인세와 장미영은 고개를 끄덕이며 경찰서를 나왔다. 광교로 다시 온 그들은 은행 앞에 있는 광통교 모형을 착잡한 감정으로 바라보았다.

'이성계의 보물은 어디에 있을까?'

두 사람은 다시 종각 앞으로 걸어갔다.

"우리 보금자리에 가서 사랑을 확인해 볼까?"

김인세의 말에 장미영의 볼에 장밋빛 홍조가 드리워졌다.

6

그로부터 15년이 지난 지금 광통교는 헐리고 청계천은 하늘이 활짝 열린 아름다운 개천으로 변했다. 그러나 정릉의 묘석들은 아직 그곳에 흩어진 채 남아 있었다.

어떤 살인 사건

이승영

강원도 화천 출생. 1991년 제2회 김내성 추리문학상에 장편추리소설 『미스코리아 살인 사건』 당선.
한국미스터리클럽 선정 제1회 추리문학 독자상 수상.
주요 작품으로 『미스코리아 살인 사건』, 『코리언시리즈 살인 사건』, 『죽음을 부르는 펜 끝』 등 다수.

2014년 5월 7일, 경부고속도로에서 음주운전 덤프트럭의 추돌 사고로 승용차를 몰고 가던 54세의 남자가 현장에서 즉사. 제1 살인 사건 발생.

2014년 8월 12일, 서해의 영흥도에서 해수욕을 하던 27세 여성 익사. 제2 살인 사건 발생.

2014년 10월 29일, 강남의 한 주택에서 67세의 건설회사 사장이 방문이 안으로 잠긴 안방에서 심근경색으로 사망. 제3 밀실 살인 사건 발생.

2014년 12월 29일, 북한산을 등반하던 45세의 남자가 하산하던 중 발을 헛디뎌 낭떠러지로 떨어져 추락사. 제4 살인 사건 발생.

2015년 1월 22일, 인천 연수동의 W아파트에 거주하는 76세의 노인이 계단을 내려오다가 넘어지면서 뇌출혈로 사망. 제5 살인 사건 발생.

　의사들의 검안 소견서는 다섯 건의 죽음 모두 사건과는 무관한 단순 사망으로 기재되었다. 관할 경찰서에서도 사고 현장에 출동해서 살인 사건의 가능성을 조사해 보았지만 시간 낭비라는 판단을 하고 금세 철수했다.

　결국 사체 부검은 단 한 건도 이루어지지 않았고, 피해자들은 한 줌의 재로 변했다. 제3의 밀실 살인과 제5의 살인 피해자 지갑에는 범인의 명함이 들어 있었지만 두 피해자는 생면부지의 사이였다. 마찬가지로 나머지 피해자들도 서로 전혀 모르는 관계였다.

　신고를 받고 강남의 밀실 살인 현장에 도착한 과학수사 요원과 강력팀 형사들은 타살의 증거를 찾기 위해 최선을 다했지만 무위로 끝나고 말았다.

　지갑에 들어 있는 범인의 명함에 적힌 주소로 베테랑 형사가 찾아갔지만 그의 알리바이는 완벽했다. 최면술이나 원격 심리 조종술 류의 살인일 가능성을 염두에 두고 수사를 시작했지만 개시하자마자 중단되었다. 서장은 심장마비로 사망한 단순 죽음을 밀실이라는 이유로 지나치게 확대 해석했다며 전원 철수 명령을 내렸다. 가진 자의 강도 침입이 두려워 습관처럼 방문을 잠그고 취침하다가 돌연사한 것으로 최종 결론 내렸다.

　범인은 제5 살인이 완벽하게 성공하자 자신만의 공간에서 자축했다. 오색 테이프를 한 움큼 집어서 머리 위로 힘껏 뿌리고는 녹음기를 작동시켰다. 그러고는 덩실덩실 춤을 추며 생일 축하송을 개사해 불렀다.

"축하합니다~ 축하합니다~ 당신의 살인을 축하합니다! 축하합⋯⋯."

기분이 한껏 고무된 범인은 샴페인 한잔을 쭉 들이켜면서 의기양양해했다. 살인이 이렇게나 즐거울 수 있다는 사실에 행복감이 넘쳐 났다. 게다가 직업여성들을 연쇄살인한 살인범과 수십 명의 환자를 주사기로 독살한 간호사 등의 살인범보다 자신의 살인 수법이 훨씬 예술이라는 우월감마저 들었다.

피 한 방울 묻히지 않고 마음만 먹으면 언제든지 완벽하게 살인 유희를 즐길 수 있는 그는 오늘도 희생자를 물색하고 있었다.

*   *   *

2015년 2월~6월

꼭 만나야 할 사람이면서 꼭 만나지 말아야 할 사람과의 인연에 운명이 좌우된다는 것이 올 상반기의 내 운세였다. 스승님 밑에서 전통 명리학을 12년 동안 동문수학한 절친 이동우 철학관 원장이 봐준 신년 운세였다.

이 원장은 작명과 부적에 뛰어난 나와는 달리 사주와 관상, 그리고 예지력이 타의 추종을 불허할 만큼 뛰어났다. 게다가 한의학까지 공부한 터라 내담자의 안색 등을 살펴보고 병의 유무도 짚어주었다.

또한 절친은 대통령 선거에서 단 한 차례도 틀리지 않고 당선자를 모두 맞혔다. 그러나 절친은 절대로 언론에 예언하지 않고 가까운 지인들에게만 속삭여 줄 뿐 천기누설을 세상에다 큰소리로 밝히는 역술인은 사기꾼이라는 심한 거부감을 갖고 있었다.

그런 절친이 내 상반기의 운세를 수수께끼처럼 알려준 것이다.

"카르마(업)의 인연인 거야?"

답답한 나는 조바심을 내며 물었다.

"이봐, 백장섭. 사주 명리학에 윤회에 의한 인연은 악연으로 이어져 그 업을 풀어야 하는 팔자가 많다는 것쯤은 자네도 잘 알 테지만, 유감스럽게도 자네 미래의 답은 암흑에 가려져 보이지가 않아."

"어허, 사주의 대가가 왜 이러시나. 도대체 몇 월을 조심하라는 거야? 물 조심, 차 조심에는 계절과 월도 잘 나오더니만 사람 조심에는 아니면 말고 식이잖아. 상반기 내내 바들바들 떨면서 지내란 말이야?"

"공짜로 해주었으면 감지덕지할 줄 알아야지, 자네는 부적 그려서 돈을 낙엽처럼 긁어모으고 그 솜씨로 화가까지 되어서 예술인이랍시고 해외여행을 뻔질나게 다니면서. 스승님이 살아계셨으면 역술인보다 화가 행세한다고 자네 면상에 강시 부적을 박아놓으셨을 거야. 강남 빌딩에 이렇게 카페식 철학관에다 작업실까지 만들어 폼이란 폼은 다 잡고. 그러니 사주팔자가 괴상망측하게 나오지."

절친은 녹차를 비우고 자리에서 일어났다.

"왜, 벌써 가려고?"

헤어짐이 아쉬운 나는 주차장까지 따라나섰다. 인천에서 철학관을 운영하고 있는 절친은 시동을 걸면서 따뜻한 미소를 지었다.

"전시회 잘 마치고 돌아와. 그림 비싸게 팔아먹은 돈으로 내 선물 사 오는 거 잊지 말고. 으험험!"

절친과 헤어진 나는 수제자에게 철학관을 맡기고 작업실로 향했다.

2015년 2월 28일, 강북의 임대아파트에 거주하던 57세의 여성이 극도의 우울증 증세를 보이다가 휴지 조각이 된 로또복권 수십 장을 베란다에서 뿌리며 투신자살. 제6 살인 사건 발생.

미국 캘리포니아 주 실리콘밸리에서 열리는 아트페어에 초청되어 참가한 나는 바쁜 일정을 보냈다. 달의 여신을 월계수 잎으로 형상화한 전시 작품이 주 작품이었는데 상당한 호평을 받았다.

그런데 나는 이곳에서 열다섯 살 아래의 서석훈 교포와 인연을 맺게 되었다. 왠지 모르게 그에게 자석처럼 끌리게 되었던 것이다. 선한 눈빛의 그가 오래 보아온 것처럼 전혀 낯설지가 않았다.

우리는 오래된 사이처럼 자주 밥도 먹고 그의 차를 타고 금문교도 구경하면서 급격히 친해졌다.

우리의 대화는 시간 가는 줄 모르고 이어졌다. 그런 가운데 그가 한 차원 승화된 작품 창작에 절박한 심리가 내재되어 있던 나에게 미국 일주 여행을 제안했다.

나는 흔쾌히 수락했다.

우리는 대략적인 여행 계획을 짰다. 운전을 못 하는 나는 여행 경비를 대부분 지불하기로 하고 음식은 식성이 달라서 더치페이하기로 합의했다.

특히 그는 고단백을 자주 섭취해야 한다고 했다.

샌프란시스코에 1남 1녀를 둔 평범한 가장의 얼굴 같아 보였는데 잠깐 스친 것이었지만 일식 어둠 같은 느낌을 받았다.

나는 타인들이 자세히 보지 않으면 티가 나지 않을 만큼의 장애를 가지고 있다.

갓난아기 때 술에 취한 아버지의 발길에 어깨 부위를 차였는데, 걸음마를 시작할 때 오른쪽 다리와 팔을 제대로 못쓰게 되었던 것이다.

나는 국민학교 때 학교에서 돌아오다가 둘째어머니와 동네 아주머니가 방 안에서 작은 목소리로 나에 대해서 이야기하는 것을 엿듣다가 내가 장애를 가지게 된 이유를 알게 되었다.

그때는 병명을 몰랐지만 나중에 이 장애가 뇌좌상 및 이에 기인한 편마비(Cerebral contusion hemiplegia)로 영구 장애를 갖게 된 것이다. 게다가 성기능 장애까지 겹쳤다.

그래서 나는 친구들이 걸음걸이를 흉내 내며 놀려대는 것이 싫어서 달이 뜨는 밤에 혼자 다니기를 좋아했다. 마음이 평화롭고 나만의 상상의 세계에서 놀 수 있었다.

그러면서 나는 학교를 마치면 가출을 하기로 달을 보며 맹세하였다. 우주 만물의 생성 과정과 인간들의 오욕칠정에 대해서 배우기로 마음먹고 유명한 역술인을 찾아가서 역학과 주역 공부를 하기로 결심했다.

여행의 구체적인 계획은 그가 짜기로 하였다.

샌프란시스코에서 다시 만나기로 약속한 나는 서울로 돌아왔다.

여행을 떠나기 전, 전철을 타고 동인천역에 내린 나는 반가워하는 절친을 최고급 요릿집으로 데려갔다.

"콜럼버스가 되어서 미국 땅 곳곳을 헤집고 다니겠다고? 대작 같은 소리 하고 있네. 부적쟁이가 부적 써서 액운을 막아줄 생각은 안 하고 수명 짧은 예술 여행이나 다니겠다니……. 어이구, 이 화상아, 아예 묏자리나 봐두고 다녀."

"어허, 부러우면 부럽다고 얘기하면 나중에 내가 유럽여행이나 시켜주지… 복을 차요, 복을."

"됐고, 내 말 잘 들어."

절친은 공짜로 얻어먹은 점심값을 하겠다며 내가 건네준 교포 사진을 심각하게 보더니 조심스럽게 내려놓았다.

그리고는 한참 동안 눈을 감고 있더니 미소를 짓다가 갑자기 눈을 번쩍 떴다.

"아주 좋은 관상이네. 자네하고 잘 맞겠어. 즐거운 여행이 되겠어. 다만 여행이 순탄하지만은 않을 거야."

절친은 동인천역까지 바래다주는 차 안에서 속도를 늦추며 의미심장한 말을 했다.

"세상에서 가장 무서운 게 무엇인가? 인간 아닌감. 관상은 관상일 뿐이지. 예지력도 별건가. 조금만 생각하면 파노라마처럼 보이는 게지. 인간관계라는 게 운명 속에 이미 똬리를 틀고 앉아 있으니 자기 팔자일 수밖에. 밥값은 넘치게 했으니 여행이나 잘 다녀와. 외로움이 찾아오면 전화하고."

며칠 후 그에게서 연락이 왔다. 호텔 예약 등 여행비에 사용할 카드번호와 비밀번호를 알려준 후 여행 코스를 시카고에서 시작하기로 결정했다. 그전에 샌프란시스코에서 만나 일박을 하기로 최종 약속을 했다.

통화를 마친 나는 그의 선한 눈빛을 떠올리면서 흥겨운 마음으로 여행 가방을 챙겼다.

2015년 4월 29일, 서울 관악 을 재보선 선거에 무소속으로 출마한 59세의 남자가 개표 방송을 보다가 3퍼센트에도 못 미치는 득표율에 뇌졸중으로 사망. 제7 살인 사건 발생.

나는 화려한 색상의 여행복과 선글라스를 끼고 샌프란시스코 공항에 내렸다. 그가 자동차를 몰고 마중 나와 있었다.

5월부터 6월까지 두 달여 동안 같은 공간에서 여행의 참맛을 공유하게 될 그의 모습이 반갑고도 새롭게 느껴졌다.

차는 1박 할 호텔을 향해 달리기 시작했다.

이튿날, 비행기를 타고 실질적인 미국 일주 출발지인 시카고 공항에 내렸다.

그가 본격적인 여행을 하기 위해 마련한 자동차가 시카고에 있었던 것이다.

공항에는 중년의 청바지 차림의 흑인 여자가 우리를 마중 나와 있었다. 여자는 그를 끌어안고 감격적일 정도로 애정 표현을 했다.

나는 그의 이중생활을 보면서 부친의 얼굴이 떠올랐다.

간호사인 그녀는 우리를 허름한 아파트로 안내했다. 주차장에는 우리가 타고 다닐 회색 그랜드 체로키 SUV가 약간 먼지를 쓴 채로 세워져 있었다.

그의 두 번째 여자가 나이트 근무 순번이어서 우리는 아파트에서 잠을 자기로 했다.

취침 전에 국립공원과 뮤지엄, 갤러리 등을 보기로 일정을 잡았다. 그리고 한동안 침묵이 흘렀다.

나는 그의 복잡한 사생활에 무언이 상책이라고 생각했다. 그러자 침묵을 참지 못한 그가 어깨에 힘을 주며 말문을 열었다.

어느새 말투와 호칭도 선생님에서 티처로 변해 있었다.

"티처는 독신이라 여자에 대해서 잘 모르겠지만 오묘한 세계가 있지. 우물 안 개구리처럼 그 틀 안에서만 영감을 얻으려고 하지 말라는 보잘것없는 충정이유. 모든 걸 오픈하고 우주 만물을 보라는 거지. 하하하!"

안하무인격인 말버릇이라고 한마디 하고 싶었지만 미소를 지어 보였다.

아침 일찍 아파트를 나온 우리는 체로키를 타고 시카고 구경을 시작했다. 갤러리와 미시간 호수(대한민국의 절반쯤 되는 호수), 그리고 뮤지엄과 재즈 바 블루(백 년이 넘은 재즈 바)를 관광하고 나니 저녁이 되었다.

그는 찜질방에서 하룻밤을 보내자고 제의했다. 나는 미국의 한국 찜질방이 궁금하기도 해서 거부감 없이 수락했다.

그런데 전혀 예상치 못한 일이 카운터에서 발생했다.

그가 할인 카드를 내밀자 담당 여자가 뒷면에 사인이 없어서 할인을 해줄 수가 없다는 것이다. 할인 카드를 준 W마트에 가서 사인을 받아와야 유효하다는 것이다.

그러자 감정 조절이 안 되는지 그의 음성이 걷잡을 수 없이 커져갔다.

"마트가 문을 닫았는데 사인은 무슨 얼어 죽을 사인! 장사를 해 처먹으려면 융통성이 있어야지, 뭐 이런 개뼈다귀 같은 데가 다 있어! 빨리 할인 못 해줘?"

그러자 주인 부부가 카운터로 달려 나와서 눈빛이 충혈된 그를 진정시키려 애썼다. 그래도 그는 막무가내였다.

"내가 사기꾼이야, 할인 카드 위조범이야? 그것도 아니면 카드 도둑놈이야? 왜 못 해줘! 오늘 밤새도록 나하고 진실을 한번 가려볼까?"

더 이상 참지 못한 주인남자가 카운터 안에 있는 벨을 몰래 누른 지 3분도 지나지 않아 경찰이 도착했고, 우리는 밖으로 쫓겨났다.

그는 한동안 거친 숨을 몰아쉬면서 흥분을 가라앉히더니 상식 이하의 말을 꺼냈다. 현금을 주고 다시 찜질방으로 들어가자는 것이다. 나는 그럴 수 없다고 잘라 말했다.

"차에 타기나 해!"

그는 차문을 거칠게 닫고 시동을 걸었다. 다음 목적지인 디트로이트로 자동차를 몰았다.

교통법규에 걸릴 만큼 과속으로 질주하는 차 안에서 나는 생명의 위협을 느꼈다.

장대비가 쏟아지는 가운데 가로등조차 없는 도로를 자동차 경주하듯이 계속 달리다가는 불귀의 객이 되기 십상이다.

나는 여전히 흥분 상태에 있는 그에게 빗길이라 위험하니 가까운 주유소 같은 데 들러서 새우잠을 자고 가자고 했다.

"왜, 내 운전 실력을 못 믿어서? 삶과 죽음의 경계선, 이 얼마나 스릴 넘치고 짜릿해?"

그는 속도를 더 올리면서 주유소를 지나쳐 갔다. 불안해하는 나를 슬쩍 보면서 비웃음을 흘렸다.

그렇게 세 시간을 더 달리고 나서 주유소가 보이자 속도를 줄이면서 주유소 쪽으로 핸들을 돌렸다.

그는 피곤한지 운전석을 뒤로 눕히자마자 잠이 들었다. 편마비가 있는 나는 잠자리가 불편하면 잠을 이루지 못해 뜬눈으로 밤을 지새웠다.

정신없이 자고 있는 그를 보면서 심란한 마음이 커져갔다. 찜질방과 과속 운전에서 나타난 정신 상태로 보아 분노 조절 장애가 있는지 의심이 들었다.

그리고 이제는 서슴없이 반말을 해댔다. 친해가는 과정이라면 십분 이해하지만, 이건 마치 동물의 서열 겨루기처럼 살벌하기까지 하다. 이러다가 열다섯 살 아래의 그에게 차마 듣기 끔찍한 욕설도 듣지 말라는 보장이 없었다. 폭력을 휘두를지도 모르는 일 아닌가!

앞으로의 여행이 자칫 악몽 같은 지옥으로 변할 수도 있다는 우려에 한숨이 절로 나왔다.

최대한 그의 기분을 맞춰주는 게 상책일 듯싶었다.

'에휴, 집 떠나면 개고생이라더니 이 또한 걸작 탄생을 위한 산고로 받아들여야 하나.'

무섭도록 퍼붓던 비가 멈추고 화창한 아침이 왔다.

잠에서 깬 그는 기지개를 켜며 아무 일 없다는 듯이 배변 약을 먹고는 주유소 옆 화장실로 뛰어갔다.

30분 후에 화장실에서 나온 그는 환한 미소를 지으며 선한 눈빛으로 나를 대했다. 영락없는 두 얼굴의 사내였다.

공업도시인 디트로이트에 도착한 우리는 계획한 대로 뮤지엄과 갤러리를 구경한 후 한적한 시골 마을에서 묵기로 했다.

저녁으로 스테이크를 먹고 숙소로 들어오는데, 그가 시내에서 술도 마시면서 놀다 오자고 권유했다. 나는 피곤하다며 거절했다.

그러자 그는 인상을 쓰면서 혼자 놀러 갔다.

방에 앉아서 명상으로 심신을 맑게 한 나는 두세 시간 전부터 디트로이트 외곽도로를 달리면서 다시 변한 그의 말투와 공격적인 태도를 차분하게 분석해 보았다.

차 안에는 우리나라의 전통가요가 연대별로 흘러나오기 시작했다. 황성 옛터, 목포의 눈물에 이어 애수의 소야곡이 흘러나왔다.

'운다고 옛사랑이 오리오마는~'

나는 어릴 적 술에 취해 이 노래를 부르면서 빨리 열라며 대문을 발길질해 대는 부친의 난폭한 과거 모습이 떠올랐다.

결국 알코올로 인해 간암으로 돌아가신 그 유년 시절을 기억하기 싫어서 스위치를 끄고 다른 음악을 들으려고 하자 그가 화를 벌컥 냈다.

"왜 맘대로 끄는 거야! 년대별로 세팅해 놓은 건데! 아, 정말!"

그는 노래를 처음부터 다시 틀더니 기분이 상한 나는 아랑곳하지 않고 노래를 흥얼거렸다.

"황성 옛터에 밤이 되니 월색만 고요해~"

시장기를 느낀 나는 포테이토칩 뚜껑을 열고 감자칩을 입으로 가져갔다. 한입에 넣고 씹는데 칩 조각이 바닥에 떨어졌다. 기다렸다는 듯이 그가 신경질을 냈다.

"지저분하게 먹네, 정말. 난 차 안이 더럽혀지는 거 딱 질색이야. 빨리 주워!"

너무한다는 생각이 들었다.

"이까짓 과자 부스러기 좀 떨어진 게 어때서. 세차할 때 깨끗이 하면 그만 아니야."

나의 훈계성 발언에 그는 어느새 도전적인 눈빛으로 째려보았다.

"그럼 방 안에 똥 싸놓고 다음에 똥 쌀 때까지 놔둬도 괜찮다는 거야 뭐야!"

나는 변이 무서워서가 아니라 더러워서 피한다는 심정으로 과자 부스러기를 주웠다.

　나는 반달이 떠 있는 시골길을 걸으면서 그가 돌아올 때까지 산책을 했다.
　내 입에서는 한숨이 연거푸 나오고 있었다. 지금의 미국 일주 여행은 천국과 지옥이 한 공간에서 벌어지려 하고 있었다.
　자동차 안에서 신이 빚어놓은 듯한 경이로운 비경과 자연을 보면 마치 천국에 온 기분이 들었다.
　반대로 차 안은 어느새 원시 같은 세상으로 변해가고 있었다. 문명과는 거리가 먼, 오직 힘만이 정의가 되는 양육강식 같은 밀림이.
　그는 나와의 서열 싸움을 하고 있는 게 분명했다. 운전을 한다는 강력한 힘 하나로 차 안 전체를 자신의 영역으로 만들어놓고 있는 것이다.
　사람은 겪어봐야 아는 법인데, 그의 선한 눈빛과 친절함에 성급하게 사람을 평가한 우를 범한 게 아닌가 하는 자책감마저 들었다.
　산책길을 돌아서 숙소로 들어가려던 나는 절친이 생각나서 저장된 단축 번호를 눌렀다.
　-왜, 이 길인 줄 알았는데 다른 길인 거 같아? 그래서 어디로 갈까 미로 속을 헤매다가 달밤에 전화한 건감?
　절친은 오늘도 예지력을 유감없이 발휘하고 있었다. 살아온 환경과 성격 등이 다른 사람이, 그것도 짧은 만남밖에 없는 두 사람이 숨결까지 들리는 한 공간에서 여행 내내 화기애애할 거라고 생각했다면 인생을 맹탕으로 산 거라며 나를 손바닥 보듯이 보고 있는 것 같았다.

"나도 그런 유의 트러블 정도는 얼마든지 발생할 수 있다고 생각했지만 이번 경우는 인력으로는 불가항력적인 그 어떤 강력한 원시적인 힘이 작용하고 있는 듯이 느껴진다는 게 문제야."

나는 시간이 지날수록 그 앞에서 왜소해지는 내 자신이 초라해 보여서 한탄하듯이 말했다.

─어허, 이 사람, 강남에서 호의호식하며 팔자 늘어지게 돈과 명예를 누리더니 자연에서 사는 법을 잠시 망각한 거 아닌가. 원시인의 이번 여행에서 시간 여행 좀 해보게나. 과거로의 회귀 말이야. 껄껄껄.

절친과 통화를 하고 나니 마음이 한결 평온해졌다. 이번 여행을 기필코 완주해야겠다는 의욕도 새롭게 솟아났다.

다음 여행지는 플로리다였다. 차 안의 영역을 장악했다고 판단했는지 그는 운전대를 부드럽게 회전하며 여유 있는 자세로 운전을 했다.

플로리다의 습지 공원을 가는 도중에 그가 속도를 늦추면서 창밖의 비경을 찍는 데 여념이 없는 내게 말을 걸어왔다

"저번에 실리콘밸리에서 요리책 얘기를 나눈 기억이 나는데, 채식주의자였다고?"

나는 대답 대신 고개를 끄덕였다. 그러고는 다시 셔터를 눌러

댔다.

"거 사람이 말을 하면 들어주는 척이라도 하는 매너를 보이는 게……"

나는 목소리 톤이 높아지는 게 싫어서 얼른 자세를 고쳐 잡고 경청하는 태도를 보였다. 그러자 그가 흡족한 표정을 지으며 다정하게 말했다.

"티처는 상황 판단이 빨라서 마음에 들어. 박수 받을 만해. 짝짝짝!"

그는 입으로 박수 소리를 내면서 미소를 지었다. 같이 미소를 지어 보이자 선한 눈빛으로 다시 입을 여는 그였다.

나는 별생각 없이 대답하고 창밖으로 다시 시선을 돌렸다. 그 순간 차 안에 총성이 울리는 듯한 방귀 소리가 연이어 울렸다.

"아, 시원해. 나는 방귀 뀔 때가 제일 행복해."

나는 모른 척했다. 그러자 그의 화난 듯한 음성이 내 귓가를 때렸다.

"뭐 해! 박수로 축복을 해줘야 할 거 아니야!"

나는 억지로 웃으면서 박수를 쳤다. 짝짝짝! 축하하네 하면서.

"고마워, 티처야. 하하하!"

나는 공원 습지에 도착할 때까지 마음이 무척 무거웠다. 그가 방귀를 통해서 서열 확장을 노린 건지, 한 단계 더 나가서 굴종을 원한 건지 찜찜하기가 이를 데 없었다.

그런데 그는 체로키 안을 평정했다고 판단했는지 외부로까지 영역 확장을 시도했다. 차에서 내릴 때 편마비로 인해 차문을 천천히 열면서 늦게 나오자 기다리기 짜증 난 얼굴로 구시렁거리는 것이다.

"거북이가 따로 없군, 거북이가."

순간 나는 자존심이 상했지만 못 들은 척하고 습지로 향했다.

그날부터 나는 실어증 환자처럼 점점 말을 잃어갔다.

대화가 단절되면서 식사도 취향대로 떨어져서 먹기 일쑤였다. 결국에는 서로 언제 만날지 정한 후 따로 여행하는 일이 비일비재해졌다.

2015년 6월 13일, 캘리포니아 얼바인에서 식당을 운영하던 55세의 재미교포 남자가 2인조 복면강도가 쏜 권총에 머리를 맞고 사망. 제8 살인 사건 발생.

우리는 마이애미 차고에 차를 맡기고 예약해 놓은 바하마행 크루저를 탔다. 크루저 안에서도 여전히 따로 행동했다.

그러다가 공연석에서 마주치게 되었는데, 의상을 제대로 준비하지 않아서 찌든 옷을 걸치고 있는 그가 안쓰러워 보였다.

그래서 그런대로 몸에 맞게 입을 수 있는 화려한 의상 두 벌을 주었는데 환하게 웃으며 그렇게 기뻐할 수가 없었다. 게다가 운전할 때나 외출할 때 쓰라고 선글라스도 두 개를 더 주자 입이 귀에 걸릴 지경이다.

화해를 한 우리는 바하마 섬을 구경하고 다시 마이애미로 돌아와서 체로키를 몰고 뉴올리언스로 갔다.

뉴올리언스에 도착한 우리는 프랑스식 도넛을 구워주는 커피 카페에 들어갔다. 그곳에서 내가 실수로 그의 커피를 바닥에 쏟고 말았다.

그러자 그는 주위 사람은 아랑곳하지 않고 미안해하는 나에게 소리를 질러댔다.

그 순간, 곁에 있던 흑인 남성이 왜 당신 옷에 쏟은 것도 아닌데 이렇게 역정을 내냐며 따졌다.

나는 자존심에 엄청난 상처를 입고 커피숍을 나왔다.

한참 만에 진정을 한 나는 그 고장에서 가장 유명한 재즈 바로 갔다. 그러나 기분이 엉망인 상태에서 재즈를 감상할 마음이 내키지 않았다.

내가 재즈 바에 들어갈 기분이 아니라고 해도 그는 개의치 않고 혼자 들어갔다.

나는 두 시간 동안 근처를 맴돌며 그를 기다려야 했다. 그러면서 온갖 잡념이 떠올랐다. 재즈 바 앞에서 그를 기다리는 내 자신이 초라하고 무기력해 보였다.

차안에서 그를 기다릴 때는 두려움마저 들었다. 나를 놔두고 어디론가 사라질까 봐 안절부절못하고 다시 재즈 바 앞으로 갔다.

현재의 모든 멸시와 굴욕, 그리고 무력감과 자기비하가 부친한 테서 비롯되었다는 피해의식이 내 마음에서 봇물처럼 터져 나왔다.

나는 절친의 표현대로 과거로의 시간 여행을 하는 중일지도 모른다. 트라우마 속으로.

기다림에 지쳐 갈 무렵 그가 사람들과 함께 재즈 바를 나오는 모습을 본 나는 길게 안도의 한숨을 내쉬었다.

우리는 로키 산을 넘어 그랜드캐니언으로 갔다. 그랜드캐니언을 보는 내 눈과 입은 경이로움과 탄성이 절로 흘러나왔다.

태고의 신비로움과 장엄한 풍경을 지니고 있는 그랜드캐니언은 다섯 군데로 나뉜다.

우리는 이 중 네 곳을 갔다. 그랜드캐니언을 보며 예술혼이 불타오른 나는 신비함과 비경으로 이루어진 신이 빚은 판타지한 광경을 카메라에 담는 데 온 정신을 집중했다.

달리는 차 안에서도 디테일하게 사진을 찍기 위해 차창을 열고 미친 듯이 셔터를 눌렀다.

그때였다. 그가 버럭 소리를 질렀다.

"문 닫아! 먼지 들어와!"

나는 못 들은 척 무시하고 계속 사진을 찍었다.

"안 닫아? 당장 문 닫고 사진도 찍지 마!"

그는 악다구니를 써대며 명령을 내렸다. 그러거나 말거나 나는 더욱 더 셔터를 눌러댔다.

"사람 말이 말 같지 않아? 개소리로 들려! 마지막 경고야. 당장 창문 닫아!"

나는 도저히 멈출 수가 없었다. 여행의 골든타임이며 비경의 노른자위를 포기할 수는 없었다.

"날 개무시했겠다!"

빵-빵-빵-빵! 빵-빵-빵-빵!

그는 미친 듯이 클랙슨을 울리며 질주했다. 그러고는 한적한 장소에 차를 멈추고 충혈된 눈빛으로 내리라고 소리쳤다.

내가 조수석에서 꼼짝 않고 앉아 있자 그는 트렁크로 가 내 짐을 꺼내 바닥에 팽개치듯 던졌다.

내 아이폰마저 뺏고 운전석에 다시 앉은 그는 치욕으로 입을 굳게 다물고 있는 나한테 악마 같은 얼굴로 말했다.

"꺼져! 지금 당장!"

내 생애에 이런 치욕적이고 굴욕적인 일을 당해본 적이 없다. 여기서 내리면 구조를 요청하기도 어렵고 밤이 되면 들짐승이나 독사 같은 맹독류에 생명을 잃기 십상이다.

돈도 그가 소지하고 있고, 차가 떠나 버리면 나는 죽은 목숨이나 마찬가지였다.

극히 짧은 순간 내 몸에 말로 설명하기 어려운 에너지가 폭발하듯이 생겨났다. 이미 이성을 잃은 나는 살의에 넘쳐 그의 몸을 순식간에 덮쳤다. 동시에 나의 두 손은 그의 목을 잡고 힘을 가하고 있었다.

그의 놀란 동공이 채 떠지기 전에 고통의 눈빛으로 변했다.

"캑캑!"

숨이 막혀오자 그가 발버둥치기 시작했다.

"어떻게 죽여줄까? 목을 물어뜯어 죽여줄까, 목뼈를 부러뜨려 지옥으로 보내줄까?"

나는 모든 힘을 다해서 목을 졸랐다. 힘이 거의 없던 오른손에도 에너지가 스며들었다.

그가 고통에 겨워 몸을 뒤틀고 있다. 이대로 조금만 시간이 흐르면 질식사하게 될 상황이다.

바로 그 순간이었다. 술에 절어 있는 부친의 얼굴이 그의 얼굴에 겹쳐져 보이는 것이다. 그러자 오른손 힘이 맥없이 빠져나가면서 기절 직전의 그가 다시 숨을 헐떡거렸다.

그런데 그의 양손은 처음부터 힘이 빠져 있었다. 본능적으로 목을 조르는 내 손을 떼어내려 필사적이어야 하는데 시도조차 하지 않았다. 그럼에도 반격의 위험을 느낀 나는 양손에 온 힘을 가해서 그의 목을 다시 졸랐다.

온몸이 땀에 젖은 나는 이마에서 흐르는 땀방울이 눈을 가릴 때까지 더욱 세게 목을 졸랐다.

내 눈을 가린 땀방울이 떨어지고 다시 힘을 가하려던 나는 내 눈을 믿을 수가 없었다. 그의 얼굴은 온데간데없고 연꽃에 앉아서 온화한 미소를 짓는 부친만이 시야에 가득 찼다.

"아, 아버지."

그 순간 내 손의 힘이 연기처럼 사라져 갔다. 소스라치게 놀란 나는 그의 몸 위에서 내려와 조수석에 털썩 앉아서 가쁜 숨을 몰아쉬었다.

이성을 되찾은 나는 밖으로 나와서 얼굴에 흐르는 땀을 손등으로 훔쳤다.

잠시 후, 새 와이셔츠로 갈아입은 그가 급한 걸음으로 숲 쪽으로 달려갔다. 운전석에는 그가 매일 세 차례 서너 알씩 먹던 배변 약통이 나뒹굴고 있었다.

그는 두 시간이 지나서야 돌아왔다.

나는 그 두 시간 동안 살인 순간에 내 눈앞에 나타난 부친에 대해서 한없는 감사함을 느꼈다. 살인자가 될 뻔한 자신을 구해준 부친을 다시 마음속에 함께하며 너털웃음을 크게 지었다.

"허허허, 마음의 모든 것을 내려놓으면 그게 곧 천국인 것을. 지나온 발자국은 돌아보지 않아야 하는 것을. 이제는 햇빛 거닐기를 해야겠어. 허허허."

무표정한 얼굴로 걸어오는 그를 발견한 나는 손을 흔들며 반갑게 대했다.

"어이, 좁쌀! 고운 정 미운 정이 다 들어서 어쩌나. 우리의 여행은 계속되어야겠지?"

그는 선한 눈빛으로 피식 웃었다.

내가 짐을 차에 넣으려고 하자, 그가 나를 제지하며 여행용 수첩을 건네주었다.

"이제 우리 여행은 위대한 대자연이 빚은 여기 그랜드캐니언에서 마감하기로 해. 방금 전에 저 숲에서 마지막 내 마음을 적고 오는 길이야."

그는 세상을 달관한 듯한 눈빛으로 내게 미소를 짓더니 운전석에 앉자마자 시동을 걸었다.

"저 위 숲 옆에 나 있는 길을 쭉 올라가면 백 미터도 더 되는 협곡이 있지. 이 차가 하늘을 날지 못하는 대신 내 영혼이 하늘을 날아주겠지?"

"무, 무슨 소리야?"

다급하게 외치는 내 말과 동시에 가속 페달을 연속으로 밟은 그의 차는 순식간에 숲길 위로 질주했다. 그리고 잠시 후, 폭발음 소리가 아련하게 울려 퍼졌다.

FBI의 조사를 받고 무혐의로 풀려난 나는 영국 런던행 비행기에 올랐다. 영국을 잠시 거쳐서 인천공항으로 귀국할 예정이다.

상공에서 구름과 함께 살인자가 될 뻔한 그랜드캐니언을 내려다보니 마음만 무거워졌다.

런던에 내린 나는 옥스퍼드대를 구경하다가 풀리지 않는 마음속의 의문과 답답함을 해소하려고 절친에게 전화를 걸었다.

나는 그동안의 여행담과 그랜드캐니언에서 겪은 놀라운 경험을 말해주었다. 그러자 절친은 철학자처럼 말하는 것이다.

－소크라테스가 너 자신을 알라고 했잖나. 그리고 세상에는 과학적으로 설명할 수 없는 기이한 일과 초자연적인 현상이 자주 일어나고 말이야. 평행이론도 그중 한 가지 예일 것이고. 그러나 자네의 여행 동행인의 행동들은 과학적이고 논리적으로, 또는 의학적으로 명약관화하게 수긍이 될 수 있어. 그의 뇌 상태를 의학적으로 분석하면 답이 나온 셈이지. 문제는 그의 인생이 단순한 평행이론이었느냐는 거야. 그 비교 대상이 바로 작고하신 자네 부친이라는 점이지. 더 나아가서 윤회일 수도 있고. 살인 순간에 부친이 두 번이나 보였다는 건 자네의 어릴 적 트라우마 때문일 수도 있고…….

나는 지그시 눈을 감으며 통화를 마쳤다. 연꽃에 앉은 아버지의 온화한 미소가 다시 떠오르면서 눈가에 이슬이 맺히고 있었다.

그는 간성회로 이상에 기인한 대사성 뇌병증(Metabolic encephalopathy)이라는 희귀병을 앓고 있다고 했다. 일명 '시트룰린 결핍증'으로 체내에 독성 물질인 암모니아가 가득 차서 뇌를 때려 결국 숨지고 마는 병이었다.

매일 배변을 봐서 암모니아 등을 빼내지 못하면 죽음에 이르고 마는 것이다. 고단백질을 자주 섭취해서 단백질 결핍을 막고 독성 물질만 잘 빼내면 생명 연장에는 큰 영향이 없기도 했다.

그러나 발현이 되면 뇌에 이상이 생겨 여러 가지 후유증이 생긴다고 했다.

그는 일 년 넘게 발현이 되지 않게 병을 잘 관리해 왔지만, 더 이상은 약이 잘 듣지 않아서 배변 시간이 길어지기 시작했다고 했다.

죽음을 예감한 그는 자살 여행을 계획했고, 외롭고 무료한 시간을 달랠 동행을 물색했는데 내가 거미줄에 걸린 거라고 했다.

ㅡ티처는 어디선가 많이 본 듯한, 전혀 낯설게 느껴지지 않고 오랫동안 보아온 친구 같은 친밀감이 넘쳐 나는 사람이었어. 마음속으로 같이 자동차 여행을 하고 싶더라고.

티처를 내 옆에 태우고 미국 일주 여행을 시켜주고 싶었어. 정말 이상한 마음이었어. 결국에는 그랜드캐니언에서 자동차 추락으로 생을 마치겠지만 말이야. 후훗.

티처와 실리콘밸리에서 함께 보낸 첫만남의 시간은 정말 행복했어.

그런데 샌프란시스코에서 여행을 시작하면서 기이하게도 동반자살의 마음이 눈 녹듯이 사라지는 거야. 같이 여행하다가 나 홀로 생을 마감하는 걸로 결심했어.

내 병의 후유증은 상대방이 나를 무시하거나 얕보면 분노 조절이 어려운 특징을 가지고 있어. 그래서 상대방을 굴복시키려는 집착을 보여. 내 의지와는 다르게 내 안에 또 다른 내가 있는 것 같아. 체내에 50% 정도 있는 암모니아가 70%를 넘어가면 내 안의 내가 나쁜 집착을 보이거든.

그래서 나는 배변 약을 자주 먹어야 했어. 매일 운전하다시피 하니까 독성 가스가 체내에 축적되는 게 느껴졌어. 동시에 티처에 대한 또 다른 나의 멸시는 점점 심해져 갔고.

그래도 무사히 여행을 마칠 수가 있어서 기뻐.

그랜드캐니언에서 내 독성 수치가 80%을 넘어가고 있었어. 빨리 배변을 하지 않으면 암모니아가 뇌를 칠 수도 있는 위험한 상황이었어.

나 같은 희귀병은 한국에서도 극히 드물다고 해. 특히 이 병은 어릴 때 발현하는데 난 특이하게도 성인이 되어서 나타났어.

여기 그랜드캐니언에서 배변 약을 먹고 두 시간 만에 암모니아를 빼면서 이제 약이 내 몸에 한계에 왔다는 걸 느껴.

어느 날 갑자기 쓰러져서 깨어나지 못하면 그걸로 인생 마감하는 지긋지긋한 이 병. 음식 한 번만 잘못 먹어도 언제 쓰러져 죽을지도 모르는 죽음의 공포병.

티처가 내 목을 조를 때 차라리 잘됐다 생각했는데 그것도 잘 안 되었네. 이 글을 남기는 이유도 유종의 미를 거두려고 하는 거야.

그리고 마지막으로 여행 중에 극도의 정신적 괴롭힘을 준 걸 진심으로 사과할게. 본연의 내가 아니었더라도 이렇게 회광반조 같은 기분이 돌아왔을 때 용서를 구해.

티처를 만나서 행복했고, 편안하게 눈을 감을 수 있을 것 같아. 부디 우리의 여행에서 위대한 영감을 얻어서 대작을 탄생시키시길 저 세상에서도 기도할게. 그렇다고 감격해서 울지는 말고.

*　　　*　　　*

2015년 7월 1일, 이동우 관장은 인천 아카데미 철학원 강의실에서 사주 명리학 강의를 하고 있었다. 수강생들은 초빙 강사의 강의를 열의를 가지고 경청하고 있었다.

"…전통 사주 명리학은 체계적인 학문으로 가장 핵심인 인연법을 터득하면 적중률이 90퍼센트가 넘게 됩니다. 제산 P선생을 한 시대를 풍미한 가장 위대한 역학자로 칭한 이유도 인연법을 통달했기 때문입니다. 거의 틀리는 법 없이 부부의 띠와 나이를 맞히고 자식의 수와 성별, 띠를 딱딱 맞히는 놀라운 관법인 것입니다. 그런데 현재의 역술인 수준은 어떻습니까. 과거와 현재의 운세는 그런대로 맞추는 것 같은데 미래의 사주팔자는 엉터리가 너무나 많습니다. 인연법을 제대로 마스터하지 못했기 때문입니다. 내담자의 길흉화복과 미래의 죽음 시기까지 눈으로 보듯이 훤히 보는 역술인을 흔히 족집게 점쟁이로 부르는데, 저 역시 30년이 넘도록 사주팔자를 봐왔지만 적중률이 70퍼센트를 넘지 못합니다. 아직도 부족한 거지요."

이 원장은 갈증이 나는지 컵에 생수를 따라 마시고는 다시 입을 열었다.

"…강의가 좀 딱딱한 거 같아서 재미있는 범죄 이야기나 짧게 해볼까 해요. 미국에서 식당을 하던 재미교포가 4월 초에 인천에 사는 모친을 뵈러 왔다가 업종 전환과 사업 운을 알아보려고 철학관을 찾았는데 적중률 90%인 원장의 사주풀이는 식당을 계속하면 대운이 올 거라면서 업종 전환을 하지 말라는 것이었습니다. 식당을 계속하면 6월 중순에 강도에게 목숨을 잃는 사주를 반대로 알려준 거지요. 그러면서 복채는 한 푼도 안 받는 겁니다. 저승 갈 때 노잣돈으로 쓰라는 의미지요. 자, 원장의 사주대로 재미교포는 6월 중순에 사망했습니다. 그렇다면 원장의 행위는 살인에 해당될까요?"

강의를 마치고 철학관으로 돌아온 이 원장은 휴대폰이 울리자 발신인 이름을 확인했다. 백장섭이었다. 인천공항에 도착했다면서 술이나 한잔하자는 것이었다.

이 원장은 컨디션이 안 좋다고 하면서 일방적으로 종료 버튼을 눌렀다.

'…틀림없이 꼭 만나야 할 사람이면서 만나서는 안 될 사람과의 인연에 운명이 휘둘려서 교통사고로 객사하는 사주인데, 조상 덕인가? 망할 놈의 교포 관상은 장섭이 놈하고 동반 객사할 상이 었는데 어디서 잘못된 거지?'

이 원장은 테이블 위에 놓여 있는 녹음기와 오색 테이프 바구니를 옆으로 밀어내고 컴퓨터 자판을 두드렸다.

2015년 7월 1일, 서울 강남에서 철학관을 하는 65세의 백장섭 원장은 미국 여행 중 6월 하순쯤에 교통사고로 객사하는 사주팔자였는데 무사히 귀국. 세 번째 살인미수.

장마가
지는 계절

이윤돌

1985년 서울시 강서구에서 태어나 31년째 살고 있다.
계간미스터리 2014년 봄호 '카페수집가' 로 시작, 같은 해 가을호에 '제3의 방' 을 게재하였다.
이것저것 잡다한 블로그를 운영한다(http://blog.naver.com/leedoy1895).

꿈에서 깨어나면 항상 온몸이 식은땀에 축축하다. 욕조에 들어갔다 나와 닦지 않은 것만 같다.

이미 떠오른 해도 보이지 않는 아침, 장맛비가 내리는 소리를 들으며 꿈속을 더듬는다. 24시간 켜져 있는 텔레비전은 오늘도 쉴 새 없이 누군가의 사연을 떠들어댄다.

꿈속에서 나는 강의 수면(水面)을 내려다보고 있었다.

물 밑에서 마주하는 내 작은 분신의 얼굴.

열심히 입을 들썩였지만 나는 아무 소리도 들을 수 없다.

말을 해, 말을!

필사적으로 입을 움직였다. 크게 뜬 눈이 튀어나올 것만 같아도 고개를 돌릴 수 없다.

입 모양을 따라 하여 간신히 알아들은 말.

살려줘, 엄마!

1

'지성민 때문이다. 다 지성민 때문이다! 지성민 이놈의 꾐에 넘어가서 내가 이런 꼴을 당한 거라고!'

쓰레기로 가득 찬 방 안에서 늙은 여자와 맞닥뜨리자 제아무리 천재라도 이성을 놓아버릴 수밖에 없었다.

사건의 발단은 다음과 같다.

기자 인턴도 3개월째. 사흘 이상 면도를 못 한 얼굴과 구겨진 바지도 더 이상 어색하지 않은 몰골이었다. 비가 추적추적 내리던 날의 오전, 윤성은 저혈압에 시달리며 기자실에서 쪽잠을 자고 있었다. 그러다가 갑자기 울린 핸드폰 진동. 잠들어 있던 각 신문사의 인턴들은 동시에 전기뱀장어라도 만진 듯 펄쩍 뛰어 일어났다. 그들은 자신의 핸드폰을 확인하고는 다시 잠에 빠졌지만, 윤성만은 기자실 밖으로 튕겨 나와 전화를 받더니 수사과로 뛰어들어 왔다.

"사건을 줘, 사건을!"

후배와 함께 커피를 마시고 있던 성민은 윤성의 외침에 깜짝 놀라 종이컵을 떨어뜨릴 뻔했다. 작성 중인 보고서가 띄워져 있던 노트북을 서둘러 닫았다. 후배는 무슨 말이냐는 듯 눈알을 뒤룩뒤룩 굴렸다. 지난번 카페수집가 사건 이후 기자가 사건에 관여하지 않도록 각별히 주의를 기울이고 있었다. 절도 현행범이 두 발로 멀쩡히 걸어나간 것도 경찰로서는 분통 터지는 일인데, 사설 박물관까지 차려 교양 있는 문화인으로 신문지상에 소개까지 되었기 때문이다. 세간에서는 5분이면 잊어버릴 유명세였건만 사건을 담당하였던 성민의 상관만은 그렇지 아니하였다.

"안 돼. 개별 사건은 기밀이야."

매몰찬 거절에 윤성은 성민의 어깨를 주무르기 시작했다. 기나긴 설득이 이어졌다.

"이보게나, 친구. 친구 좋다는 것이 다 무엇이던가. 자네야 공무원이니 때 되면 따박따박 월급이 나오고 철 되면 차곡차곡 연금이 쌓이겠지만 이 불쌍한 인턴 나부랭이 친구는 여차하면 기레기 소리에 까딱하면 백수 신세란 말일세. 어차피 짧은 세월, 천수는 누리지 못하더라도 정규직은 한번 되어보고 죽어야 하지 않겠나. 좀 도와주시게. 응?"

성민은 윤성을 물끄러미 올려다보았다. 이 녀석이 이렇게나 넉살이 좋았던가? 그가 아는 윤성은 무뚝뚝하지는 않았지만 자기가 죽어가더라도 남에게 도와달라는 말 한마디 할 줄 모르는 사람이었다. 사실 워낙 잘났기에 도와달라는 말을 들으면 들었지 할 필요가 없는 사람이었다. 그런 사람이 백수 신세를 면하기 위해 자존심을 굽혀가며 자기에게 굽실거리다니. 그의 운은 대학교 입학과 동시에 사라져 버린 것일까?

"에이, 기자님도. 안 돼요. 사건은 보도 자료로 알려 드리는 것 이외에는 일절 발설할 수가 없어요. 원칙입니다. 우리에게도 엠바고가 있다고요."

빙글빙글 웃고만 있던 후배가 끼어들었다. 선배가 난처해하자 대신 나선 것이다. 윤성이 눈을 모로 뜨고 째려보았다.

"오호라, 자기 애인 마음이 어떤지도 모르는 멍청한 놈 아냐. 그러고도 네가 남자냐?"

"네에?" ·

갑작스런 윤성의 공격에 후배가 턱을 내밀었다.

"부모님이 지방에 사는 독신남이 두어 달 전부터 갑자기 다림질한 셔츠를 입고 오지 않나, 손질된 구두를 신고 오지를 않나. 이건 분명히 여자의 손.길.이란 말이야. 그런데 바로 며칠 전부터 다시 입은 지 3일은 된 피케셔츠에 무릎 나온 청바지, 구매 이후로 한 번도 세탁한 적 없는 운동화를 신고 출근하는데 본인은 애인하고 싸웠다는 내색도 없잖아? 에라, 이 딱한 놈아. 너 조만간 애인한테 차이겠다."

윤성의 독설에 후배는 고개를 절레절레 젓더니 핸드폰을 들고 밖으로 나가 버렸다. 성민은 뭐가 뭔지 알 수 없다는 표정을 지으며 관자놀이를 지그시 눌렀다. 꿉꿉한 날씨에 사무실 안으로 온갖 소리가 울려 머리가 지끈거렸다. 두통약을 벌써 세 알이나 먹었지만 차도가 없었다. 성민은 고개를 돌려 창밖을 보았다. 아침부터 내리는 비는 점심이 다 되도록 그칠 기미를 보이지 않았다.

"왔다, 왔어."

자리를 마주한 팀원이 말했다. 그는 두 손으로 머리를 엉망으로 헝클어뜨리더니 알아들을 수 없는 방언을 중얼거렸다.

"뭔데 그래? 뭘 봤기에?"

팀원은 고개를 들지도 않고 왼손으로 누군가를 가리켰다. 그의 손이 가리킨 곳에 어느 늙은 여자가 서 있고, 팀장이 그가 들어오려는 것을 막고 있었다. 팀장은 혹시라도 그의 손이 여자에게 닿기라도 할까 봐 잡을 듯 말 듯 엉덩이를 빼고 엉거주춤하게 서 있었다. 술 냄새인지 역한 냄새를 성민과 윤성이 앉은 자리에서도 맡을 수 있었다. 이런 계절에는 빛만 빼고 모든 것이 농밀하게, 그리고 빠르게 확산되는 것만 같았다.

"그러니까 왜 제 신고를 받아주지 않는 건데요?"

여자가 소리를 높였다. 금속을 긁는 듯한 가래 끓는 목소리가 몹시도 거슬렸다. 노란 비닐 우비에 노란 장화, 땀에 젖은 파마머리가 지렁이처럼 얼굴에 들러붙어 있다.

"아니, 아주머니, 윗집 사람이 일부러 누수(漏水)를 일으켜 아주머니를 익사시키려고 한다는 신고를 어떻게 접수합니까? 누수 문제는 아파트 관리사무소와 상담하세요."

"등촌동 아진아파트 12단지 103동 1308호! 가서 확인해 보세요. 1408호가 정말로 날 죽이려고 했다니까요. 죽이려고 했어요. 내가 자는 사이에 우리 집에 물을 채워서 날 익사시키려고 했어요. 하루 이틀이 아니에요. 밤만 되면 똑똑똑똑 물 떨어지는 소리가 들린다고요. 불안해서 잠을 잘 수가 없어요."

여자는 팀장의 팔뚝을 잡고 늘어졌다. 그의 팔이 금세 물로 얼룩졌다. 팀장은 여자를 떼어버리지도 못하고 손목만 부여잡은 채 돌아가라는 말만 반복했다. 안내데스크에 앉아 있던 순경이 달려왔다.

"누구야?"

불유쾌한 소동에 잠자코 있던 윤성이 성민에게 물었다.

"미친 여자야, 미친 여자. 에잇, 일이나 해야지."

성민은 넌덜머리가 난다는 듯 거칠게 말했다. 평소 어지간해서는 사람에게 거친 말을 쓰지 않는 그인지라 윤성은 속으로 몹시 놀랐다.

"의외네. 네가 그런 말도 다 하고."

성민은 노트북을 펴더니 윤성은 보지도 않고 말을 이었다. 그의 손이 보고서를 작성하느라 키보드 위에서 분주하게 움직였다.

"벌써 한 달째다, 한 달째. 한 달 동안 매일같이 찾아와서 윗집 사람이 자기를 물에 빠뜨려 죽이려고 한다며 저 난리다. 그러니 내가 미쳤다고 할 만도 하지. 전화 신고는 또 어떻고? 벌써 몇 십 통인지. 지구대에서도 열 번도 넘게 출동했다고 하더라. 그런데 알아?"

성민의 손이 멈추었다. 그가 한 박자 뜸을 들이자 윤성이 재촉했다.

"뭘?"

"정작 그 윗집에는 아무도 안 산대."

"으흥, 그래? 그것 참 재미있네."

윤성의 반응은 기대 이하였다. 대개는 이런 이야기를 들으면 '어머, 그래요?' 하며 초롱초롱하게 눈을 뜬다든가, '아아, 이런, 정말 고생이 많으시군요' 하며 존경의 눈으로 바라보는데, '그것

참 재미있네' 하며 고개만 까닥하고 말다니. 저 사람 때문에 벌써 한 달째 온 사무실이 골머리를 싸매고 있는 것을 생각하면 분통 터지는 반응이었다. 철모르는 반응에 속이 상한 성민이었지만, 순간 머릿속에 전구가 번득였다.

"그렇지. 재미있는 일이지."

그는 사람 좋아 보이는 미소를 만면에 띠고 자리에서 일어나 윤성의 어깨를 감쌌다.

"나도 저 사람이 도대체 무슨 사연이 있어 저렇게 구는 건지 몹시 궁금하거든. 그렇다고 경찰력을 정신이 불편하신 분을 상대로 낭비할 수도 없고 말이야."

윤성의 눈빛이 흔들렸다. 이제 조금만 더하면 그를 경찰서에서 삼 일 정도 쫓아버릴 수 있다. 성민은 포스트잇에 여자의 주소를 적었다. 한 달 정도 여자가 자기 집 주소를 외쳐 대는 통에 안 외우려야 안 외울 수가 없었다.

"피해망상에 시달리는 사람 이야기는 흔해. 게다가 이 억지스러운 이야기도 어디에서 들어본 적 있는 것 같다고."

윤성의 항변은 씨알도 먹히지 않았다.

"혹시 알아? 저 사람의 사연이 사회면에 2단짜리 기사로 실리게 될지. 사진도 크게 첨부해서 말이야."

그는 윤성의 주머니에 쪽지를 찔러 넣고는 엄지를 척 세웠다.

"무운(武運)을 빈다, 친구."

성민의 달콤한 속삭임이 귓가에 스치는 순간 다시 핸드폰이 울렸다. 윤성은 바로 사무실을 박차고 나갔다. 주머니에서 쪽지를 꺼내어 내용을 확인한 후 수첩에 끼워 넣었다. 그는 현관에서 전화를 받았다. 같은 장소에서 성민의 후배도 전화로 통사정 중이었다.

　－당장 조사해서 기삿거리로 만들어봐.

　수화기 너머로 일진이 싸늘하게 말했다.

　－어떻게든 말이야.

　그는 윤성이 무어라 말할 새도 없이 전화를 끊었다. 결국 다음 날 윤성은 쪽지에 적힌 여자의 주소지로 향할 수밖에 없었다.

　장마철 하늘은 무너지기라도 할 듯 검고 무거웠다. 택시는 길에 쌓인 물을 가르며 여자의 집으로 향했다. 택시에서 내려 현관으로 가는 짧은 시간에 바짓단을 타고 물이 종아리를 휘감았다. 구두와 양말은 벌써 물에 젖었다.

　엘리베이터를 타고 13층에 이르러 그 여자의 집으로 향했다. 초인종이 고장 났는지 아무리 눌러도 소리가 나지 않았다.

　"계십니까."

　문고리를 살짝 당겼을 뿐인데 문이 열렸다. 집 안에서는 아무 대답도 없었다. 그는 문을 닫고 등을 돌리려다가 안에서 들려오는 소리에 다시 문을 열었다.

　한 발자국 들여놓자 쓰레기더미가 발에 채였다. 윤성은 신발을 신은 그대로 마루로 올라갔다. 그리고 마주친 늙은 여자.

　사방이 고요했다. 비는 그치고 서향의 베란다에서 빛이 들어왔다. 검은 실루엣 뒤로 후광이 비추자 여자가 양팔을 좌우로 벌렸다. 윤성은 자기도 모르게 손이 눈가로 올라갔다. 광기에 짓눌려 가만히 서 있는 사이 옆에서 다시 부스럭거리는 소리가 났다. 쓰레기더미 사이에 검은 짐승처럼 누군가가 웅크리고 있었다.

윤성은 서둘러 그에게 다가가려다 발이 미끄러질 뻔했다. 가까스로 균형을 잡고 고개를 내리니 검은 짐승에게서 흘러내린 피가 바닥에 흥건히 고여 있다.

"아하하하!"

여자가 소리 높여 웃었다. 손에서는 식칼이 떨어졌다.

윤성은 바들거리는 손으로 핸드폰 통화 버튼을 눌렀다.

2

"김선희 씨."

윗집 사람이 자신을 죽이려 한다는 신고가 한 달 동안이나 들어왔다. 윗집에는 아무도 살지 않았다. 처음에는 장난전화인 줄 알았다. 그러나 신고를 한 당사자는 너무나도 절박하게 공포를 호소하였다. 경찰서 사람들이 그를 광인 취급하기 시작할 무렵, 드디어 사고가 터졌다. 그는 자신의 집에서 사람을 칼로 찌르고 말았다.

누가 보아도 미친 사람이었다. 그러나 그 '미쳤다'는 판정을 내리는 것은 그 일을 직접 겪은 당사자가 아니라 재판정에 자리를 잡은 높은 분들이었다. 성민은 자포자기의 심정으로 노트북을 사이에 두고 여자와 마주 앉았다. 그는 어깨가 늘어지도록 한숨을 쉰 후 질문을 시작했다.

"그러니까 최미자 씨를 여기 사진에 보이는 칼로 찌른 것이 맞습니까?"

"네, 그랬던 것 같아요."

여자는 의외로 순순히 대답했다.

"최미자 씨와 아는 사이입니까?"

윤성의 전화를 받고 성민은 급히 현장으로 달려갔었다. 그리고 그곳에서 현행범으로 여자를 체포했다. 한 달 넘게 거짓 신고로 경찰을 괴롭히던 김선희는 최미자를 칼로 찔렀다.

"아니오. 처음 보는 사람이에요."

김선희는 수갑을 찬 손목을 내려다보았다. 손을 마주 잡자 수갑이 짤그랑거리는 소리가 들렸다. 그는 다시 손을 무릎 위에 가지런히 포개었다.

"형사님, 무슨 일이 일어났는지 잘 모르겠어요. 그보다도 윗집 사람 좀 어떻게 해달라니까요. 여기 있어야 할 사람은 제가 아니라 1408호예요."

그는 또다시 윗집 사람 이야기를 꺼냈다.

성민은 난감했다.

어차피 온전한 정신 상태가 아닌 사람이다. 이 사람이 하는 말은 과연 사실일까. 성민은 회의에 잠겼다. 이런 사람과 함께 객관적인 진술서를 작성하는 것이 가능한 일일까. 아니, 지금 이 사람과 진술서를 작성하는 일이 그럴 만한 가치가 있는 일일까. 일단은 정신건강증진센터와 연계해 강제 입원부터 시켜야 할까. 그러나 사건은 발생하였고, 어찌 되었든 형식적으로라도 진술서를 작성하여야만 한다. 그렇다면 진짜 일어난 사실을 어떻게 구성해 내어야만 할까.

지난 한 달 동안 이 경찰서에 드나든 사람이라면 누구라도(정규직 기자가 되는 일을 제외한 나머지 일에 관심이 없는 윤성을 제외하고) 그 앞에 앉은 여자가 미쳤다는 사실을 알고 있었다. 수십 통에 걸친 신고 전화, 그리고 수십 번 들어오고 쫓겨난 장면이 녹화된 CCTV. 이 사람이 미쳤다는 증거는 도처에 깔려 있었다.

"저는 그 사람이 누군지도 몰라요. 정말이에요, 형사님. 그 사람은 괜찮겠지요? 정말 미안해요. 가서 사과를 하고 싶은데."

자리에서 일어나려는 여자를 성민이 제지하였다.

"야, 지성민. 바쁘냐?"

"어, 선배님."

성민이 자리에서 일어나 허리를 굽혔다. 말을 건 상대방은 손가락으로 출입구를 가리켰다.

"바쁘지 않으면 나가서 한 대 피우지?"

"네, 알겠습니다."

물론 바쁘지 않을 리 없다. 그동안 사건만 해도 몇 건이 밀려 있었으며 정리해야 할 보고서도 한 손으로는 세기 힘들 정도였다. 게다가 지금은 피의자와 함께 진술서를 작성하고 있다. 그럼에도 불구하고 그가 따라나선 것은 바쁜지 뻔히 아는 선배가 무언가 해줄 말이 있다고 생각했기 때문이다.

출입문을 나가 휴게소에 이르자 선배는 벤치에 앉아 전자담배를 피웠다. 성민에게는 담배를 권하기는커녕 앉으라고 권하지도 않았다. 그의 짐작이 맞았다. 다만 의외라면 평소에는 '몸 사리는 것이 제일이야'라며 모든 일에 형식으로만 접근하는 사람이 일부러 조언을 하러 불러냈다는 점이다.

"잘 풀리냐?"

"그게 말입니다. 아무래도 피의자 말입니다. 정신이상인 것 같습니다."

선배는 낯빛 하나 변하지 않았다. 성민은 그의 표정을 읽지 못해 무슨 말을 해야 할지 감을 잡을 수 없었다.

"정말 그렇게 생각해? 정신과 진단이나 처방 기록은?"

"그게 공단 쪽에 협조를 구해봐야 알 것 같은데, 어렵습니다. 특히 정신질환에 관련해서는. 처방을 받지 않은 Z코드일 가능성도 있고요."

그는 말없이 고개를 끄덕이더니 전자담배를 입에 물었다. 코에서 뿜어진 연기에서는 연초 향이 났다. 성민은 코가 간질간질해졌다. 연기가 몇 번이고 들어갔단 나온 후 그가 말을 이었다.

"내가 말이야, 올해로 우리 어머니 치매 수발만 15년째야."

갑작스런 고백에 성민은 어떻게 대답해야 옳을지 갈피를 잡을 수 없었다. 여전히 그의 표정은 읽기가 힘들었다.

"덕분에 담배도 못 끊고 세금으로 애국하지. 하하! 아니, 아니, 이 말을 하려던 것이 아니라 자기 정신을 놓은 사람은 말이야, 눈빛이 달라. 아무리 반짝반짝 빛이 나도 수정이 아니라 유리알 같지. 가끔 답답한 마음에 어머니를 붙들고 '무슨 생각을 하십니까?'라고 물어보아도 나는 알 수가 없어. 바라보는 세계가 다르다는 걸까? 그런데 저 사람은 달라. 지금 자신이 처한 상황을 분명히 이해하는 눈빛이야."

"그렇게 생각하십니까? 피의자가 미치지 않았다구요?"

"맞아. 이건 증거가 없는 주장이지. 그렇지만 치매 어머니를 15년이나 모신 내 감이 증거라면 증거랄까."

선배는 벤치 가운데 몸을 깊숙이 파묻더니 다리를 꼬았다. 코에서 또다시 연기가 안개처럼 쏟아져 나왔다.

"문제는 말입니다, 저 사람이 미쳤다는 증거는 많지만 미치지 않았다는 증거가 없다는 점이에요."

"아아, 그래. 나도 그게 문제라고 생각해. 그래도 그걸 해결하는 게 경찰의 임무 아니겠어?"

그는 자리에서 일어나 성민의 어깨를 툭툭 치고는 건물로 들어갔다. 굵은 손가락이 선인장처럼 거칠었다.

성민은 그 여자의 집이 떠올랐다. 신고는 여태껏 수십 번 받았지만 성민 본인이 가본 것은 처음이었다. 그 여자의 집에 발을 디디자 물이 아니라 냄새로 죽을지도 모르겠다는 생각이 들었다. 설거지더미에서 기어 다니는 바퀴벌레 때문에 혹시라도 바짓단에 알이라도 묻어 와 집에 퍼질까 봐 저절로 걸음을 조심하게 되었다. 사방에 쌓인 쓰레기더미, 피해자를 싣기 위해 도착한 구조대원들은 쓰레기더미에 파묻힌 가해자와 피해자 중 누구를 구해야 할지 자신에게 물어보기까지 했다. 제정신인 사람이라면 살수 없는 집이었다.

성민은 다시 자리로 돌아오며 여자의 뒷모습을 보았다. 어깨가 축 늘어지고 염색으로도 가릴 수 없을 만큼 흰 머리가 돋아난, 아마도 오늘처럼 비가 내리거나 날이 흐리면 온몸이 쑤신다며 전기장판 위로 엎어질 그럴 여자였다. 그런 늙은 여자가 왜 미친 척을 하며 사람을 찔렀을까? 미쳤기 때문이라면 굳이 이유를 찾을 필요도 없을 텐데.

여자는 앉아 고개를 뒤로 젖힌 채 천장을 올려다보았다. 귀에 익숙한 멜로디가 들렸다.

"엄마가 섬 그늘에 굴 따러 가면……."

여자는 노래를 부르며 눈물을 흘렸다. 등에 난 땀이 차갑게 식었다.

환기되라고 열어놓은 문밖으로 윤성이 급하게 지나갔다. 그 역시 기민하게 미친 여자에 대한 미스터리를 파헤치는 중이었다.

성민은 마음을 다잡고 김선희를 심문하는 데 집중하기로 했다.

어디선가 싸한 알코올 내가 풍겨온다. 햇볕도 희미한 4인용 병실. 빗소리만 아니라면 링거 수액 떨어지는 소리가 들릴 것만 같다. 주변 침상에는 박카스 병이니 비타 500이니 하는 음료수 병이 굴러다니지만, 윤성이 찾아간 병상에는 누군가 병문안을 온 흔적이라고는 눈을 씻고 찾아보아도 없었다.

윤성은 침대 아래의 보조 침상을 빼어 걸터앉았다. 축축한 바지에 스펀지의 한기가 스몄다. 그는 자세를 고쳐 앉았다.

"결혼한 지 얼마 안 되어 남편 앞세우고 하나 있는 딸년도 회사 일로 바쁘답니다."

환자는 윤성의 얼굴을 살피더니 자신의 신세를 한탄했다. 칼에 찔린 것보다 아무도 찾아오지 않는 현실이 더 서글픈 법이다. 아무래도 누군가의 푸념을 들어주는 것이 서툰 윤성은 서둘러 찾아온 목적을 꺼냈다.

"혹시 이 사람을 아시나요?"

윤성은 최미자에게 김선희의 사진을 내밀었다. 최미자는 사진을 꼼꼼히 뜯어보았다.

"알아요. 여고 동창이에요."

최미자는 쉽게 입을 열지 못했다. 입술이 기묘하게 말려 올라갔다.

"이렇게 사진으로 보니 낯서네요. 거의 30년 가까이 친구였는데."

최미자의 부상은 치명적인 것은 아니었다. 다만 그가 중년의 합병증은 모조리 안고 있었고, 최근 고지혈증으로 혈전 약을 복용 중이었기 때문에 지혈 문제로 심각한 상황의 직전까지 갔다고 한다. 의사들은 용의자 확인 이외의 긴 인터뷰는 무리라면서 면회를 거절했고, 결국 윤성은 사건 발생 이후 일주일이나 지나서 최미자를 방문할 수 있었다.

"다연 아빠 가고 나서부터 내가 얼마나 잘해줬는데 이럴 수가 있어? 빌려준 돈도 독촉한 적 없는데."

여자는 윤성에게 김선희와의 관계를 쏟아놓았다. 한번 물꼬가 터지기 시작하자 어떤 것으로도 입을 막을 수 없었다. 이야기는 각자 남편을 잃은 두 여고 동창이 서로를 보듬으며 살기 시작하여 자식의 취업에 이르기까지 그치지 않고 이어졌다. 윤성은 최미자가 말을 많이 해서 상처가 덧나지 않을까 걱정되기까지 했다. 그의 이야기는 어느새 세상 풍파를 다 겪은 어른의 입장에서 전하는 교훈에 이르렀다.

"기자님도 참, 요즘 같은 세상에 엄마 간호한다고 회사 빠지면 눈치받아요."

최미자는 윤성의 팔뚝을 소리가 나도록 한 대 두드렸다. 난데없는 손길에 윤성은 몸을 바짝 당기고는 최미자가 눈치채지 못하도록 옆으로 살짝 이동하였다.

"요즘 효도 중에 뭐가 제일가는지 알아요? 기자님도 보니 내 자식 나이 또래 같아서 하는 말이에요. 예전에는 대학 잘 가는 걸 최고로 쳤지만 이제는 그렇지도 않아요. 어학연수다 뭐다 하지 않고 한 번에 취업하는 것이 효도의 첫 관문이요, 힘들다고 그만두지 않고 때 되면 월급 잘 받아 오는 것이 효도의 두 번째 관문이요, 자기 계발이다 뭐다 눈 높이지 않고 적당한 짝 찾아서 손 벌리지 않고 결혼하는 게 효도의 마지막이에요."

여자는 윤성이 물어보지도 않은 효도의 세 가지 관문을 길게도 설명했다. 게다가 이 세 개의 관문 중 어느 것도 통과하지 못한 윤성은 졸지에 불효자식이 된 것만 같은 기분이 들었다.

"우리 지수는 이걸 모두 다 해서 얼마나 효녀인지 몰라요. 그런데 회사를 빠지고 엄마 간호나 하라고 하다니 기자님은 뭘 좀 모르시네요."

최미자는 대꾸를 바라는 듯 윤성과 눈을 마주쳤다.

"글쎄요, 불구대천의 불효자식이 무엇을 알까요."

윤성의 비뚤어진 대답에 여자는 한숨을 내쉬었다.

"우리 지수는 대기업에 다니기는 하지만 언제 잘릴지 모르는 신세예요. 우리 지수도 남들처럼 공무원이 되거나 공무원 남편을 얻었으면 좋겠는데. 뒷돈 안 받고 조용히만 있으면 정년까지 갈 수 있잖아요. 연금도 있고 얼마나 좋아요. 아이고."

김선희의 집을 방문하기 바로 전날, 사건 기사를 달라며 친구에게 했던 말이다. 이유 없이 기분이 떨떠름했다.

3

며칠 후 윤성은 어느 아파트 단지 앞에 서 있었다. 좁은 이차선 도로를 사이에 두고 동편으로는 이른바 '강서구의 청담동'이, 서편으로는 별칭도 없는 임대주택 단지가 있었다. 정문 아치에는 장미가 활짝 피어 있다. 조금 전까지 내리던 비를 머금어 장미는 더욱 붉게 빛났다. 그러나 제아무리 화려하다 한들 녹슨 아치를 가릴 수는 없었다. 아파트의 부식된 외관도 마치 처음 지어질 때부터 그러하였던 것처럼 아무 감정도 불러일으키지 않았다. 외국인임이 분명한 여자가 아이의 손을 잡고 걸어갔다. 바로 얼마 전에도 왔었는데 며칠 사이에 더 낡아 보였다.

윤성은 김선희가 사는 동으로 걸어갔다. 최미자에게서 김선희에 대한 이야기를 들을 수 있었다. 그러나 그것은 다분히 감정이 섞인 일방적인 이야기에 지나지 않았다. 심지어 최미자는 김선희가 정신이상 증세를 보였다는 것도 몰랐다. 두어 달 만에 집에 놀러 갔다가 갑자기 칼에 찔려서 자신도 황당하다고 말했다. 한 걸음 떨어져서 볼 수 있는 제3자의 말을 들어야 할 필요가 있었다.

그는 가봐도 아무도 없을 김선희의 집 주변을 어슬렁거리다가 놀이터 한편에 마련된 정자를 발견하였다. 정자에는 중년을 넘긴 지 한참 된 할머니 두 명이 화투를 치고 있었다.

"저기요, 실례합니다."

윤성은 할머니들 사이로 얼굴을 들이밀었다. 아무도 대꾸하지 않았다.

"아, 저기요, 저기."

"안 사. 저리 가봐."

목적을 꺼내기도 전에 할머니 하나가 말했다.

"아뇨, 저는 뭘 팔러 온 사람이 아니구요, 혹시 103동 사는 김선희 씨를 아시나 해서요."

막 패를 꺼내려던 할머니가 고개를 돌리더니 윤성을 머리부터 발끝까지 훑어보았다. 분명히 옷을 입고 있었으나 발가벗겨진 기분이 들어 한 발짝 뒤로 물러났다.

"여기 계신 이분이 전직 부녀회장이야. 이 사람이 제일 잘 알아."

할머니는 구 쌍피를 내려놓으며 옆에 있는 할머니를 턱 끝으로 가리켰다. 전직 부녀회장 할머니는 꽃창포 피를 내려놓고 한 장을 뒤집었다. 팔광이었으나 아쉽게도 깔린 패가 없었다. 상대방이 싸리 피를 내려놓고 뒤집자 공산(空山)에 새 세 마리가 나왔다.

"아니, 왜 이렇게 패가 안 맞아! 103동 김선희? 아, 그 정신 헬렐레한 아줌마? 몰라. 난 몰라."

전직 부녀회장이 꽃창포 띠를 내려놓고 한 장을 뒤집자 또다시 꽃창포 피가 나왔다.

"에이!"

그다음 차례가 꽃창포 피를 내려놓았다. 4, 5, 7월이 모여 초단이 되었다.

"어르신, 그러지 말고 자세히 말씀해 주실래요?"

전직 부녀회장은 윤성의 말은 들은 척도 하지 않고 패가 잘 맞지 않는다며 투덜거렸다. 도무지 대화에 끼어들 틈을 찾지 못하던 윤성은 애꿎은 손톱을 잘근잘근 깨물었다. 이윽고 그는 각오를 단단히 하고 두 사람 사이에 비집고 앉았다.

"할머니들."

두 할머니는 젊은 놈이 무례하게 무슨 짓이냐는 눈빛을 쏘았다. 그러나 윤성은 더 이상 물러날 수 없었다.

"화투는 맞고보다 역시 고스톱이지 않겠어요?"

흩어져 있던 패가 순식간에 그의 손으로 빨려들어 갔다. 손가락 사이로 붉은 화투장이 감기더니 경쾌한 소리를 내며 섞였다.

"고스톱은 세 명이 제맛이죠."

10여 년 전 그는 일명 '날으는 비광'으로 불렸다.

처음 두어 판 정도는 광박에 피박으로 잃어주었다. 그러나 세 번째 판이 돌 무렵부터는 쌍피, 흔들고, 구쌍피, 따닥, 쪽, 청단, 고도리, 홍단, 원고, 투고, 쓰리고, 오광으로 판을 쓸어버렸다.

할머니들은 점 10원 고스톱에서 별다른 패도 쥐어보지 못하고 손자, 손녀의 용돈까지 잃을 위기에 처하자 이를 무마하기 위해 윤성에게 있는 정보 없는 정보 가리지 않고 모두 갖다 바쳤다.

"그 여자도 처음부터 미친 여자는 아니었어. 남편도 없고 자식도 없다고 해. 그렇지만 직장도 다니고 멀쩡한 여자였다고."

전직 부녀회장이 이야기를 시작했다.

"이 아파트 들어온 지는 얼마 되지 않았어. 한 3년 되었나? 그때는 직장을 다녔다고. 회사에서 미친 사람을 써줬겠어? 그러니까 그때는 정신이 멀쩡했던 거야."

같이 고스톱을 치던 할머니가 거들었다.

"맞아, 맞아. 그때는 멀쩡했어. 헛소리도 안 했지."

"그러면 김선희 씨는 언제부터 이상한 증상을 보이기 시작한 건가요?"

부녀회장 할머니는 팔짱을 끼더니 생각에 잠겼다.

"한 삼사 개월 되었을 거야. 벚꽃이 필 무렵이었어. 그때부터 갑자기 물이 샌다며 아파트를 죄다 뒤집어놓아서 모르려야 모를 수가 없었어. 봄 되면 마음이 싱숭생숭해져서 미친 사람이 많이 나온다고 한다더니 정말 그런가 봐?"

그가 동의를 구하듯 다른 할머니를 바라보았다.

"나야 모르지."

"그때부터였을 거야. 직장을 그만두었는지 오전에도 보이고 하더니 헛소리를 했지. 그래서 우리가 '아, 헛소리를 해서 잘렸구나'라고 생각했지. 그런데 기자양반, 그게 진짜야? 김선희가 사람을 찔렀다는 게?"

"경로당 박씨 말로는 맨날 찾아오던 그 친구라지? 왜 저번에 회장님도 보지 않았어? 옷차림이 여기 사는 사람이 아니어서 금방 눈에 띄었잖어. 김선희 이사 오고 나서 여기 여러 차례 놀러 왔잖어."

윤성은 김선희의 주변을 캘수록 모르겠다는 생각이 들었다. 질문이 꼬리에 꼬리를 물어 본질로부터 점점 멀어진다는 기분이 들었다. 최초의 질문은 김선희의 사연에 대한 것이었다. 왜 윗집에서 물이 샌다고 주장하는 것일까. 그리고 지금은 김선희가 왜 최미자를 칼로 찔렀는가에 대해 의문을 제기하고 있다. 칼로 찌른 것과 윗집에서 물이 샌다고 주장하는 것 사이에는 어떤 연관이 있는 것일까. 이것은 모두 단순히 김선희가 미쳤기 때문일 것일까.

"ㄱ경찰서 지성민 경위입니다. 사건 참고인과 만나기로 약속했는데 잠시 들어가도 되겠습니까?"

윤성은 대용그룹 출입문에서 신분증을 내밀었다. 언젠가 이런 날이 올 줄 알고 성민이 술에 취한 틈을 타 신분증을 슬쩍해 두기 잘했다는 생각이 들었다. 괜한 불안감에 좌우로 두리번거리니 목에 회사 출입증을 건 사람들이 문 안으로 들어가고 있었다. 회사 안으로 들어가려면 출입증을 전자 출입 패드에 찍고 들어가야 하는 시스템이었다. 출입증에 그려진 로고가 햇살에 눈이 부시도록 반짝거렸다. 윤성은 자신도 모르게 부럽다는 생각이 들었다.

"들어가도 되지요?"

그는 손가락으로 출입문 너머를 가리켰다. 보안요원은 신분증의 사진과 윤성의 얼굴을 번갈아 보았다. 아무리 보아도 사진 속 남자와는 조금도 닮지 않은 데다 눈앞에 서 있는 남자는 경찰이라고 하기에는 너무나도 허술하게 생겼다.

"최근에 갑자기 살을 뺀 데다 제가 사진발이 워낙 안 받아서요. 실물이 훨씬 낫죠?"

윤성은 안경을 벗고 최대한 성민과 비슷하게 얼굴을 만들어(일그러뜨려) 미소 지었다. 코는 길게, 입은 길쭉하게, 그러나 두툼한 입술과 쌍꺼풀 진 큰 눈은 도저히 따라할 수 없었다.

"누구를 만날 예정이십니까?"

보안요원은 신분증을 건네주더니 출입 패드에 마스터카드를 찍어 문을 열어주었다.

"아, 그건 기밀이에요, 기밀. 클래시파이드(Classified). 알죠? 수고하십시오."

윤성은 끝까지 태연함을 유지하며 안으로 들어갔다. 보안요원은 의심스럽다는 듯 무전기를 손에 들더니 멀찌감치 떨어져 뒤를 따라왔다.

임대아파트 단지의 전직 부녀회장은 김선희가 대용그룹 계열사인 대용커뮤니케이션에서 미화원으로 일했다고 말했다.

"그때 회사에서 충격적인 일을 당했다나 봐. 무슨 일인지 모르겠지만 사람이 미친 걸 보면 엄청나게 큰일이었을 거야."

윤성은 미화원의 휴게실을 찾았다. 미화원들이 쉬는 공간은 일반적으로 눈에 잘 띄지 않는, 공적인 공간으로 이용하기 힘든 자투리 공간에 자리한다. 층계참이나 전선이나 배관이 있을 만한 곳에 출입문이 있다면 십중팔구 그곳이 미화원들의 휴게실이다.

휴게실 앞에 이르러 문을 두어 번 두드리자 안에서 웅성거리던 소리가 멈추었다. 잠시 후 문이 열리고 머리에 파란 두건을 쓴 중년 여성 한 명이 고개를 빠끔히 내밀었다. 문틈 사이로 동일한 머릿수건에 파란색 옷을 입은 여자 여러 명이 눈에 들어왔다.

"무슨 일이세요?"

"ㄱ경찰서에서 나왔습니다."

윤성은 경찰 신분증을 누가 자세히 볼세라 재빨리 꺼냈다가 집어넣었다. 그는 헛기침을 두어 번 하며 궁금증과 두려움이 미화원들 사이에 전파되도록 뜸을 들였다.

"경찰서에서 왜……?"

"김선희 씨 아십니까? 김선희 씨 일로 찾아왔습니다."

미화원들은 일제히 휴게실 안으로 고개를 돌렸다. 휴게실 깊숙한 곳에서 바싹 말라붙은 여자 하나가 튀어나왔다.

"그 사람이 왜요? 이제 와서 고소라도 하겠대요?"

주변에서 '영희야, 좀 참아' 하고 어깨를 붙잡았지만 그는 아랑곳하지 않았다.

"그래요. 내가 그 사람한테 락스 물을 끼얹었어요. 아니, 미화원으로 들어왔으면 청소를 해야 할 거 아니야. 청소는 하지 않고 매일같이 사무실만 쑤시고 돌아다니니 얼마나 눈에 띄겠냐구요."

미화반장의 서슬 퍼런 기색에 눌려 윤성은 자기도 모르게 기가 죽었다.

"나도 그 사람 감싸느라 온갖 노력 다 했어요. 말리기도 하고 윽박지르기도 하고. 그런데, 그런데도 자꾸 그렇게 독단적으로 행동하는데 나라고 어쩌겠어요. 자칫하면 재계약 안 돼서 우리 모두 잘리게 생겼는데. 나도 사람인데 화가 난다고!"

미화반장이 소리쳤다.

윤성은 어쩐지 김선희라는 사람을 점점 더 모르겠다는 생각이 들었다. 처음에는 윗집에서 수돗물이 샌다고 주장하는 미친 사람에 불과했다. 그리고 그다음에는 매일같이 찾아온 친구를 칼로 찌르더니 그 친구를 모른다고 말했다. 수돗물 소동을 일으키기 전에는 회사에서 일을 게을리하는 바람에 락스 물을 뒤집어썼다. 질문의 연속이었다. 그는 사무실에서 무엇을, 아니면 누구를, 왜 찾았던 것일까. 왜 수돗물이 새어 자신이 죽을지도 모른다며 윗집을 탓했을까? 왜 사람을 찌르고서는 모르는 사람이라고 말했을까? 지금까지 일어난 일은 단순히 미치광이가 저지른 소동의 나열일까.

"여기는 메인 게이트(Main gate), 메인 게이트입니다."

무전의 잡음이 고요한 복도에 울렸다. 보안요원이 무전기의 버튼을 누르고 응답했다. 그 와중에도 그의 눈은 윤성을 놓치지 않았다.

"아, 그렇군요. 그렇게 되었던 것이군요. 그럼 또 말씀하실 것이 있으면 언제든지 연락 주세요."

윤성은 습관처럼 미화반장에게 명함을 쥐어주고 재빨리 등을 돌렸다. 그러고는 아래로 내려가는 엘리베이터 버튼을 마구 눌렀다. 불길한 예감이 들었다.

"지금 ㄱ경찰서의 지성민 경위라는 사람이 왔는데 들여보낼까요?"

"ㅈ일보 이윤성? 이건 경찰 명함이 아닌데."

빼도 박도 못하는 상황이란 이런 것일까?

목 뒤에서 진땀이 흘렀다. 제습기도 에어컨도 소용없었다.

"신분 사칭하는 기레기는 몇 대 때려도 경찰에서는 봐줍니다. 제가 눈감아 드릴게요. 정말 괜찮아요. 몇 대 때려도. 아예 교도소로 보내 버릴 수도 있는데."

성민은 예상치 못한 곳에서 윤성과 마주치는 바람에 몹시 놀랐다. 그러나 그것보다 더 놀란 것은 잃어버린 줄만 알았던 경찰 신분증을 윤성이 갖고 있다는 사실이었다. 술김에 잃어버린 줄 알고 재발급 신청서와 사유서를 적는 등 온갖 귀찮은 일을 겪었는데 분실이 아니라 도난이었다니! 물론 도난이 분실보다 더 심각한 문제이기는 하지만 그래도 그 범인이 다른 사람도 아닌 윤성이라는 사실에 더 배신감이 들었다.

"신문기자가 왜 경찰 신분을 사칭하여 이곳에 들어옵니까? 정식으로 취재 요청을 하면 될 일 아닙니까?"

대용기업의 보안실장이 윤성에게 따졌다. 매일 아침 몇 시간씩 운동에 투자한 몸이 꽤 위협적이다.

"그게 정식으로 취재 요청을 하면 알아낼 수 없는 내용이라서……. 죄송합니다."

소심해진 윤성은 말을 제대로 끝맺지도 못했다.

"무슨 내용 취재했는지 다 뒤져 봐. 나와서 걸리는 거 있으면 다 파기해."

지시를 받은 보안요원들이 윤성에게 다가왔다. 그들은 윤성의 가방을 털어 나온 취재 수첩을 뒤지거나 스마트폰의 사진을 검색했다. 일부는 혹시 몸에 숨긴 것이 있는지 확인해 보려고 다리부터 머리까지 몸을 훑어가며 수색했다.

"아, 안 돼요! 거긴 안 돼요! 지성민, 보고만 있을 거야?"

성민은 눈썹 하나 움직이지 않고 종이컵에 믹스커피를 타 마시는 여유까지 보였다.

"오늘 따라 맛나네."

"야, 지성민!"

"잠깐만요!"

구원의 손길은 의외의 곳에서 나왔다.

윤성과 성민, 그리고 보안요원들은 일제히 고개를 돌렸다.

"ㅈ일보 기자라고 하셨죠?"

앞머리 한 가닥 용인하지 않고 길게 묶은 생머리가 인상적인 여자였다. 윤성과 성민의 또래쯤일까. 성민의 뒤에 서 있던 것 같은데 의외의 소동으로 보안실까지 따라 들어온 모양이다.

"네, 맞아요."

"인턴이지만."

윤성의 대답에 성민이 자그맣게 덧붙였다. 윤성이 노려보자 그는 어깨를 으쓱하고는 고개를 돌렸다.

"홍보팀 박지수입니다."

여자가 명함을 건넸다. 명함에는 이름과 소속, 직위, 연락처가 간략하게 적혀 있었다. 보안요원들에게서 빠져나온 윤성은 여자의 명함을 명함 지갑에 고이 꽂고는 자신의 명함도 건넸다. 여자는 윤성의 명함을 스마트폰 지갑에 꽂았다.

"무슨 일로 여기에 오셨는지 모르겠지만 일단 여기에서 알아낸 사실을 밖으로 알리지 않는다면 없던 일로 하죠."

"예?"

보안팀장의 목소리가 올라갔다.

"어차피 기자가 몰래 들어온 일이 외부에 알려지면 보안팀에도 좋지 않을 거예요. 이번 하반기에 보안업체 입찰 들어가잖아요. 게다가 기자에게 잘못 보였다가 우리 회사에 어떤 식으로 영향을 줄지도 모르고요. 보안팀도 그렇고 기자님도 그렇고 피차 잘한 것은 없으니 이쯤에서 묻어두는 건 어떨까요?"

보안탐장은 '입찰'이라는 말에 한숨을 내쉬더니 '오케이'라고 대답했다.

"이윤성 씨, 다음부터는 정식으로 취재 요청을 하십시오."

"그러겠습니다."

그는 진심에서 우러나 고개를 열심히 끄덕였다. 소동이 정리된 후 윤성과 성민, 그리고 박지수라고 밝힌 홍보팀원은 밖으로 나왔다.

"아얏!"

성민이 윤성의 뒤통수를 때렸다.

"내놔."

"잘못했습니다."

윤성은 성민의 손바닥 위로 경찰 신분증을 고이 올려놓았다. 멋쩍어하는 윤성 앞에 여자가 손을 내밀었다.

"다시 한 번 인사할게요. 홍보팀 박지수입니다."

"초면에 실례가 많았습니다. 이윤성입니다."

손이 차가웠다.

"그런데 지성민 씨하고는 어떤 일로? 소개팅?"

성민은 윤성의 뒤통수를 다시 한 번 때렸다.

"이번 사건 피해자인 최미자 씨의 따님 되셔. 사건 당일 최미자 씨의 행적에 대해 물어보려고 말이지. 아직 상처가 회복이 다 안 되었는지 기억에 혼동이 있어서. 그러는 너는?"

윤성은 박지수의 얼굴을 찬찬히 뜯어보았다. 그러고 보니 일전에 최미자가 '지수'라는 딸이 하나 있다고 말한 것 같기도 했다.

"나야 그 김선희 씨가 이 회사에 다녔다기에……."

"맞아요. 김선희 씨는 이 회사에 다녔어요."

박지수가 윤성의 말을 받았다.

"혹시 김선희 씨를 아시나요?"

"김선희 씨는 우리 엄마 친구예요. 기자님은 며칠 전에 우리 엄마 찾아온 그분 맞지요? 선희 아줌마가 그런 일을 저지를 것이라고는 상상도 못했어요."

박지수는 고개를 저었다.

"김선희 씨, 불쌍한 사람이에요. 엄마 친구이고 동창 엄마이기도 해서 잘 대해주려고 했어요. 그 미화반장만 아니었으면 말이에요. 어찌나 못살게 굴던지. 엄마는 그 미화반장 때문에 선희 아줌마가 미쳤다고 말했어요."

윤성은 아까 자신에게 소리를 지르던 청소반장의 얼굴이 떠올라 몸서리쳤다.

"잠깐만요."

말을 자른 사람은 성민이었다.

"김선희 씨가 박지수 씨의 학교 동창 엄마라구요?"

"맞아요. 고등학교 동창 엄마예요. 저랑 친구는 아니었고 말도 두어 번밖에 나눈 적 없지만, 아줌마 딸은 저랑 같은 고등학교를 나왔어요."

박지수가 기억을 더듬는 듯 눈을 굴렸다.

"아니, 자기 엄마가 그 지경인데 딸은 도대체 어디서 무얼 하고 있답니까?"

"딸은 3년 전에 자살했어요."

약간의 망설임 끝에 박지수가 말했다.

4

"나 같은 사람에겐 몸이 곧 소개장이지."

책상 위로 서류 뭉치가 흩어졌다. 붉은 암실 속 동그란 안경알이 유난히 빛났다. 성민은 손을 뻗어 서류를 정리하기 시작했다.

"손이 참 곱구만. 경찰 손 같지가 않아. 자네 혹시 죽으면 나한테 시신 맡길 생각 없나?"

비뚤어진 입술이 어딘지 모르게 섬뜩했다. 외모만 섬뜩할 뿐이라면 성민과 윤성은 이곳에 찾아오지도 않았을 것이다. 진짜로 섬뜩한 것은 그들이 찾아온 이 남자의 직업이었다.

서울 시내 대형 종합병원 장례식장 방부처리실, 엠바머(embalmer)[1] 김혁중이 오른손을 뻗어 불을 켰다. 방부처리실은 경찰서의 취조실과 비슷했다. 방 한가운데에 책상이 아니라 은색 스테인리스 침대가 있다는 것만 제외하면 모든 감정이 건조되어 인간미라고는 찾아볼 수 없는 공간이었다.

김혁중은 엠바머계의 마에스트로였다. 어지간한 엠바머도 거부하는 시신(屍身)을 받아 들어올 때보다 더 아름다운 모습으로 내보내는 것으로 유명했다. 그 말은 즉 서울 시내 사고사, 살인 등 처참하게 죽은 시신은 모두 김혁중의 손으로 들어간다는 뜻이다.

"익사라고 하면 말이야, 흔히 버지니아 울프나 밀레이의 오필리어를 떠올리지. 그런데 물에 빠지는 건 그렇게 낭만적인 일이 아니야. 죽기 전에는 코와 귀, 입으로 물이 들어오고 죽고 나서는 물고기니 물벌레니 하는 것들이 뜯어 먹기까지 하지. 빨리 발견되면 그나마 몸을 온전히 보존할 수 있지만 발견이 늦으면 비누 덩어리가 되거나 뜯어 먹혀서 눈알이 없는 경우도 허다해. 혹시라도 마포대교에서 뛰어내릴 생각을 한다면 차라리 연탄을 피우는 게 남 고생 덜 시키는 방법이라고 조언하고 싶군."

---

1) 향유, 향료, 약품 따위로 시체를 방부 처리하는 사람.

그가 웃었다. 그는 진심으로 그의 일을 좋아하는 것 같았다.

일설에 의하면 김혁중은 원래 의학을 전공했다고 한다. 그런데 어떤 사건에 얽히면서 돌연 엠바머로 방향을 돌렸다는 이야기가 떠돌았다. 어떤 전설을 만든 인물인지는 모르겠지만 같은 병원 내의 의사들도 함부로 대하지 못하는 것으로 보아 보통 인물은 아닌 것 같았다.

"혹시 이다연 씨의 시체가 어떠했는지 기억하십니까?"

성민이 조심스럽게 말을 꺼냈다. 김선희에게 딸 이야기를 꺼냈다가 한바탕 난리를 겪었기 때문이다. 보고서에 기록된 김선희의 딸 이다연의 사인은 익사. 시체에 별 특이 사항은 없었다. 관할서로부터 건네받은 자료에는 짧은 보고서와 함께 형식적인 사진 자료 몇 장만 들어 있었다. 다이어리에 급하게 갈겨 쓴 유서라든가, 당시 몸에 착용하고 있던 것들, 사진과 이름이 박힌 출입증이라든가 옷가지의 사진이 전부였다. 한 사람의 최후치고는 너무나도 초라한 기록이었다. 그러나 김선희는 이다연의 죽음을 받아들이지 못했고 자살이라는 말을 듣자마자 고함을 지르고 집기를 집어 던지는 등 난장판을 만들었다.

인간 정신에 미칠 수 있는 충격의 크기를 따지자면 회사에서 당한 모욕보다 자식의 죽음이 훨씬 더 클 것이다. 이 지점에 이르러서야 성민은 간신히 질문 하나를 제기할 수 있었다. 3년 전, 딸 이다연이 죽은 직후가 아니라 왜 회사를 다니던 중간에 정신이상 증세를 보인 것일까.

김선희는 이다연이 자살한 것이 아니라 살해당했다고 주장했다. 보통 자식의 죽음에 의문을 품은 부모는 광기에 사로잡혀 그 비밀을 풀어내고자 한다. 만약 김선희의 광기와 최미자 살해 미수가 서로 연결되어 있다면 왜 최미자를 죽이지 않았을까. 이다연의 죽음과 최미자는 어떤 관계에 놓여 있는가.

"부끄러운 일이지만 고 이다연 씨에 대한 저희 쪽 자료가 너무나 부족해서요. 아시지 않습니까. 저희 쪽 인력은 턱도 없이 부족한데다가 시체는 24시간 이내에 인계해야 하는 거. 사실 이 정도만 해도 많이 남은 거예요."

"잘 알지, 경찰 쪽 사정은. 자네 말고도 찾아온 사람 많아."

"다행히도 이다연 씨 시신을 가장 마지막으로 처리하신 분이 선생님이라고 하더군요. 혹시 특이한 점은 없었습니까?"

엠바머는 미간을 찌푸렸다. 성민의 말대로 경찰이 처리해야 할 일을 일개 엠바머에게 묻는 것은 부끄러운 일임에 틀림없었으나 이를 탓하기 위함이 아니었다. 억울한 일을 밝히기에는 인력이 부족한 것도 사실이고, 투입된 인원이 게으름을 피우는 것도 아니었다. 그보다는 자신의 은밀한 취미가 경찰에게 공공연한 사실이 되어버렸다는 불쾌감 때문이었다.

다짜고짜 방부처리실을 찾아온 두 남자는 물러설 기세를 보이지 않았다. 거절할 경우 앞으로 어떠한 일이 벌어질지는 뻔했다. 경찰은 불법이라며 영장을 들고 쳐들어올 것이며, 기자라고 하는 부실한 사내는 기사를 써서 전 국민에게 그의 독특한 취미를 까발릴 것이다. 그렇다면 직장을 관두는 것으로 끝나지 않고 대한민국을 떠나야 할지도 모르는 일이다.

"끄응, 알았네. 보여주지. 이다연이라고 했지, 3년 전에 익사한?"

그는 책상 서랍을 열었다. 각종 열쇠, 메모지, 클립 등등의 잡동사니들을 치우니 외장 하드가 연도별로 정리되어 있었다. 엠바머는 3년 전의 것을 골라 컴퓨터에 연결했다. 님프라고 명명된 폴더 안에 이다연의 사진이 있었다. 엠바머의 취미는 사자(死者)의 시신을 사진으로 찍어두고 감상하는 일이었다.

"아, 기억나네, 기억나."

엠바머는 감탄인지 신음인지 모를 소리를 내었다.

"내 손으로 직접 화장(化粧)해 주었지. 피부가 고아서 분이 잘 먹는 아가씨였어."

그는 사진을 계속해서 옆으로 넘겼다. 얼굴, 목, 어깨, 쇄골 등 각각의 부위가 대리석 조각을 찍은 것처럼 촬영되어 있었다. 윤성과 성민은 누군가 뒤에 서 있는 것만 같은 오싹한 기분이 들어 서로 가까이 붙었다.

"여기를 봐."

그는 사진 한 장을 모니터 가득 띄웠다. 여자의 목덜미였다. 새하얀 피부에 푸른 핏줄이 거미줄처럼 퍼져 있다. 그는 애무하듯 손가락으로 거미줄을 따라 그렸다.

"한번 연결해 봐. 보이지?"

엠바머는 여자의 목덜미 뒤 가운데에서 엑스 자를 그렸다. 거미줄 가운데 넓고도 희미하게 두 개의 선이 서로 엇갈렸다. 윤성과 성민은 코가 닿을 만큼 모니터 가까이로 얼굴을 들이밀었다.

"교살(絞殺)?"

성민이 말했다. 만약 스스로 목을 매었다면 몸무게로 인하여 목과 줄 사이에 빈 공간이 생기기 때문에 목 뒤에는 어떤 흔적도 생기지 않는다. 그러나 누군가 뒤에서 줄로 목을 졸랐다면 줄이 교차하면서 자국이 남는다.

"그건 아니지. 보고서에는 사인으로 익사라고 적혀 있었잖아. 폐에 물이 고여 있었다고. 자기가 속한 조직이 설마 그 정도도 모를 정도로 형편없다고 생각하는 것은 아니겠지?"

김혁중이 성민의 의문을 바로잡았다.

"아마 목이 졸려서 정신을 잃은 후 물에 던진 것은 아닐까?"

김선희가 옳았다. 김선희의 딸 이다연은 최소한 자살을 하지는 않았다. 만약 그가 죽을 의지가 있었다면 스스로 목을 매었다가 실패하였고 그 이후에 물에 뛰어들었다는 시나리오가 완성되어야만 한다. 그러나 목 뒤에 남은 줄의 흔적은 그가 최소한 스스로 목을 매려 하지 않았다는 증거이자 자살을 시도할 의도가 없었음을 보이는 명백한 증거였다.

"그러면 누가 이다연의 목을 조른 걸까?"

윤성은 선뜻 대답을 내놓을 수 없었다.

5

병원 앞에서 성민과 헤어진 윤성은 다시 아파트 단지를 방문했다. 김선희와 최미자의 관계를 좀 더 명확히 알아야 김선희가 최미자를 찌른 이유를 알 수 있을 것만 같았다. 그는 편의점에 들어가 아이스크림을 샀다. 끈끈하고 더운 장마철, 아이스크림만큼 시원한 것도 없었다. 정보의 값으로 충분할까? 오늘도 정자 밑에는 할머니들이 모여 앉아 있었다.

"아이고, 고스톱 잘하는 아저씨 왔네."

"예, 저 왔습니다. 이거 좀 드세요."

"오늘도 한판?"

전직 부녀회장이 눈을 반짝이며 오동광을 내밀었다.

"다음에요, 다음에. 할머니, 오늘은 김선희 씨에 대해서 다시 물어볼 게 있어서 왔어요."

"그래? 경로당 박씨 할아버지하고 연습까지 했는데 아쉽네. 그래, 오늘은 무엇이 알고 싶은데?"

그는 화투를 깔아놓은 담요를 접어 한쪽으로 치우고는 윤성에게 다가와 앉았다.

"김선희 씨와 최미자 씨가 친구라고 했잖아요. 두 분이 서로 친했나요? 친구라고 해도 여러 종류가 있잖아요."

"두 사람이 친했냐고?"

할머니들은 서로 눈을 마주쳤다.

"그게 말이지……."

할머니들은 김선희와 최미자가 서로 친해 보였다고 말했다. 그러나 한편으로는 조금 묘한 구석도 있었다는 말도 덧붙였다.

"한쪽이 잘나가면 다른 한쪽이 배 아파했어. 이 구석에서 잘나가 봐야 그게 그거지만 그 둘은 그렇지 않았지."

"맞아. 최미자라고 칼에 찔린 여자 말이야, 그 여자가 예전에 비싼 스카프를 매고 온 적이 있었어. 짝퉁인지 진짜인지 잘 모르겠지만 색깔이 화사하니 그거 명품인 거 같더라고. 그런데 다음 날 김선희도 똑같은 걸 목에 걸고 나온 거 있지."

할머니들은 무릎을 치며 기억을 털어놓았다.

"그런 걸 살 돈이 어디서 났겠어. 짝퉁이겠지."

"암만 짝퉁이라도 그렇지, 그런 건 짝퉁이라도 비쌀걸. 미친 여자라도 샘은 나나 봐."

"미친 사람일수록 샘을 더 내는 법이유."

지나가던 할아버지 한 명이 거들었다. 그는 몹시 더위를 타는 듯 윤성이 들고 있는 아이스크림을 곁눈질했다.

"우리 마누라는 옆집 할머니랑 별걸로 다 경쟁하오. 친정 자랑에 서방 자랑, 나 퇴직 전 월급에 연금까지. 그리고 하다못해 이제는 애완견 자랑까지 하더이다. 그 자랑 중에서 최고는 무엇인지 아시오? 그거는 바로……."

아이스크림이 녹아 윤성의 팔을 타고 흘러내렸다.

"할아버지는 이 아이스크림을 드실 자격이 있어요."

윤성은 자리에서 일어나 먹다 만 아이스크림을 할아버지의 손에 쥐어주고는 어깨를 잡고 흔들었다. 갑작스런 행동에 놀란 할아버지는 입만 빠끔거릴 뿐 아무 말도 하지 못했다.

친구 사이의 자기 자랑이란 무시할 수 없다. 윤성과 성민 사이에서도 그러하였고 친구 사이인 윤성의 어머니와 성민 어머니도 그러하였다. 친구 사이의 자랑은 관계를 돈독하게 할 수도 있고 해칠 수도 있다. 그러나 어느 한쪽이 자랑의 선을 넘어버렸다면 어떤 일이 벌어질까.

궁금증은 거의 해소되었다. 그러나 남은 궁금증 하나, 김선희의 사연에 대한 기시감은 어디에서 비롯된 것일까?

그는 서둘러 마을버스 정류장으로 향했다.

반나절 만에 서울 서쪽에서 남쪽으로 향하느라 정신이 없었다. 그것도 종합병원에서 종합병원으로 이동이라 성민은 기분이 묘했다. 김선희의 딸 이다연이 살해되었다는 사실을 알게 된 성민은 곧장 최미자가 입원한 병원으로 발길을 돌렸다.

성민이 확실히 안다고 장담할 수 있는 사실은 단 두 가지. 김선희가 최미자를 찔렀고, 김선희의 딸은 살해당했다. 그리고 이 두 이야기를 연결 짓기에는 최미자가 김선희의 딸을 죽였다는 가설이 가장 그럴싸했다. 이미 윤성에게 전해 들어 두 사람이 여고 동창에 친구지간이라는 것은 알고 있었지만, 단순히 친구 사이라고 하여 칼로 찌르는 일은 없다.

밤늦은 시간의 병원, 신분증을 제시하자 간호사도 물러설 수밖에 없었다. 딸인 박지수는 병실에 없었다. 최미자는 박지수가 병원으로 오는 중이라고 말했다.

"최미자 씨와 김선희 씨는 친구였다고 들었는데, 어떤 친구 관계였습니까?"

"어떤 친구였느냐고요? 여고 동창이에요. 서울의 비슷한 곳으로 시집와서 줄곧 친하게 지냈어요. 같은 해에 자식을 낳았고, 같은 해에 남편을 먼저 보내고, 서로 의지하며 친하게 지냈어요."

최미자는 질문이 의심스럽다는 듯 목소리를 높였다.

"혹시 김선희 씨의 딸 이다연 씨가 자살한 사실은 알고 있습니까?"

성민은 일부러 이다연에 대한 질문을 던졌다.

"네, 알고 있어요. 제가 장례식 때에도 거의 도맡아서 일을 했는걸요. 딸 같은 아이였어요. 미자 아줌마 하면서 얼마나 따랐다구요. 마음이 정말 아팠어요."

그는 매우 높은 목소리로 빨리 대답했다.

"이다연 씨가 실종되던 날의 밤, 어디서 무엇을 하고 계셨습니까?"

최미자는 어깨를 들썩이더니 그를 노려보았다. 그러고는 한 음절씩 끊어가며 마치 조금도 허튼소리를 하지 않으리라는 듯 또박또박 말을 이었다.

"형사님, 질문이 이상하네요. 어디서 무엇을 하고 있었냐요? 다연이가 죽은 날도 기억이 가물가물한데 3년 전에 제가 무엇을 하고 있었는지를 어떻게 알겠어요?"

"이상하지 않습니다. 제 질문은 문자 뜻 그대로예요. 이다연 씨가 실종된 3년 전, 6월 12일 화요일 밤 어디서 무엇을 하고 있었습니까?"

"아마 퇴근 후에 드라마 다시보기를 보고 있었을 거예요. 김남주가 나오는 드라마에 푹 빠져 있었거든요. 그 드라마를 보고 나서는 곧바로 잤을 거구요."

"집에서 주무시고 계셨다. 그럼 그걸 입증할 사람이 있습니까?"

최미자는 폭발했다. 그가 소리를 지르자 복도에 있던 간호사들이 뛰어와 문을 열었다.

"없어요! 혼자서 잤다구요! 이상한 질문이네요. 다연이가 자살한 것이 아니라는 말입니까?"

지이이잉— 지이이잉—

뒷주머니에 꽂아두었던 휴대폰이 울렸다. 최고로 설정해 놓은 진동에 엉덩이 감각이 묘했다. 진동 따위에 신경 쓸 겨를이 없다. 성민은 공격 자세를 풀지 않았다.

"그건 수사 기밀이라 알려드릴 수 없습니다. 마지막 질문입니다. 최미자 씨는 왜 김선희 씨가 자신을 찔렀다고 생각하십니까?"

지이이잉— 지이이잉—

회심의 일격. 성민은 실은 최미자가 이다연을 살해한 것이 아니냐는 의견을 내비쳤다. 그가 생각한 가설은 이러하였다. 김선희는 자신의 딸을 죽인 최미자를 죽이려 했을 수도 있다. 최미자가 살해하였다는 사실을 입증하면 풀이는 간단했다. 자신의 친한 친구가 자신의 딸을 죽였다는 사실을 알게 되자 미쳐 버렸고, 광기로 일을 제대로 할 수 없었기에 회사를 그만둘 수밖에 없었다. 아니면 최미자에게 복수하기 위해 최미자의 딸 박지수가 다니는 회사에 근무하며 기회를 노렸을 수도 있었다. 시간이 갈수록 복수는 점점 멀어지고, 커져 가는 죄책감에 온갖 이상 증세를 보이다가 마침내 친구와 단둘이 남은 순간, 이때다 하고 칼로 찔렀다. 모든 이야기가 말끔하게 정리되었다.

"몰라요! 저도 묻고 싶네요!"

뻔뻔한 여자.

창밖으로 천둥이 친다.

지이이잉— 지이이잉—

진동이 멈추지 않았다. 성민은 짧고 강한 욕을 내뱉고는 전화를 받았다.

—야, 빨리 옥상으로 올라와!

윤성의 다급한 목소리가 들렸다.

—오지 마!

그와 함께 박지수의 비명도 수화기 너머로 들려왔다.

엘리베이터는 느리다 못해 일부러 게으름을 피우는 것 같았다. 올라가는 버튼을 마구 누르던 성민은 마음이 급해 비상계단을 두 칸씩 뛰어 올라갔다. 비상문을 열고 뛰어나가자 습기가 온몸을 덮쳐왔다. 이미 땀과 열기로 범벅이 된 성민은 차라리 장대비라도 내렸으면 하는 생각이 들었다. 냉각탑 사이로 두 사람이 눈에 들어왔다. 성민은 자꾸만 달라붙는 앞머리를 쓸어 올렸다.

잠시 비가 그치고 구름 사이로 달이 나왔다. 달빛 아래 그림자가 유달리 검었다.

"이런다고 해결되는 건 아무것도 없어요!"

윤성의 목소리였다. 난간 위의 그림자가 한쪽 발을 허공으로 내밀었다. 성민은 고인 물에 신발이 젖는 것도 아랑곳 않고 옥상으로 뛰어갔다. 옥상에는 그와 마찬가지로 땀으로 범벅이 된 윤성이 서 있었다. 몸의 열기로 안경에는 김이 서려 있었다.

“지수야!”

최미자가 성민을 따라 옥상에 얼굴을 내밀자 그림자는 발을 거두었다.

“엄마?”

“지수야!”

그러나 윤성이 다가서자 박지수는 협박이라도 하듯 다시 한쪽 발을 내밀었다.

“어떻게 된 거야?”

“그게, 지수 씨에게 내 가설을 들려줬더니…….”

성민은 윤성에게 고함을 질렀다. 윤성은 그가 여태껏 보지 못한 매우 당황한 얼굴이었다. 그는 윤성을 뒤로 밀치고 앞으로 나갔다.

“박지수 씨, 아무것도 묻지 않을게요. 이리 와요. 부탁이에요. 제발 이리 와요.”

“지수야, 이리 오렴.”

최미자가 앞으로 나갔다. 박지수의 다리가 떨렸다. 물기 젖은 난간 위는 몹시도 미끄러웠다. 그는 몸을 틀다 미끄러져 그대로 떨어질 뻔했다.

“형사님이 아무것도 묻지 않는다잖니. 엄마도 아무것도 묻지 않을게. 이리 오렴.”

박지수의 몸이 그대로 굳었다.

“엄마, 이미 알고 있었어?”

박지수는 옛날을 떠올렸다. 올라서기 전에는 칼날 위에 서 있는 인생이라 생각했는데, 막상 난간 위에 올라오니 위나 아래나 별반 다를 것이 없었다. 머리가 얼굴에 들러붙어 뱀처럼 구불거렸다. 그는 손으로 머리를 걷어 올렸다.

"정말이지, 옛 같네."

비아냥거림인지 울먹임인지 알 수 없었다.

아버지는 어릴 때 돌아가셨다. 교통사고였다고 들었다. 택시기사였으니 남들보다 사고의 위험은 몇 배 더 높았을 것이다. 불행인지 다행인지 이제는 얼굴도 기억이 나지 않는다.

아버지가 돌아가시고 난 후 엄마는 선희 아줌마와 친해졌다. 선희 아줌마는 우리 집에도 몇 번 놀러 왔다. 나랑 동갑이라는 딸과 함께 놀러 왔는데 나는 이상하게도 그 애와 친해지고 싶은 마음이 없었다. 그 애도 같은 마음이었는지 우리는 인형놀이도 하는 둥 마는 둥 몇 년이 지나도 데면데면했다. 심지어 초등학교, 중학교, 고등학교 동창이었지만 말을 섞어본 것은 1년에 두세 번 정도였을까.

엄마는 선희 아줌마의 딸이 마음에 꽤 드는 모양이었다. 항상 선희 아줌마의 딸 다연이에 대한 이야기를 집에 와서 늘어놓았다. 중학생 때까지는 이런 이야기를 들었다. 다연이는 용돈을 아껴서 엄마에게 귤을 사다 줬다더라. 얼마나 착하니? 너도 좀 그래봐. 다연이는 학원도 안 다니고 수학시험에서 만점을 받았다더라. 너도 좀 본받아라. 다연이는 친구가 많아서 생일 선물을 두 손으로 들고 올 수 없을 만큼 많이 받았다더라. 넌 친구 없지? 성격 좀 고쳐.

나는 엄마에게 칭찬을 받기 위해 용돈을 아껴서 붕어빵을 사 가고, 수학시험은 아니었지만 국어시험에서 만점을 받아 갔다. 생일 선물을 그만큼 많이 받지는 못했지만, 성격을 고치려고 노력했다. 그러나 엄마는 엎드려 절 받는 기분이라고 말했다.

고등학생 때는 좀 더 강도가 올라갔다. 모의고사 날이면 집에 오자마자 가채점을 해서 보여줘야 했다. 그 후 이어지는 통화. 1점이라도 앞서야 밤에 발을 뻗고 잘 수 있었다. 하나라도 모자라는 날에는 오답 노트를 쓰느라 잠을 잘 수 없었다. 키, 교복의 맵시, 구두의 깔끔함까지 비교당했다. 대학에 가면 각자의 인생을 살 테니 더 이상 비교당하지 않으리라고 생각한 것은 나의 오산이었다.

비슷한 수준의 학교, 비슷한 수준의 학과. 그러나 비교는 계속되었다. 옷 스타일, 헤어스타일. 그 애처럼 입어봐. 그 애처럼 머리 해봐. 다연이가 했을 때는 예뻤는데 네가 하니까 안 예쁘네. 너는 왜 안경을 끼니? 렌즈를 껴봐, 다연이처럼. 구두 좀 신어, 다연이처럼. 너, 남자친구 없지? 다연이는 있다더라. 그 애는 성인식 때 남자친구한테 장미꽃이랑 향수를 받았대. 넌 못 받았지? 하긴, 네가 다니는 학과는 남자애들한테 인기가 없다더라.

취업을 하고 나면 집에서 독립해야겠다고 마음먹었다.

취업은 매우 어려웠다. 비정규직이었지만 그래도 세 손가락 안에 드는 대기업 계열사에 취업할 수 있었다. 잘하면 그 기업의 정규직으로도 전환될 수 있는 그런 자리였다. 그런데 회사 합격 통보를 받은 날 엄마는 다연이가 대기업 본사에 합격했다는 말을 전해왔다. 내가 가고 싶던 바로 그 회사의 정규직이었다. 아, 난 살아 있는 한 다연이와 비교당하겠구나. 아니, 다연이가 살아 있는 한 비교당하겠구나.

"내가 죽였어. 봐봐. 내가 다연이를 죽였어. 회사에서 퇴근할 때 몰래 뒤를 밟아서 같이 술을 마셨어. 자기가 잘나가니 날 봐도 반가워하더라고. 술에 취해 가지고 비틀거리는 모습이란. 엄마가 봐야 했어! 아니, 그 모습을 봤으면 그랬을라나? 다연이처럼 비틀거리며 걸어보라고! 그년 앞장세워서 마포대교로 걸어갔지. 그리고 목을 졸라 기절시킨 후에 내가 떠밀어 버렸네! 유서? 그것도 내가 쓴 거야. 하하하하!"

박지수의 고백이 허공에 메아리쳤다. 그는 목에 걸린 출입증을 벗었다.

"무엇으로 목을 졸랐는지 알아? 바로 이 출입증 끈."

출입증 사진 속 박지수는 환하게 웃고 있었다. 마치 자료 사진 속 이다연과도 닮은 모습이었다.

"죽어서 그년 만나면 실컷 두들겨 패줄 거야."

"아니야! 그게 아니라고!"

윤성이 외쳤다. 그러나 박지수는 이미 허공 위에 선 뒤였다.

6

박지수는 그 자리에서 죽었다.

최미자가 옥상 위로 올라온 그 순간부터 박지수는 죽을 마음이었다. 그의 자살은 자기 고백적이었으며 계획적이었다. 어떻게 하면 자기를 괴롭혀 온 사람을 가장 괴롭힐 수 있는지 잘 아는 사람만이 취할 수 있는 행동이었다.

항상 폭력에 노출되는 성민은 견딜 수 있었지만 눈앞에서 죽음을 본 윤성은 충격이 컸다. 일주일이 넘도록 경찰서에 보이지도 않았다. ㅇ경찰서와 또 다른 ㅇ경찰서에도 모습을 나타내지 않은 모양이었다. 윤성은 박지수가 죽은 후 열흘이 넘어서야 ㄱ경찰서에 얼굴을 내밀었다.

"선배님, 안 된다니까요."

후배는 매우 곤란한 표정을 지었다.

"딱 10분이야, 10분. 10분이면 끝나. 그동안 누가 여기 오나 안 오나 지키고 서 있어. 저스트 텐 미닛. 오케이?"

성민은 자신을 만류하는 후배를 설득시켜 문밖에 세워놓았다. 지금부터 자신이 하려는 일을 윗분들이 알게 되면 결과가 어찌되었든 좋아할 리 없기 때문이었다. 그는 두꺼운 쇠문을 열었다. 취조실 공기는 계절에 관계없이 눅눅하고 차가웠다. 밖에서는 여전히 비가 내렸다.

취조실 안, 책상을 사이에 두고 윤성과 김선희가 앉았다. 윤성은 여자에게 아무 말도 하지 않고 책상 위 노트북을 켰다. 그가 마우스를 몇 번 클릭하자 동영상 한 편이 재생되었다.

"지금부터 하는 이야기는 전부 가설에 불과해요. 김선희 씨가 아니라고 하면 아무도 반박할 수 없는 그런 이야기이죠. 하지만 지금 상황에선 가장 그럴싸한 이야기입니다."

여자는 아무 말 없이 노트북 화면을 응시하였다.

"일단 김선희 씨, 당신의 입장부터 말해볼게요. 당신은 이 사건이 딸 이다연의 죽음에서 시작하였다고 생각할지도 모르겠습니다. 아마도 세상 모든 부모가 그러하듯 당신은 딸이 자살했다는 것을 믿지 않았어요. 무엇이 계기가 되었는지는 모르겠어요. 그렇지만 당신은 박지수가 이다연을 살해했다는 것을 알았고, 그것을 입증하기 위해서, 아니면 그 이유라도 알기 위해서 박지수가 다니는 회사에 청소부로 취업했죠."

윤성은 말을 잠시 쉬었다. 그러나 여자의 반응이 없자 짧게 한숨을 쉬고는 말을 이었다.

"청소부로 취업한 당신은 증거를 잡기 위해 회사를 뒤졌습니다. 아마도 박지수를 스토킹했을지도 몰라요. 이건 대용커뮤니케이션의 미화반장 아줌마께 들은 이야기입니다. 미화반장은 그런 당신을 탐탁지 않게 여겼고, 재계약을 앞둔 시점에서도 당신의 행동이 눈에 띄이자 락스 물을 끼얹어 버리고 그만두도록 압력을 가했죠. 그렇게 당신은 회사에서도 쫓겨났습니다."

화면에는 아까 식당에서 본 케이블 프로그램이 한창이었다. 화면 안의 여자는 '윗집에서 농약을 뿌려 살 수가 없어요'라고 말했다.

"회사에서 쫓겨난 것뿐이라면 모르겠지만, 그것은 또한 당신이 범인이라고 생각하던 박지수를 감시할 기회를 놓쳐 버렸다는 것도 의미해요. 그래서 당신은 마음먹었습니다. 계획을 변경하기로."

성민은 팔짱을 끼고 벽에 기대어 여자를 물끄러미 바라보았다. 여자의 눈은 노트북 모니터에서 떨어지지 않았다. 그는 김선희가 윤성의 말을 듣고 있는지 의심이 가기 시작했다.

"김선희 씨, 말을 듣고 있는……?"

윤성은 앞으로 나오려는 성민을 팔을 들어 제지했다.

'윗집 때문에 살 수가 없어요. 밤마다 제가 자는 틈을 타서 농약을 뿌려요. 정말이에요!' 하며 화면 속 여자가 다시 한 번 주장했다. 여자를 상담하는 의사는 자못 심각한 표정을 지었다.

"경찰서에서 처음 당신의 사연을 들었을 때 어딘가에서 보았다는 느낌을 지울 수가 없었습니다. 윗집 사람이 수돗물 누수로 자신을 익사시키려 한다는 주장. 억지스럽고 황당하기 짝이 없었죠. 그렇지만 어디선가 들어보았습니다."

그는 손가락으로 모니터 화면을 가리켰다. 화면 오른쪽 상단에는 그가 다니는 신문사의 로고가 찍혀 있었다. 신문사가 운영하는 종합 편성 채널의 방송이었다.

"요즘처럼 남의 생활에 관심이 많은 시절도 없는지 방송사에서는 서로 앞다투어 특이한 사람들의 인생을 취재하려고 열심입니다. 그러다 보니 과거에는 광인 취급을 받던 사람의 사연도 조명을 받아 전국에 방영되는 세상이 되었지요. 김선희 씨, 당신이 주장하는 피해는 이 방영된 사연에서 농약을 수돗물로만 바꾸면 짝을 맞춘 듯 똑같습니다. 혹시 당신은 이 방송 프로그램을 보고 사건을 구상하신 것 아닙니까?"

'날 죽이려 해요!' 쓰레기로 가득찬 방 안에서 여자가 외쳤다. 김선희는 이 장면을 보더니 모니터에서 고개를 돌렸다.

"내가 이 방송을 보고 사연을 꾸며냈다구요? 증거를 내밀어 봐요, 증거를!"

"증거는 없습니다. 왜냐하면 처음부터 말했듯 지금 제가 하는 말은 불가능을 제외한 가장 그럴싸한 답안이기 때문이에요. 하지만 보지 않았다는 증거도 없어요. 이 방송사에서 이 프로그램은 케이블 채널 동시간대 시청률 1위를 달리는 데다가 최근 제작된 프로그램 수가 적어서 본방송을 제외하고 하이라이트만 편집하여 하루 네 번씩 재방하고 있거든요. 실직 이후 하루 종일 집에 있으면서 텔레비전을 틀어놓으면 안 보려야 안 볼 수가 없죠."

윤성은 노트북을 접었다.

"게다가 윗집 사람이 무언가를 흘려보내 아랫집 사람을 죽이려 한다. 아랫집 사람은 그것이 두려워 비닐을 쓰고 자거나 해먹 위에서 잔다. 쓰레기로 가득찬 집. 판박이이지 않습니까? 이러한 사연이 겹칠 확률이 더 적은 것 같은데요."

성민이 고개를 끄덕였다. 그 역시 식당에서 문제의 프로그램을 보기 전까지 김선희의 사연이 의미하는 바를 알 수 없었다.

"김선희 씨, 당신에게 깜박 속아 넘어갔어요. 정상적인 사람이라면 그런 말을 할 리도 없고, 이런 주장을 한 달 동안이나 계속하는 사람이 있다면 누구나 그 사람을 미친 사람이라고 생각할 겁니다. 신고도 제대로 접수하지 않았습니다. 사실 저는 제가 편한 대로 처리했다고 생각했지만, 사실은 그것도 당신이 의도한 것이겠죠. 소름이 다 끼칩니다."

옆에서 성민이 거들었다.

"그래요. 당신이 완전히 미쳤다고 생각하게끔 하는 것, 그것이 이 사연 뒤에 감춰진 진실입니다. 그렇지만 문제가 남아요. 복수의 대상은 박지수인데 왜 그 엄마인 최미자 씨를 찔렀을까. 매우 복잡한 문제였습니다. 도저히 이성으로는 해결할 수 없는 부분이었죠. 특히나 아들들인 우리는 엄마와 딸 사이의 관계를 모르니 더더욱 어려운 문제였고요. 하지만 최미자 씨가 사는 아파트 주민과 인터뷰를 하고 한참 뒤에야 알 수 있었습니다."

윤성은 박지수의 얼굴을 떠올렸다. 단정하고 여유 있어 보이지만 사실은 누구보다도 물밑에서 발버둥을 치고 있었다. 인정받기 위해서. 누구에게 인정을 받기 위해서?

"박지수 씨는 엄마인 최미자 씨의 인정을 갈구했습니다. 오랜 시간 동안 이다연과 비교당하면서 인정을 받기 위해 열심히 노력했어요. 그런데 그를 인정해 줄 엄마가 없어져 버린다면? 아마도 당신이 삶의 이유이던 딸을 잃어버린 것과 마찬가지로, 아니면 그보다 더 큰 고통을 겪게 될지도 모르죠. 만약에 최미자 씨가 죽지 않더라도 박지수는 당신이 최미자 씨를 찔렀다는 사실을 알면 불안감에 시달릴 것이라는 사실을 매우 잘 알았을 겁니다. 그리고 그 결과는 박지수의 자살이었죠."

박지수는 죽기 전 죄를 고백했다. 아니, 자신의 인생을 고발했다. 비교당하며 살아온 인생, 비교당하며 살아갈 인생, 그리고 비교의 대상과 비교하는 자신을 모두 세상에서 없애 버렸다. 결국

두 엄마에게는 아무것도 남지 않았다. 성민은 가슴 한쪽이 헛헛했다.

"그러나 복수를 진행하는 과정에서 당신은 미꾸라지처럼 빠져나올 수 있었습니다. 왜냐하면 우리 모두는 당신이 정신이상이라고 믿어버렸기 때문이지요. 박지수의 자살은 죄를 고백한 자살로 끝나며, 당신은 약간의 상해죄로 심해야 집행유예, 보호감호 정도로 끝날 것 같습니다. 손을 반만 대고 코를 푼 격이네요."

"후후후, 엄청나네요."

김선희는 앞으로 쏟아진 머리를 쓸어 올렸다. 얼마 전까지만 해도 푸석거리고 힘없던 머릿결에 윤기가 도는 것 같았다.

"당신 같은 아들들을 둔 부모가 참 부럽네요. 든든하겠어요."

그가 손을 책상 위에 올렸다. 은빛 수갑이 반짝거렸다.

"맞아요. 난 미치지 않았어요. 아주 말짱해요. 그 텔레비전 프로그램, 그딴 방송을 누가 보나 했는데 많이들 보나 보네요."

김선희는 기도라도 하듯 손에 깍지를 꼈다.

"지수는 다연이를 죽였어요. 유서를 보고 알았죠. 그건 우리 다연이 글씨체가 아니라 지수의 글씨체이니까요. 글씨체 감식을 해달라고 요청했지만 경찰에서는 들어주지 않았어요. 그래서 내가 스스로 나서기로 한 거죠. 회사에서 쫓겨나서 계획을 바꾸었냐구요? 예, 일부 바꾸기도 했어요. 미친 사람인 척해서 경찰을 속인 것도 수정한 계획의 일부였죠. 그렇지만 미자를 찌른 건 순전히 우발적이었어요. 미자 그년, 내가 딸이 없는 걸 뻔히 알면서도 내 앞에서 딸 자랑을 해? 그것도 내 딸을 죽인 년을? 순간적으로 눈이 뒤집혔어요."

"마지막 질문이 남았습니다. 저는 이게 가장 궁금해서 미칠 것 같았어요. 도대체 왜 그렇게 공을 들여 미친 사람인 척한 겁니까?"

윤성의 얼굴은 얼음같이 차가웠다. 김선희는 그의 얼굴을 빤히 바라보더니 두 눈에 물이 고였다. 몇 초 사이에 몇 년은 늙어버린 얼굴이 되어 울먹였다.

"그래도 엄마가 되어 딸 제사상이라도 차려줘야지. 감옥에서는 못 차리잖아."

"옛날에 말이야, 우리 엄마가 너 체르니 100번 끝내고 200번 친다고 말한 적이 있다."

윤성은 휴게실 자판기에서 커피를 뽑아 성민에게 건네주었다.

"20년도 더 전에 피아노 학원 다닌 이야기는 뭐 하러 꺼내냐?"

성민은 커피를 받아 들었다.

"들어봐. 그래서 나도 열심히 해서 200번을 치려고 했더니 체르니 30번을 주는 거야. 피아노 실력이 안 되어서 200번이 아니라 30번을 주는 줄 알고 실망이 이만저만이 아니었다."

"바보, 원래 체르니 200번은 없어."

윤성이 피식 웃었다.

"그래, 원래 체르니 200번은 없어. 그 일이 있고 나서 몇 년이 지나서야 알았지. 몇 년이 지나서 엄마한테 따져 보니 지성민 너네 엄마한테 그렇게 들었다는 거야."

"너 지금 우리 엄마 욕하는 거냐?"

성민이 윤성의 멱살을 잡는 시늉을 했다.

"아냐, 아냐. 내 말은 어른들이 자식 자랑을 하다 보면 한도 끝도 없는 데다 없는 것마저 지어낼 때도 있다는 거야. 그 말을 들은 어른들은 그걸 곧이곧대로 가져다가 자식에게 전달하고, 자식은 그걸 가지고 또 스트레스를 받지. 어떻게 보면 자기 자식을 사랑해서 하는 자랑이 다른 집 자식에게는 엄청난 스트레스가 되는 거야. 박지수와 이다연은 가장 극단적인 케이스이고."

윤성은 휴게실 의자에 드러눕듯 앉았다. 커피로 찰랑찰랑한 종이컵을 위태롭게 들고 머리를 벽에 기대었다. 성민은 서서 윤성을 내려다보았다. 윤성은 안경을 벗고 눈을 감았다.

"예전에 우리 엄마가 그랬는데, 너 초등학교 6학년 때 성취도 평가에서 올백 맞았다고 담임선생이 수업 중간에 나가 케이크 사와서 파티해 준 적이 있었대. 엄청 스트레스 받았는데, 그거 진짜 아니지? 어느 선생이 근무 시간에 나가서 케이크를 사 오겠어?"

윤성이 왼쪽 눈을 찡긋했다.

"아냐. 그건 진짜야."

"뭐?"

"20년 가까이 된 옛날 일이 중요한 게 아니야. 이번 사건에서 가장 허무한 건 그렇게 사랑한 자기 자식들이 별반 다를 것 없다는 거야. 비슷한 성적, 비슷한 외모, 비슷한 대학, 직장까지. 최미자와 박지수는 이다연이 대용그룹에 정규직으로 입사한 줄 알았지만……."

윤성은 말을 하다 말고 봉투 하나를 성민에게 건넸다. 봉투 안에는 박지수의 명함과 이다연의 출입증이 찍힌 자료 사진이 들어 있었다.

"이게 왜?"

"잘 봐. 두 개 다 회사와 관련된 건데 무언가가 없지 않아?"

성민은 명함과 사진을 유심히 관찰하였다.

"대용커뮤니케이션 홍보팀 박지수, 대용전자 마케팅팀 이다연. 사진도 있고, 이름도 있고, 연락처도 있고, 있을 것 다 있는데 무엇이 없다는 거지?"

"로고."

회사의 이미지를 담은 작은 그림. 별것 아닌 것처럼 보이는 그것이 이 둘의 명함과 출입증에는 없었다.

"비정규직의 명함과 출입증에는 로고가 없어. 파견직도 마찬가지로 없다고 하더라. 대용그룹에서는 그런 식으로 정규직과 비정규직, 파견직을 구분한다고 하더라고."

"그럼……?"

"그래, 박지수는 이다연이 정규직으로 들어갔다고 최미자에게서 들었고, 그것에 격분했지만 사실은 이다연도 비정규직이었어. 누가 잘하고 못하고 잴 것도 없이 둘 다 똑같은 처지였지."

윤성은 벽에 기대어 두 눈을 감았다.

파트너

장우석

고등학교 수학 교사. 계간미스터리 2014년 봄호 「대결」로 등단.
단편 「안경」 등을 발표하였다.

가영이와 눈이 마주치자 지수는 조용히 웃었다. 이전에는 본적이 없는 섬뜩한 미소였다. 지수는 자리에서 일어나 감독에게 뭔가 말한 뒤 조용히 방을 나갔다. 가방을 그대로 둔 채였다. 밤 11시가 되자 감독 교사는 퇴근했다. 학생들이 가방을 챙겨서 한 명 두 명 나가기 시작했다. 가영이도 자습실 건물을 나와 마중 나온 아빠의 차가 있는 주차장으로 향했다. 학생들이 모두 건물을 나왔지만 지수는 돌아오지 않았다. 아니, 돌아올 수 없었다.

학교 건물 안에서 학생이 살해당한 건 충격적이었다. 재수가 없었단다. 모두들 쉬쉬하며 아무 일도 없던 것처럼 일상으로 돌아갔다. 단짝 지수는 그렇게 갑작스럽게 가영의 곁을 떠났다.

"평균값 정리는 민 밸류 시어럼(mean value theorem)을 문자 그대로 번역한 거예요. 적분과 미분을 본질적으로 연결해 주는, 미적분학에서 가장 중요한 정리 중 하나죠. 여러분은 이 정리를 배우는 것만으로도 인간으로 태어난 보람을 느낄 겁니다. 하하하! 과장이 심한 것 같죠? 그렇지 않아요. 이제 증명해 볼 테니까 졸지 말고 잘 보세요."

고음이면서도 부드러운 오병준의 목소리가 교실의 열기를 한껏 키우고 있었다. 188센티미터의 키에 뛰어난 실력과 학생 지도 능력으로 부임한 지 이제 4개월인 병아리 교사 병준은 이미 W여고의 스타 교사였다. 쉬는 시간마다 질문하겠다고 복도에 줄을 선 2학년 자연계 학생들은 학기가 끝나가는데도 줄어들 기미가 보이지 않았다.

"선생님, 이런 질문 해도 되는지 모르겠지만……."

강희원은 수업 후 교무실에 따라와 복도에서 다른 아이들 질문이 끝나기를 기다린 후 용기를 냈다.

"질문에 높낮이는 없어. 희원이가 궁금한 걸 질문하면 돼."

희원은 웃으며 자신을 바라보는 병준의 눈빛을 쑥스러운 듯 피하며 결심한 듯 말했다.

"정리가 뭔지 모르겠어요. 정의하고는 어떻게 달라요? 선생님, 증명은 또 뭐고요?"

중학교 때부터 고2까지 올라오면서 가지고 있는 불편하던 부분을 수학 교사에 대한 애정에 힘입어 과감하게 꺼낸 것이리라. 질문해 놓고도 민망해하는 희원을 물끄러미 바라보던 병준은 자못 진지하게 대답했다.

"음, 희원이가 기본적이면서도 중요한 부분을 궁금해하는구나. 그 세 용어는 혼동하면 안 된단다. 우선 정의부터 설명할게."

잠시 후 희원은 친절한 설명에 만면에 웃음을 품고 돌아갔다. 병준은 흐뭇한 표정을 지으며 그 모습을 바라보고 있었다. 2학년 부장 이계현이 다가와 말을 걸었다.

"오 선생, 젊은 사람이 참 아는 것도 많고 태도도 좋아. 경험도 풍부하고. 근데 말이요, 미국까지 가서 공부하고 온 사람이 뭐하러 학교에서 고생하누. 같은 교직에 있으면서 할 이야기는 아니지만… 자네가 아까워서 하는 말이네."

병준은 후배를 향한 값싼 질투심을 경멸하고픈 속마음을 애매한 미소로 대신하며 교무실을 나왔다.

2학기부터 사용될 예정인 수학전용교실은 이미 완성되었다. 기본적인 컴퓨터 설비는 물론이거니와 네 벽 모두 설치된 화이트보드에 통계 실험에 사용될 유리구슬과 사이클로이드를 비롯한 각종 곡면 커브는 수학과 과학의 통합 수업도 가능하게 하는 기재들이다. 병준 자신이 가져다 놓은 화분과 대형 어항은 교실에 대한 애정을 담고 있는 물건이었다. 창문을 여니 하늘을 찌를 듯 시원하게 뻗은 메타세쿼이아 숲이 보인다. 3층 창밖으로 바라보는 학교 외곽 오솔길의 풍경도 그만이었다. 2학기부터 이곳이 내 왕국이다. 병준은 자신에 찬 표정으로 교무실로 돌아갔다. 방과 후에 매일 질문하러 오는 두 손님, 아니, 두 팬을 맞이해야 하기 때문이다.

"그런데 가영아, 여름방학에 특별한 계획 있어? 이번에는 학원 특강도 빠하고 방과후학교[2]도 별 볼 일 없는데."

"응? 난 그냥 독서실. 헤헤."

종례가 끝나자마자 날아왔건만 매점은 언제나처럼 3학년 선배들이 점거하고 있었다. 그래도 빨리 나온 터라 줄이 길지는 않았다. 여름방학을 앞둔 여고의 풍경은 여느 때와 같이 평화롭고 소란스러웠다.

"난 학교 야자실에 출퇴근하기로 했다. 그나저나 우리 병준 쌤은 방학 때도 바쁘시겠지?"

"이번 방학 때 병준 쌤이 교사영어회화 동호회 운영한대. 지리 쌤이 말해주더라. 동호회 운영도 하시고 또 지수 네가 매일 수학 문제 질문할 거고……. 바쁘시겠지? 아, 손에 음료수 묻었다. 나 화장실 갔다 갈 테니까 먼저 가."

남가영은 윤지수에게 애정이 묻어나는 미소를 보내며 화장실로 뛰어갔다. 지수는 말없이 가영의 뒷모습을 보며 한참을 서 있다가 참고서를 꺼내며 교무실로 들어갔다.

"미적분은요, 계산도 증명도 모두 할 수 있겠는데 이런 걸 뭐 하러 배우는 건지 모르겠어요. 교과서에 잠깐 나오는 거 아니에요? 실생활에의 응용은 별로 와 닿지가 않아요."

지수의 기출 문제 질문이 끝난 후 바로 이어지는 가영의 질문

---

2) 초, 중등학교에서 일과 후, 또는 방학 중에 열리는 모든 보충 수업은 방과후학교로 불린다.

공세에 병준은 곤혹스러운 표정을 지었다.

"아까 설명해 주신 평균값 정리도 내용 이해가 문제가 아니라 어떻게 그런 발상을 했는지 저는 그게 궁금하다니까요?"

가영은 수학을 열심히 공부하면서도 점수보다는 과목 자체에 관심이 많았다. 그런 점에서 늘 같이 다니는 지수와는 달랐다.

"가영아, 네 질문은 정당해. 맥락과 무관하게 수학을 이야기할 수는 없지. 하지만 고등학교 2학년 자연계에서 배울 수 있는 내용에는 한계가 있단다. 앞으로 천천히 배우면 알게 될 거야. 오늘은 평균값 정리의 발견 배경에 대해 이야기해 주마."

가영과 지수는 병준의 설명에 이해할 듯 말 듯한 표정을 지으며 돌아갔다. 두 단골손님을 보낸 병준의 노트북 화면 아래쪽에서 붉은색 불이 깜빡였다. 교장에게서 온 메신저였다. 병준은 교장실로 내려갔다.

"학생들 만족도가 5.00이에요. 서술형으로 쓴 내용도 좋고요. 학생들의 불만 사항이 전혀 없는 다섯 명의 선생님 중에 오병준 선생님 만족도가 톱입니다."

W여고는 일 년에 두 번, 6월 말과 11월 말에 교원능력개발평가를 실시한다. 학생들이 온라인상에서 담임교사와 교과 담당 교사의 평가를 객관식과 서술형으로 하는 방식이다. 물론 무기명이다. 점수는 해당 교사 본인과 교장만이 볼 수 있다. 민영숙 교장은 평가가 끝나면 항상 높은 점수를 받은 교사들을 개인적으로 교장실로 불러 치하했다. 교장은 병준을 지그시 바라보며 흐뭇한

미소를 지었다.

뉴욕주립대 통계학과 졸업장이 아니었다면 W여고는 병준이 꿈꿀 수도 없는 강남의 최고 명문 고등학교가 아닌가. 스카이 출신이 아닌 교사는 십 퍼센트를 넘지 않았다. 병준은 지원서를 보고 호기심에 참석한 영어 교사들의 혼을 빼놓을 정도의 영어 실력을 유감없이 보여주었다. 시범 수업 또한 완벽했다. 영어에 능한 학생들만 모아놓은 교실에서 병준은 학생들을 압도했던 것이다.

"2학기에 있을 영어친화 수학시범수업[Englishfriendly math class] 잘 준비해 보세요. 강남 지역 타 학교 인사들과 교육청 장학사들도 참석할 거니까. 우리 W여고의 수준을 확실히 보여줄 수 있는 좋은 기회가 될 겁니다."

병준의 머릿속에 영어친화 수학수업, 영어연계 수학수업, 영어기반 수학수업, 이런 단어들이 나열되었다. 아마도 앞으로 병준이 해야 할 수업들일 것이다. 병준은 수학수업을 굳이 영어로 해야 하는 이유, 그리고 자기 학교 교사의 시범 수업에 외부 인사, 그것도 교육청 장학사 따위를 초대하는 이유 등을 이해할 수 없었다. 모두 가식으로 생각될 뿐이다.

"잘 알겠습니다."

병준은 고개를 끄덕이며 교장실을 나왔다. 내일부터 여름방학이지만 네 개의 방과후학교 수업과 교사 영어회화 동호회 운영, 2학기에 있을 시범 수업을 비롯한 각종 수업 준비, 수학전용교실 관련 일 등으로 병준에게 방학은 없다고 보아도 좋았다.

25일이 채 안 되는 여름방학은 금방 끝났다. 대기업 이사인 남준기는 회사 일이 아무리 바빠도 딸 가영을 챙겼다. 매주 수요일과 토요일 저녁은 가영의 영어와 수학 학습 내용을 점검하는 날이다. 경제학과 출신인 준기의 수학 실력은 가영이가 존경할 정도였으며 유학파였으므로 영어 지도 또한 자연스러웠다. 시험 일주일 전부터는 매일 가영이의 영어와 수학을 체크해 주고 있었다. 준기는 가영에게 그 어떤 학원 선생이나 과외 선생보다도 미더운 아버지였다. 가영이 제일 좋아하는 건 시험이 끝나는 날 아버지와 뮤지컬을 보러 가는 것이었다. 뮤지컬을 보고 밤늦게 집에 와서 아버지가 만든 특식 밤참을 같이 먹을 때는 서로에게 발산하는 애정이 넓은 집을 채우고도 남았다. 가영은 요리도 잘하고 공부도 가르쳐 주고 같이 공연도 보러 갈 수 있는 아버지와 함께라면 언제까지나 행복할 수 있을 것 같았다. 아버지의 도움과 자신의 노력으로 가영의 2학년 1학기 성적은 전교 20등을 찍었다. 같은 반 친구이자 라이벌인 지수와 동률이었다.

　오늘도 목표치 달성. 가영은 뿌듯한 마음을 안고 독서실을 나와 집으로 향했다. 8월 14일, 오늘은 가영이 어머니의 기일이다.

　"하여튼 5분도 오차가 없다니까. 어서 와. 고생했지?"

　"응. 아빠가 다 차려놨네?"

　영정 사진 속의 여인은 아름답고 힘 있는 모습이었다. 환자에 대한 열정이 컸던 그녀는 2년 전 퇴근하던 길에 과로에 의한 급성 심장마비로 세상을 떠났다. 하지만 가영에게 누구도 대신할 수 없는 롤 모델이 되어주었다.

"아빠, 나도 엄마처럼 좋은 의사가 될 거야."

영정 사진을 보며 가영은 준기의 손을 꼭 쥐었다.

외과의이자 의대 교수이던 가영의 어머니는 길에서 급사했다. 주변에 사람들이 많았지만 누구 하나 심폐소생술을 하지 못했다. 아니, 근처에도 가지 않았다. 남을 살리는 데 그렇게 헌신적이었지만 정작 자신은 타인의 도움을 받지 못하고 허망하게 떠나 버린 것이다. 아내의 죽음에 대한 슬픔과 비정한 세상에 대한 분노로 준기는 장례식이 끝난 후에도 출근을 할 수 없었다. 이렇게 떠날 줄 알았다면 좀 더 많은 시간을 함께했을 거라며 자책했다. 가영에게서 희망을 발견하지 못했다면 폐인이 될 수도 있었을 것이다. 중3이던 가영은 혼자 죽을 쑤어서 방에 누워 천장만 바라보고 있는 준기 머리맡에 놓고 곁을 지켰다. 그런 가영을 보며 누워 있는 준기는 눈물을 삼켰다. 준기에게 딸 가영이는 유일한 희망이었다. 준기는 가영이를 의사로 키우기로 했다. 삶의 목표가 생겼다. 중3 이후로 가영의 성적은 계속 올랐지만 고2가 되면서 제자리를 맴돌고 있었다. 계열이 갈라지니 학생들도 더 열심히 하는 것이다. 더구나 의대는 경쟁이 극히 치열했다. W여고의 시험 문제는 주변 학교에서 소문날 정도로 어려웠다. 다른 과목은 괜찮았다. 문제는 국영수였다. 준기는 수시와 정시 전국 의대 전형을 모두 분석해 보았다. 의대를 진학하기 위한 가장 안전하고 확실한 것은 학교장 추천 전형이었다. 2학년 2학기부터 남은 네 번의 시험에서 단위 수가 높은 국영수를 만점 받지 못한다면 의대 진학은 어려워진다. 가영이를 아내의 후배로 만들어주는 것, 그것은 준기에게 있어서 딸에 대한 애정과 아내에 대한 미안함이 만나는 지점이었다. 준기는 두 주먹을 불끈 쥐었다.

2학기라고는 하지만 8월 중순이었기 때문에 더위가 남아 있었다. 하지만 2학년 2학기가 주는 긴장감 때문인지 방과 후 야간자율학습실의 열기는 뜨거웠다. 지수와 가영이도 그 열기에 한몫 보태고 있었다.

"오늘 방과 후에 질문하러 갔더니 병준 쌤 교무실에 안 계시더라."

쉬는 시간에 건물 밖으로 나왔지만 덥기는 마찬가지였다. 더위에 약한 지수는 말하면서도 양손을 내젓고 있었다.

"3층에 있는 수학전용교실 정리하시는 것 같던데. 다음 주부터 일주일에 한 번은 거기서 수업할 거라고 했잖아. 점심시간에 3층 지나가다가 열어보니 열리더라고. 진짜 럭셔리해. 조명도 은은하고 기자재도 많아. 칠판도 교실 것과 달라. 그리고……."

가영이 웃으며 말했다.

"캐비닛 뒤쪽에 조그만 개인 책상이 있었어. 앞에서는 안 보여. 병준 쌤이 그 교실 관리자인 것 같아."

"그래? 그럼 앞으로 방과 후에 주로 거기 계시겠네."

선수를 뺏긴 지수는 분한 마음을 감추며 쿨하게 말했다.

"혼자만의 방이 생겼으니까 당연하지. 그러니까……."

가영은 눈을 찡끗했다. 지수는 경쟁자이지만 가영 자신을 나태하지 않게 만드는 소중한 친구였다. 앞으로는 둘이서 병준 쌤의 방과 후 시간을 보다 확실히 공유할 수 있을 것이다.

"난 수학전용교실 수업이 기대돼. 참, 지수야. 아까 점심시간에 동아리방에서 회의하는 것 같던데, 동아리에 무슨 일 있어?"

"응, 2학기에 문집 만들어야 해서 예비 회의 한 거야. 역할 분담은 확실히 해야 하거든."

지수는 판타지 창작 동아리 '에페수스'의 부장이다. 동아리 활동은 지수 학교생활의 절반을 차지할 정도로 의미가 컸다. 작년 '에페수스' 문집에 실린 지수의 《거울》이라는 단편소설은 이례적으로 교내 특활발표회 때 연극부 주관으로 공연된 작품이다. 거울을 통해서 주인공 소녀의 자아가 변화하는 내용이었다.

지수에게 글쓰기는 삶의 윤활유였다. 지수의 소설은 어둡고 괴이한 내용이 많았지만 독특한 색깔을 가지고 있었다. 고단한 현실에 대한 지수 나름의 탈출구인 셈이다. 십 년 전에 아버지와 이혼한 어머니는 마트 계산대 직원, 청소부, 파출부 일을 하며 지수 뒷바라지를 해왔다. 지수의 목표는 전교 일등이었다. 그것이 자존심 강한 지수에게 자신이 기초생활수급자라는 사실을 상쇄시킬 수 있는 유일한 위안이었으며, 자신을 키우느라 고생하는 어머니에 대한 보답이기도 했다.

지수와 가영이는 중학교 동창이다. 고등학교에 올라온 후 같은 한 부모 가정이라는 사실을 알게 되고 둘은 급속히 친해졌다. 하지만 한 부모 가정이라고 해도 가영이와 지수의 환경은 달랐다. 그런 의미에서 지수에게 가영이는 둘도 없는 친구였지만 둘도 없는 경쟁자이기도 했다.

"종 치겠다. 가영아, 들어가자."

야간자율학습실로 들어가며 지수는 마음을 다지고 있었다. 감색 교복에 잘 어울리는 동아리 배지가 지수의 가슴에서 반짝이고 있다. '에페수스'의 일반 부원들 배지는 갈색이지만 부장인 지수의 배지는 검은색이었다.

수학전용교실에서의 첫 수업은 색달랐다. 미분 가능성과 연속성의 차이를 설명하는 다양한 방식이라는 주제로 토론하고 조별 발표를 하는 과정에서 학생들은 애매하게 알던 개념들의 차이를 보다 명확히 인지하게 되었다. 수업이 조별로 진행되었기 때문에 잘 아는 친구가 다른 친구에게 자연스럽게 설명해 주는 것도 서로에게 좋은 경험이 되었다. 협력을 바탕으로 한 선의의 경쟁, 수업에 대한 학생들의 긍정적인 반응이야말로 교사의 가장 큰 힘이다. 병준은 자신이 설계한 수업에 크게 만족했다.

"이번 중간고사는 교과서와 나눠 준 프린트 중심으로 공부하세요. 기초가 부족한데 어려운 문제집만 잡고 있는 친구들은 모두 멸망할 겁니다. 아, 그리고 교과서의 심화 학습은 꼼꼼히 보는 게 좋을 거예요. 시험에 관해서 또 질문 있나요?"

"증명 문제도 나오나요?"

수학 시험 때마다 나오는 질문이지만 대답도 한결같다. 병준은 음흉한 미소를 지으며 대꾸했다.

"그 수학 시험지 받아보면 알게 됩니다. 오늘 수업은 여기까지."

학생들이 우르르 일어났다.

"2학기 시작한 지 얼마나 됐다고 중간고사라니⋯⋯."

교실로 돌아오는 복도는 한산했다. 3교시 후가 점심시간이라 학생들이 대부분 급식실로 뛰어갔기 때문이다.

"매일 수학전용교실에서 수업했으면 좋겠다."

가영에게는 중간고사에 대한 걱정보다도 새로운 수학수업의 경험이 더 의미 있게 다가왔다. 지수는 복도를 걸어가며 문제집의 문제를 체크하고 있었다. 딱 보기에도 어려운 문제들이었다. 가영이 말을 걸었다.

"블랙라벨 벌써 다 풀었어? 난 아직 좀 남았는데."

"몇 문제가 자신 없어. 풀리긴 하는데 제대로 푼 건지 대충 때려 맞힌 건지."

"오늘 야자 감독 병준 쌤이야. 아까 교무실 칠판에서 야자감독표 봤거든. 나도 몇 개 질문할 거 있는데 나중에 야자 쉬는 시간에 같이 물어보자. 니가 궁금해하는 그 문제들 나도 알고 싶어, 지수야."

"⋯⋯."

지수는 대답 없이 미소 지으며 교실 문을 열었다. 잠시 후, 둘은 도시락을 들고 뒤뜰로 나갔다. 하늘에는 구름 한 점 없었다.

W여고는 원하는 학생들에 한해서 밤 11시까지 야간자율학습실을 개방했다. 준기는 딸 가영이가 학교에서 야간자율학습을 하는 수요일과 금요일 밤 10시 50분경에 늘 W여고 정문을 통과해 학교로 들어왔다. 가영이를 태우고 집으로 돌아가기 위해서이다.

2학기 중간고사를 일주일 앞둔 그날 밤도 마찬가지였다. 준기는 야간자율학습실로 사용되는 자습관 건물 앞 주차 공간에 벤츠를 대고 곧 나올 딸을 기다리고 있었다. 자율학습을 마친 학생들이 삼삼오오 건물 밖으로 나오고 있었다. 그중에는 가영이처럼 부모가 마중 나온 아이들도 있었다. 가영은 보이지 않았다. 감독하는 교사들에게 질문하느라 종종 늦게 나오는 가영이다. 밤바람을 느끼고 싶어 준기는 차 밖으로 나왔다. 어두운 하늘을 보며 깊은 호흡을 하고 있는데 가영의 목소리가 들렸다. 돌아보니 가영이 옆에 배낭을 멘 청년이 서 있다.

"아빠, 우리 수학 선생님이야. 오병준 쌤. 내가 얘기했잖아. 진짜 잘 가르치셔."

"아, 안녕하세요, 가영이 아버님."

병준은 어색해했다.

"예, 수학 선생님이시군요. 늘 신세 지고 있습니다. 감사합니다."

준기는 인사하며 가영이 가방을 받았다.

"참, 아빠, 병준 쌤, 아니, 우리 수학 쌤 미국 유학파야. 뉴욕에서 대학 다녔대. 대단하지? 영어도 엄청 잘하셔."

준기의 동작이 멈췄다.

"오 선생님, 실례지만 뉴욕의 어느 대학 졸업하셨나요?"

병준은 쑥스럽게 말을 밀어냈다.

"뉴욕주립대 통계학과입니다."

준기의 표정이 바뀌었다.

"통계학과라……. 그럼 스토니브룩에 계셨겠군요. 전 올버니에서 석사를 마쳤습니다. 경제학으로요. 선생님, 우리 가끔 만납시다. 하하! 이것 참."

병준의 표정도 쑥스러움에서 놀라움으로 바뀌어 있었다. 딸아이 학교에서 동창을 만난 의외의 상황에 흥분한 준기는 병준에게 이것저것 물어보기 시작했다.

"기숙사 생활 하셨나요? 전 기숙사 생활 했거든요. 돈도 적게 들고 시간 관리도 편하죠."

"예, 뭐……."

"4번 구내식당에 비프스테이크가 그만이었는데 아직도 하는지 모르겠네요. 하하!"

"전 스테이크를 잘 안 먹어서요. 햄버거가… 차라리 괜찮더라고요."

"맞다. 스토니브룩에 맥도날드가 있었죠. 학생들 편의 생각하면 대학 내의 프랜차이즈를 나쁘다고만 볼 것도 아닌 거 같습니다. 기숙사에서 경고는 한 번도 안 받으셨나요? 전 두 번이나 먹어서 퇴사당할 뻔했습니다."

"예, 전 한 번도……."

"오 선생님도 엘아이알알[3] 이용하셨죠?"

병준의 표정이 조금 밝아졌다.

"예. 뉴욕 시내 돌아다니는 덴 그만한 게 없죠."

준기는 의아스러운 표정으로 병준에게 물었다.

---

3) 미국 뉴욕주의 롱아일랜드를 가로지르는 24시간 철도망(long islang rail road).

"제 기숙사 퇴사를 막아준 게 엘아이알알이었는데 오 선생님은 아주 모범적인 생활을 하신 모양입니다."

"예. 뭐… 전 캠퍼스 근처에서 주로 놀았으니까요. 통금 시간은 문제가 안 됐습니다."

병준이 대답했다.

"……"

집으로 돌아오는 벤츠 안에서 가영이가 쉴 새 없이 조잘댔지만 준기의 표정은 굳어 있었다. 집에 도착하자마자 준기는 어딘가로 이메일을 보냈다.

마을버스에서 내린 병준은 동네 슈퍼에서 맥주 캔을 하나 샀다. 늘 다니던 길이 오늘따라 낯설게 느껴졌다. 병준이 지방대학 재학 시절 친하게 지낸 친구가 뉴욕주립대로 편입했다. 자매학교 교환학생 프로그램 혜택을 본 것이다. 친구는 병준에게 가끔 이메일로 간단한 소식과 사진을 보내주었다. 사진 중에는 엘아이알알 안에서 찍은 것도 있었다. 유학 생활을 성공적으로 마친 병준의 친구는 졸업 후 미국 현지 취직에 성공했다. 병준도 미친 듯이 공부했다. 전공인 통계학뿐만 아니라 관련 있는 수학 전반을 열심히 공부했다. 영어도 토플 118점을 찍었다. 하지만 한국이라는 나라는 대학에 들어가기 전 성적을 그 이후의 노력과 실력보다 중시했다. 지방대 출신은 어느 회사도 뽑아주지 않았다. 39번째 이력서를 쓰던 병준의 머릿속에 친구가 자랑 삼아 보내준 뉴욕주립대 졸업장 사진이 떠올랐다. 뭐 어떤가? 실력은 충분한데. 대학에서 피눈물 흘리며 만든 전공과 영어 실력을 뽐낼 수 있는 곳, 고등학교는 좋은 장소였다. 병준은 강남 8학군의 잘나가는 고등학교에 지원서를 던졌다. 추천인 서류에 친구의 지도교수 이름과 병준 자신의 구글 이메일 주소를 써 넣었다. 한국은 여러 가지로 이상한 나라였다. 사람은 믿지 않으면서 서류는 쉽게 믿었다. 물론 '유학생' 병준의 영어 실력도 한몫했지만 말이다. 진심 반 장난 반으로 벌인 일이 현실화되어 갈수록 병준은 더 대담해졌고 더 성실해졌다. 밤새 수업 준비를 해도 힘들지 않았고 하루 종일 수업해도 지치지 않았다. 서울대 출신 교사들과 비교해 봐도 꿀릴 게 없는 실력이었다. 병준은 W여고에서 난생처음으로 자존감과 보람을 느꼈다. 그런데 엉뚱한 곳에서 문제가 생겼다. 오늘은 대충 넘겼지만 앞으로 괜찮을 거란 보장은 없다. 병준은 W여고를 떠나고 싶지 않았다.

"최대값과 최소값 구하는 문제에 산술기하 원리를 적용하는 방법을 따로 정리하려는데 경우의 수가 많아서 좀 어렵네요."

"문제 종류로 분류하기보다는 문제의 조건을 가지고 분류하는 게 좋을 거야. 그러면 경우의 수가 서너 가지 정도로 줄어들어."

"아! 그렇게 정리하면 되겠구나."

통풍이 잘되는 수학전용교실은 에어컨을 튼 것처럼 시원했지만 병준의 마음은 그렇지 못했다.

"지수는 동아리 일 때문에 오늘 못 온대요. 내일 안 풀리는 문제들 몰아서 질문할 거라고 벼르던데요, 녀석."

"내일은 방과 후에 내가 약속이 있어. 괜찮으면 내일 점심시간에 오라고 전해주렴."

병준은 내일 있을 준기와의 대화를 위해 요 며칠 면접시험 준비를 하는 마음으로 자료를 찾아가며 공부했다.

"그렇구나. 그럼 저도 점심시간에 올게요."

야간자율학습 시작종이 울렸다. 가지고 온 문제집을 챙겨서 나가던 가영이 생각난 듯 뒤돌아보며 말했다.

"참, 아빠가 쌤 되게 반갑대요."

병준의 심장 박동이 다시 빨라지고 있었다.

카페는 W여고에서 사십 분이나 걸리는 장소에 위치했다. 아직 이른 시간이라 그런지 카페 내부는 한산했다.

"오 선생님, 제가 뵙자고 한 이유를 혹시 짐작하십니까?"

준기의 목소리는 며칠 전과 확연히 달랐다.

"……"

"제 지도교수님께 문의해 본 결과 뉴욕주립대 통계학과 최근 5년 졸업생 중에 한국인은 두 명뿐이더군요. 모두 여자였고요."

병준은 쉽지 않은 대화가 될 거란 생각은 했지만 준기가 이렇게 빨리 알아낼 거라고는 상상하지 못했다. 병준의 얼굴에 놀라움과 두려움이 동시에 나타났다. 준기의 말투가 점차 힐난조로 바뀌어갔다.

"스토니브룩은 뉴욕 외곽에 있소. 시내에서 사십 분 이상 걸리지. 시내에서 놀다가 밤에 학교로 들어오는 학생들로 엘아이알알은 미어터진단 말이오. 그런데 당신은 순환 열차 이야기가 나오자 캠퍼스 근처에서 놀았기 때문에 기숙사에 늦을 일이 없었다고 했소. 흥! 캠퍼스 근처? 거기는 숲뿐이오. 요는 당신이 그 대학에 가본 적이 없었다는 결론이지."

병준은 준기의 표정을 보면서 예상보다 나쁜 시나리오가 자신을 기다리고 있음을 감지했다. 직장을 그만두는 게 문제가 아니었다. 이 사람이 신고한다면 어떻게 하지? 병준은 고개를 숙인 채 아무 말도 할 수 없었다. 시간이 지나가고 있다. 이윽고 고개를 든 병준은 준기를 보고 흠칫 놀랐다. 준기는 웃으며 병준을 보고 있었다. 아까와는 다른 느낌의 미소였다. 멍하니 앉아 있는 병준의 귀에 준기의 부드러운 목소리가 들려왔다.

"그래서 말인데, 시원한 맥주 한잔하시겠소, 오 선생님?"

W여고는 교사 개인이 비번을 가지고 시험지 파일을 상호 교환하기 때문에 타 교과는 물론이거니와 동일 교과라 하더라도 공동 출제자가 아니면 시험 문제를 볼 수 없었다. 병준이 시험지를 빼내기 위해서는 결국 등사실 열쇠가 필요했다. 등사실은 시험지를 인쇄, 보관하는 장소이기 때문에 관리가 엄격했다. 열쇠는 아침 8시에 행정실 창고에서 나와 일과 중에는 등사실 서랍에 있다가 관리자인 강 씨가 퇴근하는 매일 오후 5시에 다시 행정실 창고로 들어갔다.

등사실 업무는 힘들었다. 혼자서 매일 세 대의 인쇄기 앞에 돌아가며 서서 수업 자료와 가정통신문을 비롯한 각종 인쇄물을 등사하는 일은 강 씨에게 있어서 지루하고 외로운 시간과의 싸움이기도 했다. 더구나 시험 기간에는 인쇄물들이 섞이면 안 되기 때문에 평소보다 긴장해야했다. 강 씨의 약점은 술이었다. 병준은 비싼 양주를 무기로 강 씨의 환심을 샀다. 병준은 뻔질나게 등사실을 드나들었다. 하지만 강 씨는 신중했다. 결코 병준만 남겨놓고 등사실을 비우지 않았다. 애를 태우며 등사실을 드나들던 병준에게 기회가 왔다. 같이 이런저런 이야기를 나누던 강 씨가 소파에 앉아서 졸기 시작한 것이다. 점심 식사 이후에 혼자서 양주를 홀짝인 게 틀림없었다. 병준은 안쪽 서랍을 조용히 열고 열쇠를 꺼내 준비해 온 틀에 본을 뜬 다음 다시 서랍에 넣었다. 이번은 국영수지만 가영이가 졸업할 때까지 준기가 세 과목으로 그친다는 보장이 없었다. 등사실을 나가면서 병준은 한숨을 내쉬었다.

가영은 중간고사 성적표를 보며 마음속 깊은 곳에서부터 채워지는 기쁨을 만끽하고 있었다. 고등학교 올라와서 처음으로 받아본 국영수 만점이었다. 시험 전날 아빠와 집중적으로 정리한 게 주효했다. 의대가 몇 걸음 더 앞으로 다가와 있다. 경쟁자이던 지수도 한참 아래로 따돌렸다. 가영은 집에 돌아와 전교 2등의 성적표를 보고 쿨하게 빙긋 웃는 아빠를 보며 엄마를 떠올렸다. 가영의 눈에서 눈물이 흘렀다.

준기는 병준의 통장에 육백만 원을 입금시켰다. 과목당 이백만 원인 셈이다. 액수는 중요하지 않았다. 요컨대 가영이가 졸업한 후에도 준기가 병준을 해코지하지 않겠다는 확실한 의사 표현이자 상호 간의 안전장치였다.

시간이 지나면서 병준은 안정을 되찾아갔다. 병준은 그동안 수업이면 수업, 학생 지도면 지도, 업무면 업무에서 누구에게도 뒤지지 않았다. 아니, 자신의 역할 이상을 해냈다. 병준이 시험지를 빼내서 가영이 성적을 올려준 건 사실이지만 피해를 본 아이들은 고작 몇 명이었다. 병준은 생각해 보면 그리 양심에 걸릴 일도 아니며 그만큼 열심히 수업 준비를 해서 더 질 좋은 수업으로 보답하는 것으로 충분하다는 생각이 들었다. 병준은 가슴을 쓸어내리며 미소를 지었다. 기말시험이 다가오고 있었다.

밤 10시 45분. 야간자율학습이 한창이었지만 지수는 자습관 건물을 나와서 주변을 배회하고 있었다. 담 너머의 아파트 단지 가로등 불빛이 학교 안 메타세쿼이아 숲을 은은하게 비추고 있다. 중간고사에서 단짝인 가영이에게 자존심을 구긴 이후로 수학과 영어에 더 시간을 투자하고 있지만 이번에도 질까 봐 두려웠다. 작년에 자신보다 아래쪽에서 놀던 가영이였기에 지수는 지금의 자신의 성적을 더욱 인정할 수 없었다. 잡생각을 하면서 건물 밖을 배회하는 자신이 한심하다고 생각하며 지수는 북쪽 끝에 있는 급식실 근처까지 걸어갔다. 건물 안쪽에서 금속성 소리가 들렸다. 문을 여는 소리 같았다. 이 시간에 본관 1층에 사람이 있을리 없었다. 호기심이 생긴 지수는 중간 입구를 따라 본관 건물로 들어갔다. 눈앞에 시커먼 통로가 나타났다. 낮에도 지나갔던 복도지만 들어갈 용기가 나지 않았다. 포기하고 돌아가려는 찰나, 복도 끝에 있는 등사실 철문이 열리며 누군가가 나왔다. 어두웠지만 큰 키 때문에 지수는 그 사람이 누군지 확실히 알 수 있었다. 어둠 속에서 열쇠가 반짝이고 있다. 큰 키의 사나이는 문을 잠근 뒤 복도를 나와 내정으로 조용히 걸어 나갔다.

다음 날, 방과 후에 지수가 수학전용교실에 도착했을 때 가영은 이미 가고 없었다. 동아리 일 때문에 지수는 항상 방과 후에 가영에게 선수를 뺏기곤 했다. 수학 문제 질문이 끝난 후 지수는 가지 않고 뭉그적거리며 병준의 눈치를 보았다.

"내일부터 기말시험이라 걱정되는 모양이구나?"

"그것도 그렇고요, 다른 질문이 있어서요."

"음, 뭔데?"

"별건 아니고, 그냥 궁금해서 그러는데… 샘, 어젯밤에 등사실에서 뭐 하셨어요?"

병준은 들고 있던 커피 잔을 떨어뜨릴 뻔했다.

"11시 조금 전이었을 거예요. 우연히 샘이 등사실 철문을 닫는 걸 봤거든요."

병준은 별것 아니라는 듯 손을 내저으며 말했다.

"어제 야근하면서 말이다, 근처 지나가다가 혹시 등사실 문이 열려 있는지 확인한 거란다. 들어간 건 아니고……. 너도 알다시피 시험지가 안에 있잖니."

지수는 고개를 갸우뚱했다.

"등사실 열쇠를 선생님들이 공유하세요?"

"등사실 아저씨가 관리하시지. 그러니까 내 맘대로 못 들어가. 하하! 우리 지수가 내가 문고리 돌리면서 잘 닫혀 있는지 확인하는 걸 보고 착각한 모양이네."

병준의 썩은 미소를 본 지수의 눈이 순간 반짝였다.

"죄송해요, 샘. 제가 착각한 모양이네요. 오늘 감사합니다. 내일 봬요."

지수는 명랑한 표정으로 문 앞에서 꾸벅 인사했다. 병준은 문에 기대서 소리 없이 안도의 한숨을 내쉬며 총총히 돌아가는 지수의 뒷모습을 바라보았다.

지수는 집으로 걸어가며 생각을 정리하고 있었다. 어둠 속에서 반짝이던 열쇠는 분명 병준의 손에 있었다. 지수는 병준의 거짓말을 확신했지만 증거를 잡기 위해서는 일단 속아줄 필요가 있었다. 병준이 왜 시험을 앞둔 늦은 밤에 등사실에 몰래 들어갔을까. 지수가 생각할 수 있는 이유는 하나뿐이었다. 그리고 그 열쇠가 복제된 열쇠라면(그럴 가능성이 크다) 병준의 시험지 절도는 앞으로도 계속 일어난다는 의미가 된다. 자신이 그동안 존경하고 따르던 병준이기에 지수는 더욱 용서할 수 없었다. 병준의 시험지 절도의 이유를 생각하던 지수의 머릿속에 지난 1학기 말에 갑자기 국영수 만점을 받고 전교 2등으로 성적이 수직 상승한 친구 가영이가 떠올랐다. 지수는 몸을 돌려 학교로 향했다. 걸음이 빨라졌다.

병준은 아직 몇 과목 시험지가 더 필요했다. W여고는 하루에 두 과목씩 시험을 본다. 그래서 한 번에 모든 과목 시험지를 등사실에 두지 않고 이틀 단위로 인쇄하고 시험 당일 아침에 해당 교과 출제 교사가 가져가는 시스템을 취함으로써 위험을 분산하고 있었다. 시험은 금요일부터 다음 주 목요일까지다. 병준은 학생들이 등교하지 않는 토요일 이른 아침에 출근해서 필요한 시험지를 빼내기로 했다. 토요일은 예상대로 한산했다. 등사실에서 시험지를 가지고 나온 병준은 텅 빈 복도를 지나 아무도 출근하지 않은 교무실로 돌아왔다.

별일 없이 월요일이 지나갔다. 병준은 시험 이후에 있을 영어 친화적 수학수업 준비를 마친 후 교문을 나왔다. 근처의 3호선 지하철역 방향으로 몸을 트는 병준의 눈에 사복을 입은 지수의 모습이 들어왔다. 지수는 병준을 정면으로 보고 있었다. 기다리고 있는 게 분명했다. 병준의 심장이 두근거리기 시작했다. 지수는 병준에게 공손히 인사하고는 몸을 돌려 걸어갔다. 걸음에 힘이 느껴졌다. 병준은 말없이 지수를 따라갔다.

"이제 휴대폰은 그만 만지작거리고 날 보자고 한 이유를 말해주겠니?"

"……."

아파트 단지 안쪽 놀이터는 한산했다. 지수는 무표정한 얼굴로 휴대폰을 들여다보고 있었다. 승부를 앞두고 호흡을 고르는 느낌이다. 병준은 속이 탔다. 몇 미터 앞에서 그네를 타는 꼬마 아이가 눈에 들어왔다. 아이가 병준을 쳐다보며 환하게 웃었다. 병준이 한숨을 쉬며 다시 지수에게 눈을 돌렸을 때, 지수의 스마트폰 화면에서 동영상이 시작되고 있었다. 동영상의 주인공은 병준 자신이었다. 병준이 열쇠로 등사실을 열고 들어갔다 나오는 장면이 고스란히 녹화되어 있었다. 병준의 심장이 터질 듯 요동치기 시작했다.

"동영상 원본은 따로 가지고 있어요."

지수는 스마트폰 케이스를 닫으며 말했다.

"선생님, 솔직하게 대답해 주셨으면 해요. 시험지, 누구에게 주셨어요?"

"……."

병준은 무슨 말을 하고 싶었지만 뇌와 입이 분리된 듯 아무 말도 나오지 않았다.

"역시 그러네요. 가영이가 지난번에 전교 2등한 이유가 이거였어요."

천천히 밀어내는 목소리에는 분노 이외에 다른 뭔가가 있었다.

"하긴 걔네 집이 부자니까……."

준기가 상호 간의 안전 보장 차원에서 돈을 입금한 사실이 지금 상황에서는 시험지 유출 담합의 증거가 될 수 있었다. 이 사실이 학교에 알려지면 병준 자신은 물론이고 준기까지 위험해진다. 그리고 그 과정에서 병준의 학력 위조도 밝혀질 게 분명했다. 최악의 상황이었다. 병준은 머리를 감싸 쥐었다. 옆에서 지수가 뭐라고 말하고 있었지만 들리지 않았다. 파멸 이외에 다른 어떤 단어도 병준에겐 떠오르지 않았다. 그때 킥 하는 웃음소리가 났다. 평소에 병준이 늘 듣던 지수의 장난기 어린 웃음소리. 병준은 비현실적인 상황에 천천히 고개를 들었다. 지수는 병준을 바라보며 빙긋 웃고 있었다.

"너무 걱정 마세요, 쌤."

바닥이 보이지 않는 구덩이가 눈앞에서 아가리를 벌리고 있었다.

지수가 병준에게 제시한 조건은 두 가지였다. 고3 졸업할 때까지 전 과목 시험지를 빼내어 지수 자신에게만 넘길 것. 만약 가영이 전교 등수가 한 자릿수 내에 진입할 때는 동영상을 학교와 교육청에 보내겠다는 내용이었다. 두 번째 조건은 사실상 가영에게 시험을 잘 보지 말라는 메시지(그동안 엉터리로 받은 점수 뱉어내)였다. 지수 자신의 전교 1등과 가영이에 대한 질투 섞인 징벌이라는 두 가지 목적을 동시에 달성하려는 의도였다. 독하고 이기적인 시한폭탄이 가동을 시작한 것이다.

지수의 생각대로 가영이가 이 일을 꾸민 장본인이라면 가영이는 지수의 조건을 따를 수밖에 없을 것이다. 아버지가 걸려 있기 때문이다. 하지만 가영이 본인은 시험지 유출과 무관했다. 그렇다고 병준이 지수에게 모든 것을 사실대로 해명할 수도 없었다. 자신의 학벌 조작 문제가 걸려 있기 때문이다. 요컨대 지수가 제시한 조건은 병준에게 실행 불가능한 조건이었다.

병준의 이야기를 듣고 준기는 침묵했다. 이제 와서 병준의 부주의를 탓하는 건 무의미했다. 지수는 실행 불가능한 요구를 했다. 만약 지수가 입을 연다면 모두가 공멸하겠지만 준기 자신의 타격이 가장 클 것이다. 그리고 그렇게 되면 딸인 가영이 인생도 끝난다. 방법을 찾아야 했다. 근본적인 방법을 말이다. 준기와 병준은 자신들의 미래를 건 계획을 세우기 시작했다.

다음 날, W여고에 도난 사건이 일어났다. 도둑은 학교와 서쪽 아파트 단지의 경계를 넘어서 들어온 듯했다. 학교 서쪽 경계에는 담이 있지만 성인 어른이 넘을 수 있는 높이다. CCTV는 주로 학교 내 외진 곳에 배치되어 있기 때문에 외부로 통하는, 열린 곳에는 배치되어 있지 않았다. 늦은 밤에 담을 넘어 학교 건물로 들어온 도둑은 교무실로 들어와서 서랍 속에 있던 현금과 고급 필기도구, 그리고 옷걸이에 걸려 있는 옷가지들을 가지고 갔다. 긴급회의가 열렸다. CCTV를 증원하고 야간 경계 시간을 좀 더 늘리기로 했다. 학생들에게 늦은 시간에 교실에 남아 있지 말라는 안내 방송이 나갔다.

하루가 지나갔다. 시험 중이었으므로 평소보다 일과가 빨리 끝났다. 하지만 밤늦게까지 본관과 이웃한 자습관 건물은 열기로 후끈거렸다. 단위 수가 높은 국어와 수학 시험이 남아 있기 때문이다. 지수는 시계를 확인했다. 야간자율학습이 한창인 10시 30분에 수학전용교실에서 병준에게 시험지를 받기로 했다. 가영은 창가

쪽에서 아무 일도 없다는 듯 아까부터 열심히 공부하고 있었다.

'가증스러운 년. 지금은 그렇게 능청을 떨고 있지만 막상 성적표를 받고 나면 기분깨나 더러워질 거다.'

시간이 되자 지수는 자리에서 조용히 일어나다가 가영과 눈이 마주쳤다. 지수는 가영에게 차가운 미소를 쏘아주고는 방을 나왔다. 본관 3층 복도 전체가 어둠에 싸여 있었지만 중간에 있는 수학전용교실 바깥으로 빛이 새어 나오고 있었다. 그 빛이 자신의 밝은 미래를 보장하기라도 하는 듯 지수는 여유 있는 표정으로 어두운 복도를 또박또박 걸어갔다. 예상대로 문은 열려 있었다. 지수는 거리낌 없이 문을 밀며 안으로 들어갔다. 그리고 다시 나오지 못했다.

학교 내에서 여학생이 칼에 찔려 사망한 사건은 모두에게 충격을 주었다. 가장 충격을 받은 사람이 사망한 지수의 학생의 수학 교과 담당 교사이자 학생의 사망 장소인 수학전용교실의 관리자인 병준이라는 사실은 분명해 보였다. 병준은 그날 영화 상영 시간에 늦을까 봐 급히 나가느라 수학전용교실 문을 잠그는 걸 잊고 퇴근했다고 경찰에 증언했다.

"지수는 야간자율학습을 하다가도 질문하러 오곤 했습니다. 제가 평소 늦게까지 여기 있는 걸 아니까요. 어제 문만 잠그고 갔어도… 흐흑."

W여고는 학생들의 인권을 보장한다는 취지에서 건물 내에는 CCTV를 설치하지 않았다. 늦은 밤 본관에 들어온 누군가가 열

려 있는 수학전용교실에 들어갔고, 그 직후에 지수가 들어갔다. 범인은 지수를 찌르고 달아났다. 지수의 휴대폰을 비롯해서 방 안에 있던 고가의 기자재와 서랍에 있던 현금이 사라진 걸로 봐서 외부 범인일 가능성도 있었다. 경찰은 외부 범인설을 포함하여 모든 가능성을 열어놓고 윤지수 사건의 수사를 벌이고 있었다. 병준도 경찰 조사를 받았지만 알리바이가 확실했기 때문에 석방되었다. 석방 직후 병준은 학교에 일주일간의 병가를 냈다. 정신과 치료를 받는다는 이야기가 들렸다.

병준이 경찰 조사를 받던 시간에 지수의 단짝인 가영의 아버지 준기는 혼자서 지수 집에 조문을 갔다. 지수 어머니와는 학부모 모임에서 한 번 인사한 사이였기 때문에 준기의 조문은 자연스러웠다. 준기는 큰 충격에 빠져 있던 지수 어머니를 위로했다. 잠시 후 준기는 회사에 급한 이메일을 보내야 하는데 스마트폰 전지가 다 된 상황이라 컴퓨터를 사용할 수 있는지 물었다. 간단한 한글 문서를 하나 작성해야 한다고도 했다. 지수 어머니는 바쁜 와중에도 조문을 온 준기에게 오히려 감사하다며 지수 방에 있는 컴퓨터를 사용하라고 했다. 준기는 방에 들어가 이메일을 보내는 척하며 지수 컴퓨터를 이리저리 뒤지다가 동영상 하나를 찾아서 삭제했다. 이것으로 준기와 지수를 연결하는 증거는 사라졌다. 준기는 한숨 돌렸다.

지수가 죽은 지 일주일이 지났지만 가영은 아직 현실감이 없었다. 그날 마지막으로 본 지수의 모습이 뇌리를 떠나지 않았다. 사건으로 기말고사는 연기되었다. 공부가 될 리가 없었지만 가영은 아빠 덕분에 수학을 정리할 수 있어서 그나마 다행이라고 생각했다. 일요일이었지만 가영은 평소처럼 학교 자습관에 가지 않고 집에서 공부하기로 했다. 준기는 가영에게 점심으로 야채주스를 곁들인 아빠표 토스트를 만들어주었다. 가영이가 좋아하는 메뉴다. 준기는 가끔 일요일에도 출근했다. 준기가 나가고 나서 가영은 텅 빈 집을 청소하기로 했다. 재떨이를 비우고 진공청소기로 바닥을 정리하고 빨래도 했다. 앞으로도 힘든 일이 많을 텐데……. 가영은 자상한 아버지와 지금처럼 계속 살고 싶다는 생각이 들었다. 청소를 끝낸 가영은 아빠의 검정색 양복바지와 재킷을 팔에 두르고 세탁소가 있는 아파트 내의 후생관으로 향했다. 후생관으로 가는 길은 경사가 급한 편이다. 아파트 동을 나와서 멍한 얼굴로 경사진 길을 내려가던 가영이의 다리가 꼬이면서 몸이 앞으로 고꾸라졌다. 팔에 걸려 있던 양복바지와 재킷이 땅바닥에 내동댕이쳐졌다. 그 순간, 바짓단에서 뭔가가 튀어나왔다. 땅바닥에 쓰러진 가영의 눈에 검은색 금속이 보였다. 눈에 익은 물건이다. 가영은 일어나면서 검은색 금속을 주워 들었다. 배지였다. 앞면에 '에페수스'라는 동아리명이 조그맣게 음각되어 있다. W여고 전체에서 '에페수스'의 검은색 배지 주인은 지수 한 사람밖에 없었다.

가영은 배지 없이 다니는 지수를 학교에서 본 적이 없었다. 그날 밤 야간자율학습실에서 나갈 때도 지수의 가슴에는 배지가 붙어 있었다. 그 배지가 준기의 바짓단에서 나타난 것이다. 즉 지수는 죽기 직전에 준기와 아주 가까운 거리에 있었다는 이야기가 된다.

'말도 안 돼. 그럴 리가 없어.'

가영은 고개를 저었다.

길을 걷다 우연히 지수의 가슴에서 떨어진 배지가 또 우연히 준기의 바짓단에 떨어질 확률은 0%에 가깝다. 가영은 결국 준기가 지수와 수학전용교실에 같이 있었다고 보는 것이 합리적이라는 결론에 도달했다. 하지만 여기에도 우연이 너무나 많다. 하필 왜 그 시간에 수학전용교실의 문이 열려 있었을까? 준기가 병준과 아는 사이라고는 하지만 늦은 밤에 주인이 없는 빈 수학전용교실에 들어갈 이유로는 충분치 않았다. 또 하필 그 시간에 지수가 수학전용교실에 들어간 것도 묘했다. 고민하던 가영에게 지수가 야간자율학습실을 나가며 보여준 섬뜩한 미소가 떠올랐다. 준기와 병준, 그리고 지수. 세 사람 사이에 가영 자신이 모르는 뭔가가 있는 게 분명했다. 가영은 학교가 끝나자마자 곧바로 집으로 왔다.

몇 번의 시행착오 끝에 메일이 열렸다. 준기의 이메일 비번은 부인과 딸 가영의 음력 생일을 조합한 숫자였다. 화면이 바뀌면서 가영의 눈앞에 수많은 메일의 제목이 나열되었다. 가영은 준기와 병준이 대면한 날부터로 기간을 설정해서 처음부터 제목을 읽어나갔다. 눈에 띄는 메일이 하나 있었다. 뉴욕주립대에서 온 것이었다. 준기가 병준과 처음 만난 당일 밤에 보낸 메일에 대한 답장이었다. 가영은 메일을 열었다.

놀라움의 연속이었다. 준기의 노트북을 덮은 가영은 생각에 빠졌다. 준기는 병준의 학력 위조 사실을 알고도 신고하지 않았다. 외국에 메일을 보내 확인할 정도로 적극적이던 준기가 사실을 알고도 신고하지 않았다면 이유는 하나뿐이다. 신고하지 않음으로써 병준에게 무언가를 얻었기 때문이다. 대기업 이사라는 신분의 준기가 병준에게 금품을 요구했을 리 없었다. 가영은 기억을 되짚어 나갔다. 준기와 병준의 만남 이후에 자신에게 달라진 그 무엇을 가영은 찾아야 했다. 한참을 생각하던 가영의 머릿속에 뭔가가 걸렸다. 국어와 영어, 그리고 수학 시험 전날 아버지가 언급하며 정리해 준 내용이 시험에 거의 그대로 나왔을 때 가영이 느낀 놀라움과 환희. 그 결과로 전교 20등에서 2등으로의 수직 상승은 준기와 병준의 만남 이후에 가영에게 벌어진 확실한 변화였다. 바로 이것이었다. 준기는 병준의 약점을 잡고 입을 닫는 대신에 병준에게 시험 문제를 요구한 것이다. 결국 가영의 1학기 말 성적은 문제 유출로 얻은 혜택이었던 것이다. 가영은 입술을 깨물었다.

지수는 어떤 계기로 준기와 병준의 비밀을 알았음에 분명했다. 그날 밤 야간자율학습실을 나가며 자신에게 보낸 지수의 서늘한 미소의 의미를 가영은 이제 이해할 수 있었다. 지수의 죽음은 계획된 것이었다. 병준은 수학전용교실 문을 잠그지 않은 채 학교를 떠났고, 준기는 몰래 들어가서 지수를 기다렸을 것이다. 이윽고 지수가 예정대로 들어왔고 계획대로 살해당했다. 전날 밤에 교무실을 턴 것도 외부 범인설을 만들기 위한 설정이었을 것이다. 그런데 가영이가 이해할 수 없는 점이 있었다. 두 사람이 그날 지수를 살해하기 위해서 계획을 짰다면 지수는 그 이전에 두 사람의 비리를 알고 있었고, 자신이 알고 있다는 사실을 두 사람에게 알렸다는 이야기가 된다. 왜 지수는 바로 신고하지 않았을까? 그리고 왜 지수는 죽어야만 했을까? 확인이 필요했다.

[드릴 말씀이 있어요. 야자실 건물 옥상에서 10시 30분에 기다릴게요. 지수와 관련된 일이에요. 아무에게도 알리지 말고 오세요. 남가영.]

병준은 쪽지를 호주머니에 쑤셔 넣으며 하늘을 쳐다보았다. 자습관 옥상에서 바라본 밤하늘은 눈물이 날 정도로 환상적이었다. 병준은 문득 너무 멀리 왔다는 생각이 들었다. 하지만 지금 병준에게 끝까지 가는 것 말고는 다른 방법이 없었다. 철문이 열리며 가영이 모습을 드러냈다.

"야자실에 있다가 온 거니?"

가영은 대답하지 않았다.

"지수 일은 나도 안타까워. 그런데 할 말이 뭐지?"

"지수가… 왜 죽었죠?"

병준은 가영의 태도가 심상치 않음을 느꼈다.

"그야… 경찰은 도둑으로 보고 있는 것 같더구나. 가영이가 날 비난하려면 해도 좋아. 전날 밤에 학교에 도둑이 들었는데도 문단속을 제대로 하지 않은 내가……."

"선생님의 거짓 학력 때문에 내 성적이 올랐고, 그걸 지수가 알았기 때문에 죽은 건가요?"

병준은 벌린 입을 다물지 못했다.

"대답해 주세요. 지수가 죽어야만 했던 이유를 난 꼭 알아야겠어요."

가영은 자신이 밝혀낸 사실과 추리를 병준에게 모두 들려주었다. 특히 동아리 배지의 존재는 경찰 수사의 초점을 준기에게로 집중시킬 수 있는 강력한 물증이었다. 그리고 이 사건에서 준기와 병준은 한 몸이었다. 가영이를 설득하는 것 이외에 병준에게 다른 방법은 없었다.

"지수가 동영상으로 우리를 협박했기 때문에 어쩔 수 없었어. 그리고 실행한 사람은 내가 아니라 네 아버지란 말이야."

시체처럼 입만 움직이던 가영의 눈이 빛났다.

"지수가… 협박을 했다고요?"

병준은 가영에게 모든 사정을 설명했다. 이야기를 듣는 가영의 눈에서 눈물이 흐르고 있다. 아버지의 살인을 받아들였을 때도 흐르지 않던 눈물이다. 지수는 동영상 하나로 준기를 파멸의 늪으로 몰고 있었던 것이다. 가영은 비로소 모든 것을 이해했다.

자습관 옥상 귀퉁이에는 물탱크가 있고 탱크 아래쪽으로 경사진 철제 계단이 있다. 화재 등 유사시에 사용되는 지그재그식 비상계단은 건물 바깥으로 튀어나와 있다. 가영은 비틀거리며 계단 쪽으로 걸어갔다.

"아빠에게 마지막 편지를 보내고 왔어요. 선생님 만나러 간다고."

"마지막… 편지라니?"

가영이 계단에 두 다리를 올리는 것을 보고 병준은 비로소 그 의도를 이해했다. 이대로 가영이 아래로 추락하면 병준 자신이 살인범이 될 수도 있다. 무엇보다 준기가 병준을 그냥 두지 않을 것이다. 일단 구해야 했다. 병준은 계단으로 다가갔다.

"가영아, 진정하고 이야기 좀 해."

가영이 계단 중간에 위태롭게 서 있다. 자칫하면 떨어지는 상황이다. 병준은 난간을 잡은 상태에서 아래쪽 계단에 두 다리를 올렸다. 병준을 쳐다보는 가영의 눈에서 눈물이 흐르고 있다.

"아버지를 생각해서라도 이러지 말자, 가영아."

눈물을 닦고 병준이 내미는 손목을 잡은 가영은 심호흡을 하더니 온 힘을 다해 병준을 계단 바깥으로 밀어버렸다.

'우리 아빠를 협박해? 쓰레기 같은 년. 내가 그동안 얼마나 잘 대해줬는데. 그게 지수 니가 죽은 이유라면 난 얼마든지 아빠를 보호할 수 있어.'

진실의 확인과 남아 있는 단 하나의 위험 요소까지 처리한 가영은 홀가분한 마음으로 야간자율학습실로 돌아왔다.

야간자율학습실은 언제나처럼 열기로 가득 차 있었다. 자리에 앉은 가영은 병준에게서 회수한 쪽지를 잘게 찢어서 쓰레기통에 버리며 마음속으로 중얼거렸다.

'자신의 부주의로 인해 제자 윤지수가 사망한 심적 고통을 견디다 못해 충동적으로 투신자살하다. 굿바이, 오병준 선생님.'

이제 조금 있으면 준기가 가영을 데리러 올 시간이다. 가영은 스마트폰을 꺼냈다.

[오늘도 날 위해 애쓰는 영원한 내 파트너. 아빠, 사랑해.]

문자를 보내는 가영의 눈가가 촉촉해졌다.

충무공지승(忠武公之繩)

조동신

2010년 12회 여수 해양문학상에서 단편소설 「칼송곳」으로 대상 수상하며 등단. 한국추리작가협회
가입 후 「포인트」, 「프레첼 독사」, 「클루 게임」, 「오를라」, 「철다방」, 「보화도」, 「크리스마스의 왕」,
「금남의 구역」, 「불이 필요해」, 「해골 술잔」, 「절벽 위의 불」 등의
단편과 장편 「내시귀」, 「금화도감」 등 발표.

"혹시 조대현 씬가요?"

누군가 낯선 사람이 이 찻집에서 조대현을 찾을 경우, 뭔가 도움을 청하러 온 일일 확률은 거의 100퍼센트였다. 거기다 그 사람들은 대개 내 쪽을 향하여 조대현이냐고 묻는다. 그날 우리에게 말을 건넨 그 여자도 마찬가지였다.

"제가 조대현입니다."

내 맞은편에 앉아 있던 이가 답하자 그녀는 조금 놀란 표정을 지었다. 그를 본 사람들의 첫 반응은 대부분 비슷했다. 눈이 커졌다가 다음에는 찌푸려진다. 조대현은 몸집에 비해 굉장히 큰 머리에 헌팅캡을 쓰고 있었으며, 매우 촌스러운 안경을 썼고, 콜롬보 형사 흉내라도 내는지 늘 밝은색 코트를 입고 다녔다. 거기다 나와 동갑이라는 사실이 믿기지 않을 정도로 얼굴까지 나이가 들어 보이니 그와 내가 함께 있으면 다른 사람들은 내가 노인을 모시는 줄 안다.

"제가 아는 변호사님이 소개해 주셔서 왔는데요."

그녀는 명함을 하나 내밀었다. 명함에 실린 이름은 나도 알고 있다. 그 역시 전에 조대현의 도움으로 승소한 적이 있었기 때문이다.

"사실 찾아주셨으면 하는 게 있어요."

"사람이 실종된 사건입니까?"

조대현이 묻자 그녀는 나를 보았다. 내가 있어도 되는가 하는 눈치다.

"아, 여기는 윤경식이라고 제 친구입니다. 이야기 들어도 됩니다."

조대현이 나를 그녀에게 소개하자 나는 노트북 컴퓨터를 펼치고 기록할 준비를 했고, 그는 곧장 내 옆으로 자리를 옮겼다. 그러자 그녀의 표정이 더욱 이상해졌다. 아마 150㎝가 조금 넘을까 말까 한 조대현의 키 때문일 것이다. 그에게 일을 부탁하러 온 사람들은 처음에는 그의 외모 때문에 놀라거나 실망한다. 하지만 일이 끝난 다음에는 더 놀라기는 해도 절대로 실망하지는 않는다.

그건 그렇고, 그녀는 반신반의하는 표정으로 자신의 이름이 한미정이고, 고교 역사 교사임을 밝힌 뒤 자신이 여기까지 온 용건을 말하기 시작했다.

"혹시 청주시의 회색 집 아세요?"

그녀가 신문기사 스크랩을 내밀며 설명해 주었다. 나도 조대현도 잘 몰랐지만 '청주시의 회색 집'은 1970년도에 한동안 언론에 크게 올랐던 곳이다. 그 집은 일제 강점기에 한 부유한 일본인의 소유였으나 일제 패망 후 그 주인은 집을 두고 떠났고, 거기서 머슴살이하던 사람이 적산가옥(敵産家屋), 즉 적군이 물러가며 점령지에 남겨둔 재산이나 집으로서 인수하였다. 하지만 얼마 가지 못해 6.25가 일어났고, 그 집의 새 주인은 죽었다.

그 뒤 그 집은 완전히 망가져 미처 손을 댈 수 없을 정도가 된 뒤 방치되어 있다가 1970년대 초 어느 대학의 역사학과 교수들이 그 가옥을 조사한 결과 비밀 지하실에서 엄청난 양의 문화재가 발견되었다. 일본인 주인이 숨겨둔 것이 분명했다.

"그때 그 머슴살이를 하셨던 분이 제 할아버지세요. 할머니가 정말 어렵게 그 지하실을 찾아내셨죠. 거기서 각종 고서, 고려청자, 조선백자, 병풍까지 온갖 보물이 쏟아져 나왔어요. 일제 때 거기를 소유한 일본인이 숨겨둔 모양이에요."

"110여 점이면 1965년에 오구라 다케노스케(小倉武之助, 1870~1964)가 살았던 대구 집에서 150여 점의 문화재가 발견된 이래 최대 규모군요."

조대현이 대답했다. 오구라 다케노스케는 일제 강점기 대구의 실업가로서 30년 동안 광적으로 한반도와 중국의 온갖 골동품을 수집하였다. 현재 도쿄 박물관에 '오구라 컬렉션'이라는 이름으로 1,030여 점의 문화재가 남아 있다.

"그런데 그 일 때문에 우리를 찾아오신 건가요?"

"할머니가 가장 중요한 유물을 찾지 못했다고 하셨어요. 할머니는 지금 병원에 계신데 돌아가시기 전에 그 유물만은 꼭 보고

싶다고 하시거든요. 실례가 되는 건 알지만 조대현 씨라면 찾아
주실 수 있을 거라고 해서 왔어요."

"가장 중요한 거요? 그게 뭡니까?"

조대현이 물었다.

"금속활자요. 할아버지는 옛 책이나 인쇄에 대해 많은 연구를
하셨거든요."

"금속활자면 설마 활자 자체를 말씀하시는 겁니까? 책도 아니
고요?"

조대현의 목소리가 높아지는 일은 극히 드물다.

"그것도 흥덕사판이라고 들었어요."

나도 조대현도 놀랐다. 현재 실물이 남아 있는 가장 오래된 금
속활자 인쇄본은 『백운화상초록불조직지심체요절(白雲和尙抄錄佛
祖直指心體要節)』, 줄여서 『직지심체요절』, 혹은 『직지』라 불리는
책으로서 1377년에 오늘날 청주에 있던 흥덕사에서 인쇄된 책이
다. 그 때문에 『직지』를 찍어낸 활자를 흥덕사판이라고 한다. 중
앙정부가 아닌 지방의 사찰에서 사용하던 활자이다.

"이번 일 때문에 저도 연구해 보았는데 『직지』는 흥덕사에서
1377년에 흥덕사판 금속활자로 찍었으며, 활자는 없지만 책은
19세기 말에 프랑스로 건너갔고, 지금도 프랑스 국립도서관에
하(下)권만 있죠? 목판본은 상·하권이 다 남아 있어서 그 내용은
다 알려져 있지만요."

"그렇습니다. 『직지』를 찍어냈거나 그것과 비슷한 시기의 금속
활자가 있다면 이건 대발견 정도가 아니죠."

조대현이 말했다. 가장 오래된 금속활자는 지금 남한과 북한에 복활자, 전활자라 불리는 한 글자씩만 남아 있을 뿐이다. 따라서 청주에서 『직지』를 찍어낸 금속활자가 나온다면 이는 다시 한 번 학계를 들썩이게 만들 것이다.

"할아버지는 그 주인이 그 문화재를 전부 남겨두고 떠난 다음에 그 집을 적산가옥으로 사셨어요. 그런데 사실 해방 후 일본인은 거의 추방됐고, 본국으로 갈 때 배낭 한 개에 넣을 수 있을 만큼의 짐만 가지고 가도록 허락받았대요. 그래서 할아버지는 그 일본인 주인을 도와서 문화재를 집 지하실에 숨겼다가 나중에 그 일본인 주인이 가져갈 수 있게 돕기로 했어요."

"금속활자면 배낭에 넣어서 갈 수 있을 만큼 작을 텐데요?"

내가 물었다.

"네, 그렇죠. 그런데 사실 할아버지는 대학까지 나온 학자셨어요. 그런데 우리 문화재가 일본에 가는 걸 막기 위해 일부러 그 집에 머슴으로 들어가셨던 거예요. 그래서 가짜 활자를 만들어서 바꿔치기하고 진품은 다른 데 숨기셨어요. 해방 후 혼란할 때라 도둑도 많았거든요. 그리고 그 일본인이 더 이상 문화재를 가져갈 수 없게 했고요."

"잘하셨군요."

말은 그렇게 했지만 나는 뭐라 할 수 없었다. 일본인 주인의 관점에서 보면 그것은 엄연한 도둑질이다. 하지만 우리 문화재의 유출을 막았으니 우리나라에게는 좋은 일이었던 셈인가?

"그런데 그걸 알아차린 일본인 주인이 결국 몰래 한국에 다시

와서 할아버지를 찾아온 거예요. 그래서 그만 둘이 몸싸움을 했고, 할아버지가 실수로 그 일본인을 죽였다고 했어요."

"저런, 그래서요?"

나는 솔직히 놀랐다. 그리고 그녀가 대단하다는 생각이 들었다. 자신의 조상이 사람을 죽였다는 말은 쉽게 하기 어려울 것이다.

"할아버지는 아무리 그래도 자신이 사람을 죽였다는 점 때문에 괴로워하셨어요. 거기다 해방 후 한참 혼란할 때라서 함부로 그 집의 문화재를 내놓을 수도 없었고, 그래서 문화재는 그대로 지하실에 보관하고, 가장 중요한 건 다른 데 감췄지만 그에 대한 위치는 가르쳐 주지 않으셨어요."

"왜 그랬습니까?"

"자신도 죄를 지었으니 이걸 보관할 수는 없고, 거기다 해방 후 사회도 혼란한데 그 중요한 물건들을 함부로 내놓을 수도 없었거든요. 일본인이 나가니까 미군에게 파는 사람들도 많았고요. 그래서 먼 훗날에 누군가 지혜 있는 사람이 찾아내기를 바란다고 하셨죠. 그래서 할머니에게도 알리지 않으셨어요."

"……."

"할아버지는 6.25 때 전사하셨어요. 할머니는 힘들게 우리 아버지랑 삼촌들을 키우느라 그 집에는 신경 쓸 여력도 없으셨고요."

"그래서 그 유물들이 60년이나 방치되었던 거군요? 그래도 다행입니다. 전쟁 중 폭격이라도 맞았으면 큰일 날 뻔했네요."

"할아버님이 금속활자를 어디에 숨겼다는 단서도 남기셨습니까?"

조대현이 물었다.

"할머니가 끝까지 지키신 할아버지의 일기장에 단서가 있다고 했어요. 그 일기장은 할아버지가 작성하신 문화재 목록이기도 하고요."

"할아버님의 일기장이라고요? 그 책은 문화재청에 제출하지 않으셨나요?"

"할아버지의 개인 일기라서 문화재로서 가치가 없었거든요. 문화재 목록만 복사해서 학자들에게 줬어요."

다음 날, 나와 조대현은 청주에 도착했다. 나는 괜히 마음이 설레었다. 보물 찾기란 로망이라 할 수 있고, 더욱이 금속활자는 우리나라가 세계에 자랑해도 좋을 중요한 보물이 아닌가. 그걸 찾아낸다면 더욱 대단한 일이 될 수 있다. 마치 영화 〈인디아나 존스〉가 따로 없다는 생각이 들었다.

회색 집 앞에 도착하자 웬일인지 모를 음산한 기운이 느껴졌다. 첫인상이 인터넷의 흉가 사이트의 생각이 저절로 났을 정도이다. 한때는 상당히 번성하여 매일 온갖 음식 냄새가 웬만한 식당 못지않을 정도로 지나가는 사람들 코를 자극하였다고 하는데 집 규모를 보니 충분히 그 말이 믿어졌다. 일제 강점기 당시 이 정도로 큰 집을 지으려면 여간 부자가 아니었을 테니까.

나는 주변을 둘러보며 일단 사진을 몇 장 찍었다. 혹시 이 안에 한미정의 할아버지가 숨겼다는 금속활자가 있지 않을까 하는 생각이 들었지만, 이곳은 일제 때 가옥으로서 보존되고 있으므로 이곳의 땅을 파거나 하려면 상당히 복잡한 절차를 거쳐야 한다. 그래도 뭔가 단서가 있지 않을까 하는 생각에서였다.

"그 금속활자 이야기를 학자나 공무원들에게도 하셨나요?"

내가 한미정에게 물었다.

"물론 했어요. 하지만 학자들이 저곳을 다 뒤져 봤지만 아무것
도 없었다고 들었어요. 수차례에 걸쳐서 찾았다고 해요."

하긴 그럴 것이다. 다 찾아봐도 없으니 조대현을 찾았을 테니
까. 얼마 후 나와 조대현은 그녀의 집에 있었다.

"할머님은 지금 병원에 계시다면서요? 할머님한테 뭘 여쭤볼
수는 없을까요?"

"죄송하지만 지금 중환자실에 계셔서요."

"단서가 할아버님의 일기장에 있다고 했죠? 그걸 좀 봤으면 합
니다."

한미정은 너덜너덜해 보이는 고서를 한 권 내밀었다. 조선 때
의 물건인가 했는데 그녀의 할아버지가 남긴 일기장이었다. 그녀
의 할머니는 몇 년 동안 고생하였지만 그 일기장만은 끝까지 지
켰다. 가만히 보니 이 일기장은 생각보다 많이 두꺼웠다.

"그런데 좀 이상하군요. 일제 때라면 가죽 장정에 서양 종이도
많이 들어왔을 텐데 왜 굳이 이런 고서 형식의 책을 만들어서 쓰
셨을까요?"

조대현이 물었다. 그녀 역시 알 리가 없었다.

"그 회색 집에 들어가시기 전에 한지 만드는 곳에서 근무하셨
거든요. 그래서 그랬을 수도 있어요."

한미정이 말했다. 조대현은 생각에 잠긴 채 그녀의 말을 되뇌
어보았다.

"흠. 옛 책을 만드는 데에 능하셨다……."

"그게 그렇게 중요한가요?"

한미정이 조금 답답하다는 듯 물었다.

"할아버님이 어떤 분이셨는가 하는 것도 중요한 단서가 될 수 있습니다."

조대현은 손으로 가만히 그 고서를 쓸어보았다.

"설마 일기장 속에 그 활자를 숨겨뒀다고 생각하는 거야?"

나는 엉뚱한 말을 하고 말았다. 그때 내 머릿속에 뭔가 스쳐 지나갔다.

"참!"

나는 손뼉을 쳤다.

"뭐 말이야?"

"내가 알기로 옛 책은 표지를 만들 때 파지, 그러니까 쓰고 남은 종이 같은 걸 여러 겹 겹쳐서 만든다고 했는데, 그렇다면 표지 속에 뭔가를 감출 수 있지 않을까?"

"설마, 아무리 그래도 가로세로가 1㎝인 활자가 표지 안에 들어가겠냐? 표지가 그 정도로 두껍지도 않은데."

"그러니까 활자가 아니고 그걸 어디에 숨겼다 하는 표시, 다시 말해 보물 지도 비슷한 게 있지 않을까 하는 말이야."

조대현은 고개를 갸우뚱하더니 일기장을 찬찬히 훑어보았다. 잠시 후 확대경을 들어서 살펴보기 시작했다.

"표지에 정말 뭐가 있을지도 모르긴 하지만… 아닌 것 같네."

"왜?"

"여러 겹 붙여서 만들었다고 해도 그 사이에 뭘 숨기려면 떼어 냈거나 파낸 흔적이 있어야 하는데 내가 보기에 그런 건 없거든. 오래되어서 그렇게 보인 걸 수도 있지만. 거기다 그 금속활자를 숨긴 날은 그 일본인 주인이 이곳을 떠난 이후일 텐데, 그때를 전후해서 일기장이 달라지거나 한 흔적이 없어. 있다면 나보다 먼저 이걸 검사한 학자들이 찾아내지 못했을 리가 없지."

조대현은 일기장을 넘기며 말했다. 한자가 워낙 많아서 내가 보기에는 힘들었다.

"이 일기장보다 전의 것은 없습니까?"

"없어요. 그런데 할머니는 할아버지가 일기장을 그런 고서풍으로 만들기 시작하신 건 1945년부터라고 하셨어요."

"흐음, 책 이음새 모양이 좀 다른 것 같기도 한데……."

조대현은 견출지가 끼워진 장을 넘겨보았다.

"네, 바로 그 장에 물건을 숨겼다는 언급이 있어요. 하지만 그게 금속활잔지 아닌지는 모르겠어요."

그 장을 넘기자 한 단어가 눈에 띄었다.

"충무공? 이순신 장군을 말하는 거 아니야?"

그 장에는 충무공(忠武公) 세 글자가 적혀 있었다.

"충무공지승(忠武公之繩)? 충무공의 새끼줄?"

나는 한 번 더 보며 말했다. 거기에는 '충무공지승'처럼 했다는 말만 있을 뿐 그 외에는 아무 단어도 없었다.

"혹시 목포 이야기 아닐까?"

"목포라니?"

"목포 유달산에 가면 노적봉(露積峰)이라고 있잖아. 충무공 이순신 장군이 그 봉우리를 새끼줄로 감아서 멀리서 보면 군량미를 쌓아놓은 것처럼 보이게 하고, 백성들에게 군복을 입혀 주변을 돌게 해서 군사도 많아 보이게 했다고 하는데 말이야."

"그렇다면 할아버님이 목포까지 가서 그 금속활자를 숨겼다는 말이야?"

조대현이 약간 웃는 얼굴로 말했다. 그가 웃을 때는 내가 실수를 했을 때다.

"갑자기 목포가 왜 나와? 그 당시 지방에 내려가기가 얼마나 어려운 일인데."

"그야 우리 문화재가 일본에 가지 않게 막는 것도 일종의 독립운동 비슷한 거니까 항일의 영웅인 이순신 장군의 싸움에 비유한 게 아닐까 해서."

순간 내 얼굴이 빨개졌다.

"조선 왕조에서 충무공이라는 칭호를 받은 사람은 이순신 장군을 비롯해서 김시민, 남이 등등 열 명 정도 돼. 이걸 보니 여기서 말하는 충무공은 정충신(鄭忠信, 1576~1636) 장군 같은데? 금남군(錦南君)이라고 하는 걸로 봐서 말이야."

정충신, 나도 들은 적 있는 인물이다. 가난한 집에서 태어나 전라도 광주 관아에서 통인(심부름꾼)으로 근무하였으나 17세에 임진왜란이 일어나자 당시 광주 목사이던 권율 장군을 도우면서 싸움터에서 큰 공을 세웠고, 그 때문에 신분이 상승하여 권율의 막냇사위가 되었으며, 왜란이 끝난 다음에는 일본·청나라·명나라 등에 사신으로 간 적도 있고 말년에는 이괄의 난을 진압한 당대의 영웅이다. 거기다 청렴하고 겸손하기로 이름이 높았다고 한다. 오늘날 광주광역시 금남로라는 거리 이름은 그에게서 유래되었다.

"여기 금속활자를 정충신의 새끼줄처럼 했다고 되어 있는데, 그 외에는 아무 이야기도 없어요."

한미정이 말했다. 나는 조대현 쪽으로 몸을 돌렸다.

"정충신의 새끼줄? 그게 뭘까?"

"정충신은 이치 전투의 승전 소식을 의주에 있던 선조에게 전해줬고 그 공로로 양반이 되었다고 하는데, 권율의 서찰을 일본군에게 들키지 않고 전달했다고 하잖아."

"그렇다면 그걸 숨긴 방법이 있는 거 아니야?"

"그 서찰을 작게 잘라서 새끼줄에 섞었다고 해. 당시에는 종이나 폐지를 꼬아 만든 생활용품, 즉 지승(紙繩) 공예품이 많았거든. 종이끈으로 만든 바구니도 있고, 종이를 여러 겹 붙여서 작은 함 같은 걸 만들기도 했어."

그러고 보니 생각났다. 우리 학창 시절에만 해도 작게 자른 신문지를 풍선에 여러 겹 붙여서 가면을 만든 적이 있다. 조대현은 잠시 생각한 뒤 그녀에게 그 책의 복사본도 간직하고 있는지 물었다.

"복사본이요? 있어요. 그런데 왜요?"

"이 책을 조금이라도 뜯어봐야 될 것 같아서요."

다음 날 나와 조대현은 한미정과 함께 인사동의 어느 고서 전문점으로 갔다. 잠시 기다리니 키가 작고 날렵해 보이는, 머리가 하얗게 센 노인이 나왔다. 그를 보자마자 나도 모르게 웃음이 나왔다. 조대현이 나이 들면 그렇게 될까 하는 생각이 들었기 때문이다. 거기다 옷차림도 그와 거의 비슷했다.

"이 표지를 분해해 보라고?"

"그렇습니다."

"저분은 어떻게 알았어?"

내가 조대현에게 물었다.

"전에 사소한 문제를 해결하는 데 도와준 적이 있거든."

조대현의 인맥은 대부분 남들을 도와주면서 쌓인 모양이다. 그건 그렇고, 나와 조대현은 그 노인이 고서를 분해하는 모습을 지켜보았다. 조선 고서는 오늘날의 책보다도 튼튼하게 만들어져 있었다. 구멍을 다섯 개 뚫고 바느질로 실이 한 구멍을 세 번씩 통과하게 하여 꿰맸기 때문이다. 중국이나 일본에서는 구멍이 네 개 아니면 여섯 개인데 한국에서는 다섯 개인 경우가 많아 책 장정만 보고도 어느 나라 책인지 구분할 수 있었다. 노인은 그 실을 끊었다. 그러자 곧장 표지가 책에서 벗겨져 나왔다.

"먼저 표지를 좀 봐주시겠어요?"

조대현이 물었다. 노인은 분무기로 표지에 물을 뿌리고는 겹겹이 붙어 있는 종이를 하나하나 떼어냈다.

"흠."

앞서 언급했듯 조선의 책 표지는 파지를 여러 겹 아교로 붙여서 만들기 때문에 그 종이들을 살펴보면 관아에서 폐기된 서류

등 의외로 귀한 자료나 기록이 나올 때가 있었다. 하지만 이건 한 미정의 할아버지가 손수 만든 것이다. 따라서 그 표지는 그대로 보통 한지를 붙여서 만들었을 뿐이다.

"아무것도 없는데?"

노인이 말했다. 노인의 작업 과정을 하나도 빠지지 않고 지켜보던 조대현은 가만히 있다가 물었다.

"이 한지가 어디서 만든 건지는 알 수 있나요?"

"그건 잘 모르겠는데."

조대현은 가만히 앉아서 생각하다가 말했다.

"이 일기장을 소중히 간직하라고 했다면 이 안에 뭔가 숨겨져 있다는 말인데……."

"하지만 아무리 봐도 이건 그냥 한지로 만든 책일 뿐일세. 안에는 아무것도 없네."

노인은 고개를 저으며 대답했다.

"혹시 비밀 잉크로 쓴 글자 같은 건 없었을까요?"

내가 다시 물었다. 1930년대 중국의 항일 운동가들은 평소에는 눈에 띄지 않아도 그 위에 배갈(고량주)을 한두 방울 떨어뜨리면 나타나는 특수한 잉크로 글을 써서 서로 연락했다. 하지만 그랬다면 전문가인 이 노인이 금방 알아차렸을 것이다.

저녁 시간이 되자 우리 세 사람은 인사동에 있는 어느 식당으로 갔다. 그 가게에서 일기장을 여러모로 검사해 보았지만 결국 아무것도 찾아내지 못했다. 오히려 표지를 살펴보느라 일기장을 망가뜨리기만 했을 뿐이니 나는 한미정에게 미안한 마음이 들었다. 그녀는 별다른 생각 없이 젓가락까지 놓아주었다.

"할아버님 일기장은 복사본을 만들어두었으니까 괜찮아요. 겉보다는 내용이 중요하잖아요."

말은 그렇게 했지만 그녀는 여전히 그 금속활자를 찾을 수 없어서 서운한 모양이었다.

"그나저나 할아버님은 왜 그 금속활자를 가장 중요한 유물이라고 생각했을까요?"

내가 문득 생각나서 다시 물었다.

"금속활자 발명이 문명 발달에서 가장 중요한 일 중 하나였으니까 그렇겠지. 서양에서는 종교개혁도 그 인쇄술의 발명 때문에 이루어졌다고 할 정도잖아. 금속활자 때문에 인쇄물이 많아졌고, 그 때문에 지식이 대중들에게 널리 퍼져서 지식인이 늘고 산업화가 이루어졌다고 하니까."

조대현이 말했다. 21세기가 시작되자마자 미국에서는 지난 천년을 빛낸 위인 100인을 선정했는데, 거기서 구텐베르크가 1위를 했다. 활자 인쇄술을 개발한 공로다. 그런 면에서 본다면 최초로 금속활자가 만들어진 나라인 한국 사람으로서 조금 억울하기도 했다.

"그나저나 할머니께 그 가장 중요한 유물을 보여 드리려고 우리를 찾아오기까지 하시다니 효성이 지극하시군요."

내가 말했다. 그러자 그녀는 쑥스럽다는 듯 웃었다.

"할머니도 할머니지만 저도 역사학과를 나와서요. 할머니는 어릴 적부터 우리나라 사람들은 조선 때부터 책을 많이 읽으며 살았다고, 아무리 가난한 집이라도 책은 몇 권씩 갖추었다고 하셨거든요. 그런데 요즘 사람들은 너무 책을 읽지 않으니 저라도 책을 많이 읽고 소중히 여기라고 하셨죠. 그 덕에 지금은 저도 역사 교사가 되었어요. 우리 부모님도 맞벌이라 어릴 적부터 할머니가 키워주셨거든요. 그런 할머니가 병원에 계시니 그분의 소원은 꼭 들어드리고 싶었어요."

그러고 보니 그녀의 집안에서도 회색 집 때문에 문제가 많았을 거란 생각이 들었다. 자기 집에서 문화재가 발견되면 땅 주인은 그 집이나 땅이 자기 건데도 마음대로 할 수 없으며, 때로는 발굴 비용까지 대야 하는 경우도 있었다.

특히 건설 회사에서 건설 중에 어느 땅에서 문화재가 나오면 고고학자들이 거기 가서 땅을 조사한다. 그렇게 되면 건설이 늦춰지고, 조사가 늦어질수록 회사는 손해를 본다. 거기다 고고학자들이 발견된 문화재가 중요한 문화재라고 판단해 개발 불가 결정을 내리면 사업이 아예 중단되는데, 그 손해는 모두 회사가 떠안게 된다.

그 때문에 관청에 뇌물을 주고 공사를 밀어붙이는 회사나 오래된 건물들이 문화재로 지정되기 전에 일부러 부수는 땅 주인도 의외로 많다고 들었다. 그러므로 그녀의 집안 식구들은 그 회색 집을 조사하는 일에 반대했을 수도 있었다. 그러니 땅 주인으로서는 상당히 큰 결단을 내린 셈이다.

"할아버지도 할머니도 훌륭하시군요. 그 유물들을 팔거나 그 집터를 팔았으면 큰돈을 버셨을 텐데 말입니다. 그런데 이 일기장에 나와 있는 대로 충무공의 새끼줄처럼 했다는 게 뭔가 열쇠가 되지 않을까요?"

"글쎄요. 저도 잘 모르겠어요."

"할아버님이 평소에 정충신 장군을 존경하셨나요?"

나는 물었으나 곧 말실수임을 깨달았다. 그녀의 할아버지는 그녀가 태어나기도 전, 아니, 그녀의 아버지가 태어나기도 전에 죽었다.

나는 잠시 생각한 후 화제를 돌릴 겸 상 위에 있던 일기장을 다시 들어보았다.

"그런데 재미있네요. 묶은 실을 다 끊었는데 책 낱장이 풀리지 않았네요."

"그건 지정(紙丁) 때문이야."

조대현이 대답했다.

"지정이라니?"

"종이로 만든 못인데, 종이를 꼬아 못을 만들어서 그걸 구멍에 넣고 망치로 두드려 고정시키는 이중 고정 장치야. 먼지나 습기가 끼면 낄수록 더 단단해지지. 그리고 실로 꿰매는 건 그다음이지. 자, 잠깐. 종이 못? 충무공 정충신 장군의 새끼줄?"

조대현의 작은 눈이 갑자기 섬뜩할 정도로 날카로워졌다.

"그, 그게 왜?"

"이런, 내가 왜 진작 이 생각을 하지 못했을까? 정충신의 새끼줄처럼 했다는 말이 단서였어! 어제 말했지? 정충신이 어떻게 해서 권율의 편지를 숨겨서 선조에게 전달했는지."

조대현이 말했다.

"편지를 작게 잘라서 새끼줄처럼 엮어서 가져갔다고 했잖아. 그러면 집에 남아 있는 새끼줄이라도 뒤지자 이거야? 아, 아니, 잠깐. 그렇다면 설마……?"

그제야 나도 뭔가 감이 잡혔다.

잠시 후, 우리는 모두 그 고서 전문점에 들어가 있었다. 서점 주인은 우리를 보고는 왜 다시 왔냐는 듯 눈을 끔뻑거렸다.

"사장님, 이 일기장을 한 번 더 봐주실 수 없나요?"

조대현이 물었다.

"왜 그러나?"

"이걸 다치지 않게 빼내주실 수 있으면 좋겠는데요."

잠시 후, 노인은 일기장에 뚫린 다섯 개의 구멍 속에서 종이 뭉치 같은 걸 집게로 하나씩 빼냈다. 마치 코피를 막는 휴지 같았다.

"세상에, 맙소사!"

"그래, 이 안에 단서가 있었어."

노인이 그 종이 뭉치를 펴보자 글자가 있었다. 그제야 모든 게 설명이 되는 생각이 들었다. 한미정의 할아버지는 한지에 글을 쓴 뒤 그것을 꼬아서 종이 못을 만들어 자신의 일기장에 고정시켜 두었고, 그것을 무슨 일이 있어도 보존하라는 유언을 남긴 것이다. 앞서 언급했듯 종이로 만든 못은 세월이 흐를수록 단단히 밀착되게 마련이므로 책을 보존하는 데에는 아주 좋은 기구가 될 수 있기 때문이다.

"그래, 충무공지승, 그러니까 충무공 정충신의 승, 즉 새끼줄처럼 했다는 건 그걸 말하는 거였어. 일부러 한자로 일기를 쓰면서 일기장도 고서처럼 만들었던 이유도 그거였지. 표지나 책등에 숨기는 방법은 의외로 흔히 쓰이지만, 종이 못은 책 자체를 분해하지 않는 한 눈에 띄지 않지. 거기다 몇몇 사람이 책등이나 표지를 뜯어본다고 해도 표지에서 아무것도 찾지 못하고 포기했을 테니까. 이 종이 못에 숨겼다는 생각은 하지 못했을 거야."

조대현이 말했다.

"세상에⋯⋯!"

한미정은 크게 놀랐다.

다음 날, 조대현과 나와 한미정은 그 회색 집의 뒷산으로 갔다. 그 종이에 적혀 있던 대로라면 뒷산에 있는 동굴에 활자를 숨겨 놓았다.

"저, 저기예요!"

한미정이 먼저 저편을 가리켰다. 덤불에 가려 눈에 잘 띄지는 않았지만 동굴이 하나 있었다. 여기에 정말 그 금속활자가 숨겨져 있을까. 있다고 해도 나중에 누가 와서 훔쳐 가지나 않았을까 하는 생각이 벌써부터 들었지만 우선 들어가 보기로 했다.

동굴 안의 공기는 그리 나쁘지 않았다. 들어갈 때는 기어야 했지만 안에 들어가자 모래가 깔린 제법 넓은 공간이 있었다.

"여기에 과연 그게 있을까요?"

한미정이 묻자 나는 꽃삽을 들었다. 동굴 같지 않게 습기가 적은 편이라 그런지 땅을 파기가 그리 쉽지는 않았다.

"으, 응?"

뭔가 삽에 딱딱한 물체가 닿았다.

"이것일지도 몰라!"

나는 그 주변을 파냈는데 나온 것은 하얀 물체였다. 거기다 마디까지 있었다. 틀림없는 사람의 손가락이었다.

"이, 이런! 사람의 뼈다!"

"사람의 뼈라고?"

누군가가 여기에 묻힌 게 분명했다. 누구일까 하는 생각이 들었지만 곧 짐작이 갔다.

"그때 죽었다는 그 일본인이 아닐까? 활자도 여기에 숨기고, 시신도 같이 숨긴 거야!"

"그건 부검해 봐야 알겠지."

죽은 사람이 정말 그 일본인 주인이라면 여기에 아직 그 활자가 있을 것이다. 나는 그 주변을 계속 팠다. 잠시 후 시체의 오른손 밑에서 작은 상자가 하나 발견되었다.

"그거 상자 같은데? 그 안에 있는 게 금속활자 아니야?"

"저, 정말?"

나는 그 상자를 집어 들었다. 쇠로 만든 상자 안에는 기름을 먹인 한지로 싼 뭉치가 하나 더 있었고, 그 뭉치를 조심스럽게 풀자 정말로 주사위 같은 금속활자가 나왔다.

"대발견이다! 그 금속활자가 분명해!"

"수고했어."

조대현은 말한 뒤 한미정 쪽으로 돌아섰다.

"한미정 씨, 제가 여기서 제안을 하나 해도 되겠습니까?"

"네? 뭔데요?"

"할아버님의 시신은 찾았으니 이 활자는 그냥 우리에게 주시면 안 될까요?"

"네? 무슨 말씀인가요?"

"뭐, 뭐라고?"

순간 나는 손에 들고 있던 활자도 잊었다. 하지만 조대현은 흔들리지 않고 대답했다.

"당신, 본명은 모르지만 당신은 그때 조선인 머슴에게 죽음을 당한 그 일본인의 손녀죠? 그리고 그 일기장을 어떻게 손에 넣었는지는 모르지만 한국까지 건너온 것도 그 활자를 찾으러 온 거 아닙니까?"

"아니, 그게 무슨……!"

"당신은 조상이 실수로 사람을 죽였다는 말을 너무도 쉽게 했습니다. 거기다 이상하게도 당신 외에 할머님이라는 분이나 다른 가족들과는 만나게도 하지 않았습니다. 그보다도 이상한 것은 한국에서는 수저를 밥상에 놓을 때 세로로 놓죠. 하지만 일본에서는 가로로 놓거든요. 어제 당신이 식당에서 숟가락을 놓을 때 가로로 놓던데요? 거기가 일식집도 아니었는데. 그래서 혹시나 해서 밤에 경찰에 연락해서 한미정 씨에 대해 알아보았죠. 그런데 당신이 아니더군요."

"……."

그녀는 할 말을 잃었다.

"혹시 당신이 우리를 어떻게 한 다음에 이 활자를 가져가려 했다면……, 그래 봤자 소용없습니다. 이 주변에 이미 경찰관을 매복시켜 놓았으니까요. 우리 제안대로 하는 게 좋을 겁니다. 죄를 짓지 않을 기회를 드리는 겁니다."

며칠 뒤, 신문에 큰 기사가 났다. 청주에서 고려 말에 제작되었던 것으로 보이는 금속활자가 한 점도 아니고 세 점이나 발견되었다는 소식이었다. 프랑스에 있는 『직지』를 찍어낸 활자가 맞는지도 곧 조사할 예정이라고 했다. 물론 학계에서 정식으로 인정받으려면 몇 년 동안의 연구가 필요하겠지만.

"그 일본인 주인도 나름 억울했겠지. 자기도 나름 돈 들여서 유물을 모았는데 그걸 전부 잃고 목숨까지 잃었으니."

조대현이 신문을 접었다.

"집착이 심하면 그렇지, 뭐. 그 누구지? 오구라 다케노스케라고 했나? 그 사람처럼 일찍 일본으로 가져가든가 했어야지."

"그러게 말이다."

"그런데 조금 이상해."

"뭐가?"

"일기장을 뒤지다가 잘못해서 책을 몽땅 분해해 버리거나 하면 종이 못도 다 잘릴 텐데, 그렇게 되면 어떻게 활자를 찾을 수 있겠어?"

내가 물었다. 조대현은 잠시 생각한 후 대답했다.

"책을 소중히 여기지 않는 사람은 그 활자를 찾을 생각도 말라는 의도가 담겨 있었을 것 같아."

"책을 소중히 여겨야 된다고? 하긴, 그러고 보니 이상한 게 하나 더 있네."

"더 있어? 뭐가?"

"우리나라 사람들의 독서율이 OECD 가맹국에서도 꼴찌라잖아. 1년에 책 한 권도 읽지 않는 사람도 수두룩하고 말이야. 참, 우리나라에서는 금속활자도 발명되었고 가장 익히기 쉬운 글자인 한글도 만들어졌는데, 정작 우리나라 사람들은 왜 그렇게 책을 멀리하는 걸까? 둘 다 독서 인구를 늘리고 백성들의 교양을 높이기 위해 만들어진 건데 말이야."

나는 문득 생각이 났다.

"그러게 말이다."

조대현이 내 생각에 동의해 주다니 오랜만이었다.

"2010년 통계를 보니 한국은 세계 7위의 출판 대국이라고 하지만 대부분은 수험서니까 출판물 수만 많을 뿐이지. 사람들이 공부를 오로지 시험을 보기 위해서만 하니까 수험 관련 서적 외에는 책을 읽는 것도 고통스럽게 여길 정도가 된 거지. 독서의 즐거움을 모르는 거야."

조대현은 좋지 않은 얼굴로 대답했다. 그도 나도 독서광이라는 점에서는 통했기 때문에 오늘날 우리나라 사람들이 책을 읽지 않는다는 사실을 늘 개탄하곤 하였다.

"전에 '산업화는 늦었지만 정보화는 앞서 가자'라는 문구가 있었잖아? 이제는 '정보화도 앞서고 교양도 앞서자'라는 말도 덧붙였으면 좋겠어."

내가 말했다.

"교양도 앞서 나가? 정말 그랬으면 좋겠네. 좌우간 이번에 금속활자가 발견되었으니 이를 통해 우리나라의 인쇄 문화, 독서 애호 문화에 대한 재조명이 있었으면 좋겠어."

조대현이 쓰게 웃으며 대답했다.

두 여자

최종철

단편추리소설 위주의 작품 활동. 인간의 근원적 욕구인 성(섹스)을 소재로 한
에로틱 미스터리 500여 편 발표. 추리단편집 『네미시스의 자줏빛 포도주』, 『미스테리 카페』,
『코스닥 살인』, 『영혼의 산책』, 장편추리소설 『뉴스 메이커』 발간. 전자책 『핑크 스카프』 발간.
현재 한국추리작가협회 회장.

오늘도 은옥은 권 사장의 승용차에 날름 올라탔다. 남의 이목을 의식하거나 거리낌이 없어진 지는 이미 오래다. 옆자리에 앉자마자 허벅지를 더듬는 권 사장의 얍삽한 손놀림에 오히려 습관처럼 익숙해진 상태다.

낯빛이 유들유들하고 환해 호인처럼 인상 좋은 권 사장이 씩 웃음을 짓고는 한 손으로 승용차를 몰았다. 정해진 코스처럼 승용차 아우디는 외곽의 한 한우 전문점을 찾아 들어갔다. 마블링이 지글거려 군침이 도는 등심을 권 사장 자신이 불판 위에 구워대며 한 점은 자신의 입에, 한 점은 은옥의 입에 넣어주며 또 씩 웃는다.

"많이 먹어. 오늘은 말 잘 들을 거지?"

"싫어! 오늘은 참아요."

"나 못 참는 거 알잖아."

"나이를 생각하셔야죠."

나이가 열댓 살이나 위인 남자가 만날 때마다 요구하니 일단 튕겨보는 말이다. 아직 오십 대 초반의 혈기가 왕성한 남자로서는 결코 무리가 아님을 잘 알고 있다. 하지만 은옥으로서는 자기 관리 차원에서 가능한 한 콧대를 세우고 조신한 여자처럼 신중하게 접근해야 한다. 남자라는 동물을 믿고 요구하는 대로 헤프게 응해주었다가는 언제 새가 되어 날아가 버릴지 모르기 때문이다.

남편에게 배신당한 은옥은 남자에게 신중할 수밖에 없다. 끈질기게 달라붙는 남자와 사랑인 줄 알고 결혼했는데, 결혼 2년이 지나서부터 남편의 배신은 차츰 그 촉수를 드러내기 시작했다. 변변치 못한 직장에서 받는 월급마저 이 핑계 저 핑계로 끊더니 오히려 은옥에게 용돈을 요구했다. 아들도 길러야 하는 은옥은 엄마로부터 생활비를 조달받아야 하는 신세가 되었다. 은옥이 어려서 과부가 된 엄마는 광장시장 골목에서 국밥집으로 돈을 모았다. 가난하고 어려운 시절 오로지 딸 은옥과 자신의 생존만을 위하는 억척스런 엄마였다. 남편은 은옥을 움직여 엄마의 돈을 사업 자금으로 끌어다 쓰려고 했지만 돈을 아는 엄마가 쉽게 허락할 리 없었다. 급기야 남편은 엄마가 결혼할 때 사준 아파트를 담보로 대출금을 챙겨 봉제업을 한답시고 베트남으로 튀었다. 광장시장에서 옷가게를 하던 여자와 함께 날아가 버린 것이다. 평소에 은옥도 잘 알고 지내던 얌전하고 조용한 여자였는데 결국 엉큼한 여자였던 것이다. 그때야 은옥은 남편의 결혼 목적이 엄마의 돈이었음을 알았고, 남자에 대한 믿음은 곧 배신임을 실감했다.

여자가 조신한 척 엉큼하지 않으면 돌아오는 것은 결국 배신이다.

은옥은 보조개가 파이도록 입술을 오므리며 눈을 흘겨주었다. 결코 원하는 대로 호락호락 응해주지 않겠다는 결의의 표시였다.

새침데기같이 얄밉게 구는 은옥의 태도에 권 사장은 입술이 두꺼운 메기입으로 회심의 미소를 머금었다. 이글거리는 눈빛으로 움푹 파인 보조개를 응시하며 '너 두고 보자' 하며 전의를 다지는 미소였다.

배를 채운 권 사장은 다음의 욕구 충족을 위해 외곽지대에 호젓이 서 있는 한 모텔을 찾아들어 갔다. 마지못해 끌리듯 모텔 룸에 들어간 은옥은 의도적으로 가능한 한 소극적인 태도를 견지했다.

"만날 때마다 꼭 이래야 하나."

은옥이 입술을 실룩대며 내뱉고는 침대 귀퉁이에 다리를 꼬고 앉았다.

욕망으로 마음이 먼저 다급해진 권 사장이 스스로 자신의 옷을 모두 벗어 던졌다. 윤기가 좌르르 흐르는 볼록한 뱃살이 하얗게 튀어나왔고, 넙데데한 이마와 살찐 볼살에 개기름이 환하게 번들거렸다. 끊임없는 단백질 섭취로 힘이 넘치고 재산도 두둑하여 위풍당당한 전형적인 사장님 타입의 몸매다. 검은 거웃이 무성한 남근은 하늘을 찌를 듯 이미 치솟아 있다. 은옥을 노려보는 눈빛은 욕망으로 이글거렸다.

감히 내 앞에서 얌전한 여자인 척 몸을 사리려 들다니. 권 사장의 눈빛은 잡아다 놓은 사냥감을 막 요리하려는 사냥개의 눈빛이었다. 그것도 은옥의 고고한 척 얄미운 태도에 오히려 전의로 불이 활활 타오르는 눈빛.

권 사장이 번들거리는 알몸을 비벼대며 은옥을 침대 위로 넘어뜨렸다. 거친 숨결을 씩씩거리며 은옥의 옷을 하나하나 벗겨 던졌다.

은옥이 몸을 움츠리며 시간을 끌었다. 어차피 벗겨질 몸, 쉽게 벗겨지는 것보다 실랑이를 하듯 시간을 끌며 어렵게 벗겨지는 것이 남자를 더 자극한다. 마지막 팬티 하나만 남은 단계에 이르러 은옥은 온몸을 비꼬며 저항했다. 엉덩이를 이리저리 비틀고 두 다리를 겹쳐 쭉 뻗기를 반복하며.

게임의 마지막 관문을 통과하는 프로게이머처럼 권 사장이 은옥의 몸뚱이를 능숙한 솜씨로 요리조리 자극했다. 입술을 빨고, 유두를 깨물고, 하체를 몸뚱이로 문질러 대며. 남성의 능숙한 자극에 여성의 몸도 드디어 달아오르고, 팬티도 스르르 벗겨졌다.

권 사장이 승리감으로 환희의 눈빛을 번득였다. 마침내 권 사장이 은옥의 몸뚱이를 쥐어짜듯 휘어 감았다. 마지막 힘을 다 쏟아 은옥의 몸 깊은 곳에 몸부림을 치며 욕망을 분출해 냈다.

"역시 넌 최고야!"

권 사장이 땀으로 뒤범벅이 된 몸뚱이를 떼며 은옥의 엉덩이를 토닥였다.

샤워를 하고 옷을 입은 후 모텔 룸을 나서며 권 사장은 이번에도 봉투를 하나 꺼냈다. 번들거리는 얼굴에 베푸는 듯 인자한 웃음을 흘리며 봉투를 은옥의 구찌 백에 넣어주었다.

남자가 여자에게 주는 화대, 즉 돈 봉투다. 화대인 줄 알기에 은옥은 아무런 내색 없이 받아들였다. 사양한다거나 감사하다거나 하는 표현은 서로를 어색하게 할 뿐임을 잘 알기 때문이다.

지난번에는 돈 봉투와 함께 강남의 모 피부클리닉 바디케어 티켓도 주었다. 아무 때나 전신 마사지와 피부 관리를 여왕처럼 받을 수 있는 티켓 열 장이었다.

역시 듣던 대로 권 사장은 여자에게만은 씀씀이가 두둑하다는 말이 사실이었다. 은옥이 권 사장을 처음 만난 칵테일 바 바텐더가 귀띔해 주었다. 강남에서 부동산중개업 사무소를 경영하는 권 사장이 돈이 많은 것은 재력가인 어떤 여자가 뒤에서 받쳐 주고 있기 때문이라고 했다. 그 재력가 여자는 모 재벌의 상속녀라는 소문도 있다고 말했다.

화대로 받는 돈이 권 사장 자신이 번 돈이든 재력가 여자의 돈이든 은옥으로서는 상관할 바 아니었다. 자신을 배신한 남편도 은옥의 돈—정확히는 은옥 어머니가 번 돈—을 뜯어 그 엉큼한 년과 베트남으로 튀었다. 돌고 돌기 때문에 돈인 것이다.

문제는 다시는 남자에게 배신당하지 않는 것이 중요했다. 그러기 위해서는 권 사장의 은옥을 향한 욕망의 끈이 끊어지지 않도록 엉큼한 잔머리를 계속 굴려야 했다.

은옥은 시내로 들어오는 차 안에서 옷매무새를 단정히 하고 다소곳이 앉아 있었다. 욕구를 채워준 후에도 수줍은 애인처럼 구는 태도가 마음에 드는 듯 권 사장이 이따금 한 손으로 은옥의 손등을 꼭꼭 쥐어주었다.

권 사장을 보낸 후 은옥은 어린이집 옆 골목에 세워둔 자신의 승용차 아반떼에 아들 진영이를 태우고 집으로 돌아왔다. 차분한 마음으로 봉투를 열어보니 역시 이번에도 빳빳한 새 돈 오만 원 권 여러 장이 들어 있다. 권 사장을 일주일에 한 번 꼴로 만나고, 만날 때마다 이 정도의 수입이 생긴다면 어지간한 직장 여성의 봉급의 갑절 이상이다. 이 정도의 수입이라면-배신자 때문에 떠안게 된-매월 갚아야 하는 아파트 대출금 이자는 물론 진영의 교육비와 생활비 모두를 충족하고 제법 여유 있게 살아갈 수 있었다.

돈이라면 은옥은 어머니를 생각할 수밖에 없었다. 아직 정비가 되지 않은 시절의 광장시장 뒷골목의 비좁고 어수선한 국밥집. 은옥이 어려서부터 그 국밥집은 엄마의 일터이며 집이었다. 그 국밥집 주방 안의 작은 방 한 칸이 가족의 거주 공간이었는데, 아버지는 일찍이 그 코딱지만 한 방에서 폐병으로 각혈을 하다 돌아가셨다. 은옥의 고등학교 중반 무렵까지 그 방은 엄마와 은옥의 집 자체였다. 창문도 없고 주방으로 나가는 미닫이문이 유일한 통풍구인 그 방. 소변은 주방 바닥에서 해결했지만, 급한 것은 밤이나 낮이나 밖으로 나가 공중화장실로 뛰어가야 하는 그런 집이었다. 그 집에서 엄마는 밤을 지나 새벽까지 국밥을 팔았다. 아침 손님이 뜸해진 후에야 허리에 찬 전대를 풀어 방바닥에서 꾸깃꾸깃한 돈을 정리했다. 시장 입구 은행에 입금하고서 낮 동안 쪽잠을 자는 그런 억척이었다. 은옥의 기억에 국밥집이 문을 닫은 것은 엄마가 과로로 쓰러져 병원에 입원한 삼 일뿐이었다. 병원 진찰 결과 결핵으로 밝혀졌는데 삼 일 만에 퇴원하여 바로 장사를 개시했다. 병원에서 타 온 결핵 약을 한 움큼씩 먹고 이따금 얼굴이 붉어지도록 격심하게 기침을 하면서도 또 예전처럼 국밥을 팔았다.

은옥은 그 코딱지만 한 방, 시궁창처럼 지저분한 주방, 꼬장꼬장하게 억척스런 엄마가 싫었다. 초등학교와 중학교를 다니면서도 친구들에게 집 얘기라면 정말 입도 뻥긋하기 싫었다. 그 국밥집은 은옥이 고등학교에 다닐 때 정비되었다. 엄마는 옆 식당 지분도 사들여 넓은 홀과 현대식 주방을 갖춘 현재의 국밥집을 운영하게 되었다. 동시에 인근에 아파트도 구입하여 이제야 은옥도 집다운 집에서 학교에 다닐 수 있었다. 엄마도 그때부터는 혼자가 아닌, 종업원을 거느리고 운영하는 국밥집 주인이 되었다.

은옥이 엄마와 소원해진 것은 배신을 때린 남편 때문이다. 허우대만 멀쩡할 뿐 진실성이 없고 의류 수입 업체 판매사원이란 직업도 변변치 않다며 엄마는 결혼 전부터 극구 반대했다. 하지만 딸이 좋다고 쫓아다니다 배까지 불러 졸라대니 결혼을 허락할 수밖에 없었다. 시세가 만만치 않은 강남 요지의 아파트도 마련해 주었다. 유일한 핏줄인 외손주 진영이도 보물처럼 아꼈다. 엄마가 생활비를 대준 것도, 몇 차례 말아먹은 남편의 옷가게 사업 자금을 보충해 준 것도 모두 외손주 진영이를 위해서라는 명목이었다. 그러니 뒤통수를 맞듯 완전히 배신을 당한 은옥의 꼴이 엄마로서는 얼마나 안쓰럽고 동시에 원망스럽겠는가. 같이 살자는 엄마의 제의를 거부한 것도 이런 엄마의 심경을 잘 아는 딸로서의 자존심이랄까, 엄마와 세상을 향한 반항 같은 것이다.

남편에게 배신당하고 돌아보니 세상에는 권 사장 같은 남자가 널려 있었다. 구차하게 엄마처럼 고생스럽게 돈을 벌지 않아도-은옥 자신이 남편에게 요리당한 것처럼-남자만 요리를 잘한다면 얼마든지 재미를 봐가며 편하게 살아갈 수 있는 세상이었다.

진영이를 재운 후 은옥은 식당 이모에게 전화를 걸었다. 엄마의 국밥집에서 십여 년 전부터 수족처럼 일하는 아줌마라 이모라 불렀다. 엄마와 직접 통화해 봤자 잔소리만 길어지고 기분만 언짢아지므로 이모를 통해 엄마의 근황을 아는 것이 편했다.

"이모, 엄마가 요즘은 진영이를 별로 안 찾나 보지?"

-안 찾긴, 눈에 아른거리시겠지만 은옥이 네가 자주 오지 않으니 참는 거겠지. 하긴 진영이 아장아장 걸어 다닐 때보단 덜하지. 이제 다 커서 유치원에 다닐 정도이니 방긋방긋 웃어대는 옛날과 같지는 않겠지. 진영이도 할머니 보고 싶다는 말 안 하지? 다 한때고 크면 다 그런 거야. 더구나 니 엄마 요즘 다른 데 취미 붙여 즐거우신 거 아니?

"다른 데 취미라뇨? 엄마가?"

-구청 문화센터 노래교실 다니시는데, 흥얼흥얼 매일 신이 나셨다. 거기다 수영장에도 다니신단다.

"별일이네."

-별일이라니, 이제는 건강도 챙기실 때가 된 거지. 나이 들면 외로워진다는데, 자식인 너도 그렇고 진영이도 멀어지니 그런 취미라도 갖는 게 당연하지. 그러니 너라도 좀 자주 들르지 않고 뭐

하니?

"알았어, 이모! 식당 일 도맡아 하시느라 이모만 바쁘시겠네. 그럼 이만 들어가요, 이모."

엄마가 식당 일을 제쳐 놓고 밖으로 나다니신단다. 이제는 돈에 연연하지 않고 건강을 챙기신다니 다행이다. 어차피 엄마가 벌어놓은 재산은 결국 은옥 자신과 진영의 차지가 될 것 아니겠는가.

은옥은 와인을 한 잔 따라 들고 욕조의 따스한 물에 몸을 담갔다.

일주일이 지나 권 사장으로부터 연락이 왔다. 하필 그날 어린이집 엄마들 점심 모임이 있는 날이라 은옥은 다른 핑계를 댔다.

"저 지금 시골에 와 있어서 안 되는데."

―시골? 시골이라니, 누구랑?

권 사장의 목소리가 급해졌다.

"누군 누구예요, 애 아빠죠."

―애 아빠? 그, 그렇겠군. 그럼 내일은? 내일은 꼭 보는 거다. 알았지?

"알았어요. 내일 봬요."

사실대로 점심 모임이 있어서라고 했다면 틀림없이 모임이 끝날 때까지 기다리겠노라고 했을 것이다. 이왕 다급해진 마음, 하루를 더 기다리게 하는 것도 효과가 있을 것을 것이다. 암, 남자가 아무리 몸이 달아 있어도 여자가 원하면 기다려 줄 줄도 알아야지.

다음 날, 은옥을 차에 태운 권 사장은 유들유들한 얼굴에 인자

한 웃음을 지으며 부드럽게 나왔다. 옆에 앉자마자 허벅지를 더듬던 예전의 터프한 행동 대신에 반가운 표정으로 은옥의 손등을 몇 번 토닥거리곤 말았다.

친절하게 은옥의 의향을 묻기도 했다.

"오리백숙 좋아해? 한방 오리백숙?"

너무도 달라진 태도에 은옥은 긴장했다.

"뭐든 잘 먹는다는 거 아시면서……."

"참, 그랬지? 하하!"

새삼스럽게 너털웃음을 터뜨리며 말했다.

"그동안 내가 은옥에 대해 너무 모르는 게 많다는 생각이 들어서 말이야."

"나에 대해 뭘요?"

"남편은 뭘 하시는 분인지, 애는 얼마나 컸는지 등 말이야."

은옥은 잠자코 가만히 있었다.

차는 남한산성으로 이어지는 구불구불 가파른 도로를 올라가고 있었다. 더디게 오르는 차로 인해 차량의 행렬이 길어지는 반면, 내려오는 쪽은 막힘없이 쌩쌩 속력을 내며 내려갔다. 가끔 때를 이룬 오토바이 행렬도 붕붕대며 질주했다.

권 사장이 입맛을 다시듯 은옥을 흘겨보며 말했다.

"내가 은옥의 남편에 대해 알고 있으면 안 되나? 나는 은옥의 모든 것에 대해 다 알고 싶은데."

마지못해 은옥이 대답했다.

"조그만 무역회사 하고 있어요. 주로 옷을 수입해서 판매하는 회사요."

혼자 산다거나 과부라고 하면 남자들이 쉽게 여긴다는 것을 알기에 남편이 있는 척 에둘러 말했다.

"오호! 그럼 남편이 출장을 자주 다니겠구만. 그렇지?"

"그런 편이죠. 이태리로, 중국으로, 동남아로 한 달에 절반 정도는."

내친김에 없는 남편을 추켜세웠다.

권 사장이 입가에 야릇한 웃음을 흘렸다.

"그럼 한 달의 절반은 은옥이 독수공방인 거네?"

"그렇다고 내가 이렇게 매일 싸다니는 여자인 줄 알아요?"

야릇한 웃음에 거부감을 느끼며 톡 쏘아붙였다.

"알아, 알아. 은옥이 얼마나 착하고 참한 여자인지 내가 왜 몰라? 그냥 농담이야, 이 사람아."

권 사장이 다정한 말로 달래며 껄껄 웃었다.

이 대화는 남한산성 안에 있는 한 음식점의 오붓한 방에서도 이어졌다. 허름한 한옥집의 방 한 칸인데, 오리백숙 요리를 시켜놓고 그 안에서 두 사람이 무슨 짓거리를 하든 아무에게서도 방해받지 않는 그런 방이었다.

오리고기로 입술을 번들거리며 권 사장이 소주잔을 들어 권했다.

"자, 한 잔 들고, 지금부터 내가 하는 말 은옥이 진지하게 생각하고 받아주었으면 해."

"무슨 말을?"

은옥이 또 긴장했다. 오늘은 긴장의 연속이다. 거칠기만 하던 남자가 부드럽고 진지하게 나온다.

희고 번지르르한 얼굴에 작은 눈을 끔벅이며 권 사장이 말했다.

"우리가 만난 지 두 달 남짓 되었는데 그간에 많은 것을 생각해 봤어. 은옥과 나에 대해서 말이야. 특히 요즘은 매일 밤낮으로 은옥의 모습이 눈앞에 아른거리는데, 이게 늦바람인가 아니면 사랑인가 곰곰이 따져 봤어. 솔직히 내가 이 나이가 되도록 여자를 겪어보지 않은 것은 아니지만 은옥의 경우에는 꼭 늦바람이라고 단정 지을 수만은 없다는 결론이야. 은옥을 생각하면 보고 싶고, 같이 있고 싶고, 뭔가 위해주고 싶은 마음에 꼭 연애할 때처럼 가슴이 두근거릴 정도야. 정말이야!"

권 사장이 정말이란 말에 힘을 주었다. 그가 소주잔을 들어 마시자 은옥도 분위기에 호응해 주는 입장에서 같이 잔을 들었다.

권 사장이 계속했다.

"그래서 요 며칠 밤잠을 설치고 궁리했어. 어떻게 하면 은옥을 즐겁게 해주고 내 곁에 둘 수가 있을까. 어떻게 하면 은옥의 생활에 보탬이 되면서 내 여자로 살게 만들 수 있을까. 이런저런 생각을 하다 그러기 위해서는 한 방법밖에 없다는 생각이야. 그 방법이란 은옥과 내가 한 가정을 꾸리고 살면 된다는 결론이고."

"네? 가정을 꾸리다뇨? 그럼 결혼이라도 하잔 건가요?"

"아니, 아니. 결혼까지 그리 복잡하게 생각할 것 없이 내 말 잘 들어봐. 은옥이도 남편이 있고 나도 마누라가 있는데 서로 이혼하고 결혼하는 그런 골치 아픈 짓거리 할 것 없이 아주 간단해. 나는 은옥을 아내로, 은옥은 나를 남편으로 생각하고 살면 되는 거야. 내 마누라는 나이가 들어 이제 볼품도 없는 판에 은옥과 살면 좋은 거고, 은옥도 남편이 출장이랍시고 밖으로 나다닐 때 나와 같이 살면 좋고. 말하자면 서로 세컨드가 되는 거지."

"세컨드요?"

"그래, 세컨드. 은옥은 내 세컨드 마누라이고 나는 은옥의 세컨드 남편이 되는 거야. 그러려면 우리가 살 집이 있어야 하겠지. 그건 내가 당장 내일이라도 마련할게. 이렇게 예쁜 마누라와 같이 살 집인데 남편인 내가 책임져야지. 적당한 아파트 하나 은옥의 이름으로 사서 줄 테니 본남편이 출장 가고 없을 때 와서 세컨드 남편인 나와 살면 되지. 안 그래?"

이번에는 은옥이 먼저 소주잔을 들어 부딪친 후 단숨에 들이켰다.

권 사장이 검고 작은 눈을 반짝이며 계속해서 진지하게 말했다.

"내 마누라도 나이가 들어 매일 밖으로 나다니는 편이고, 은옥이도 남편이 한 달에 절반을 해외 출장으로 집을 비운다니 얼마나 조건이 좋은 거야. 우리 집과 은옥이 살고 있는 대치동 중간인 삼성동 정도에 우리의 보금자리를 마련하자구. 서로 시간이 나는 대로 살짝살짝 만나 살면 우리의 신혼집이 되는 거지. 이렇게 오붓하게 실컷 보고 살다가 본가에 각자 갔다가 또 만나 살고. 어때? 내 제안에 동의해 주는 거지?"

물론 오케이다, 이 양반아! 아파트도 주고 생활비도 다 대준다는데 'NO' 하는 여자가 어디 있겠나. 더구나 주야장천 홀로 사는 여자인데.

그렇다고 제안을 받자마자 당장 좋다고 내색해서는 안 될 일이다. 암, 쉽게 속을 보이면 시삐 본다. 은옥의 머릿속에 빠른 계산기가 자리 잡았다.

문제는 아파트의 크기이다. 코딱지만 한 아파트와 중형, 대형의 크기에 따라 재산 가치는 곱절 차이가 난다. 이 순간 어떻게 처신해야 가능한 한 좀 더 큰 아파트가 내게 굴러들어 올 것인가?

은옥이 대답을 안 하자 권 사장이 자리에서 일어나 옆으로 와 앉았다. 은옥의 몸을 두 팔로 껴안고 두 눈을 들여다본다. 대답을 원하는 진지한 눈빛이 틀림없었다. 은옥이 지금까지 견지해 온 소극적인 새침데기 전략으로는 이제 손해일 것 같다는 감이 번뜩 들었다.

이 중요한 순간에 적극성을 보여야 한다. 남자를 대하는 적극성의 크기에 따라 아파트의 크기도 달라질 것만 같은 예감.

"내 말대로 따라주는 거다?"

권 사장이 대답을 재촉하듯 또 물어왔다.

은옥이 그 진지한 눈을 마주 들여다보며 방긋 웃음을 지어주었다. 동시에 머리를 사뿐 끄덕였다.

권 사장의 입이 메기입처럼 벌어지며 은옥의 입 위로 포개왔다. 입술을 빨며 혀가 은옥의 입안으로 들어왔다. 은옥이 그 혀를 혀로 맞이한 후 혀를 내밀었다. 권 사장이 그 혀를 꿀물이라도 빠는 듯 게걸스럽게 빨아댔다. 은옥도 흐응흐응 콧소리를 내며 호응해 주었다.

권 사장의 손이 은옥의 블라우스 안으로 들어와 브래지어를 까뒤집고 젖가슴을 움켜쥐었다. 메기입이 은옥의 젖가슴으로 내려와 혀로 유두를 핥았다. 은옥이 끄응끄응 소리를 내며 젖가슴을 들어주었다. 이윽고 권 사장의 손이 은옥의 사타구니 안으로 들어왔다. 은옥도 호응하여 바지 속 남근을 손으로 거머쥐었다. 너무도 크고 뜨겁게 부풀어 올라 있어 금방 폭발할 것 같았다. 멈추지 않으면 권 사장이 그 자리에서 당장 일을 치르자고 거칠게 나올 것만 같다.

은옥이 달래듯 콧소리로 말했다.

"자기야, 여기선 참아. 우리 가서 씻고 하자. 내가 자기 씻어줄게."

"정말?"

작은 눈이 휘둥그레 벌어졌다.

은옥이 머리를 아까보다 배로 크게 끄덕여 주었다.

권 사장은 남한산성 안 골짜기에 숨듯 자리 잡은 한 모텔로 잘도 찾아 들어갔다.

룸 안에 들어서자마자 은옥은 적극적으로 나갔다. 예전의 그 침대 귀퉁이에 다리를 꼬고 앉아 몸을 사리던 여자가 아니었다. 먼저 권 사장의 겉옷을 벗겨 가지런히 걸고 속옷도 팬티까지 손수 벗겨주었다. 자신도 옷을 벗고 전라의 몸으로 전라의 남자를 욕실로 이끌었다. 남자의 몸 구석구석에 샴푸를 바르고 물로 정성을 다하여 닦아주었다. 은옥의 부드러운 손놀림에 전신이 흥분된 권 사장이 메기입을 쩝쩝거리며 연신 감탄의 신음을 토해냈다. 침대로 가서는 손과 입술, 혀를 총 동원하여 남자의 전신을 애무해 주었다. 은옥이 여자로 태어나서 나름대로 터득한, 남자를 위한 정성 어린 최고의 서비스. 여자의 적극적인 대시에 온몸이 후끈 달아오른 권 사장이 몸부림을 쳤다. 껴안고, 짓누르고, 파고들고, 돌진하여 마지막 숨을 거두려는 동물의 몸부림으로 욕정의 찌꺼기를 흠뻑 배설해 냈다.

땀에 젖은 몸으로 권 사장이 나른하게 말했다.

"이제야 진짜 내 여자가 된 것 같군."

은옥이 미소를 지으며 남자의 가슴을 파고들었다.

권 사장이 은옥의 몸을 감싸며 말했다.

"이제 내 여자이니 내가 데리고 살아야겠지?"

은옥이 남근을 휘어잡고 화답했다.

"자기도 이거, 내 거란 거 명심해!"

두 사람은 부부처럼 욕실로 가 같이 몸을 씻고 갈 채비를 했다.

모텔 룸을 나서며 은옥은 딱 한 가지 아쉬운 것이 있었다. 예전에 주던 봉투, 즉 화대를 이번에는 권 사장이 주지 않았다는 점이다. 하지만 이미 머릿속에서 계산기를 두들겨 본 은옥이다. 이제는 바야흐로 한 집에 사는 부부로서 화대가 아니라 매월 생활비를 통장에 직접 입금해 줄 요량인 것이다.

승용차 운전대를 잡는 권 사장에게 오히려 은옥이 걱정스레 말했다. 마치 마누라처럼.

"자기, 아직 덜 깬 거 아니에요? 더 쉬었다 가시든지."

"까짓, 몇 잔 마셨다고 그래? 걱정 마!"

권 사장이 희멀건 얼굴에 연신 실실 웃음을 흘렸다. 입가나 눈가에 약간의 홍조가 남아 있어 술이 덜 깬 것이 분명하지만 습관인 듯 한 손으로도 차를 잘 몰았다. 다른 한 손으로는 은옥의 허벅지와 어깨를 계속 쓰다듬듯 다독여 가며.

은옥을 내려주면서 메기입을 쩍 벌리며 말했다.

"내일이나 모레 연락하면 바로 나와! 우리가 살 아파트가 일단 자기 마음에 들어야 하니까. 알았지?"

"알았어요. 조심히 운전해 가세요."

은옥이 걱정스런 표정으로 손을 흔들어주었다.

집에 들어와 진영이를 재운 후에도 은옥의 마음은 은근히 들떠 있었다.

새 아파트를 갖게 된다는 것은 새로운 집을 꾸며야 하는 일이다. 가구도, 침실도, 주방도, 화장실도, 거실도, 커튼도, 식탁도, 숟가락 젓가락도……. 침대 시트는 깔끔하게 수입 명품 독일 라텍스로 까는 것이…….

와인을 홀짝이며 이 생각 저 생각에 젖어 있던 은옥은 아무래도 잠이 올 것 같지가 않았다. 권 사장을 처음 만난 그 칵테일 바가 떠올랐다. 그 분위기에서 한잔 마시고 싶은 생각이 간절해졌다. 간단히 화장을 하고 가벼운 옷차림으로 집을 나왔다. 택시로 청담동의 그 칵테일 바로 갔다.

뺀질이같이 곱상한 바텐더는 스탠드에 앉는 은옥을 재깍 알아봤다.

"언니, 오랜만이시네."

"잭콕으로 한 잔 줘요. 콜라로."

바텐더가 고개를 갸웃하면서 돌아가 칵테일을 한 잔 만들어 왔다.

"언니, 혼자셔?"

은옥은 말없이 칵테일을 한 모금을 마셨다. 혼자면 옆에 남자를 앉혀줘도 되겠느냐는 물음임을 잘 알고 있다.

은옥이 오히려 궁금해 떠보듯 물었다.

"그때 그 사람, 권 사장인가? 자주 와?"

"가끔 들르시죠. 그때 언니와 잘될 것 같았는데 아닌가요?"

"잘되긴 무슨."

은옥이 시치미를 떼며 일부러 입을 삐죽 내밀어 보였다.

"하긴, 권 사장 같은 남자에게 여자가 한둘이겠어요? 돈 많겠다, 건강하겠다, 돌아보면 다 여잔데. 여자들은 다 그런 남자를 좋아하게 마련이고. 설령 언니와 잘됐다 해도 기껏 한두 달이겠지."

"그게 무슨 소리? 기껏 한두 달이라니?"

손님 비위 맞춰주는 데 선수인 뺀질이 바텐더가 신이 났다.

"권 사장같이 숫한 여자를 상대해 온 바람둥이야 여자를 꼬셔서 잘해야 두세 번, 길어야 서너 번 만나 즐기다 보면 습관적으로 또 다른 여자에게 눈이 가지 않겠어요? 튼튼한 돈줄이 아닌 여자들에게 정력과 시간을 허비할 타입이 아니죠. 그 권 사장, 심심풀이 땅콩처럼 새로운 여자를 만나기 위해 혼자 금방 나타날지도 모르겠네요."

은옥이 칵테일 한 잔을 쭉 들이켜고는 또 한 잔을 청했다. 달콤하게 넘어간 위스키 잭 다니엘스가 기분을 지피듯 뱃속에서 따끈하게 퍼졌다.

서너 번이 아니라 나는 이미 예닐곱 번을 지나 내일모레면 바야흐로 살림까지 차릴 판이다, 짜샤!

은옥은 속으로 배시시 웃었다. 바텐더가 잭콕 한 잔을 만들어 오자 또 물었다.

"그 권 사장의 튼튼한 돈줄 여자라면 그 재벌 상속녀라던 여자 말이지? 그 여자와는 같이 살기라도 하나?"

"같이 살기까지야 하겠어요? 나이 많은 여자가 뭐가 좋다고. 여자가 원해도 남자가 그건 피하지요. 다만 극진히 모시겠죠. 돈줄이 마르지 않는 한 끝까지 정성을 다하겠죠. 그래야 그 돈으로 젊고 피둥피둥한 여자들을 만나죠. 안 그래요? 아 참!"

바텐더가 피식 야릇한 웃음을 짓고는 덧붙여 말했다.

"권 사장의 돈줄은 재벌 상속녀가 아니라 사실은 돈 많은 과부래요. 그것도 하나가 아니라나? 돈은 많은데 나이 들어 볼품도 없는 판에 권 사장같이 왕성한 남자를 만나면 그 돈 누구에게 쓰겠어요? 남자에게 쓰는 것이 당연하지. 언니도 나이 들기 전에, 남자들이 돈을 써줄 때 즐겨요. 여자가 나이 들어 돈마저 없으면 남자들이 거들떠나 보나요? 그래서 옛 노래에 노세, 노세, 젊어서 노세. 늙어지면 못 노나니 어쩌고 하는 것이 틀린 말이 아니라고요. 그러니 언니도 즐기라고요. 봐요, 저쪽에 혼자 있는 남자가 자꾸 언니에게 눈독들이고 있는 거 안 보여요? 내키면 눈치만 보내줘요. 내가 금방 접선시켜 드릴 테니. 아셨죠?"

바텐더가 찡긋 윙크를 주고는 다른 손님에게로 갔다.

빽질이 녀석. 뭐 남자가 없어 혼자 온 걸로 아나? 어디서 그따위 수작을. 엄연히 남자가 있는 몸이다. 돈 많은 여자에게서 꿍쳐

온 돈, 같이 나눠 쓰며 즐기는 여자란 말이다, 짜샤!

은옥이 실실 웃음을 흘리며 칵테일을 홀짝였다. 부드럽게 목구멍을 넘어가는 위스키의 따끈한 맛에 취기가 돌고 기분은 최고였다.

곧 삼성동에 아파트도 하나 생긴다. 그 돈이 돈 많은 과부의 돈이든 아니든 상관할 바 아니다. 이제 살림까지 차릴 판이니 앞으로 권 사장만 잘 대하면 된다. 아까처럼 있는 애교 없는 애교 부려서 가끔 정성껏 대해주면 더 많은 돈은 계속 굴러 들어 오게 되어 있다. 뺀질이 바텐더 말대로 그게 세상의 돌아가는 이치였다.

은옥은 흡족한 기분으로 칵테일을 마시며 눈을 들어봤다. 아닌 게 아니라 저쪽에 혼자 앉아 있는 남자가 계속 은옥을 바라보고 있다. 바텐더도 눈을 찡긋하며 신호를 기다리고 있다는 표정이다. 그런 칵테일 바 분위기가 은옥은 마음에 들었다. 남자들의 시선을 느끼게 되는 아늑하면서 야릇한 분위기.

하지만 오늘은 잘못 짚었다, 짜샤들아! 내일은 중요한 남자를 만나서 중요한 일을 치러야 하는 여자이니라.

은옥은 바텐더의 끈질긴 눈길을 무시하고 칵테일을 한 잔 더 마신 후 집으로 돌아왔다.

다음 날, 권 사장으로부터 연락이 없었다.

그다음 날도 연락이 없었다. 일단 새 아파트를 구하느라 바쁜 거라고 생각했다.

그다음 날도 분명 바쁜 일이 있어서일 것이니 참고 기다려 주기로 마음먹었다.

그러나 약속한 지 나흘이 지나도 연락이 없자 스멀스멀 뭔가 잘못되어 가고 있다는 감이 왔다.

늦어지니 기다려 달라는 전화 연락도 없다. 그렇다고 은옥이 먼저 전화를 걸어 어떻게 되어가느냐고 물어볼 일은 아니었다. 설령 이쪽이 원하고 재촉하는 일이 아니라 저쪽이 원하는 일이라 해도 은옥이 먼저 전화한 적은 한 번도 없었다. 그것은 여자로서의 자존심이고 이런 경우에는 더더욱 그랬다.

돈줄이 아닌 여자에게는 결코 매달릴 권 사장이 아니라던 바텐더의 말이 새삼스럽게 생각났다. 어떤 여자든 두세 번, 길어야 서너 번 만나서 즐기다 끝을 내는 바람둥이란 말도 떠올랐다.

하지만 한 달도 아니고 두 달이 넘게 예닐곱 번이나 만난 사이인데 이럴 수가?

은옥은 궁리에 궁리를 거듭한 끝에 찾아가서 직접 얼굴을 대면해 봐야 의문이 풀릴 일이라고 결론을 내렸다.

다음 날은 새벽부터 비가 내렸다. 먹구름이 가득한 하늘에서 쏟아지는 가을비는 몇 개 남지 않은 가로수 은행잎마저 모조리 떨어뜨릴 기세였다.

은옥은 진영이를 어린이집에 데려다주고 이 생각 저 생각에 안절부절못하다가 점심 무렵 차를 몰고 청담동으로 갔다. 권 사장의 사무실 위치는 이미 알고 있었다. 사무실 안으로 불쑥 들어서면 권 사장이 직접 만나주는 것을 피할 수 없으리라.

은옥이 사무실 빌딩 모서리를 막 우회전할 때 권 사장이 우산을 받쳐 들고 사무실에서 나오는 것이 보였다. 앞 차도에는 권 사장의 차 은색 아우디가 깜빡이를 반짝이며 서 있다. 권 사장이 우산을 접으며 승용차에 오르자 차가 바로 출발하는 것이 아닌가.

은옥은 기회를 놓친 아쉬움에 잠시 머뭇거렸지만 본능적으로 그 차를 뒤따라갔다.

은색 아우디. 차량번호 4900. 부동산 업자답게 물건을 사두면 돈이 된다는 뜻으로 웃돈을 주고 받은 번호라고 말했다. 승용차 아우디의 엠블렘 0 네 개도 돈이 겹친다는 의미가 있다고도 했다.

그 돈 많은 권 사장이 오늘은 누구를, 어떤 여자를 만나러 가는 것일까?

권 사장의 아우디가 교차로 신호에 걸려 멈춰 서자 은옥은 아반떼를 바로 뒤에 세웠다.

비가 내리는 흐릿한 날이지만 앞차 안이 희미한 윤곽으로 눈에 들어왔다. 권 사장은 혼자가 아니었다. 옆 자리에 뒷머리가 풍성한 여자의 파마머리 윤곽이 보이지 않는가. 은옥 자신이 앉던 바로 그 자리에.

이런 썅!

은옥은 앞차를 힘껏 받아버리고 싶은 충동이 일었다. 그때 앞차가 출발했고, 은옥도 길게 심호흡을 한 후 뒤따라갔다.

권 사장은 올림픽대로로 나가 달린 후 송파 쪽으로 차를 몰았다. 사무실까지 온 여자인 것으로 보면 소위 물건을 보러 온 손님이거나 사무실에서 같이 일하는 여자일 가능성도 있다는 생각도 잠시 들었다. 하지만 그건 그저 소망일 뿐, 차가 송파에서 성남 쪽으로 달리다 남한산성 쪽으로 올라가자 은옥은 입술을 깨물어야 했다.

어디까지 가나 보자.

구불구불 경사진 도로를 올라가는 권 사장의 차를 은옥도 적당한 거리를 유지하며 뒤쫓았다. 빗속에 잠긴 고즈넉한 산등성이의 늦가을 단풍이 눈에 들어올 리 없었다. 빗물이 흥건히 흘러내리는 아스팔트 도로를 오르는 아우디의 뒤꽁무니만 응시하며 뒤따라갔다.

아닌 게 아니라 산성 문을 넘어가 산성 안으로 내려간 아우디가 한방 오리집으로 들어가는 것이 아닌가. 바로 오 일 전에 은옥과 함께 갔던 바로 그 집. 이제는 다른 여자를 데리고 들어가다니…….

혹시나 한 예감이 사실로 드러나자 은옥은 속이 부글부글 끓어올랐다. 당장 뒤쫓아 들어가서 어떤 년이냐고 따지고 싶은 것이 사실이지만 그럴 수도 없다는 현실에 화가 더 났다. 정식 마누라도 아니고 세컨드인지 애인인지도 불분명한 어정쩡한 관계에서 마주쳐 봐야 뭘 따지고 뭘 요구할 수 있단 말인가.

은옥은 조금 떨어진 길가 느티나무 아래에 차를 세웠다. 일단 부글부글 끓고 있는 마음을 진정시키고 생각을 정리해야 했다. 길 위에 떨어진 느티나무 낙엽이 빗줄기와 바람결에 추적추적 나뒹구는 모습을 보고 있노라니 마치 자신의 처지처럼 처량했다.

이 여자 저 여자 만나서 짧게는 한 달, 길어야 두 달이면 끝내는 바람둥이라고 바텐더가 말했다. 돈줄이 아니면 길게 정성을 들일 까닭이 없다고, 돈 있고 힘 있으면 세상에 넘치는 것이 여잔데 자꾸 새로운 여자를 찾아 즐기게 마련이라고 했다.

나도 이 여자 저 여자 중 하나일 뿐이었다. 저 막 떨어져 비바람에 나뒹구는 느티나무 낙엽 하나처럼.

그러고 보니 저 한방 오리집도 은옥만 데리고 간 곳이 아니라 여자를 꼬시는 코스 중 하나인 것이다. 은옥을 데려갔던 외곽 지역의 한우집도, 장어집도, 보신탕집도, 낙지집 등등 모두가 숫한 여자와 즐기는 코스인 것이다.

불과 며칠 전 저 오리집 방 안에서 눈깔사탕같이 달콤하면서 매끈한 말로 은옥의 마음을 얼마나 뒤흔들었던가. 그 달콤한 유혹에 몸과 마음의 긴장이 마약에 빠진 듯 해제당하고 말았다. 사이비 교주에게 몸을 바치는 여신도처럼 있는 힘과 아는 기교를 총동원하여 봉사했더니 '이제야 진짜 내 여자가 된 것 같군' 어쩌고 하며 메기입을 크게 벌렸다. 콧대가 높은 듯 소극적인 은옥에게서 바로 그런 적극적인 봉사와 희생을 끌어낼 목적으로 마약 같은 눈깔사탕을 물려주었던 것이다. 그 목적을 달성했으니 이제는 또 다른 여자를 후리기 위해 저 골방에 앉아 있는 것이다.

개 같은 짐승!

은옥은 동네 수캐에게 당했다는 사실에 치가 떨렸다. 동네 수캐와 한 몸이 되어 짐승처럼 몸을 섞었다는 사실에 사지가 부들부들 떨렸다.

저 개새끼는 콱 받아버려야 한다!

어떻게?

내가 그럴 수 있을까?

차창에 내리는 빗줄기를 바라보며 속을 끓고 있자니 회한과 함께 슬픔이 밀려왔다.

분노와 슬픔 속에서 이러지도 저러지도 못하는 혼란으로 얼마나 시간이 지났는지 그 아우디가 오리집 주차장을 나오는 것이 보였다.

은옥도 차의 시동을 걸었다. 아우디가 은옥을 데리고 갔던 골짜기의 모텔 쪽으로 들어가자 은옥의 눈에 쌍심지가 켜졌다.

그러면 그렇지. 개새끼!

아우디의 꽁무니를 확 받아버릴 요량이다.

하나 마음뿐 몸이 말을 듣지 않았다. 발이 떨려오며 액셀 페달이 제대로 밟히지가 않았다. 아우디는 모텔 안으로 들어가 버렸다.

은옥은 다시 길가에 차를 세웠다. 절망감이 밀려왔다. 여자로서 이러지도 저러지도 못하는 처지에 몰린 자신이 싫고 한탄스러울 뿐이다.

이 판에 들이받은들 얻을 게 무어란 말인가. 이미 새가 되어 날아가 버렸다. 미친개에게 한 번 물린 셈 치자. 재수 없게 똥을 밟았다 생각하자. 이 모든 것은 결국 어리석은 내가 자초한 일이다.

은옥은 자신을 개탄하며 서서히 차를 몰았다. 산성 마을을 빠져나와 산성 문을 통과했다. 집으로 갈 생각이다.

산골짜기에 펼쳐진 늦가을 단풍이 비로 인해 하얀 운무로 덮여 있는 모습이 눈에 들어왔다. 그 하얀 운무 속에서 권 사장의 메기 입이 배시시 웃고 있는 모습이 문득 떠올랐다. 그 음흉스런 메기 입으로 지금 이 순간 다른 년의 몸을 핥고 있는 것이 아닌가.

또 속이 뒤틀리며 부글부글 끓어올랐다.

은옥은 산성 매표소에서 이어지는 구불구불 내리막길을 내려오다 도로 폭이 넓은 곳에서 또 차를 세웠다.

분노가 치솟았다.

남편에게 차였는데 또 개 같은 놈에게 차인 신세라니⋯⋯. 그 개놈의 장밋빛 유혹에 한순간 혹해 온몸을 다 바친 결과가 이것이다. 아파트를 사주고 동거를 하자는 고단수 바람둥이의 사탕발림 전략에 또 당한 것이다. 남자에게 몸과 마음을 호락호락 허락하는 여자는 결국 후회하게 된다는 남편에게서 터득한 교훈을 망각한 결과이다.

하지만 이대로 그냥 가기에는 너무도 억울하지 않는가.

은옥은 차 안에서 또 한참을 분노하고 개탄하고 주저하며 앉아 있었다.

산골짜기 운무를 내려다보며 얼마나 시간이 지났을까. 이대로는 그냥 갈 수 없다는 결론을 내렸다. 모텔 앞을 지키고 있다가 놈에게 욕이라도 한마디 해주지 않고는 결코 훌훌 털어버릴 수 없을 것 같았다. 재수 없는 놈은 훌훌 털어버려야 새 기분으로 새로운 남자를 만날 수 있을 것이다.

은옥은 다시 산성 쪽으로 차를 돌렸다. 종일 비가 와서인지 오르내리는 차량이 많지 않아 차는 쉽게 돌릴 수 있었다.

굽이진 비탈길을 올라 저 앞에 산성매표소가 보이는 지점이다. 막 매표소를 통과하여 내려오는 차가 은색 아우디가 아닌가. 순간 앞의 번호판 4900도 은옥의 눈에 확 들어왔다.

이런 쌍!

은옥은 조수석 쪽 차창을 내리며 핸들을 왼쪽으로 꺾어 도로를 가로막고 세웠다. 제 놈이 내 얼굴이라도 알아보고 지나쳐야 한다.

아우디가 속도를 줄여 멈칫멈칫 다가오다 은옥의 차를 비껴 옆을 지나치려는 순간이었다.

"야! 권 사장! 이 개새끼야!"

은옥이 조수석 쪽으로 얼굴을 내밀고 아우디를 향해 악을 썼다. 차 안의 그놈의 눈이 은옥을 알아보고 놀란 모습이 분명했다.

은옥은 차를 발진했다. 뒤쪽에서 아우디의 끽끽 브레이크를 밟는 타이어 마찰 소리가 들려왔다.

제 놈이 차를 세우든 말든 무슨 상관이랴.

악을 쓰며 욕도 해주었다. 후련했다. 은옥은 다시 산성으로 올라갔다. 산성 문을 통과하여 반대편 광주 쪽으로 내려가 멀리 드라이브나 할 요량이다.

차창 문을 열고 한가롭게 차를 몰았다. 들이치는 빗방울이 그지없이 후련하고 시원스럽게 얼굴을 때렸다.

진영을 데리고 집에 오니 벌써 어두워졌다. 그러고 보니 낮 동안 점심 먹는 것도 잊어버렸다. 은옥은 밥을 맵고 기름지게 양푼에 비벼서 맛있게 배를 채웠다. 거실에 앉아 혼자 소주잔을 홀짝였다. 피로와 졸음이 한꺼번에 밀려왔다.

은옥이 졸다 눈을 뜬 것은 핸드폰 벨소리 때문이었다.

식당 이모인데 전화를 받자마자 다급한 목소리였다.

−은옥아! 아직 연락 못 받았니?

"무슨 연락?"

―니 엄마 지금 성남의 중앙병원 응급실에 있다는 연락이 식당으로 와서 나 지금 다 와가는데 니도 빨리 와라!

"응급실이라니, 엄마가 왜?"

―나도 모르지. 나보다 니가 빨리 와야지 않겠나!

이모가 전화를 끊었다. 시간은 밤 9시가 조금 지났고, 진영은 게임기를 안고 자고 있었다.

은옥이 택시를 타고 성남의 중앙병원 응급실에 도착한 것은 10시 무렵이었다.

엄마는 이미 숨을 거두어 흰 보자기를 씌워놓은 상태였다. 보자기를 쳐들고 얼굴을 보니 얼굴과 머리통 전체가 피범벅이었고 일그러진 축구공처럼 부풀어져서 형체를 알아볼 수 없을 정도였다.

너무도 끔찍해서 은옥은 눈물도 나오지 않았다.

발을 동동 구르며 울먹이는 소리로 이모가 말했다.

"남한산성 골짜기에 추락한 차를 지나가던 등산객이 발견하고 119에 신고해서 실어 온 거란다. 너무 늦게 도착하여 가망이 없었대. 같이 온 남자도 이미 운명해서 조금 전에 가족이 와서 서울의 병원 영안실로 실어 갔다."

"같이 온 남자라니?"

"니 엄마 요즘 강남에 빌딩을 보러 많이 나다니셨다. 소개하는 사람이 점잖아 보였는데 니 엄마에게 잘해주어 사실 니 엄마도 자주 만났어. 이번에 청담동에 나온 십 층 빌딩만 매입하게 되면 니 엄마도 그쪽에 아파트를 얻어 이사할 생각이었단다."

은옥이 머리통을 가격당한 듯 아찔한 충격을 느끼며 물었다.

"그 소개한다는 사람이 누군데?"

"권 사장이라고⋯⋯."

은옥은 더 이상 아무 소리도 들리지 않았다. 현기증이 일어 그 자리에 털썩 주저앉았다.

머릿속에 비가 내리고 한 장면이 떠올랐다.

아까 아우디를 가로막고 은옥은 권 사장의 얼굴만 보고 욕을 퍼부었지 짧은 순간이라 옆에 앉은 여자를 볼 겨를이 없었다. 엄마는 여자의 입장에서 그때 차창을 열고 소리를 질러대는 여자를 쳐다볼 수밖에. 그런데 그 여자가 다른 사람도 아니고 바로 자신의 딸이라니⋯⋯. 그 순간 딸 은옥이 남자에게 왜 욕을 퍼부어대는지 여자의 직감으로 눈치를 못 챘을 리가⋯⋯.

그 뒤 아우디는 비가 흥건히 내리는 구불구불한 내리막길을 끽 끽 타이어 마찰음을 내며 내려갔던 것이다.

거울 여자

황미영

1997년 「사랑의 저편에 선 천사」로 일간스포츠 신춘대중문학상 수상.
주요 단편으로 「슬픈 단죄」, 「차가운 복수」, 「브로드웨이의 비명」, 「함정」, 「악어의 눈물」 등 발표.

오랜만에 깊은 잠을 잤다. 암막 커튼임에도 불구하고 햇볕이 따스하게 느껴진다. 눈을 뜨고 침대 맞은편의 거울을 본다. 낯선 여자가 보인다. 머리를 쓸어 넘기며 침대에서 천천히 일어나 거울 앞에 선다. 내 손이 거울 속 낯선 여자의 머리를 쓸어 넘긴다. 낯선 여자가 거울 속에서 나를 마주 본다. 누구지, 이 여자는? 방 안을 둘러본다. 아무도 없다. 벽에 걸린 액자의 사진에서 엄마가 거울 속 여자를 안고 환하게 웃고 있다. 엄마가 행복해 보인다. 거울 속에도 사진 속에도 나는 없다. 여자만 있다. 나는 여기 있다. 그런데 내 몸은 이 방 안에 없다.

어제가 엄마의 49재였다. 엄마와 자주 가던 뚝섬유원지 전망대를 한 계단 한 계단 오르며 엄마의 슬픈 삶을 되새겨 봤다. 가슴 아팠다. 나의 외로운 삶도 슬펐다.

나는 스물한 살에 고아가 되었고, 엄마는 스물한 살에 나를 낳았다.

고아로 외롭게 살던 엄마는 스무 살에 잘생긴 의대생을 사랑했다. 그 행복한 순간의 사랑은 정수지라는 예쁜 딸을 엄마에게 선물했다. 그리고 엄마의 사랑하는 의대생은 나의 존재를 모른 채 물거품처럼 사라졌다. 엄마가 사랑하며 행복해했던 아빠라는 존재는 내게 큰 아픔과 상처였다. 사생아인 나는 유난히 희고 눈이 컸다. 왕따로 시달리던 나는 중학교 2학년 때 자퇴하고 말았다. 생부가 의대생이라는 자부심으로 열심히 공부해서 검정고시에 합격했고, 올해는 방송통신대 국문과에 입학했다. 엄마는 그런 나를 무척 자랑스러워했다. 그런 엄마가 나를 떠났다. 이 세상에 난 혼자다. 낯설고 무섭다. 엄마는 나보다 더 무서웠겠지. 혼자 남았다는 기억조차 없이 처음부터 엄마는 혼자였다. 불쌍한 내 엄마.

텔레비전을 켠다. 5월 5일 어린이날 특집 만화 영화를 한다. 노트북을 켜고 인터넷을 연결한다. 이상하다. 2014년? 컴퓨터에 오류가 생겼나? 핸드폰을 본다. 2014년 5월 5일 월요일? 우주를 떠도는 위성에 오류가 생겼나? 텔레비전 채널을 이리저리 돌려 본다. 2014년이란다. 방송 사곤가? 어제가 2013년 5월 4일 토요일이었는데. 엄마의 49재였는데.

2013년 3월 16일 토요일. 초등학교 앞에서 분식집을 하는 엄마는 매일 오전 11시쯤 장사 준비를 시작했다. 그런데 그날은 누군가를 만나러 나간다며 웅얼거리듯 말하고 아침 일찍 서둘러 나갔다. 아는 사람이라고는 문방구 아줌마밖에 없는 엄마가 만날 사람이 있다는 말이 이상했다.

그리고 11시쯤 내 핸드폰으로 낯선 전화번호가 찍혔다. 나는 받지 않았다. 문자 메시지가 떴다.

'정희정 씨 교통사고로 한양대병원 응급실 연락 바람.'

나는 스팸 문자라고 생각했다. 다시 핸드폰 음악이 울렸다. 또 그 낯선 전화번호였다. 혹시나 싶은 마음에 114에 전화를 걸어 한양대학병원을 연결했다. 엄마의 이름을 대고 응급실 환자 확인을 했다. 전화선을 타고 들려오는 목소리는 지극히 사무적이었다. 정희정 씨가 교통사고로 응급실에 실려와 있다고 했다.

'정희정, 여, 41세, 2013년 3월 17일 새벽 2시 20분 사망. 보호자 정수지.'

엄마의 심장이 멈췄다. 병원에 도착했을 때부터 내 옆에서 죄인처럼 숨도 쉬지 못하고 울먹이던 중년 남자가 순간 숨을 삼켰다. 난 울지 않았다. 아무 생각도 할 수 없었다. 엄마가 죽었다. 엄마가 내 곁을 떠났다. 내 엄마가 사라져 존재 자체가 없어졌다. 중년 남자가 영안실에 놓을 사진 한 장만 달라고 했다. 이 남자는 누굴까? 주위 친지들에게 연락하겠다며 연락처를 달라고 했다. 이 남자는 누구지? 맞다. 남자가 운전하는 차에 엄마가 다쳤다고 했다. 아니, 다친 게 아니고 이 남자가 엄마를 죽였다고 했다. 내 엄마를 이 남자가 죽였다. 남자는 의사라고 했다. 사람을 살려야 하는 의사가 엄마를 죽였다. 내 생부도 의사라고 했다. 엄마가.

우린 친척도, 친구도 없다. 사람들의 멸시와 연민이 가득한 표정이 싫어 엄마와 난 스스로를 가두고 살았다. 엄마의 핸드폰에는 내 번호와 문방구 아줌마, 그리고 십여 개의 전화번호가 저장되어 있다. 문방구 아줌마를 빼면 한 번도 본 적도, 들은 적도 없는 사람들이다. 그리고 어느 정도로 엄마와 친한 사이인지도 모른다.

문상객이 없는 엄마의 영안실이 엄마를 더 슬프게 할 것 같아 사망한 17일 당일에 화장을 했다. 엄마를 죽인 의사가 서둘러 준비해 준 납골당에서 엄마를 하얀 자기에 담아 모셨다. 그나마 의지가 됐던 그는 구속됐다고 한다. 보험회사 직원이 나를 찾아왔다. 그리고 의사의 아내가 나를 찾아왔다. 그의 아내는 참 고왔다. 목소리도 곱고 차분했다. 나는 그녀가 제시하는 조건에 무조건 합의해 주었다. 그녀는 엄마를 잃은 내 처지를 진심으로 슬퍼해 주었다. 그녀는 엄마와 많이 닮은 것 같았다. 분위기도, 목소리도, 머리 스타일도, 그리고 깊고 촉촉한 눈빛과 살 내음도 엄마와 같았다.

엄마를 죽인 의사가 나를 다시 찾아온 것은 엄마의 분식집을 매매할 때였다. 어린 내가 혹시라도 불이익을 당할까 봐 보호자로 동행해 주었다. 부동산 아저씨가 물었다. 엄마와 어떤 사이냐고. 의사는 사촌 오빠라고 하며 내가 자신의 조카라고 말해주었다. 그는 마치 내가 자신의 친조카라도 된 듯 모든 일에 힘이 되어주었다. 분식집 물건 정리할 때도, 엄마의 유품 정리할 때도 옆에 있어주었다. 사고 보상비와 보험, 그리고 상속세도 아는 세무사를 소개해 주었다. 엄마와 살던 26평 아파트를 팔고 15평 아파트로 이사했다. 그때도 의사가 와주었다. 엄마의 49재 때는 의사의 아내도 함께 찾아와 주었다. 두 사람의 모습이 정말 아름다웠다. 내 엄마의 환생과 한 번도 보지 못한 생부를 보는 순간 난 행복했다.

　나는 어디 있을까? 나는 팔다리가 길어 160㎝인 키가 170㎝로 착각하게 하는 외모를 지녔다. 얼굴은 희고 갸름한 브이 라인으로 귀티 나는 동안이라고들 했다. 눈, 코, 입이 조화가 잘 되어 모두가 부러워했다. 45㎏으로 아주 날씬하고 다리는 곧게 뻗었다. 마치 소녀시대의 윤아 같다고들 했다. 나는 유난히 눈에 띄는 외모로 항상 조심스러웠다.

　거울 속 여자의 키는 나와 같아 보이지만 팔다리가 짧아 키도 작아 보인다. 얼굴은 지나치게 동그랗고, 눈은 쌍꺼풀 수술을 한 지 얼마 되지 않은 듯 어색하다. 입술은 없는 듯 지나치게 얇고 코는 적당하게 둥글다. 몸무게는 적어도 60㎏은 되는 것 같고 하체 비만인 듯 유난히 두껍다.

　이사한 지 얼마 되지 않아 아직 방이 낯설다. 옷장을 연다. 낯익은 내 옷들이 걸려 있다. 그런데 모든 옷이 66사이즈이다. 난 55사이즈인데. 낯설다. 내 옷이 아니라 거울 여자 옷이다. 내가 좋아하는 검정 데님바지와 흰색 와이셔츠를 입는다. 딱 맞는다. 거울 앞에 선다. 상큼하고 날렵한 나는 없고 둔하고 느끼한 거울 여자가 있다. 미간이 찌푸려진다. 거울 여자의 미간도 찌푸려진다. 못생긴 얼굴은 아닌데 정말 이상한 얼굴이다.

나는 거울 여자의 얼굴이 싫어 모자를 찾아 머리에 씌운다. 머리카락을 쓸어 넘기다 이마의 긴 상처를 만진다. 이건 또 뭐지? 서랍을 열고 선글라스를 찾아 씌운다. 서랍 속에는 약봉지가 가득하다. 약병도 있다. 발륨이라고 쓰여 있다. 발륨? 신발장을 연다. 낯익은 십여 켤레의 내 신발이 보인다. 편한 단화를 꺼내 거울 여자의 발에 신긴다. 발 사이즈가 나와 같은 235㎜이다.

아파트 단지 놀이터는 썰렁하다. 어린이날이라 모두 가족과 나들이 간 것 같다. 사실 놀이터는 항상 조용하다. 요즘 아이들은 학원이 놀이터라고 한다.

아파트 단지를 벗어나 서울숲을 향해 걸어간다. 엄마와 자주 산책하던 길을 걸으며 생각한다. 나를 어디서 찾아야 할까? 도대체 2013년은 어디로 사라지고 2014년 어린이날이 되었을까? 나는 왜 거울 여자의 몸과 함께 있을까? 내 몸은 어디서 누구랑 있을까? 혹시 거울 여자가 내 몸과 함께 있는 건 아닐까? 그렇다면 여자도 무척 당황스러울 텐데. 그녀의 가족들도 당황스럽긴 마찬가지일 테고. 그들도 몸을 찾고 싶을 텐데. 거울 여자를 어디서 어떻게 찾지? 내 몸을 어떻게 찾지? 서울숲을 걸으며 머리가 지끈거릴 정도로 생각만 했다.

아파트로 돌아와 이불을 뒤집어쓴 채 눈을 감는다. 머릿속이 텅 빈 듯 아무 생각이 들지 않는다. 엄마가 보고 싶다. 눈물이 난다. 가슴이 답답하다. 흐느끼다가 대성통곡하며 엄마를 부른다. 엄마는 없다. 의사가 엄마를 죽였다. 사람의 생명을 살리는 의사가 엄마의 생명을 앗아갔다. 왜 그랬을까?

사고 나던 날 엄마가 만나러 간 사람이 누구였을까? 엄마는 그 사람을 만났을까? 만약 만나지 못했다면 그 사람은 엄마를 얼마나 기다릴까? 그 사람은 엄마가 죽은 걸 알까? 미칠 것같이 가슴이 답답하다.

눈이 부시다. 눈을 뜨고 침대 맞은편의 거울을 조심스레 본다. 여전히 여자가 나를 보고 있다. 나는 없다. 천천히 일어나 앉는다. 방 안을 둘러본다. 사진 속 엄마가 여자를 안고 환하게 웃고 있다. 엄마와 함께 찍은 내 사진은 없다. 저 사진 속 여자의 자리엔 분명히 내가 있었다. 앨범을 찾는다. 심호흡을 한 번 하고 조심스레 펼쳐 본다. 여자의 어릴 적 모습인 듯한 사진이 가득하고 엄마와 여자가 함께 찍은 사진, 그리고 여자의 독사진으로 가득하다. 순간 섬뜩해진다. 내가 사라졌다. 내 방에서, 내 앨범에서 내가 사라졌다. 내 뇌만 있고 나는 없다. 나를 찾아야 한다. 어디서? 어떻게?

방송통신대 사무실을 찾아갔다. 학적부에도 여자의 사진이 있다. 그리고 나는 휴학 중이었다. 2013년 5월 4일에서 2014년 5월 4일까지의 기억이 없어졌다. 내 몸과 함께. 나를 기억해 줄 만한 사람을 생각해 본다. 문방구 아줌마가 생각난다. 경수초등학교를 향해 걸음을 옮긴다. 틀림없이 아줌마는 날 못 알아볼 텐데 지금의 내 상황을 어떻게 설명해야 할까? 문방구 셔터가 내려져 있다. 순간 안심이 되며 마음이 편안해진다. 걸음을 옮겨 다시 서울숲을 향한다. 배가 고프다. 엄마와 자주 가던 커피숍에서 샌드위치와 커피를 시킨다. 우리가 앉던 자리에 여자와 남자가 앉아 있다. 엄마는 없지만 그 자리에 앉고 싶다.

나다! 내 몸이다! 내가 항상 앉던 자리에 내 몸이 앉아 있다. 낯선 남자와 함께 내 몸이 앉아 커피를 마시며 웃고 있었다. 내가 나를 본다. 아니, 내 몸이 거울 여자를 본다. 나는 거울 여자를 내 몸 맞은편 자리에 앉힌다. 거울 여자의 눈으로 내 몸을 본다. 내 눈과 거울 여자의 눈이 마주친다. 나는 거울 여자의 고개를 움직여 인사한다. 내 몸의 표정이 뜨악해지며 뒤를 돌아본다. 그리고 다시 거울 여자를 보고 어깨를 으쓱해 보이며 입술을 삐죽인다. 내 몸에 거울 여자가 아닌 다른 사람이 들어 있을 수도 있다. 그래서 알아보지 못하는 것일 수도 있다. 아니, 내 몸이 갖고 싶어서 모른 체하는 것일 수도 있다. 사실 내가 저 여자라도 내 몸이 더 갖고 싶을 것이다.

내 몸이 서둘러 자리에서 일어나 나간다. 나는 거울 여자의 몸을 이끌고 내 몸을 따라 나간다. 내 몸이 낯선 남자와 헤어지며 거울 여자를 따돌리듯 발걸음을 빨리한다. 내 몸이 서울숲 앞의 고층 아파트로 사라진다. 문득 엄마를 죽인 의사가 생각난다. 그 의사도 여기 주상복합 아파트 갤러리아 포래에 산다고 했다.

핸드폰을 꺼내 전화를 건다. 낯익은 의사의 목소리가 들린다. 흠칫 종료 버튼을 누른다. 나도 모르는 눈물이 뺨으로 흐른다. 엄마를 죽인 의사와 그의 아내가 너무도 보고 싶다. 엄마가 보고 싶다. 전화벨이 울린다. 엄마를 죽인 의사다. 내 감정을 추스르지 못하고 보고 싶다고 통곡할 것만 같아 받지 않는다. 그러나 정말 그와 그의 아내가 보고 싶다. 죽도록.

김밥 한 줄을 사서 집으로 들어선다. 거울 여자가 배가 고프다. 아니, 내가 배가 고프다. 나는 거울 여자의 입으로 김밥을 먹는다. 냉장고에서 우유를 꺼내 마신다. 거울 여자가 김밥을 먹었는데 내 배가 부르다. 아니, 거울 여자의 배가 부른 건가? 모르겠다. 어쨌든 나른해진다. 내일은 내 몸을 만나 찾아와야 한다. 그런데 자기 몸이라고 우기면 어떡하지? 설마……. 아니, 그럴 수도 있다. 내가 생각해도 거울 여자의 몸보다는 내 몸이 훨씬 예쁘니까. 그럼 의사와 그의 아내에게 도움을 받아야겠다. 그들은 나를 알고 또 좋은 사람들이니 나를 도와줄 것이다. 그 의사 부부를 생각하자 마음이 편안해지며 잠이 쏟아진다.

거울 여자의 몸을 예쁘게 단장한다. 예쁘게 보여야 찾고 싶어질 것 같다. 갤러리아 포레 상가 일 층 커피숍에 앉아 내 몸이 나오길 기다린다. 그렇게 며칠을 기다렸지만 내 몸은 만날 수가 없었다.

문방구 아줌마라도 보고 와야겠다. 해가 떨어질 것 같아 서둘러 경수 초등학교로 걸음을 옮긴다. 학교 앞은 한산하다. 문방구 앞에 서서 심호흡을 한번 한다. 천천히 유리문을 열고 들어선다. 아이들은 하나도 없고 아줌마가 돌아본다. 아줌마가 나를, 아니, 거울 여자를 본다. 반가운 표정 위에 연민이 스친다. 아줌마가 거울 여자를 알아본다.

"어머, 수지야! 웬일이니?"

아줌마가 거울 여자의 손을 덥석 잡으며 내 이름을 부른다. 그리고 위로를 한다. 어디로 이사했느냐고 묻는다. 잘 지내느냐고도 묻는다. 거울 여자의 몸에다 대고 내 안부를 정신없이 묻는다. 뭐가 그리도 궁금한 게 많은지 대답할 틈도 주지 않고 묻는다. 이상하다. 아줌마가 거울 여자의 몸을 나라고 생각한다.

"저… 절 아세요?"

"얘가 무슨 소리야. 설마 아줌마가 널 잊었겠니? 분식집 딸 수지잖아. 정수지."

"아닌데요."

순간 문방구 아줌마의 표정이 굳어지며 내 손을, 아니, 거울 여자의 손을 꼭 쥐며 흔든다. 아줌마의 눈시울이 붉어진다. 목이 메어 말을 못할 것 같아 보이는데 계속 혼자 떠든다.

"니가 정말 힘든가 보구나. 장례식도 치르지 않고 그냥 화장했다는 얘기는 들었어. 내가 얼마나 가슴이 아픈지. 나하고 니 엄마하고는 정말 막역한 사이 아니었니. 쯧쯧, 그래도 그 의사선생님이 널 보살펴 주시니 얼마나 다행이니."

"아줌마가 의사 선생님을 어떻게 아세요?"

"가게 처분할 때 같이 왔었잖아. 부동산 사장님한테 니 삼촌이라고 했다며? 얼마나 고마우신 분이니."

문방구 아줌마는 내 엄마를 죽인 의사가 고마운 분이란다. 왜 그렇게 생각할까? 내 엄마가 죽은 게 고마운 건가? 나는 의사가 고맙지 않다. 그런데 보고 싶다. 그 의사가 내 생부일지도 모른

다. 핏줄이 당기는 건지도 모른다. 그의 아내는 내 엄마를 닮았
다. 그가 너무 보고 싶다. 그의 아내도.

네이버로 들어가 박태환을 친다. 수영 선수 박태환이 가장 먼
저 뜬다. 의사 박태환은 대학병원 교수로 재직 중이면서 정신병
원도 운영하는 아주 저명한 신경외과의였다. 연구 업적이 세계
의학 잡지 브리티쉬 메디컬에도 실린 뇌엽절리술의 대가였다. 그
는 1967년에 중단된 전두엽 절제술을 쥐의 뇌로 실험하기를 거
듭하며 뇌 신경치료를 성공시킨 사례가 있다고 한다. 수영 선수
박태환보다 더 훌륭한 사람인 것 같은데 수영 선수 박태환이 더
유명한 건 정말 이상한 일이다.

문방구 아줌마는 거울 여자를 보고 왜 나라고 착각하는 걸까?
내일은 엄마를 죽인 의사를 만나봐야겠다. 거울을 본다. 거울 여
자가 나를 본다. 나도 거울 여자의 몸을 본다. 내 몸에 담긴 거울
여자는 내 몸이 아주 만족스러울 것이다. 절대 바꾸고 싶지 않은
것 같아 보인다. 내 몸을 뺏길 것 같아 문밖출입도 하지 않는 걸
까? 왜 며칠 동안 볼 수가 없는 걸까? 아하! 내 몸은 지하 주차장
에서 차를 타고 외출하고 귀가하기 때문에 만날 수가 없는 건지
도 모른다.

경차를 한 대 샀다. 장롱면허를 꺼내 운전을 해본다. 처음 해보
는 운전이지만 할 만하다. 나는 갤러리아 포래 주상복합 아파트
주차장을 마주 보며 내 몸의 차가 나오길 기다린다. 며칠 동안 주
차장 앞에서 기다리다가 내 몸이 흰색 벤츠 스포츠카를 타고 나

오는 걸 보았다. 조심스레 천천히 따라간다.

　차가 무지개터널을 지나 성수대교를 달려 압구정동 도산공원 근처 건물로 들어간다. 경차를 내 몸의 벤츠 옆에 주차한다. 내 몸이 너무 세련되어져서 낯설게 느껴진다. 내 몸이 마사지 숍으로 들어간다. 나는 다시 경차로 돌아와 기다리기로 한다. 세 시간이 넘도록 내 몸은 나오지 않는다. 엘리베이터 문이 열리며 내 몸이 나온다. 천천히 차에서 내려 내 몸에 다가가 어깨를 부딪친다.

　"어머, 죄송합니다. 괜찮으세요?"

　"네."

　내 몸은 짧게 대답하고 또 도망치듯 자신의 차문을 서둘러 연다.

　"혹시 저 모르세요?"

　내 질문에 내 몸이 돌아본다. 그리고 차문을 잡은 손을 잠시 멈추며 나를, 아니, 거울 여자를 바라본다.

　"절 아세요?"

　내 몸이 되묻는다. 기가 막혀 말을 잇지 못하겠다. 어떡하지? 잘못하다가는 내 몸이 영원히 도망칠 수도 있다.

　"갤러리아 포래에 사시죠?"

　"네. 아! 본 것도 같네요."

　내가 자신의 이웃이라고 생각하는 것 같다. 혹시 내 몸에 담긴 여자는 기억까지 잃은 건지도 모른다. 몸과 함께 기억마저 잃었다면 내 몸은 지금 누구랑 사는 걸까? 내 몸이 경차를 힐끗 보며 의아해한다. 자기 이웃이 경차를 탄다는 게 믿어지지 않는 눈치다. 소문에 의하면 그곳에 사는 사람들은 거의 모두 외제 차를 탄다고들 한다. 국산 차는 기사가 딸린 대형차뿐으로 알고 있다. 순간 내 몸의 얼굴에 두려움이 스치더니 인사도 없이 자신의 차로 몸을 숨기고 시동을 건다. 내 몸의 차가 시야에서 사라진다. 자신의 몸을 못 알아본다. 내 몸이 자신의 몸이라고 착각하고 있는 것 같다. 어떡하지? 내일은 정말 엄마를 죽인 의사를 찾아가야겠다.

갤러리아 포래 일 층 커피숍에서 의사를 기다린다. 십 분 일찍 도착했다. 마음이 급해 기다릴 수가 없었다. 의사가 커피숍으로 들어선다. 그는 나를 찾느라 두리번거리다가 빈자리에 앉겠지. 거울 여자가 나라는 걸 어떻게 설명해야 하지? 머리가 복잡해진다. 그런데 그가 거울 여자를 향해 다가오며 미소 짓는다.

"정말 오랜만이네."

그가 거울 여자 앞에 와 앉는다. 그가 거울 여자를 알아본다. 아니, 나를 알아본다. 거울 여자의 몸속에 있는 나를 알아본다. 어떻게 알지? 이상하다. 왜 거울 여자를 나로 아는 걸까? 문방구 아줌마도, 그리고 엄마를 죽인 의사도. 어떡하지? 그냥 나인 척 해야 하나, 아니면 내 몸을 잃어버리고 다른 몸에 내가 들어와 있다고 말해야 하나?

"일 년 만이네. 잘 지냈지?"

"네."

그는 내가 카푸치노를 좋아한다는 걸 기억하고 있다.

"병원으로 오지 그랬니?"

"병원이요?"

의사가 이상한 말을 한다.

"약을 계속 먹어야 해."

"무슨 약이요?"

멈칫하며 의사가 내 눈치를 살핀다. 그리고 가까이 살면서 찾아보지 못해 미안하다고, 너무 바빴다고, 변명할 필요 없는 사이임에도 불구하고 열심히 변명하고 있다.

"아줌마도 안녕하시죠?"

"응, 우리 집사람? 잘 있지."

"보고 싶었어요."

정말 보고 싶은 마음에 눈물이 핑 돌았다. 그는 어쩔 줄 몰라 난처해하며 아내에게 전화를 한다. 그는 내게 자신의 핸드폰을 건네준다. 그의 아내는 울먹이는 내 목소리에 당황하는 듯하다. 의사의 아내는 며칠 내에 같이 저녁을 먹자고 약속한다.

거울 여자를 물끄러미 본다. 엄마를 죽인 의사는 어떻게 거울 여자를 나라고 생각하는 걸까? 그의 아내도 거울 여자를 나라고 생각하면 어떡하지? 이 몸이 정말 나인 건 아닐까? 내가 혹시 부분 기억상실인 건가?

내 몸은 몰라볼 정도로 세련되고 멋있어졌다. 거울 여자의 얼굴에 수분 팩을 해준다. 내가 거울 여자의 몸을 위해 해줄 수 있는 게 별로 없어 미안해진다. 내일부터 다이어트라도 해서 살을 좀 빼주어야겠다.

엄마를 죽인 의사의 아내에게서 연락이 왔다. 나는 새로 산 옷을 입었다. 혹시라도 내 옷 때문에 거울 여자를 나로 오인할 수도 있을 테니. 우리는 유명한 패밀리레스토랑에서 만났다. 의사의 아내가 나를 보자 손을 덥석 잡으며 반가워한다. 내 얼굴을 어루 만지며 안쓰러워한다. 의사의 아내도 거울 여자를 나로 착각한 다. 아니, 나라고 확신한다, 한 치의 의심도 없이. 거울 여자의 몸이 나라고들 한다. 나를 아는 세 사람 모두. 정말 거울 여자의 몸이 나일 수도 있다. 내가 부분 기억상실일 수도 있다. 엄마를 죽인 의사가 신경외과의라고 했다. 그에게 상담을 해봐야겠다. 그런데 그의 눈빛이 이상하다. 나를 바라보는 그의 눈빛에 생각 이 가득해 보인다. 그가 이미 눈치챘을 수도 있다. 그는 저명한 뇌 전문 의사니까. 그는 틀림없이 날 이해해 주고 방법을 찾아줄 것이다.

"엄마! 아빠!"

맑고 단아한 목소리가 들린다. 순간 의사와 아내의 표정이 일 그러지며 당황하는 기색이 역력하다. 거울 여자의 목을 돌려 돌 아본다. 내 몸이다. 내 몸이 의사의 딸이란다. 의사의 무남독녀가 내 몸이다.

"응, 윤아구나. 인사해라."

의사가 내 몸에게 나를 소개한다. 어떻게 된 거지? 머리가 아 프다.

"아! 지난번 마사지 숍 주차장에서……. 그래서 날 안다고 했 군요?"

의사 가족과 헤어져 나는 정신없이 걷는다. 방으로 들어와 이불을 뒤집어쓴 채 생각을 정리한다. 어디서부터 잘못된 거지? 내 몸이랑 의사의 딸 윤아의 몸이 왜 바뀐 거지? 아니, 내가 의사의 딸 윤아인데 정수지라는 아이가 내 자리를 차지한 건가? 아니, 난 내가 정희정의 딸 정수지라는 걸 확실하게 기억한다. 몸만 바뀐 거 맞다. 어떻게 내 몸을 찾아오지?

거울을 본다. 거울 여자 이마의 이 상처가 의심스럽다. 의사가 자신의 딸 윤아와 나 정수지의 뇌를 바꾼 거 같다. 확실하다. 그는 뇌엽절리술로 유명한 사람이다. 그는 틀림없이 뇌 신경수술로 뇌까지 바꾸는 걸 성공한 것이다. 나 정수지와 의사의 딸 윤아의 뇌를.

엄마의 49재날 의사와 그의 아내는 나를 집까지 데려다 주었다. 나는 그들에게 커피를 대접했다. 그들은 내가 잠드는 걸 보고 가겠다며 침대에 눕길 권했다. 의사의 아내는 나와 함께 침대에 누워 등을 다독여 재워주었다. 그리고 잠에서 깨보니 2014년 5월 5일이었다.

일 년 동안 나는 그의 병원에서 몸을 강탈당하고 완전하게 건강을 회복한 후 내 아파트로 옮겨진 거다. 나의 일 년이 그렇게 사라진 거다. 내 몸과 함께. 내 몸을 찾아야 한다. 하지만 그들이 쉽게 내줄 것 같지 않다.

나는 내 몸을 따라다니며 하루하루의 일과를 기록한다. 내 몸은 운동도 갤러리아 포레에서 하고 걸어 다니는 건 오로지 대학 캠퍼스뿐이다. 항상 차로 움직이기에 내 몸을 만나는 건 쉽지 않았다.

나는 내 몸이 나오기를 기다린다. 맛사지 숍 주차장은 건물 크기만큼 크다. 많은 감시 카메라가 있지만 사각지대도 그만큼 많은 곳이다.

"윤아?"

내 몸이 돌아본다.

"어머, 수지야."

"반갑다. 내 차가 시동이 안 걸려."

나는 내 몸을 따라 윤아의 차를 탄다. 윤아가 차에 시동을 건다. 나는 윤아에게 달려들어 온몸으로 누르며 제압한다. 윤아의, 아니, 내 몸의 두 손을 준비해 간 밧줄로 묶는다. 윤아가 놀라며 소리친다. 준비해 간 청테이프로 입을 봉한다. 차에서 내려 운전석으로 가 윤아를 조수석으로 밀쳐낸다. 그리고 의자에 동여맨다. 벤츠를 몰고 주차장을 나와 의정부로 달린다. 윤아는 겁에 질려 있다.

의사의 병원은 의정부에 있다. 병원 근처 웨딩홀은 17층이다. 오늘은 월요일이라 17층은 한산하다. 나는 윤아를 끌고 17층으로 올라가 전화를 건다. 의사가 받는다.

"수지?"

"네, 정수지예요. 우리 엄마를 죽인 것도 부족해서 내 몸까지 강탈을 하는 건 심한 거 아닌가요? 우리가 당신한테 무슨 큰 죄를 지었다고 이러는 거죠?"

"수지야, 선생님하고 만나자. 만나서 이야기하자. 응? 일 년 동안 소식이 없어 그렇지 않아도 걱정했어."

"내 몸 돌려줘요. 당신 딸 윤아도 여기 나랑 같이 있어요."

"수지야, 그게 무슨 소리니?"

의사의 목소리가 두려움에 떨린다. 나는 내 몸을 돌려 달라고 소리친다. 의사가 어디 있느냐고 다그친다. 정신병원 근처의 웨딩홀로 수술 도구 모두 갖고 오라고 말하고 전화를 끊는다.

밧줄에 묶여 있는 윤아가 부르르 떨며 청테이프 속에서 울음소리를 삼킨다. 나는 더 큰 소리로 운다. 억울하다고, 분하다고, 거울 여자의 몸으로 몸부림치며 소리쳐 운다.

밖이 시끄럽다. 경찰 사이렌 소리가 들린다. 창밖을 내려다본다. 경찰차와 소방차, 그리고 앰뷸런스가 길에 가득하다. 구경꾼들은 모두가 고개를 들어 건물을 올려다보고 있다. 의사가 경찰을 부른 것 같다. 내 몸을 절대 돌려주지 않겠다는 뜻이다. 나는 밧줄에 묶인 윤아를 끌고 옥상으로 올라간다. 내 몸을 찾지 못할 바에야 부숴 버릴 거다. 엄마가 항상 말했다. 이유 없는 친절은 없다고. 의사와 그의 아내의 친절에는 무서운 목적이 있었던 것이다. 엄마가 항상 말했다. 아무도 믿지 말라고. 세상은 무섭다고. 나는 그들을 믿었다.

핸드폰이 울린다. 의사다.

"수지야, 내가 올라갈게. 나랑 얘기하자."

"혼자 올라오세요. 수술 도구는 가져왔죠?"

"나 혼자는 수술을 할 수가 없단다. 간호사 한 명 데리고 올라갈게."

"안 돼요! 혼자 오세요!"

"혼자는 못해."

"알았어요. 딱 한 명이에요."

의사는 통통한 아줌마 간호사 한 명을 데리고 옥상으로 올라와 문 앞에 선다. 나는 의사만 다가오게 하고 간호사는 문 앞에 세워 놓는다. 문득 간호사의 체격이 의심스럽다. 나는 윤아의 옆구리에 칼을 대고 소리친다.

"간호사는 내려가요! 그렇지 않으면 윤아를 죽일 거예요!"

의사는 간호사에게 가라고 한다. 간호사의 몸놀림이 예사롭지 않다. 그녀는 경찰인 듯하다. 세상은 무섭다. 엄마의 말이 맞다. 의사는 끝까지 거짓말을 한다. 나는 이제 의사를 정말 믿을 수가 없다. 나는 거울 여자와 윤아를, 아니, 내 몸과 윤아의 몸을 같이 건물 위에서 떨어뜨릴 것이다. 나는 거울 여자의 몸과 내 몸 윤아를 끌고 옥상 난간으로 간다. 의사가 조심스레 다가온다.

"수지야, 내가 수술해서 바꿔줄게."

"그걸 내가 어떻게 믿어요?"

"내가 여기 있는 모든 사람 앞에서 약속할게."

의사는 옥상 난간에 기대 건물 아래를 보고 소리친다.

"내가 죽을죄를 지었습니다! 내 딸 윤아와 수지의 뇌를 바꿔치기했습니다! 여러분 앞에서 맹세합니다! 다시 수지의 뇌를 돌려주겠습니다! 여러분이 증인이 되어 수술을 감시해 주십시오!"

건물 아래에선 사람들이 감시해 주겠다고 웅성거리며 박수를 친다. 저 많은 사람이 증인이 되어준다면 믿어도 될 것 같다. 의사가 돌아서며 내 손에 들린 칼을 뺏으려 한다. 나는 있는 힘껏 그를 밀쳐 낸다. 그의 몸이 중심을 못 잡고 흔들리다가 옥상 난간 위로 상체가 넘어가며 건물 아래로 떨어진다. 20층에서 떨어지는 의사의 몸이 수영하듯 허우적댄다. 그가 떨어지는 걸 바라보는 구경꾼들은 입을 손으로 막는다. 그런데도 의사의 비명 소리보다 구경꾼들의 비명 소리가 더 크게 들린다. 아래 구경꾼들 사이에 의사의 아내가 있다. 그녀는 두 손으로 입을 막고 의사가 떨어지는 걸 보고 있다.

　"안 돼!"

　나는 의사를 잡으려고 허공으로 손을 휘젓는다. 그가 죽으면 내 몸은 누가 돌려준단 말인가? 그는 살아야 한다. 그가 절실히 필요하다. 나는 내 몸을 찾아야 한다. 나는 이 몸이 싫다.

　의사의 몸이 건물 아래 바닥에 꼭두각시처럼 팔다리가 꼬인 채 검붉은 피 위에 놓여 있다. 의사의 아내가 힘없이 주저앉는다. 그녀가 피투성이 의사를 부둥켜안고 절규한다. 의사의 아내가 건물을 올려다본다. 나는 그녀의 얼굴을 내려다본다. 나는 내 몸을 영원히 찾을 수 없다. 입에 재갈이 물린 채 몸부림치며 울부짖는 윤아를 본다. 내 몸은 의사의 아내와 함께 살 것이다. 그녀의 딸 윤아로.